일이관지(一以貫之), 하나로 꿰뚫는 따끔한 한마디!

논어 '군자(君子) 인문학' 에세이

논어의 숲에서 사람을 보다

일이관지(一以貫之), 하나로 꿰뚫는 따끔한 한마디!

논어 '군자(君子) 인문학' 에세이

논어의 숲에서 사람을 보다

최시선 지음

경진
출판

한국, 한국인의 정신은 무엇일까. 살아오면서 늘 이것이 궁금했다. 내가 사는 이 땅 한반도에서 면면히 이어져 온 조상들의 숨결은 무엇일까. 그동안 수없이 나타났다 사라져간 사람들이 생각한 것은 무엇일까. 또, 살면서 주고받았던 말에는 무엇이 배어 있을까. 우리 역사를 보면 고려까지는 불교였고, 조선 오백 년은 유교였다. 그래서 난 사십 대까지는 주로 불경을 공부해 보았고, 그 후에는 유교 경전을 들여다보고 있다. 유교, 한마디로 공자의 가르침이다. 이게 무얼까. 무엇이기에 지금까지도 우리에게 영향을 미치고 있을까.

공자의 가르침은 논어라는 고전에 녹아 있다. 나는 대학에서 교육학과 윤리학을 공부했기에 일찍부터 알고 있었다. 그러나 깊이가 없었다. 그냥 강의에서 듣고 중·고등학생들 가르칠 만큼만 아는 수준이었다. 세월이 흘러, 2천년대 초반쯤 논어를 본격적으로 접했다. 바로 도올 김용옥 선생의 TV 논어 강의다. 공영 방송에서 흘러나온 거침없는 그의 강의는 놀라웠다. 동서양을 넘나드는 박식함과 간간이 고전을 빗대 현재를 비판하는 목소리는 정말 시원했다. 거의 빠지지 않고 논어 강의를 들었는데, 거기서 얻는 앎의 기쁨이란 이루 말할 수 없었다. 그것이 나에게 큰 자산이 될 줄이야. 그때부터 나는 스스로 논어를 공부하기 시작했다.

공자, 그는 누구인가. 아마도 한국 사람치고 공자를 모르는 사람은 없을 것이다. 중국 춘추시대 노나라 창평향 추읍에서 태어났다. 아버지는 숙량흘, 어머니는 안징재이다. 공자의 이름은 언덕이라는 뜻의 구丘이다. 태어났을 때 머리가 언덕처럼 움푹 꺼져 있어 그렇게 지었다고도 하고, 부모가 니구산에서 기도하여 낳았다 하여 구라고 했다는 설이 있다. 공구에서 구를 빼고 자子를 붙인 이유는 아들이라는 뜻이 아니라, '선생'이라는 뜻이다. 너무도 훌륭하니 감히 이름을 부르지 못하고 높여 불렀다. 맹자니, 순자니, 묵자니 다 그렇게 하여 자가 붙은 것이다. 공자는 노나라에서 국법을 관장하는 '대사구'라는 높은 벼슬까지 올랐지만, 고국을 떠나 중국 여러 나라를 돌아다녔다. 자그마치 14년간이나! 이른바, 주유천하다. 그러면서 많은 가르침을 폈다. 말년에, 다시 노나라로 돌아와서는 애공 16년(B.C.479)에 73세를 일기로 일생을 마감했다.

논어는 주로 공자의 말씀을 기록한 책이다. 물론, 제자의 말이나 대화, 또는 주변인의 말도 나온다. 나는 논어 전문 학자가 아니다. 고전 한문에 정통한 한학자는 더더욱 아니다. 단지 중등 교단에서 30년 넘게 자라나는 세대를 가르쳐온 학교 선생이다. 공자가 큰 선생이라면 나는 그냥 작은 선생일 뿐이다. 그래서 논어 20편 전체를 주석하고 해설하는 일은 감히 엄두도 못 낼 일이다. 다만, 나는 논어에 나오는 교육적 시사점을 캐기로 했다. 바로 군자다. 유교에서 이상적 인간상으로 내세우는 것이 군자다. 공자는 평생 군자를 꿈꾸었다. 군자란 무엇일까. 나는 군자를 지금 여기에 끄집어내기로 했다. 왜냐하면, 군자는 요즘 말하는 인성교육의 대안이 될 수 있기 때문이다.

논어는 하나의 숲이다. 유림儒林이라는 말이 이를 잘 말해주고 있다. 유림이란 오늘날 유학을 공부하는 사람들이라는 뜻이다. 조선시대에는 이미 사림土林이라는 말이 있었다. 마찬가지로, 불교를 공부하고 수행하는 사람들을 학림學林이라고 불렀다. 유림이나 학림이나 진리를 배우는 사람들이 숲을 이루었다는 뜻이다. 논어는 그야말로 공자라는 거대한 거목 아래서 수많은 나무와 풀이 어우러져 배움의 숲을 이루고 있다. 거기서 인의와 예악을 노래하고 있다. 마침내, 그것은 '군자'라는 꽃으로 피어났다. 군자는 바로, 사람이다. 나는 논어에서 사람을 보았다. 내가 그토록 바랐던 사람다운 사람을!

군자는 논어 전편에서 정확하게 107번 나온다. 논어를 틈나는 대로 공부하면서 어느 날인가 무척 궁금해졌다. 논어에는 군자란 말이 107번 나온다고 하는데, 정말 그럴까. 나는 직접 확인하지 않으면 직성이 풀리지 않는 성미다. 논어를 샅샅이 뒤지며 군자만 나오면 숫자를 표시하며 읽어 내려갔다. 정말이지 군자란 말이 107번 나왔다. 군자가 나오는 문장을 이제는 모두 노트에 옮겨 적고 하나하나 세어보았다. 정확히 107번이다. 물론, 한 장이나 구절에 겹쳐서 나오는 일도 있다. 논어에 나오는 한자 글자 수가 1만 5,917자 정도라고 하는데, 그중 군자란 말이 107번 나온다는 것은 대단한 일이다. 논어 498장 가운데 군자를 언급한 장은 86장이다. 학자에 따라 장의 구분을 달리한 분도 있어, 이는 조금의 오차가 있을 수 있다. 도올 김용옥 선생은 논어를 499장으로 나누어 역주했다.

군자가 107번 나오는 것이 뭐가 대수로운 일인가. 그건 숫자에 불과할지 모른다. 그러나 이렇게 많이 나온다는 것은 그만큼 중요하다는 뜻이다. 군자란 무엇일까? 그대로 풀면, 임금의 아들이란 뜻이다. 지체가 높은 귀족이란 의미를 담고 있다. 세월이 흐르면서 이 말은 도덕적으로 훌륭하고 누구에게나 존경받는 사람을 일컫는 말로 변했다. 논어가 근본 경전이 되면서, 군자는 유교에서 내세우는 이상적 인간상으로 굳어졌다. 지금도 흔히 쓰는 성인군자란 말은 여기에서 비롯되었다.

　이 책은 5편으로 이루어졌다. 군자만 나오는 장이 86장인데, 이를 다섯 편으로 나누었다. 그랬더니 한 편에 17장 정도가 되었다. 논어의 편명이 첫 장의 첫 두 글자를 따서 이루어졌듯이, 나도 나누어진 편의 첫 장의 제목으로 편명을 삼았다. 다만, 제목을 그대로 쓰지 않고 사람으로 바꾸었다. 1편은 '알아주지 않아도 서운해하지 않는 사람'이다. 2편은 '꾸밈과 바탕이 잘 어우러지는 사람', 3편은 '온 세상 사람이 다 형제인 사람', 4편은 '나라에 도가 있으면 벼슬하는 사람', 마지막으로 5편은 '나쁜 자라도 부르면 기꺼이 가는 사람'이다.

　이 책을 읽는 분들에게 편의를 제공하기 위해, 논어의 숲에서 길어 올린 '군자 문장 한눈에 알아보기'와 편에 따라 '군자가 나오는 장의 수와 횟수'를 표로 제시했다. 그리고 부록에는, 내가 평소 논어를 들여다보면서 애지중지 가슴에 간직했던 '논어 명언 명구'를 120가지로 정리했다. 게 중에는 주제별로 여러 장을 묶은 것이 있어 장의 수로 치면 180장이 넘는다. 그런 만큼, 이 책이 군자가 나오는 장만 다루었다고 하지만 결국 논어 전체를 다루었다고 해도 그르지 않다. 그렇다고 어찌 논어를 감히 안다고 할 수 있겠는가. 어림도 없는 일이다.

　이 책은 어디까지나 에세이다. 말 그대로, 논어를 나름대로 공부하고 내 생각을 풀어놓았을 뿐이다. 좀 품격 있게 말하면, 논어 군자 인문학이다. 논어 한 문장을 이해하기 위해서 최소한 다섯 가지 이상의 주석서를 살펴본 후, 내 것으로 만든 후에 글을 썼다. 논어뿐 아니라 다른 고전도 필요하면 인용하였고, 가끔 붓다의 가르침도 끌어다 썼다. 글의 후반부에는 되도록 나의 삶을 성찰해 보았다. 과연 나는 그런 군자의 삶을 살았는가 하고 스스로 질문을 던졌다. 아무쪼록, 이 책이 오늘을 살아가는 사람들에게 과연 사람다운 사람이란 뭘까 하는 생각을 하게 하고, 기왕이면 학교 현장 선생님들에게 인성교육의 지침이 되면 더욱 좋겠다.

끝으로, 이토록 나에게 큰 울림을 주신 2천 5백여 년 전의 공자 선생님께 고맙다는 말씀을 드린다. 시공을 넘어 공자는 나에게 큰 스승이시다. 또 논어를 공부하는데, 많은 도움과 자극을 주신 도올 김용옥 선생님께도 고맙다는 말씀을 드린다. 나는 이분에 한해서는 본문에서 '도올 김용옥 선생'이라고 높여 불렀다. 직접으로는 딱 한 번 뵈었을 뿐, 거의 TV 화면으로 배웠지만 어쨌든 나의 스승이시다.

아울러, 3년여 시간을 컴퓨터 앞에 앉아서 이리저리 고전을 뒤지는 남편을 측은하게 바라보면서도 응원을 아끼지 않은 아내에게 고맙다는 말을 전한다. 이제 내 나이 환갑에, 그동안 공부한 논어를 정리해서 나름의 졸저를 내놓으니 더 감회가 새롭다. 또, 이번에도 출판을 단번에 허락해준 양정섭 경진출판 대표님에게도 감사의 마음을 드린다.

미호강이 흐르는 옥산 소로리에서

2023년 3월

월인 최시선 씀

일러두기

1. 원문은 한국고전번역원의 인터넷 사이트 '한국고전종합DB−고전번역서
   −부가서비스−경서성독'을 가져와 나름 편집하였다. 또한, 원문 확인을
   위해 출판트러스트(2016)에서 영인한 何晏(하안) 撰(찬) 『論語集解(논어
   집해)』와 이회(2012)에서 영인한 『論語集注(논어집주)』를 살펴보았다.

2. 번역은 한국고전번역원의 인터넷 사이트 '한국고전종합DB−고전번역서
   −부서비스−경서성독', 도올 김용옥 선생의 『논어 한글역주 1·2·3』, 임
   헌규 교수의 『3대 주석과 함께 읽는 논어 Ⅰ·Ⅱ·Ⅲ』, 이지형 교수의 『역주
   논어고금주 1~5』, 류종목 교수의 『논어의 문법적 이해』, 성백효 선생의
   『현토완역 논어집주』, 부남철 교수의 『논어정독』, 김원중 교수의 『논어,
   인생을 위한 고전』, 전광진 교수의 『우리말 속뜻, 논어』 등을 참고하여
   내 나름으로 풀었다.

3. 책의 이름은 『 』로, 편의 이름은 〈 〉로 표시하고, 논어는 따로 표시하지
   않았다.

4. 본문에서 논어 원문을 제시하고 끝에 출처를 제시했는데, 예를 들어 '학이
   1-14(1,4)'은 학이 1편 14장이면서 군자는 이 장에서 1회 나오며, 그 누적
   횟수는 4라는 뜻이다. 이는 군자라는 말이 정확하게 107번 나온다는 사실을
   증명하기 위해서 적은 것이다.

5. 글을 쓰면서 주희의 『논어집주』, 정약용의 『논어고금주』 등의 주석서나 왕숙의 『공자가어』를 인용할 때는 나름의 해석과 함께 원문을 밝혔다. 『논어집주』 원문은 네이버에 실려 있는 성백효 선생의 『현토완역 논어집주』에서, 정약용의 『논어고금주』 원문은 한국고전번역원의 인터넷 사이트 '한국고전종합DB-고전원문-한국문집총간-여유당전서'에서 주로 가져왔다. 주석자의 해석을 그대로 인용했을 때는 출처를 밝혔다.

6. 읽는 이의 편의를 위해 어떤 원문이든지 가능하면 괄호를 하고 한글음을 써 놓았다. 이는 혹시 모르는 한자가 나올 때 자전을 찾아보도록 하기 위함이다. 어려운 한자는 되도록 풀이를 하였지만, 모든 한자에 뜻을 적지는 못했다.

7. 원문에 한자 不이 나올 때, 그 음은 관례에 따라 ㄷ, ㅈ 앞에 오면 '부'로 표기했다. 예를 들어 학이편 1장의 '人不知而不慍'에서 不知를 '부지'라고 적었다.

8. 원문과 부록에서 한자 '君子'는 눈에 잘 띄도록 짙게 표기했다.

9. 원문의 구결은 한국고전번역원의 '한국고전종합DB-고전번역서-부가 서비스-경서성독'을 그대로 따랐으나, 구결 중에 '~오'는 '그리고(and)'를 뜻할 때는 '요'로 표기했다. 또한, 원문 구결의 중간이나 끝에 쉼표나 마침표 등의 문장 부호는 넣지 않았다.

10. 원문의 문장이 너무 길 때는 앞을 생략하기도 했다. 86개의 문장 중에 2개의 장은 원문을 줄였다.

11. 〈부록〉에 '논어 명언 명구'를 따로 실었다. 하나의 주제에 관련되는 장이 여러 개가 있을 때는 괄호 안에 숫자를 써 놓았다. 예를 들어, '남이 알아주지 않더라도(5)'인 경우 괄호 안의 숫자 5는 주제와 관련되는 장이 5개가 있다는 뜻이다.

차례

제1편 알아주지 않아도 서운해하지 않는 사람

제2편 꾸밈과 바탕이 잘 어우러지는 사람

제3편 온 세상 사람이 다 형제인 사람

제4편 나라에 도가 있으면 벼슬하는 사람

제5편 나쁜 자라도 부르면 기꺼이 가는 사람

논어의 숲에서 길어 올린 군자 문장 한눈에 알아보기

번호	제목	편장	등장인물	원문 핵심어	군자횟수
1	남이 알아주지 않아도 서운해하지 않는다	학이1-1	공자	人不知而不慍	1
2	근본에 힘쓴다	학이1-2	유자	本立而道生	1
3	중후하지 않으면 위엄이 없다	학이1-8	공자	不重則不威	1
4	배부름과 편안함을 구하지 않는다	학이1-14	공자	食無求飽, 居無求安	1
5	하나의 틀에 얽매이지 않는다	위정2-12	공자	君子不器	1
6	먼저 실천하고 말은 나중에 한다	위정2-13	공자, 자공	先行其言, 而後從之	1
7	두루 사귀되 편을 가르지 않는다	위정2-14	공자	君子周而不比, 小人比而不周	1
8	승부를 다투지 않는다	팔일3-7	공자	君子無所爭	2
9	하늘이 장차 목탁으로 삼는다	팔일3-24	공자	天將以夫子, 爲木鐸	1
10	잠깐이라도 인을 버리지 않는다	이인4-5	공자	君子無終食之間, 違仁	2
11	오로지 의로움에 따를 뿐이다	이인4-10	공자	義之與比	1
12	덕을 생각하고 벌을 생각한다	이인4-11	공자	君子懷德, 君子懷刑	2
13	의로움에 밝다	이인4-16	공자	君子喻於義	1
14	말은 어눌하지만 행동은 민첩하다	이인4-24	공자	欲訥於言而敏於行	1
15	매사 긍정적이다	공야장5-2	공자, 자천	子謂子賤, 君子哉	2
16	네 가지 도를 가지고 있다	공야장5-15	공자, 자산	其行己也恭, 其事上也敬…	1
17	곤궁한 사람은 도와주고 부자는 보태주지 않는다	옹야6-3	공자, 자화, 염자, 원사	君子周急, 不繼富	1
18	군자다운 선비가 되어라	옹야6-11	공자, 자하	女爲君子儒, 無爲小人儒	1
19	꾸밈과 바탕이 잘 어우러진다	옹야6-16	공자	文質彬彬然後, 君子	1

번호	제목	편장	등장인물	원문 핵심어	군자횟수
20	우물가로 가지만 빠지지는 않는다	옹야6-24	공자, 재아	君子可逝也, 不可陷也	1
21	널리 글을 배우고 예로써 요약한다	옹야6-25	공자	君子博學於文, 約之以禮	1
22	성인이 아니면 군자라도 보고 싶다	술이7-25	공자	得見君子者, 斯可矣	1
23	편을 들지 않는다	술이7-30	공자, 사패, 무마기	君子不黨, 君子亦黨乎	2
24	몸소 실천한다	술이7-32	공자	躬行君子, 則吾未之有得	1
25	평탄하여 여유가 있다	술이7-36	공자	君子坦蕩蕩, 小人長戚戚	1
26	부모에게 잘하고 옛 친구를 버리지 않는다	태백8-2	공자	君子篤於親則民興於仁, 故舊不遺則民不偸	1
27	세 가지 도를 귀하게 여긴다	태백8-4	증자, 맹경자	君子所貴乎道者三	1
28	절개를 굳게 지킨다	태백8-6	증자	臨大節而不可奪也, 君子人與	2
29	재주가 많지 않아도 된다	자한9-6	공자, 자공, 태제, 뇌	吾少也賤故, 多能鄙事, 君子多乎哉, 不多也	1
30	어디에 살아도 누추하지 않다	자한9-13	공자	君子居之, 何陋之有	1
31	옷은 격식에 맞추어 입는다	향당10-6	공자	君子不以紺緅飾, 紅紫不以爲褻服	1
32	예악에 먼저 나아간 사람을 쓴다	선진11-1	공자	後進, 於禮樂, 君子也	1
33	말만 잘한다고 인정받을 수 없다	선진11-20	공자	論篤是與, 君子者乎	1
34	예악에 능하다	선진11-25	공자, 염유	如其禮樂, 以俟君子	1
35	근심하지 않고 두려워하지 않는다	안연12-4	공자, 사마우	君子不憂不懼	3
36	온 세상 사람이 다 형제다	안연12-5	사마우, 자하	四海之內皆兄弟也	2
37	바탕도 중요하지만 꾸밈도 중요하다	안연12-8	극자성, 자공	文猶質也, 質猶文也	2
38	다른 사람의 좋은 점을 이루게 한다	안연12-16	공자	君子成人之美	1
39	바람이 불면 풀은 눕는다	안연12-19	공자, 계강자	君子之德風, 小人之德草	1
40	글로써 벗을 모으고, 벗으로써 인을 돕는다	안연12-24	증자	君子以文會友, 以友輔仁	1

번호	제목	편장	등장인물	원문 핵심어	군자횟수
41	명분을 바르게 한다	자로13-3	공자, 자로	君子名之, 必可言也, 言之, 必可行也	3
42	남과 어울리지만 같아지지 않는다	자로13-23	공자	君子和而不同, 小人同而不和	1
43	섬기기는 쉬워도 기쁘게 하기란 어렵다	자로13-25	공자	君子易事而難說也	1
44	태연하되 교만하지 않다	자로13-26	공자	君子泰而不驕, 小人驕而不泰	1
45	덕을 소중히 여긴다	헌문14-6	공자, 남궁괄	君子哉, 尙德哉	1
46	군자이면서 인하지 못한 사람도 있다	헌문14-7	공자	君子而不仁者, 有矣夫	1
47	위로 통달한다	헌문14-24	공자	君子上達, 小人下達	1
48	생각이 자기 지위를 벗어나지 않는다	헌문14-28	증자	君子思不出其位	1
49	말이 행동을 넘어서는 걸 부끄럽게 여긴다	헌문14-29	공자	君子恥其言而過其行	1
50	근심하지도, 미혹되지도, 두려워하지도 않는다	헌문14-30	공자, 자공	君子道者三, 我無能焉, 仁者不憂, 知者 不惑	1
51	자신을 닦아 사람을 편안하게 한다	헌문14-45	공자, 자로	修己以敬, 修己以安人, 修己以安百姓	1
52	어려움이 닥쳐도 곤궁함을 지킨다	위령공15-1	공자, 위령공, 자로	君子固窮, 小人窮斯濫矣	2
53	나라에 도가 있으면 벼슬한다	위령공15-6	공자, 사어, 거백옥	邦有道則仕	1
54	의로움으로 바탕 삼고, 믿음으로 완성한다	위령공15-17	공자	君子義以爲質, 信以成之	2
55	먼저 자기의 능력 없음을 걱정한다	위령공15-18	공자	君子病無能焉, 不病人之不己知也	1
56	죽어서 이름이 일컬어지지 않는 것을 걱정한다	위령공15-19	공자	君子疾沒世而名不稱焉	1
57	자신에게서 잘못을 찾는다	위령공15-20	공자	君子求諸己, 小人求諸人	1
58	자긍심을 가지되 다투지 않는다	위령공15-21	공자	君子矜而不爭, 群而不黨	1
59	말만 듣고 사람을 뽑지 않는다	위령공15-22	공자	君子不以言擧人, 不以人廢言	1
60	도를 걱정하지, 가난을 걱정하지 않는다	위령공15-31	공자	君子謀道, 不謀食 君子憂道, 不憂貧	2

번호	제목	편장	등장인물	원문 핵심어	군자횟수
61	작은 일은 몰라도 큰일은 맡을 수 있다	위령공15-33	공자	君子不可小知而可大受也	1
62	작은 신의에 얽매이지 않는다	위령공15-36	공자	君子貞而不諒	1
63	솔직하지 않고 변명하는 것을 싫어한다	계씨16-1	공자, 염유, 자로	君子疾夫舍曰欲之, 而必爲之辭	1
64	말하는 것도 때와 방법이 있다	계씨16-6	공자	侍於君子有三愆, 謂之躁, 謂之隱, 謂之瞽	1
65	성욕과 싸움, 탐욕을 경계한다	계씨16-7	공자	君子有三戒, 戒之在色, 戒之在鬪, 戒之在得	1
66	천명과 대인, 성인의 말씀을 두려워한다	계씨16-8	공자	君子有三畏, 畏天命, 畏大人, 畏聖人之言	1
67	분명하게 보고 명확하게 듣는다	계씨16-10	공자	君子有九思, 視思明, 聽思聰…	1
68	자식이라고 남달리 대하지 않는다	계씨16-13	공자, 진항, 백어	又聞君子之遠其子也	1
69	도를 배우면 사람을 사랑한다	양화17-4	공자, 자유	君子學道則愛人, 小人學道則易使也	1
70	나쁜 자라도 부르면 기꺼이 간다	양화17-7	공자, 필힐, 자로	吾豈匏瓜也哉, 焉能繫而不食	1
71	부모가 돌아가시면 음식을 먹어도 달지 않다	양화17-21	공자, 재아	夫君子之居喪, 食旨不甘	2
72	의로움을 으뜸으로 삼는다	양화17-23	공자, 자로	君子義以爲上, 君子有勇而無義, 小人有勇而無義, 爲盜	3
73	남의 나쁜 점을 말하는 자를 미워한다	양화17-24	공자, 자공	惡稱人之惡者, 惡居下流而訕上者	1
74	벼슬은 의로움을 행하고자 하는 것이다	미자18-7	공자, 자로, 장인	君子之仕也, 行其義也	1
75	가까운 친족을 버려두지 않는다	미자18-10	주공, 노공	君子不施其親	1
76	어진 이를 존경하고 대중을 포용한다	자장19-3	자하, 문인, 자장	君子尊賢而容衆	1
77	작은 재주는 추구하지 않는다	자장19-4	자하	致遠恐泥, 是以, 君子不爲也	1
78	부지런히 배워서 도에 이른다	자장19-7	자하	君子學, 以致其道	1
79	세 가지로 변함이 있다	자장19-9	자하	君子有三變, 望之儼然, 卽之也溫, 聽其言也厲	1
80	믿음을 얻은 뒤에 백성을 부린다	자장19-10	자하	君子信而後, 勞其民	1

번호	제목	편장	등장인물	원문 핵심어	군자횟수
81	가르침에는 먼저와 나중이 없다	자장19-12	자유, 자하	君子之道孰先傳焉, 孰後倦焉	2
82	하류에 머무는 것을 싫어한다	자장19-20	자공, 주왕	君子惡居下流, 天下之惡, 皆歸焉	1
83	군자의 허물은 일식·월식과 같다	자장19-21	자공	君子之過也, 如日月之食焉	1
84	말 한마디가 지혜를 가른다	자장19-25	공자, 진자금, 자공	君子一言, 以爲知, 一言, 以爲不知	1
85	정치를 하려거든 다섯 가지 미덕을 존중하라	요왈20-2	공자, 자장	尊五美, 屛四惡, 斯可以從政矣	3
86	천명을 알지 못하면 군자가 될 수 없다	요왈20-3	공자	不知命, 無以爲君子也	1
계					107회

논어의 숲에서 편에 따라 군자가 나오는 장의 수 및 횟수

편명	장의 수	횟수	편명	장의 수	횟수
학이1	4	4	선진11	3	3
위정2	3	3	안연12	6	10
팔일3	2	3	자로13	4	6
이인4	5	7	헌문14	7	7
공야장5	2	3	위령공15	11	14
옹야6	5	5	계씨16	6	6
술이7	4	5	양화17	5	8
태백8	3	4	미자18	2	2
자한9	2	2	자장19	9	10
향당10	1	1	요왈20	2	4
소계	31	37	소계	55	70
총계				86장	107회

제1편

알아주지 않아도
서운해하지 않는 사람

1. 남이 알아주지 않아도 서운해하지 않는다

子曰 學而時習之면 不亦說乎아
자왈   학이시습지   불역열호
有朋이 自遠方來면 不亦樂乎아
유붕   자원방래   불역락호
人不知而不慍이면 不亦君子乎아
인부지이불온   불역 군자 호

—학이1-1(1,1)

논어 스무 편에서 군자가 처음으로 나오는 문장이다. 편의 이름인 '학이'는 바로 이 문장의 첫 두 글자를 딴 것이다. 논어 전체의 편명이 다 그렇다. 학이편은 어찌 보면 논어의 핵심이 녹아 있다고 생각된다. 특히 공자의 인간관이 고스란히 녹아 있다. 배움과 교우 관계, 부모에 대한 효도는 물론이고, 개인의 수신과 입신출세를 언급하고 나아가 나라를 이끌어가는 방법까지 논하고 있다. 그 유명한 '교언영색巧言令色'이란 말이 학이편 3장에 나온다. 학이편은 모두 16장으로 이루어져 있다.

논어 전편에서 군자를 첫 번째로 언급한 말이, '남이 알아주지 않아도 서운해하지 않는 사람'이다. 나는 학이편 1장에서 이 구절을 보는 순간 가슴이 뜨악했다. 꼭 나를 두고 하는 말 같았기 때문이다. 학이편 1장을 풀이하면 다음과 같다.

공자께서 말씀하셨다. "배우고 나서 때맞추어 익힌다면 이 역시 기쁜 일이 아니겠는가? 먼 곳에서 친구가 찾아와 준다면 이 역시 즐거운 일이

아니겠는가? 남이 알아주지 않아도 서운해하지 않는다면 이 역시 군자가
아니겠는가?"

이 얼마나 멋진 말인가! 논어의 편집자들은 왜 이 세 구절을 제일
처음으로 놓았을까. 논어 전편과 사마천의 『사기』〈공자세가〉를 읽어
보면 답이 나온다. 내 생각에는 이 세 구절이 논어의 핵심인 것 같다.
공자는 평생 배우기 좋아했고, 멀리서 찾아오는 사람이 있으면 누구나
더불어서 학문을 즐겼다. 그러면서 한마디 더 붙인다. 남이 알아주지
않아도 서운해하지 않는다면 군자가 아니겠느냐고! 공자의 일생이 이
를 웅변하고 있다. 14년간 천하를 떠돌면서 얼마나 많은 어려움과 수모
를 당했는가. 공자가 인의를 외치면서 바른 정치를 주장했지만, 통치자
들은 받아들이지 않고 오히려 내치기까지 했다. 그러나 공자는 뜻을
굽히지 않았다. 그게 바로 군자라고 생각했으니까!
　남이 알아주지 않아도 서운해하지 않는다면 그 사람이 바로 군자다.
공자는 이 말을 하고 싶었을 게다. 제자들은 이 말을 늘 기억하고 죽간
에 써서 후세에 전하다가, 결국은 『논어』라는 불후의 명작에 첫 번째로
실은 것이다. 이 명구는 지금도 유효하다. 왜냐하면, 말은 쉽지만 실천
하기란 하늘땅만큼이나 어렵기 때문이다. 사람은 누구나 자신이 열심
히 하여 성과를 이루면 인정받기를 원한다. 그것은 지극히 당연하다.
하다못해, 어린 자식도 뭔가를 해냈는데 부모가 알아주지 않으면 토라
진다. 인정받고 싶은 욕구, 이는 어린애나 어른이나 똑같다. 그러나
어른은 달라야 한다. 그래야 어른이기 때문이다.
　우리 역사에서 이를 실천한 분이 누굴까. 많은 분이 있겠지만, 나는
단연코 충무공 이순신 장군을 뽑는 데 주저하지 않는다. 임진왜란을
겪으며 나라를 구하기 위해 모든 것을 바쳤는데, 오히려 모함당하고

임금으로부터 벌을 받기도 한다. 그러나 그는 백의종군한다. 아무런 직위도 없이 전장에 뛰어든다. 명량해전에서 대승을 거두고, 노량해전에서 끝내 목숨을 버린다. 그야말로 살신성인殺身成仁(위령공편 8장)이다. 그는 '진중음陣中吟'이라는 시에서 솔직한 심정을 노래한다. 이 시는 오언율시로 8구 4연으로 되어 있는데, 제5·6구에 "誓海魚龍動, 盟山草木知"서해어룡동 맹산초목지라는 표현이 있다. 이는 '바다에 맹세하니 물고기와 용이 감동하고, 산에 맹세하니 풀과 나무가 알아준다.'라는 뜻이다. 아, 여기서 남이 알아주기를 바라는 마음을 찾을 수 있는가! 남이란 기껏해야 바다와 산이다. 풀과 나무가 알아준다고 읊고 있다. 오롯이 나라를 위하는 우국충정과 결연한 의지를 드러내고 있을 뿐이다. 그러니 이순신은 논어가 말하는 제1호 군자다!

　나는 어찌 살아왔는가. 군자로 살아왔는가. 조그만 일을 하더라도 남이 알아주기를 바라지 않았는가. 알아주지 않으면 성내고 화내고 원망하지는 않았는가. 논어 학이편 마지막인 16장에, "공자께서 말씀하셨다. '남이 나를 알아주지 않는다고 걱정할 것이 아니라, 내가 남을 알아보지 못하는 것을 걱정해야 한다.'(子曰 不患人之不己知요 患不知人也자왈 불환인지불기지 환부지인야니라)"라는 말이 나온다. 아, 그렇구나. 내가 남을 알아주지 못하는 것을 걱정해야 하는구나.

2. 근본에 힘쓴다

有子曰 其爲人也孝弟요
유자왈 기위인야효제
而好犯上者鮮矣니 不好犯上이요 而好作亂者未之有也니라
이호범상자선의 불호범상 이호작란자미지유야
君子는 務本이니 本立而道生하나니
군자 무본 본립이도생
孝弟也者는 其爲仁之本與인저
효제야자 기위인지본여

—학이1-2(1,2)

군자는 학이편 2장에 바로 이어서 나온다. 공자가 나오지 않고, 대신
유자라는 사람이 등장한다. 그러면서 효제와 군자를 연결한다. 이를
풀이하면 다음과 같다.

유자가 말했다. "그 사람됨이 효성스럽고 공경하는데, 윗사람에게 대들
기를 좋아하는 자는 드물다. 윗사람에게 대들기를 좋아하지 않는데, 난
일으키기를 좋아하는 자는 아직 없었다. 군자는 근본에 힘쓰니, 근본이
바로 서야 도가 생기는 법이다. 효성과 공경은 아마도 인을 행하는 근본이
리라."

어렵다. 군자는 근본에 힘쓰는 사람이라니, 이 무슨 뜻일까? 한 구절
에 근본이란 말이 연거푸 나온다. 여기에 힌트가 있지 않을까.
효제孝弟, 바로 효성과 공경이다. 효제는 공자 가르침의 핵심이다.

효孝란 글자를 풀이하면, 아들(子)이 노인(老)을 업고 있는 형상이다. 좀 더 확장하면, 젊은 사람이 나이 드신 어른을 받든다는 뜻이다. 한마디로 '효도'를 말한다. 제悌는 다른 한자 제悌와 같은 글자로 공경, 우애란 뜻이다. 아우가 형을 받든다는 말이다. 이 효제가 인을 행하는 근본이라고 했다. 인仁이란 또 무엇인가. 어질다는 뜻이다. 글자를 보면 사람(人)이 둘(二)이다. 사람이 둘 이상이 되면 질서가 있어야 한다. 그 질서의 핵심은 바로 효성과 공경이다. 서로 모르는 남자와 여자가 만나 부부가 된다. 그 부부는 자식을 낳아 가家를 이룬다. 남편, 아내, 아들, 딸이라는 이름으로 한 지붕 아래서 가족이 된다. 가정은 질서가 있어야 돌아간다. 그것이 바로 효제다. 자식은 어버이에게 효도해야 하고, 아우는 형을 공경해야 한다. 반대로, 어버이는 자식을 사랑해야 하고, 형은 아우를 아껴야 한다. 이것이 인의 근본이다. 피와 운명으로 이루어진 가족 공동체에서 인은 아주 중요한 덕목이다.

논어에서 인은 군자만큼이나 많이 나온다. 어떤 학자는 106번 나온다고 하고, 또 어떤 학자는 109번 나온다고 한다. 중국 청대의 학자 완원阮元은 105번 나온다고 했다. 군자는 논어 전편에서 107번 나온다는 것에 이견이 없다. 내가 직접 확인한 거라서 의심의 여지가 없다. 그런데 인은 학자마다 좀 차이가 있다. 아마도 오랜 세월에 걸쳐 논어가 편집되고 추가되면서 달라졌을지 모른다. 그만큼 판본도 다양하다. 핵심은 인이 군자만큼 많이 등장한다는 사실이다. 그만큼 인이 논어에서 중요하다는 뜻이다.

자, 원문으로 돌아가 보자. 군자는 근본에 힘쓴다고 했다. 근본이 바로 서면 도가 생겨난다고 했다. 여기서 군자의 근본은 인을 가리키고, 그 인은 '효제'를 말한다고 볼 수 있다. 누구나 효성과 공경을 다 하면 군자가 되고, 그 상황에 다다르면 온갖 길(道)이 생겨난다. 이 말은 딱 들어맞는다. 예로부터 부모에게 효도할 줄 모르고, 형제간에 우애가 없는 사람은 대우하지 않았고, 벼슬조차 할 수 없었다. 이것이 조선 오백 년을 지탱해 온 유교 윤리다. 효제를 알고 실천하는 자는 사람들이 먼저 알아보았고, 나라에서도 인재로 등용했다. 이러한 생각은 인공지능(AI)이 지배하는 오늘날에도 여전히 유효하다.

학이편 2장은 유자가 한 말이다. 유자는 공자의 제자 중에 키가 크고 출중하여 스승의 용모를 닮은 인물로 유명하다. 이름이 약若이라서 유약으로 불리었는데, 나중에 공자의 가르침을 이을 후계자로 추대되기까지 한다. 하여 후세 사람들은 유약을 높이어 '유자有子'라고 불렀다. 여기서 '자子'는 아들이 아니라 '선생'이란 뜻이다.

군자를 말하기 전에 먼저 효제를 말하고 있다. 효도와 공경을 할 줄 아는 사람치고 대드는 사람을 보지 못했고, 대들지 않는 사람이 나라를 어지럽히는 것을 보지 못했다고 일갈하고 있다. 바로 이어서 유자는 근본에 힘쓰는 사람이 바로 군자라고 말한다. 군자의 근본은 인이요, 인의 근본은 효성과 공경이라고 재차 강조한다.

유자는 어찌 이렇게 자신 있고 당당하게 말할 수 있었을까? 말은 유자가 했지만, 스승인 공자의 가르침을 대신 말했다고 보아야 한다. 논어는 공자가 한 말을 주로 적었지만, 제자가 한 말이나 제자들이 서로 주고받은 말도 많다. 비록 제자가 한 말이지만, 그 역시 스승의 가르침에서 나왔으니 공자의 말이나 다름없다. 공자는 평생을 근본에 힘쓴 사람이기 때문이다.

3. 중후하지 않으면 위엄이 없다

子曰 君子不重則不威니 學則不固니라
主忠信하며 無友不如己者요 過則勿憚改니라

—학이1-8(1,3)

학이편 몇 장을 뛰어넘어 또 군자란 말이 보인다. 반갑다. 논어를 읽다가 문장 속에 군자가 보이면 일단 동공이 커진다. 한참을 뚫어져라 보고 나면, 이 두 글자가 둥둥 떠서 마음속에 들어와 박힌다. 말마다 촌철살인이다. 날카로운 경구요, 허를 찌르는 칼이다. 군자란 말이 나오지 않는다고 하여 훌륭하지 않은 논어가 있을까마는, 군자가 들어 있으면 더 다가가게 된다. 학이편 8장을 풀이하면 다음과 같다.

공자께서 말씀하셨다. "군자가 중후하지 않으면 위엄이 없다. 배워도 견고하지 못하다. 최선을 다하고 진실할 것이며, 나보다 못한 자와 벗하지 말고, 잘못이 있으면 고치기를 꺼리지 말아야 한다."

군자는 중후하지 않으면 위엄이 없다! 아, 이 무어란 말인가. 많은 학자가 '무거울 중重'자를 중후로 풀이했다. 중후하다는 말은 태도가 정중하고 무겁다는 뜻도 되고, 학식이 깊고 덕망이 두텁다는 뜻도 된다. 핵심은 '무게'다. '저 사람 참 무게가 있다, 행동이 무거워' 등 이런 식으로 표현한다. 몸무게가 많이 나가면 무거운 사람일까. 깡마른 사람은 무게가 나가지 않기 때문에 중후하다고 할 수 없을까. 여기서 무게란 말과 행동, 즉 언행을 뜻함이 틀림없다. 말과 행동을 조심하지 않는 사람은 무게가 없어 중후하지 않다. 늘 언행에 신중해야 함을 강조하고 있다. 중후하지 않으면 위엄이 없다. 다시 말해, 말과 행동이 가볍고 망령된 사람은 카리스마가 생길 리 없다.

공자는 군자를 말하면서 한마디를 더한다. 중후하지 않은 사람은 위엄도 없을뿐더러, 배워도 견고하지 못하게 된다고! 공자가 평생을 늘 배우고 가르치면서 제자에게 던진 말이다. 이건 어디서 쑥 나온 말이 아니고, 깊은 체험과 깨달음에서 우러나온 참말이다. 그렇다. 중후하지 않은 사람도 배울 수는 있다. 그러나 그 배움은 무게가 없어 쌓이지 않고 다 새어나갈 수밖에 없다.

위정편 15장에, "공자께서 말씀하셨다. 배우기만 하고 사색하지 않으면 얻는 것이 없고, 사색하기만 하고 배우지 않으면 위태롭다(子曰 學而不思則罔하고 思而不學則殆니라)."라는 말이 나온다. 여기서 눈여겨볼 말은 배움과 사색이다. 배우고 난 뒤에는 반드시 깊은 사색이 동반되어야 한다. 사색하는 사람은 중후하다. 무게가 있어 보인다. 마치 소가 풀을 뜯어 먹고 진중하게 누워 되새김질하듯이. 배운 바를 하나하나 곱씹으며 사색하지 않으면, 마치 그물망에 고기가 걸리지 않는 것처럼 얻는 것이 없다. 반대로, 사색하기만 하고 배우지 않으면 독선과 아집에 빠져 오히려 위태로울 수 있다.

공자는 또 말을 잇는다. 군자는 중후해야 할 뿐만 아니라, 매사 최선을 다해야 하고 진실해야 한다. 그리고 자기보다 못한 자와는 사귀지 말라고 한다. 앗, 이 무슨 말인가? 아니, 다른 분도 아니고 공자가 이런 말을 하다니 선뜻 받아들여지지 않는다. 누구나 찾아오면 제자로 삼고,

열심히 가르침을 베풀고, 천하를 도모한 공자가 아닌가. 자기보다 못하면 벗으로 삼지 말라고?

　이 말은 학자마다 의견이 갈린다. 다수의 학자는 자기보다 못한 사람은 도움이 되지 않으니 사귀지 않는 것이 좋다는 뜻으로 해석한다. 예를 들어, 한나라의 유향劉向이 편찬한 설화집인 『설원』〈잡언〉편에 이런 내용이 있다. 공자가 세상을 떠난 후 자하와 자공을 비교하는 이야기가 나오는데, 자하는 날로 학문이 늘어났고, 자공은 날로 학문이 줄어들었다. 왜냐하면, 자하는 현명한 사람과 어울리는 것을 좋아했고, 자공은 자기보다 못한 사람을 좋아했기 때문이라고 했다. 이로 보면 위 해석이 맞다.

　또 하나는, 원문의 無友不如己者(무우불여기자) 중에 '不如己(불여기)'를 자기만 못한 사람이라고 보지 않고, 자기의 생각과 다른 부류의 사람이라고 해석한다. 가만히 보면, 이 말에 수긍이 간다. 공자가 살던 시대는 춘추시대라 하여, 주나라가 망하고 제후들이 들고일어나 자신이 왕이라고 하면서 세력을 떨치던 시기다. 이런 시대적 흐름에서 '제자백가諸子百家'라는 다양한 학파가 나타나는데, 이들은 어지러운 세상을 구해보겠다고 나름의 논리와 주장을 펼친다. 유가, 법가, 도가, 묵가 등이 그것이다. 공자는 유가 학파를 이끌었던 대표적인 인물이다. 이런 상황에서 '자기보다 못한 사람과는 사귀지 말라.'라는 공자의 말은, 다른 학파와 논쟁을 벌이기보다는 유가의 주장을 더 견고히 하는 게 더 낫다는 뜻으로 다가온다. 나는 이 해석이 옳다고 본다.

　위정편 16장에, "공자께서 말씀하셨다. 이단을 공격하면 해로울 뿐이다(子曰(자왈) 攻乎異端(공호이단)이면 斯害也(사해야)已니라)."라는 말이 나온다. 이 말이 위와 같은 논리를 뒷받침하고 있다. 예를 들어, 유가와 묵가는 펼치는 주장이 정말 달랐다. 여기에 우열을 가릴 수 있었겠는가. 놀랄 만한 일이 있다.

송나라 시대의 주회는 공자가 말한 공호이단攻乎異端을 '이단을 전공하다'로 풀이했다는 사실이다. 주회가 어떤 사람인가. 논어를 재해석하여 성리학을 만든 인물이 아닌가. 이 공로로 주회는 주자로 격상되었고, 그의 학문은 주자학이라고 불리었다.

더 충격적인 일은, 조선이 성리학을 국시로 삼으면서 이 말은 주야장천 억불숭유의 구실이 되었다는 사실이다. 모름지기, 조선 사대부는 불교를 공부해서는 안 된다고! 정말 어처구니가 없다. 어찌 칠 공攻 자를 전공, 즉 공부라고 해석했을까. 송나라 시대, 정확히 말하면 남송 시대에도 불교를 억압하는 것이 급선무였기 때문이다. 주회는 유교는 물론 불교에도 달통했던 인물이다. 불교를 너무도 잘 알기에 유교를 내세우기 위해서는 이런 해석이 필요했을지 모른다. 어찌 보면, 공자의 가르침을 왜곡한 거나 다름없다. 조선은 오백 년 동안 주회의 이런 해석을 그대로 따랐다.

마지막으로, 공자는 학이편 8장에서 군자를 말하면서 아주 멋진 말로 마무리한다. 바로 과즉물탄개過則勿憚改! 잘못이 있으면 고치는 것을 꺼리지 말라! 와, 군자는 잘못이 있으면 바로 고치는 사람이다. 둘러대거나 머뭇거리거나 하지 않고 바로 잘못을 인정하고 개선하는 사람이다. 그리고 똑같은 잘못을 다시는 저지르지 않는 사람이다. 정말 멋지다.

나는 살아오면서 어찌하였는가. 중후하게 말하고 행동하였는가? 생각이 다른 사람을 공격하지는 않았는가? 잘못이 있으면 바로 인정하고 고치었는가? 두 번 다시 그 잘못을 반복하지는 않았는가? 암만 생각해도 부끄럽다. 그러니, 군자의 길은 멀기만 하다.

4. 배부름과 편안함을 구하지 않는다

子曰 君子食無求飽하며 居無求安하며 敏於事而愼於言이요
就有道而正焉이면 可謂好學也已니라

—학이1-14(1,4)

학이편에 군자란 말이 네 개의 장에서 나오는데, 이 14장은 마지막 장이다. 이를 풀이하면 다음과 같다.

공자께서 말씀하셨다. "군자가 먹을 때 배부르기를 구하지 않고 거처할 때 편안하기를 구하지 않으며, 일에는 민첩하고 말은 신중히 하며, 도가 있는 사람에게 나아가 자신을 바로 잡는다면, 이를 일러 배움을 좋아한다고 말할 수 있다."

참으로 멋진 말이다. 군자는 배부름과 편안함을 구하지 않는다! 첫 마디부터 의미심장하다. 군자는 절제가 필요함을 강조한다. 이어서 군자의 태도를 말한다. 일은 빠르게 처리하고 말은 신중하게 하며, 도가 있는 사람을 찾아가 옳고 그름을 물어 자신을 바로 잡는다면, 이 사람이야말로 배우기를 좋아하는 사람이다.

학이편 14장에서 공자가 말하고자 하는 바는 호학, 즉 배우기를 좋아하는 사람이다. 적어도 배우기 좋아하는 사람이라야 군자라고 부를 수 있다. 배우는 데는 절제가 없이는 불가능하다. 그래서 군자가 되기 위해서는 첫 번째로 배부름과 편안함을 바라지 않아야 한다. 나는 이 말을 보면서 공자의 수제자 안회가 생각났다. 옹야편 9장에, "공자께서 말씀하셨다. '어질구나, 안회여. 한 그릇의 밥과 한 바가지 물을 마시며 누추한 거리에서 살게 되면 사람들은 보통 그 고통을 견디지 못하는데, 안회는 오히려 그런 삶을 편안하게 즐기는구나. 어질구나, 안회여.'(子曰 賢哉라 回也여 一簞食와 一瓢飮으로 在陋巷을 人不堪其憂어늘 回也不改其樂하니 賢哉라 回也여)"라는 말이 나온다.

안회, 그는 누구인가? 자가 자연子淵이라서 '안연'이라고도 하고, 공자 다음가는 성인이라고 하여 '안자'라고도 불렀다. 논어 스무 편 중에 안연이란 편이 따로 있을 정도다. 물론, 편 이름은 처음 시작하는 말을 따서 지은 것이지만. 공자가 안회를 얼마나 아끼고 사랑했는가 하면, 안회가 젊은 나이에 죽자 하늘이 날 버린다고 하면서 통곡했다는 기록이 있다(선진편 8장). 공자는 안회를 잃고 나서 그토록 슬퍼했다. 너무도 아까운 제자였기에….

어느 날 TV에서 영화 채널을 검색하다가 혹시 공자를 주제로 한 영화가 있는지 살펴보았다. 있었다. 얼른 구매하여 보았다. 와, 이렇게 감동적일 수가! 사람은 그렇다. 자신이 마음에 품고 있던 것을 발견하면 희열이 터져 나온다. 두 번이나 보았다. 이제까지 논어를 공부하면서 알고 있던 내용을 잘 녹여내고 있었다. 내가 본 영화는 감독판인데 제목이 〈공자_춘주천국시대〉이다. 2010년 2월에 개봉했고, 그 유명한 주윤발이 공자 역을 맡아 열연했다. 역시 주윤발이다. 위엄을 잃지 않으면서도 인간미 넘치는 연기를 선사했다.

영화에 안회가 자주 등장하는데, 마치 그림자가 형체를 따르듯이 늘 공자 곁을 지키고 있었다. 가장 큰 감동은 안회가 물속에 잠긴 죽책을 건져 올리려다가 죽는 장면이다. 공자 일행이 추운 겨울에 어디론가 이동하다가 얼음 위를 지나가게 되는데, 금이 쫙 가면서 얼음이 깨져버린다. 수레가 물에 빠지고, 수레에 실려 있던 소중한 죽책들도 속수무책으로 물속에 잠겨버린다. 다른 사람은 지켜만 보고 있는데 안회는 그냥 뛰어든다. 얼음물 속이 얼마나 차가웠을까. 죽책을 다 건져 올리려다가 안회는 물속에서 나오지 못하고 그만 숨을 거둔다. 아, 이 얼마나 숨막히는 장면인가. 사실 안회가 어떻게 죽었는지에 관한 기록은 없다. 영화는 상상력을 동원해서 이런 연출을 한 것 같다.

옹야편 2장에, "노나라 애공이 '제자 가운데 누가 배우기를 좋아합니까?'라고 물으니, 공자가 대답했다. '안회라는 제자가 있는데, 배우기를 좋아하여, 노여움을 타인에게 옮기지 않고, 같은 잘못을 두 번 되풀이하지 않았는데, 불행히도 명이 짧아 죽었습니다. 지금은 그런 사람이 없고, 배우기를 좋아하는 자가 있다는 얘기를 아직 들어보지 못했습니다.'(哀公이 問 弟子孰爲好學이니잇고. 孔子對曰 有顔回者好學하야 不遷怒하며 不貳過하더니 不幸短命死矣라 今也則亡하니 未聞好學者也케이다)"라는 애공과 공자의 대화 장면이 나온다. 이 역시 공자가 안회를 어떻게 생각했는지를 잘 보여주는 대목이다.

공자는 제자 중에서 배우기를 제일 좋아하는 사람은 안회라고 보았다. 노나라 군주인 애공에게 이렇게 말했을 정도이니 확실하다. 안회는 단사표음簞食瓢飮, 즉 한 그릇의 밥과 한 바가지의 물이면 충분했으니 그야말로 배부름과 편안함을 구하지 않은 군자다. 그러면서 배우기를 그렇게 좋아했다. 공자도 평생 배우기 좋아했으니, 자신을 닮은 안회가 정말 마음에 들었으리라.

조선시대에 청백리가 모두 217명이 배출되었다고 한다. 그중 황희나 맹사성은 유명한 분이다. 두 분 다 세종 때의 인물로서 정승을 지내면서도 배부름과 편안함을 구하지 않았다. 청백리란 재물에 대한 욕심이 없이 곧고 깨끗한 관리를 말한다. 후대의 표본으로 삼고자 관리가 죽고 나면 의정부에서 임금의 재가를 받아 뽑았다. 오늘날에도 청백리상이 있고, 공무원에게 무엇보다 청렴을 강조한다. 그러니까 배부름과 편안함을 구하지 않는 것이 곧 청렴이고, 그 원류는 논어에 있었다. 그러니 논어를 공부할 수밖에!

학이편 14장에서 한 가지 더 눈에 띄는 것이 있다. 호학, 즉 배우기를 좋아하는 기준에 '도가 있는 사람에게 나아가 자신을 바로 잡는다면'이라는 구절이 있다. 이 말이 참 의미가 있다. 언뜻, 불교의 대승 경전인 『화엄경』〈입법계품〉에 나오는 선재 동자 이야기가 떠오른다. 선재 동자는 진리를 얻기 위해 53명의 선지식을 찾아다닌다. 선지식이란 깨달은 스승을 말한다. 여기서 말하는, 도가 있는 사람이란 이 선지식을 말하지 않을까 싶다. 스스로 스승을 찾아가 묻고 점검을 받으며 자신도 깨달음의 길로 나아가는 것이다. 이렇게 해야만 군자가 될 수 있고 부처가 될 수 있다! 공자는 붓다보다 조금 후대의 사람이지만, 어찌 생각하는 것이 이렇게 닮아 있는지 모르겠다.

5. 하나의 틀에 얽매이지 않는다

子曰 君子는 不器니라
　자왈　　군자　　　불기

—위정2-12(1,5)

　이제 군자란 말은 한참을 뛰어넘어 위정편 12장이나 가서야 나타난다. 논어 전편이 다 주옥같은 말씀이다. 군자가 나오지 않는다고 하여 허투루 넘길 문장은 없다. 앞에서도 말했지만, 군자가 나오면 뭔가 더 의미 있게 다가온다. 마치 논어의 숲에서 사람을 보는 듯하기 때문이다. 진정한 사람의 모습 말이다. 위정편 12장의 '군자불기'란 말은 정말 간단하다. 논어에서 단 네 글자로 한 장을 이룬 것은 아마도 이뿐인가 싶다. 이를 풀이하면 다음과 같다.

　　공자께서 말씀하셨다. "군자는 그릇이 아니다."

　군자불기에서 '불不'은 아니다(非)로 해석한다. 가장 핵심은 '그릇(器)'이란 말이다. 이를 어떻게 보아야 할까. 나는 군자불기를 이해하기 위하여 도올 김용옥 선생의 논어 강의를 비롯하여 권위 있는 학자가 쓴 책을 탐독했다. 여기서 그릇이란 말은 어느 하나에 한정된 틀이라고 보아야 한다. 주희는 『논어집주』에서 그릇을 '한 재주, 한 기예'라고 보았다. 따라서 군자불기란, 군자는 하나의 틀에 얽매이지 않는 사람,

한 재주나 한 기예에 머무르지 않고 두루두루 할 줄 아는 사람이라고 해석할 수 있다.

『역경』〈계사 상전〉 마지막 장에, "形而上者, 謂之道. 形而下者, 謂之器."라는 말이 나온다. 이는 형이상학적인 것을 도라고 하고, 형이하학적인 것을 기라고 한다는 뜻이다. 대학에서 철학을 배울 때 이 말이 얼마나 어려웠는가. 형이상학이니 형이하학이니 하며 뜻도 제대로 알지 못하면서 씨불였다. 내 기억으로는 눈에 보이지 않는 학문은 '형이상학'이고, 눈에 보이는 학문은 '형이하학'이라고 배운 것 같다. 관념론이냐 유물론이냐 하면서 논쟁을 벌이기도 했다. 지금 보니 딱 맞다. 『역경』에서 공자가 이미 말해 놓았기 때문이다. 눈에 보이지 않는데도 엄연한 실재가 있다. 이것이 도道다. 그것이 형태로 나타나서 보이는 현상이 기器다. 주희는 도를 체體라고 하고, 기를 용用라고 했다. 체란 갖추어지지 않음이 없다는 뜻이고, 용이란 두루 하지 않음이 없다는 뜻이다. 이로 보면, 군자불기에서 그릇이란 눈에 보이는 기물 또는 물질이다.

고대 그리스 철학자인 플라톤이 생각난다. 플라톤이 누구인가. 소크라테스의 제자로서 그 유명한 이데아 설을 제창했다. 이데아는 보이지는 않지만, 실제로 존재하는 참 진리의 세계다. 세상은 이 이데아에 의하여 움직이고 있다. 우리 눈에 보이는 물질세계는 이 이데아의 그림자일 뿐이다. 플라톤은 '동굴의 비유'에서 이러한 그의 주장을 적나라하게 설명한다. 대학 다닐 때 귀가 따갑게 들은 이야기다. 언뜻 보면, 공자가 말하는 도와 기, 주희가 말하는 체와 용이 이와 맞닿아 있다.

다시 군자불기로 돌아가 보자. 『역경』에서 공자는 그릇을 형이하자로 정의했다. 뭔가 있으나 그 아래에 있는 것, 즉 기물로 보았다. 군자는 눈에 보이는 기물에 머물러서는 안 된다, 그 이상이 되어야 한다! 바로 이거다. 한정된 틀을 뛰어넘어 눈에 보이지 않는 실재인 도의 경지까지 오를 수 있어야 한다. 와, 어렵다. 이 무어란 말인가. 군자가 되려면 그릇이 되지 말라니…. 흔히 듣는 큰 그릇은 늦게 이루어진다는 대기만 성大器晩成의 그릇과는 다른 개념이다.

군자불기란, 내가 생각하기에 리더가 갖추어야 할 큰 생각, 이른바 통섭적 사고 능력이다. 통찰 또는 넓은 도량이라고 할까. 나무만 보는 것이 아니라, 숲까지 볼 줄 아는 지도자의 역량이다. 그릇이란 반드시 용도가 있다. 그 쓰임에 따라 밥그릇, 국그릇이라고 한다. 군자는 쓰임에 따라 역할을 다하는 것도 중요하지만, 그것을 뛰어넘을 줄 알아야 한다. 맨날 밥만 담아 먹으면 그것은 영원한 밥그릇이다. 그릇이지만, 무엇이든 다 담을 수 있어야 한다. 이른바 대인, 큰 사람이다. 그릇을 전문적 기술자로 비유하기도 한다. 어느 한 가지에 뛰어난 사람 말이다. 물론 이것도 중요하지만, 다른 것도 볼 줄 알고 할 줄 알아야 한다.

요즘은 창의융합적 사고를 요구하는 시대다. 서로의 영역을 가로지르는 통섭적 사고가 필요하다. 이념과 종교가 서로 달라도 포용할 수 있는 그런 자세 말이다. 어느 한 가지 이념, 종교에 빠져 다른 것은 아예 거들떠보지도 않고 무조건 배척하는 행태가 만연해 있다. 이것은 큰 문제다. 내 얘기를 잠깐 하겠다. 나는 그동안 불교를 공부해 왔다. 이제는 논어를 공부하고 있다. 논어가 유교의 원류이니까. 대학 때에는 성경을 공부한 적도 있다. 하여 단언컨대, 나는 다른 것을 배척하지 않는다. 오히려 서로 비추어 보는 거울로 삼고 있다. 작게나마 군자불기를 실천해 온 걸까.

6. 먼저 실천하고 말은 나중에 한다

子貢이 問君子한대
_{자공}　_문_{군자}
子曰 先行其言이요 而後從之니라
_{자왈}　_{선행기언}　_{이후종지}

—위정2-13(1,6)

어느 날 퇴근길이었다. 신호를 기다리기 위해 잠시 차를 멈추었다. 순간 뭐가 눈에 확 들어왔다. 바로 옆에 큰 트럭이 와 있었는데, 높다란 운전석 문짝에 평소 익은 글귀가 보였다. 와, 이건 내가 얼마 전에 노트에 옮겨 적은 그 명구! 나는 그때도 논어에 빠져 있었다. 그래서 군자가 나오는 글귀를 모두 손수 적으며 마음에 새기고 있던 터였다. 바로 그 말, 공자가 자공에게 준 일침! '선행기언, 이후종지'였다. 이 말이 트럭 운전석 쪽에 아주 선명히 쓰여 있었다. 그것도 한글이 아닌 한자로! 이글의 원문인 위정편 13장을 풀이하면 다음과 같다.

　　자공이 군자에 대해 물었다. 공자께서 말씀하셨다. "군자는 말에 앞서 먼저 행하고 나중에 말을 한다."

참으로 멋진 말이다. 운전사가 어찌 이 말을 알고 운전석 잘 보이는 곳에 보란 듯이 적어놓았을까. 그것도 트럭에 이런 명구가 적혀 있으니 더 멋져 보인다. 트럭은 큰 짐을 싣고 옮기는 차량이다. 그것도 멀리,

그리고 아주 귀중한 것을 배달하고 있을지도 모른다. 늘 안전에 신경 써야 하고, 고객이 요구하는 시간에 맞추어야 한다.

이 얼마나 어려운 일인가. 그렇다면 운전사에게 필요한 덕목은 무엇일까. 바로 이거다. 말보다는 실천! 고객에게 먼저 물건을 배달하고 말은 나중에 하는 것! 마치 택배 기사가 로켓 배송을 한 후에, 문자로 배달을 완료했노라고 문자를 주는 것과 같다. 아마도 트럭 운전사는 트럭에 오를 때마다 고객과의 실천 약속을 다짐하고자 이 문구를 적어 놓았으리라. 그것은 한마디로, 신속 정확성이었으리라.

위정편 13장에 나오는 이 말은 어떤 배경에서 나왔을까. 논어를 읽다 보면 맥락이 보인다. 바로 '자공'을 주목하지 않을 수 없다. 다른 사람이 아닌 자공이 질문했기에 공자가 이렇게 대답했을지 모른다. 자공, 그는 누구인가. 공문십철, 즉 공자의 뛰어난 열 명의 제자 중 한 사람이다. 재아宰我와 더불어 언어에 탁월했다는 평을 듣는다. 제나라가 노나라를 치려고 할 때, 공자의 허락을 받고 오나라와 월나라를 설득하여 노나라를 구한 적이 있다. 그 정도로 언변이 뛰어나고 외교에도 능했다.

자공의 이러한 능력은 경제적인 면에서도 유감없이 드러나 부를 쌓는데도 탁월했다. 공자가 제자들과 천하를 돌아다닐 때, 자공은 든든한 버팀목이자 후원자였다. 돈벌이를 잘하면서도 배움을 게을리하지 않아 늘 공자 곁에 있었다. 논어 전편에서 자공 이야기가 자주 나온다. 그 정도로 영리하고 사교에 능한 사람이었다. 성은 단목端木이고 이름은 사賜다. 자공은 그의 자다. 논어에서 공자는 자공을 부를 때 '사야'라고 하는 장면이 많다. 이는 스승이 친근하게 제자 이름을 부른 것이다.

그런데 왜 공자는 자공에게 말보다는 실천을 먼저 하라고 일침을 놓았을까? 만일 안회가 물었더라도 이렇게 대답했을까? 바로 이거다. 자공은 말을 잘했기에 말보다는 실천을 먼저 하라고 가르쳤다. 실천을 먼저 하고, 나중에 말이 따르면 더 훌륭한 사람이 되겠기에! 공자의 제자 사랑이 넘친다. 이른바 '맞춤형 교육'을 했다고 봐야 한다. 말을 많이 하다 보면 실수하게 마련이고, 말을 아무리 잘한들 실천이 따르지 않으면 공허해질 수밖에 없다. 공자는 말만 번지르르하게 잘하는 사람을 경계했다.

예를 들어, 교언영색巧言令色 하는 사람을 싫어했다. 학이편 3장에서 공자는 말을 교묘하게 하고 얼굴빛을 꾸미는 사람치고 어진 자가 드물다고 말했다. 또, 눌언민행訥言敏行 하라고 했다. 이이편 24장에서 공자는 군자는 말은 어눌해도 실천은 민첩해야 한다고 가르쳤다. 이는 나중에 다시 언급할 기회가 있을 것이다.

이처럼 공자는 말보다는 실천을 강조했다. 언행일치를 넘어서 먼저 행할 것을 주문하고 있다. 말을 했으면 반드시 실천하는 언행일치가 아니라, 말을 하기 전에 먼저 실천하라고 하니 이 얼마나 큰 울림인가. 공자가 죽은 지 한참 후에 실천과 관련된 주장이 나왔다. 바로 '선지후행先知後行'이니 '지행합일知行合一'이니 하는 말이다. 선지후행은 송대에 성리학을 확립한 주희의 가르침이다. 먼저 확실히 알면 실천은 당연히 따른다는 주장이다. 여기서 앎이란 도덕적 도리를 말한다. 실천하지 않는 것은 도리를 확실히 알지 못하기 때문이라고 한다.

그러나 지행합일은 좀 다르다. 이는 명대의 유학자인 왕수인이 양명학을 완성하면서 주장한 말이다. 아는 것과 실천은 모두 마음의 작용으로서 하나라고 본다. 알고도 행하지 않는 것을 어떻게 볼 것이냐의 문제다. 예를 들어, 유교의 기본인 삼강오륜을 잘 알면서도 불효를 저지른다면 아는 것이 무슨 소용이 있느냐는 거다. 지행합일은 아는 것과 실천은 서로 다르지 않다고 주장한다. 그러면서 앎이란 실천함으로써 완성된다고 강조한다.

선지후행과 지행합일은 모두 공자 후대에 나온 주장이다. 공자의 가르침은 세월이 흐르면서 새롭게 해석되고 각색되기도 했다. 그러나 핵심을 잘 짚어야 한다. 말보다 행, 아는 것보다 실천! 공자가 말하고자 하는 바는 바로 이거다. 많이 안다고 떠들어본들 뭐 하나. 실천이 따르지 않으면 소용이 없다. 그것은 공염불에 지나지 않는다. 참으로 무서운 말이다. 막상 내가 하고자 하면 어려운 일이니까. 군자는 먼저 실천하고 말은 나중에 하는 사람이다. 트럭 운전사처럼, 택배 기사처럼 그렇게 말이다.

7. 두루 사귀되 편을 가르지 않는다

子曰 君子는 周而不比하고
小人은 比而不周니라

논어를 탐독하다가 때로는 깊은 생각에 잠긴다. 논어 전편을 여러 번 읽었지만, 그중 나는 유독 군자라는 말에 꽂혀 글을 쓰고 있다. 이제까지는 군자라는 두 글자가 파편처럼 튀어나왔다. 그러나 여기서는 새롭다. 바로 군자를 소인과 대비하여 말하고 있다. 군자와 소인이라…. 군자는 앞에다 성인을 붙여 '성인군자', 소인은 뒤에다 배輩를 붙여 '소인배'라고 부른다. 그렇다면 군자는 성인이고, 소인은 모리배라는 뜻인데 무엇을 말하려고 하는 걸까. 위정편 14장을 풀이하면 다음과 같다.

공자께서 말씀하셨다. "군자는 두루 사귀되 편을 가르지 않는다. 소인은 편을 가르되 두루 사귀지 못한다."

논어를 읽으면서 난감할 때가 있다. 번역하는 사람마다 용어를 달리 쓰기 때문이다. 물론 원문을 담고 있는 영인본을 가지고 있다. 한학에 정통하지 않고는 원문을 해독하기란 쉽지 않다. 그래서 내가 채택한

44   제1편 알아주지 않아도 서운해하지 않는 사람

방법은 원문 한자를 나름대로 보면서 여러 번역자의 풀이를 참고하는 것이다. 한참을 들여다보면 공통점이 보인다. 마치 의사결정을 할 때 다수의 의견을 채택하는 것과 같다. 이 위정편 14장도 마찬가지다. 주이불비에서 주周와 비比를 참 다양하게 해석한다. 주를 원만하다, 사람을 공평하게 대하다, 두루 넓다 등으로, 비는 편을 가르다, 편당을 짓다, 편협하다 등으로 해석한다.

나는 가능하면 쉬운 우리말을 쓰려고 한다. 논어는 조선 선조 때나 와서야 훈민정음(언문)으로 번역되는데 참으로 회한한 일이 아닐 수 없다. 유교 국가인 조선에서 훈민정음을 만들고 나서 제일 먼저 한 일은 불경을 언해 한 일이다. 사서삼경 등 유교 경전이 아니고 부처님 말씀을 번역하다니! 그 이유를 여기서 논하고 싶지는 않다. 다만 논어도 가능하면 쉬운 우리 말글로 표현하는 것이 좋다. 나는 그렇게 하려고 한다. 뜻이 크게 벗어나지 않는 한 본문에 충실하면서 말이다.

군자는 두루 넓은 사람이다. 소인은 한쪽으로 치우치는 사람이다. 군자는 원만하여 사람을 잘 사귀지만, 소인은 좋아하는 사람만 사귄다. 군자는 친하게 지내지만 결탁하지 않고, 소인은 그 반대다. 군자는 사리사욕을 따지지 않고 누구나 등용하지만, 소인은 자기에게 맞는 사람만 쓴다. 공자는 왜 이런 말을 했을까. 논어 편집자들은 뒤에서도 수없이 군자와 소인을 대비시켜 스승 공자의 말을 적고 있다. 왜, 하필이면 이렇게 비교 요법을 썼을까?

고전으로 남은 성인의 말은 정말 탁월하다. 우선 쉽게 말한다. 예를 들어서 말하고, 수준에 맞추어 대상을 비교하면서 말한다. 그래야 대중이 알아듣기 쉬우니까. 아마도 군자와 소인도 그런 맥락일 것이다. 그 혼란한 춘추시대에 군자는 눈에 띄지 않고, 소인배만 난무했을 것이다. 공자는 이상적인 인간형, 군자를 그린 것이다. 적어도 나라를 다스리고

자 하는 자는 소인이 아니라 군자라야 한다고! 사람을 어찌 처음부터 군자와 소인을 구별할 수 있겠는가. 공자는 사람을 등급으로 매기지 않았다. 이건 불교의 창시자 붓다도 마찬가지다. 기존 브라만교의 사성 제도의 타파를 외치면서 누구나 깨달으면 부처가 될 수 있다고 외쳤다. 공자도 그랬다. 어질고 예를 지킬 줄 아는 사람이라면 모두가 군자가 될 수 있다고! 사람을 가르는 것은, 그가 하는 행동이었지 태어난 신분이 아니었다.

주희는 『논어집주』에서, "주는 널리 두루 미치는 것이요 비는 한쪽으로 치우치는 것이니, 모두 사람과 친하고 두터이 하는 뜻이나, 다만 주는 공이고 비는 사이다(周는 普徧也요 比는 偏黨也니 皆與人親厚之意로 되 但周公而比私爾라)"라고 말했다. 여기서 공과 사를 주목할 필요가 있다. 공과 사를 구분하는 것이 얼마나 어려운 일인가. 요즘의 갑질 문제는 여기서 비롯된다. 공적인 우월한 지위에 있는 사람이 자신의 권력을 이용하여 부하에게 사적인 일을 시킨다면 그건 갑질이다. 소인은 그렇게 할 수 있어도, 군자라면 그렇게 해서는 안 된다.

어렵다. 이건 어떤가. 어떤 지위에 있는 사람이 사람을 썼는데, 자신의 일가친척을 채용했다. 그런데 사람들이 아무런 말도 하지 않는다. 왜, 아무도 말하지 않을까? 난리를 쳐야 정상인데…. 사람들이 그를 믿었기 때문이다. 그는 비록 자기의 친척이나, 심지어 자식을 채용했어도 공적인 목표를 위해 그랬을 것이라고. 그는 누구나 인정하는 군자이기 때문에 사리사욕을 부리지 않았을 거라고!

술이편 30장을 보면 공자의 제자인 무마기란 사람이, "나는 군자는 편을 가르지 않는다고 들었는데, 군자도 편을 가릅니까?(吾聞君子는 不黨이라 하니 君子도 亦黨乎아)"라는 말을 한다. 앞뒤 이야기가 더 있다. 이는 논어 원문을 참고하기 바란다. 여기서 군자는 편을 가르지 않는 사람이라고 말했다. 또 자로편 23장에, "공자께서 말씀하셨다. '군자는 남과 잘 어울리지만 같아지지 않고, 소인은 같아지기만 하고 어울리지 못한다.'(子曰 君子는 和而不同하고 小人은 同而不和니라)"라는 말이 나온다. 이 말씀은 뒤에 가서 또 다루겠다.

위 두 가지 언급에서 공통점을 찾을 수 있다. 바로 '편당'이라는 말이다. 그때도 그랬듯이 지금도 마찬가지다. 한마디로 끼리끼리 문화다. 내 편이 아니면 다 적으로 모는 그런 나쁜 작태다. 내로남불, 내가 하면 로맨스요, 남이 하면 불륜이다. 요즘 남수단의 슈바이처 이태석 신부를 다룬 영화 〈울지마 톤즈〉에 이어, 〈부활〉이라는 후속편이 나와 사람들에게 울림을 주고 있다. 이 다큐 영화를 제작한 구수환 감독은 어느 인터뷰에서, "스웨덴의 정치와 한국의 정치가 다른 점이 무엇인지 압니까? 스웨덴은 정치를 국민을 위한 봉사라고 생각하는데, 한국은 권력을 얻기 위해 정치를 합니다. 이 때문에 협치가 되지 않습니다. 만일 국민 행복만을 바라보고 정치를 한다면 여야가 싸우면서도 협치가 될 것입니다."라고 말했다.

맞는 말이다. 여야로 당이 갈리는 것은 어쩔 수 없는 일이다. 다만, 생산적인 토론을 하면서 국민 행복을 위해 정치를 하면 다른 이야기가 된다. 정치인은 소인이 되어서는 안 된다. 적어도 군자가 되어야 한다. 그런 사람만이 정치를 할 수 있어야 한다. 이 얼마나 간절한 말인가. 군자는 두루 넓으면서도 편을 가르지 않는 사람이다.

8. 승부를 다투지 않는다

子曰 君子無所爭이나 必也射乎인저
　 자왈　군자　무소쟁　　　필야사호
揖讓而升하여 下而飮하나니 其爭也君子니라
　 읍양이승　　　하이음　　　 기쟁야　군자

—팔일3-7(2,9)

이제 논어 스무 편 중에 세 번째인 팔일편으로 넘어간다. 앞에서도 말했지만, 논어 편의 제목은 처음 시작하는 말에서 따왔다. 1장에 팔일무八佾舞라는 공자의 언급이 나온다. 이 팔일을 편의 제목으로 삼은 것이다. 근데 좀 이상하다. 앞에 '계씨'라는 말이 있는데도 이를 무시했다. 왜 그랬을까. 아마 뒤의 제16편 제목인 계씨와 중복을 피하려고 그러지 않았을까 생각한다. 제목에는 아무런 의미가 없다고 하지만, 이로 보면 편집자들은 나름 신경 써서 제목을 정한 것 같다. 이 팔일편 7장에 군자라는 말이 나온다. 그것도 아주 의미심장하게! 이를 풀이하면 다음과 같다.

공자께서 말씀하셨다. "군자는 다투는 바가 없다. 꼭 다툰다면 활쏘기일 것이다. 절하고 사양하면서 오르고, 내려와서는 벌주를 마신다. 그 다툼이 군자답도다."

참으로 멋진 모습이다. 군자는 본래 승부를 다투는 사람이 아니다.

하지만 활쏘기에서만큼은 그렇지 않다. 사람이 살면서 다툼은 피할 수 없는 일이다. 다투지 않으면 무슨 재미가 있겠는가. 오히려 좋은 다툼, 즉 선의의 경쟁은 장려해야 마땅하다. 그런데 다툴 때는 어떻게 해야 하는가? 바로 이에 대한 답을 제시한 것이 이 장이다. 싸워야 할 때는 싸우되 신사답게 하라고!

공자 당시에는 육예가 있었다. 주나라 때부터 행해지던 교육과목으로, 예禮·악樂·사射·어御·서書·수數 등 여섯 종류의 기술을 말한다. 예는 예절, 악은 음악, 사는 활쏘기, 어는 말타기, 서는 서도, 수는 수학이다. 인물을 선발할 때 육예는 중요한 기준이었고, 이것이 뛰어난 사람을 '능자能者'라고 하여 우대하였다. 그중 활쏘기는 지식인이라면 갖추어야 할 필수 교양이요, 무예였다. 자칫하면 문에 치우칠 수 있는데, 활쏘기를 잘함으로써 문무를 겸비할 수 있었다. 누가 더 출중한가를 놓고 내기를 하기도 하고, 다툼을 벌이기도 했다. 오늘날로 말하면 점잖은 스포츠 경기라고나 할까.

공자는 활쏘기에서는 실력을 당당히 겨루는 것이 군자다운 모습이라고 일갈한다. 나 또한 동의한다. 겨루되 아름답게 겨루면 된다. 꼼수를 쓴다거나 반칙을 범하면 그건 군자답지 못하다. 떳떳이 겨루고 나서, 지면 바로 승복한다. 져 놓고 이를 인정하지 않으면 그 역시 군자다운 모습이 아니다. 그때나 지금이나 사람 사는 모양은 비슷했는가 보다. 공자가 이 말을 한 이유가 무엇이겠는가. 어지간히 그때 사람들도 승부를 다투는가 하면 지고서도 패배를 인정하지 않았던 모양이다. 오늘날에도 스포츠 경기를 보다가 눈살을 찌푸리는 경우가 어디 한두 번인가. 심지어는 서로 멱살을 잡고 상대방에게 주먹을 가하기도 한다.

내가 근무하는 학교에는 두 종류의 운동부가 있다. 소프트테니스와 사이클이다. 소프트테니스는 일명 정구라고 하고, 사이클은 경기용 자전거를 말한다. 이 두 종류의 스포츠를 보면서 공자의 말을 되새겨본다. 군자는 승부를 다투지 않는다. 다만 활쏘기에서는 실력을 겨룬다. 겨루되 정정당당히 겨룬다. 이는 2천 5백여 년 전의 이야기지만, 지금도 여전히 뜨거운 메시지다.

소프트테니스나 사이클이나 모두 겨루어야 할 상대가 있다. 그런데 방식은 다르다. 소프트테니스는 상대방에게 볼을 보내고 받고 하며 누가 실수하느냐 마느냐에 따라 득점한다. 반면에, 사이클은 오로지 자신의 역량을 시험하는 기록 경기다. 기록으로 상대방과 겨룬다. 마치 골프와 같다. 삼삼오오 짝을 지어 경기는 하나, 온전히 자신과의 싸움이다.

아마도 공자 시대의 활쏘기도 사이클이나 골프 정도의 스포츠가 아니었나 생각해본다. 활쏘기는 자세가 흐트러져도 안 되고, 마음이 흔들려서도 안 된다. 오롯이 신체와 정신이 합일을 이루어 과녁을 향하여 화살을 날려야 한다. 한마디로 치열한 자기 싸움이 있을 뿐이다. 상대보다 조금이라도 빗나가면 바로 인정한다. 여기서 화를 내면 안 된다. 그리고는 말없이 내려와 벌주를 마신다. 활 쏘는 당에 오를 때마다 상대방에게 예를 갖추고 먼저 쏘라고 양보한다. 이것이 진정한 군자의 모습이다. 여기서 한가지, 벌주는 왜 마실까? 아마도 패자에 대한 배려가 아닐까. 기분 나빠하지 말고 힘내서 잘하라고!

노자 『도덕경』 제8장에 그 유명한 '상선약수上善若水'를 설명하는 글이 나온다. 전문을 보면, "최상의 덕은 물과 같다. 물은 만물을 이롭게 하여 다투지 않으면서, 모든 사람이 싫어하는 곳에 있다. 그러므로 도에 가깝다. 거처로는 땅이 좋다고 하고, 마음은 깊은 것을 좋다고 하고, 사귀는 데는 어진 것을 좋다고 하고, 말은 진실한 것을 좋다고 하고, 정치와 법률은 다스려짐을 좋다고 하고, 일에는 능숙한 것을 좋다고 하고, 움직임에는 때에 맞음을 좋다고 한다. 오직 다투지 않으므로 허물이 없다(上善은 若水이니라 水善利萬物而不爭하고 處衆人之所惡니라 故로 幾於道니라 居善地하고 心善淵하고 與善仁하고 言善信하고 政善治하고 事善能하고 動善時니라 夫惟不爭이라 故로 無尤니라)."이다.

잘 알려져 있다시피, 공자는 나이 46세쯤 노자를 만나기 위해 주나라 장안으로 간다. 공자는 평소 노자를 존경해 왔다. 공자는 노자에게 예에 대해 묻는다. 이에 노자의 대답이 걸작이다. 제발 예를 빙자한 교만과 잘난 체하는 말과 헛된 집념을 버리라고! 한 방 맞은 공자는 그래도 물러나지 않고 예에 대하여 또 묻는다. 그러나 노자는 '그만 가 보게나' 하고 물리친다. 공자는 노자를 만나고 돌아와서는 사흘이나 말이 없었다고 한다. 이 이야기는 주윤발이 열연한 영화 〈공자_춘추전국시대〉에서도 보인다.

위에서 말하는 상선약수를 보면 노자의 말을 이해할 수 있다. 부쟁, 즉 다투지 않는 것은 공자와 같으나 방식이 다르다. 공자는 인과 예를 갖춘 군자를 말하지만, 노자는 최상의 덕은 물과 같다고 한다. 노자가 말하는 덕은 인위적인 예가 아닌 함이 없는 무위無爲를 말한다. 두 분이 똑같이 부쟁을 말하고 있다. 다투지 않는 것이 최상이라고! 그러나 공자는 현실적인 다툼을 인정한다. 어쩔 수 없이 다투려거든 활쏘기처럼 하라고. 이것이 공자가 나에게 더 다가오는 이유다.

9. 하늘이 장차 목탁으로 삼는다

儀封人이 請見 曰
의봉인   청현 왈

君子之至於斯也에 吾未嘗不得見也로라 從者見之한대
군자 지지어사야   오미상부득견야   종자현지

出曰 二三子는 何患於喪乎리오 天下之無道也久矣라
출왈 이삼자   하환어상호   천하지무도야구의

天將以夫子로 爲木鐸이시리라
천장이부자   위목탁

—팔일3-24(1,10)

논어 세 번째 편인 팔일편은 대부분 예와 악에 관한 내용이다. 그런데 이 장은 좀 다르다. 난데없이 어느 봉인의 말이 나온다. 여기서 봉인이란 국경을 지키는 수비대장쯤으로 보인다. 아마도 제자들은 이 사람의 말을 빌려, 스승 공자의 사람됨을 말하고 싶었을 것이다. 팔일편 24장을 풀이하면 다음과 같다.

의 땅의 관문을 지키는 관원이 뵙기를 청하여 말하였다. "군자들이 이곳에 오시면 내가 일찍이 뵙지 못한 적이 없습니다." 제자들이 뵙게 해주니, 그가 공자를 뵙고 나와 말하였다. "여러분은 어찌 선생님이 지위를 잃었다고 걱정합니까. 천하에 도가 없어진 지 오래되었으니, 하늘이 장차 선생님을 목탁으로 삼으려는 것입니다."

여기서 의儀는 지명인데 현재 정확한 위치는 알 수 없다. 하남성 북부

지역으로 당시 위나라의 국경을 이루는 어느 고을로 추정한다. 관문을 지키는 수비대장이 꽤 괜찮은 사람이었나 보다. 그곳을 지나가는 군자, 그러니까 당시 인품이 훌륭하기로 이름난 유명 인사를 다 만났다고 하니까. 제자들도 그 사람의 말을 듣고는 두말하지 않고 공자를 뵙도록 허락한다. 여기서 見은 '견'이 아니라, 뵙는다는 '현'으로 읽어야 한다. 그러니까 오늘날로 말하면 유명 정치인에게 인터뷰를 청한 것이다.

공자는 그 어려운 춘추시대에 천하를 떠돌며 제후들에게 인과 예를 설파했다. 공자의 메시지는 단 하나였다. 정치에 도가 사라진 지 오래이니, 그 도를 회복해야 한다고! 이 말은 당시에 많은 사람에게 울림을 주었다. 그러니까 공자는 오늘날로 말하면, 인기 연예인 아이돌 같은 사람이었다고 보아야 한다. 그런 현자가 나타나기를 원했고, 공자는 충분히 그 역할을 해내고 있었다. 그러니 국경을 지키는 낮은 지위의 수비대장이라 하여도 공자를 모를 리가 없었다.

참 재미있다. 위에서도 잠깐 말했지만, 이런 사건이 논어에 적힐 수 있다니! 논어 전편을 보면, 공자의 언행이나 제자의 말이 대부분이다. 그런데 여기서는 이름 모를 봉인의 말을 적고 있다. 겨우 국경 수비대장쯤 되어 보이는 관원의 말을. 아마도 그 말이 의미심장하기 때문일 것이다. 인터뷰를 끝내고 나와서 관원이 제자들에게 하는 말이 걸작이다. 좀 더 풀어보면, '너희들이 따르는 스승 공자님 말이야. 내가 만나 이것저것 물어보니, 보통 사람이 아니야. 이 세상을 구하고도 남을 사람이야. 하늘이 장차 목탁으로 삼을 사람이란 말이지. 난 오늘 공자를 만나 너무 행복해!'라는 뜻이다. 이런 말을 듣고 제자들은 얼마나 흐뭇하고 기뻤을까. 추위에 굶주리며, 때로는 뙤약볕 아래 쓰러지면서도 스승 공자를 따라 천하를 돌아다닌 것이 헛되지 않았구나, 우리를 알아보는 사람이 있구나, 뭐 이렇게 생각하지 않았을까.

이 일은 아마도 공자가 태어난 노나라에서 버림을 받고, 위나라를 드나드는 과정에서 생긴 것 같다. 논어에 정통한 학자에 의하면, 공자는 기나긴 유랑 생활 중 다섯 번 정도 위나라를 출입했다고 한다. 공자는 노나라에서 오늘날 법무부 장관 격인 대사구라는 벼슬까지 한다. 나름 대로 혼란한 노나라의 정치를 복원하려고 했으나, 자기 뜻이 받아들여 지지 않자 벼슬을 버리고 천하를 주유한다. 봉인은 이런 일조차 속속들 이 알고 있었다. 대사구 지위를 잃은 것을 아파하지 말라고! 그러면서 기막힌 말을 한다. 당신들의 스승 공자는 장차 하늘이 목탁으로 삼을 사람이라고. 이 말이 이 장의 핵심이다.

여기서 목탁木鐸이 무얼까? 언뜻 보면 불교의 의식 기구인 목탁을 떠올릴 수 있다. 나도 처음에는 그랬다. 지금 논어를 공부하고서 나름 글을 쓰고 있지만, 그전에는 주로 불교를 탐구했다. 우리 민족의 역사를 보면, 샤머니즘 바탕 위에 불교가 고려 때까지 천년 정도를 지배했고, 그 위에 유교가 조선 오백 년을 주름잡았다. 물론 이때의 유교는 송나라 의 주희가 확립한 성리학이지만 말이다. 그래서 나는 먼저 불교를 알아 보았고, 이어서 유교를 공부하는 중이다. 유교의 근원이 무엇인가? 당 연히 논어가 아닐 수 없다. 십 년 넘게 논어책을 놓지 않고 만지작거리 는데, 이 장에서 '목탁'이라는 말이 나왔다. 깜짝 놀랐다. 뭐 목탁이라 고? 불자인 나로서는 궁금하지 않을 수 없었다. 왜 여기에 목탁이란 말이 나오지? 그때 벌써 중국 땅에 불교가 들어와 있었나?

그럴 리가 없다. 목탁은 다른 뜻이다. 목탁은 옛날의 제사장이 들고 다니던 지팡이 꼭대기에 달린 방울을 말한다. 요즘도 고대 무덤에서 가끔 출토된다고 한다. 쇠방울이면 금탁, 나무 방울이면 목탁이라고 했다. 정치나 종교의 가르침을 베풀 때 흔들어서 사람들에게 경각심을 일깨우는 도구다. 도올 김용옥 선생은 그의 저서 『논어한글역주2』에서, "공자를 목탁으로 삼는다는 뜻은, 신탁의 대행자가 지팡이 방울을 울려 신의 소리를 알리듯이, 공자가 문화의 소리를 이 세상에 펴게 되리라는 예언이다. 그 예언은 적중했다."라고 말했다. 딱 맞는 말이다. 나도 똑같은 생각이다. 한낱 국경을 지키는 관원이 한 말이었지만, 지금 보니 그 말이 기막히게 들어맞았다. 공자의 가르침은 자그마치 2천 5백 년 동안이나 유유히 흘러왔다. 혼탁하지만 마르지 않는 황하처럼, 한반도의 중심을 흐르는 저 한강처럼! 세상의 젖과 꿀이 되어 목마른 사람을 적시었다. 메마른 대지에 한줄기 비처럼 지혜의 원천이 되었다. 지금도 어딜 가나 향교가 있고, 그 중심 전각이 공자를 모신 대성전이다.

하늘이 성인을 낼 때는 그냥 내지 않는가 보다. 모질게 단련하고 어려움을 이기도록 한다. 한마디로 담금질이다. 쇳물을 녹여 만드는 담금질. 주회도 그렇게 말했다. 하늘이 의도적으로 부자(공자)를 목탁으로 삼으려고 그 지위를 잃게 하였다고! 하기야 어디 공자만 그랬는가. 붓다가 그랬고, 예수도 그랬다. 소크라테스는 독배를 마시고 죽어야 했다. 아, 하늘이 장차 목탁으로 삼을 사람은 따로 있는가 보다.

10. 잠깐이라도 인을 버리지 않는다

子曰 富與貴是人之所欲也나 不以其道로 得之어든 不處也하며
자왈   부여귀시인지소욕야   불이기도   득지   불처야
貧與賤이 是人之所惡也나 不以其道로 得之라도 不去也니라
빈여천   시인지소오야   불이기도   득지   불거야
君子去仁이면 惡乎成名이리오
군자 거인   오호성명
君子無終食之間을 違仁이니 造次에 必於是하며
군자무종식지간   위인   조차   필어시
顚沛에 必於是니라
전패   필어시

—이인4-5(2,12)

이제 팔일편을 마치고, 이인편으로 넘어간다. '이인里仁'이란 이름 역
시 첫 장의 첫 글자를 딴 것이다. 이인편 첫 장은, "마을이 인한 것은
아름다운 일이다(里仁爲美)."란 말로 시작한다. 이를 보아도 딱 알 수
있듯이, 이인편은 주로 인을 다루고 있다. 한마디로, 인이 모든 것에
앞선다고 말한다. 대부분이 공자가 직접 한 말이고, 제자인 증자와 자유
가 한 말이 한 번씩 나온다. 이인편 5장을 풀이하면 다음과 같다.

공자께서 말씀하셨다. "부유함과 귀함은 누구나 원하는 것이지만, 정당
한 방법으로 얻은 것이 아니면 누리지 말아야 한다. 가난함과 천함은 누구
나 싫어하는 것이지만, 정당한 방법으로 얻은 것이 아니라도 버리지 말아야
한다. 군자가 인을 떠난다면 어디에서 '군자'라는 이름을 이루겠는가? 그러
니 군자는 밥 한 끼 먹는 동안에도 인을 떠나서는 안 된다. 아무리 다급할

때라도 반드시 인에 힘써야 하고, 넘어지는 그 순간에도 반드시 인에 힘써야 할 것이다."

이 문장에서 군자라는 말이 두 번 나온다. 참으로 의미심장하다. 군자가 나오는 문장이 다 심금을 울리지만, 이 장은 왠지 더 다가온다. 공자의 세세한 마음이 읽혀서일까. 앞에서도 말했지만, 인이란 말은 논어 전편에서 109번 정도 나온다. 군자가 107번 나오는 숫자와 비슷하다. 이 말은 무슨 뜻일까. 인이 그만큼 중요하고, 결국은 군자란 인한 사람이란 뜻이다.

인仁, 글자로만 본다면 사람이 둘이므로 서로 간에 지켜야 할 질서나 예절이라고 볼 수 있다. 부모와 자식 간에 효도와 사랑, 형제간에 공경과 우애일 수 있다. 논어에서 인을 실천하는 방법은 수없이 등장하고 있다. 그러나 정작 인을 직접적으로 정의하는 말은 거의 없다. 굳이 있다면, 안연편 22장에서 번지가 인에 대해 물었을 때 공자는 '애인愛人', 즉 다른 사람을 사랑하는 것이라고 간단히 대답했을 뿐이다. 이런 것이 인을 규정하기 어렵게 만든다. 이인편 4장에, "공자께서 말씀하셨다. '정말 인에 뜻을 두고 있으면 나쁜 짓을 하지 않는다.'(子曰 苟志於仁矣_{자왈 구지어인의}면 無惡也_{무악야}니라)"라는 말이 있는가 하면, 위령공편 8장에, "공자께서 말씀하셨다. '뜻있는 선비와 인한 사람은 삶에 연연하여 인을 해치지 않고, 제 몸을 희생해서라도 인을 이루는 경우가 있다.'(子曰 志士仁人_{자왈 지사인인}은 無求_{무구}生以害仁_{생이해인}이요 有殺身以成仁_{유살신이성인}이니라)"라는 말이 나온다. 인을 표현하는 방법이 다 이런 식이다.

한 가지만 더 들어보자. 이인편 3장에, "공자께서 말씀하셨다. '오직 인한 사람만이 남을 좋아할 수 있고, 남을 미워할 수 있다.'(子曰 惟仁者_{자왈 유인자}아 能好人_{능호인}하며 能惡人_{능오인}이니라)"라는 말이 나온다. 나는 이 말을 참 좋아한다. 고등학교 윤리 교과서에 이 말이 나오는데, 이를 가르칠 때 얼마나 목소리를 높였는지 모른다. 처음에는 이 말의 뜻을 몰라 헤맸다. 앞의 말은 이해가 되는데, 뒤의 말이 의아했다. 아니, 인한 사람이 어찌 남을 미워한다는 말인가? 알고 보니, 이는 오직 인한 사람만이 남을 공평하게 대할 수 있다는 말이다. 어찌 보면 차별이 있는 사랑이요, 적극적인 사랑이다. 잘못을 저지르고 있는 자식을 그 자리에서 꾸짖지 않으면 그건 부모의 진정한 사랑이 아니다. 단, 꾸짖을 때 삿된 감정이 들어가서는 안 된다. 도올 김용옥 선생은 이런 감정을 '심미적 감수성'이라고 말했다. 참 멋진 표현이다. 우리나라에서는 성리학이 등장한 이후, 인을 '어질다'라고 표현한다. 이는 '얼이 질다'에서 온 말로서 심성의 착함, 행위의 아름다움을 뜻한다. 퇴계 이황이 『성학십도』에서 주희의 인설仁 說을 나름대로 해석함으로써 이렇게 굳혀졌다. 심미적 감수성이나 심성의 착함, 행위의 아름다움이 바로 인이다. 나는 앞으로 인을 이렇게 규정하려고 한다.

이제 이인편 5장을 보자. 여기서는 인만 나오는 것이 아니라, 군자가 처음으로 등장한다. 이인편에서 군자는 모두 다섯 장에 걸쳐 나온다. 한마디로 군자는 인한 자라야 한다고 공자는 외친다. 부유함과 귀함은 사람이면 누구나 바라는 것이다. 그러나 그것을 정당한 방법으로 얻지 않았다면? 온갖 편법으로 부를 쌓고 높은 지위에 올랐다면? 그건 온당하지 않다. 그건 착하지도 않고 아름답지도 못하다. 심미적 감수성이 제로인 사람이다. 또, 가난함과 천함은 사람이면 누구나 바라지 않는다. 빈천을 좋아할 자 그 누가 있겠는가! 그러나 그것이 원한 것도 아닌데 운명처럼 뚝 떨어진 것일 수도 있다. 내가 아무리 노력했어도 시대적 상황이 좋지 않아 사업이 쫄딱 망했다든지, 부모를 잘못 만나 가난한 집에 태어날 수도 있다. 이건 어쩔 수 없는 일이다. 군자는 이를 묵묵히 받아들이면서, 더 나은 내일을 위해 다만 노력하는 사람일 뿐이다. 만일 그렇지 않다면 군자라는 이름을 얻기란 뜬구름 잡기다.

앞의 두 구절도 감동이지만, 뒤의 구절도 만만치 않다. 군자는 식사를 시작하여 마치는 동안에도 인을 떠나서는 안 된다. 이게 무슨 뜻일까? 난 이렇게 생각한다. 내 앞에 밥이 놓여 있다. 이 쌀 한 톨이 내 입에 들어오기까지 얼마나 많은 수고로움이 있었을까. 쌀 미* 자를 보면 '팔십팔'이란 뜻을 담고 있다. 쌀 한 톨이 나에게 오기까지 여든여덟 번의 손을 거친다는 뜻이다. 그만큼 다른 사람의 노고가 스미어 있다는 것이다. 이를 생각하며 식사하는 것, 이것이 인이 아닐까.

또 잠깐이라도 인을 지켜야 한다. 아무리 급한 상황(造次)이라도, 자빠지고 넘어지는 순간(顚沛)에도 인한 마음을 가져야 한다. 이래야 군자다! 와, 정말 어렵다. 과연 이를 지킬 수 있을까. 그래서 조선 선비들은 비가 오고 눈이 펄펄 내려도 뛰지 않고 의젓하게 걸어야만 했을까. 이건 아닐 것이다. 군자란 아무리 어려운 상황에서도 착한 마음을 간직하고 아름다운 행동을 실천해야 함을 강조한 말이다. 길에서 강도를 보았을 때 제 몸 사리지 않고 사람을 구했던 어떤 고등학생처럼! 그 바쁜 출근길에 불이 난 현장을 보고 그냥 뛰어들어 공포에 떠는 아이를 구한 어떤 젊은이처럼! 이런 사람을 우리는 '의인'이라고 부른다. 이들은 잠깐이라도 인을 버리지 않은 이 시대의 멋진 군자다!

11. 오로지 의로움에 따를 뿐이다

子曰 君子之於天下也에 **無適也**하며 **無莫也**하여
자왈   군자 지어천하야   무적야   무막야
義之與比니라
의지여비

—이인4-10(1,13)

이인편에서 두 번째로 군자를 생각해본다. 바로 의로움에 관한 공자의 언급이다. 옳다는 것이 무엇인가? 이 문제는 동서양을 막론하고 철학의 화두였다. 사람은 옳게 살아야 사람이다. 말과 행동이 올바르지 않으면 그 사람은 비난받는다. 한자 의義는 여러 가지 뜻이 있다. 그중 가장 기본적인 뜻은 '옳다, 의롭다, 바르다'이다. 이인편에 군자를 의와 연결한 문장이 두 번 나온다. 이인편 10장은 그 첫 번째이다. 이를 풀이하면 다음과 같다.

> 공자께서 말씀하셨다. "군자는 세상일에 대하여는 가까이할 것도 없고 멀리할 것도 없다. 오로지 의로움에 따를 뿐이다."

이는 논어를 해석하는 학자에 따라 의견이 분분하다. 다른 장도 마찬가지지만, 이 장은 특히 더하다. 나처럼 전공도 하지 않은 사람이 이를 정확하게 해석하기란 쉽지 않다. 여러 학자의 해석을 놓고, 결국은 내 기준으로 취하는 도리밖에 없다. 앞에서도 말했지만, 이 글은 어디까지

나 에세이다. 그냥 논어에 나오는 군자를 내 생각으로 풀어낼 뿐이다. 문장 해석이 갈리는 이유를 가만히 보면 한자 때문이다. 한자, 그래서 문제다! 오죽하면 이 한자가 어려워 세종대왕이 훈민정음을 만들었을까. 이인편 10장의 적適과 막莫을 어떻게 보느냐에 따라 해석이 갈린다.

임헌규 교수가 펴낸 『3대 주석과 함께 읽는 논어 Ⅰ』에 보면, 다양한 풀이를 제시하고 있다. 고주는 "군자는 천하 사람에게서 부후富厚함과 궁박窮薄함을 가리지 않고, 의로움이 있는 사람과 친근하다."라고 풀었다. 한편, 주희(신주)는 "군자는 천하의 일에 응대함에 오로지 주장하는 것도 없고, 오로지 하지 말아야 하는 것도 없고, 의로움만 따를 뿐이다."라고 풀었다. 고주와 신주가 조금 다르다. '의지여비義之與比'를 고주는 '의로움이 있는 사람과 친근하다'로, 신주는 '의로움만 따를 뿐이다'로 풀었다. 그러면 다산 정약용은 어떻게 해석했을까? 다산은 여러 전거를 들어 "군자는 천하의 만사만물에 응대함에 오로지 주장하는 것도 없고, 오로지 하지 말아야 하는 것도 없고, 의로움으로 견주어 때에 알맞게 행할 뿐이다."라고 풀었다. 나는 이 세 가지 해석이 다 어렵다. 주석 원문을 그대로 해석하다 보니 그럴 수도 있지만, 확 다가오지는 않는다. 현대 해석 중에 그래도 도올 김용옥 선생의 풀이가 그중 다가온다. 그래서, 난 이를 따랐다.

이인편 10장을 통하여 공자의 생각을 더듬어 본다. 공자는 14년 동안 유랑 생활을 했다. 그 어려운 춘추시대에 인의가 무너진 상황을 목도하고 세상을 구하겠다고 떠돈다. 공자의 진심을 모르는 사람은 비아냥하고, 심지어는 위협까지 가한다. 그래도 공자는 아랑곳하지 않고 제자들과 세상을 구할 방법을 토론하면서, 어쩌다 제후를 만나면 자기주장을 펼친다. 공자는 한마디로 세상에 도가 무너졌으니 이를 다시 일으켜 세워야 한다는 것이었다. 그렇게 하려면 우선 지도자가 바로 서야 하고,

바로 서는 방법은 군자가 되는 것이다. 공자의 외침은 이 군자, 말 한마디로 집약할 수 있다. 정치인이여, 군자가 되어라! 사람이여, 언제 어떤 상황에서도 의로움을 따르는 군자가 되어라!

군자는 세상일에 가까이할 것도 없고, 멀리할 것도 없다. 다만 의로움을 따를(比) 뿐이다. 이 말은 세상일에 절대 긍정할 것도 없고, 절대 부정할 것도 없다는 뜻이다. 실제로 공자는 언젠가 반란군의 두목이 정치를 함께 하자고 했을 때, 이를 따르려고 한 적이 있다. 제자들은 벼슬할 곳이 없으면 그만이지 그런 사람에게 갈 필요가 있겠느냐며 스승을 원망했다. 여기서 공자의 생각은 무엇이었을까? 내가 생각하기에 공자만의 기준이요 원칙이 있었다고 본다. 그것은 바로 때에 맞는 의로움이다.

『중용』 2장에, '군자시중君子時中'이라는 말이 나온다. 군자는 때에 맞게 하는 사람이라는 뜻이다. 바로 공자는 이 시중의 도를 발휘한 것으로 보인다. 아무리 못된 두목이라도 나라를 바로 일으켜 세우는 일이라면 함께 할 수 있는 것이다. 때와 상황에 맞는다면 이것저것을 따질 필요가 없다. 달을 보라고 하면 직접 달을 봐야지, 가리키는 손가락만 봐서는 달을 볼 수 없다. 바로 본질이다. 그 본질은 공자에게 의로움이었다. 때와 상황에 맞는 기준이요, 원칙이었다.

미자편 8장에 재미있는 공자의 언급이 나온다. 일곱 명의 은자 중에 우중과 이일에 대하여, "숨어 살면서 말을 자유롭게 하였으나, 자기 몸은 청렴에 들어맞았고, 관직을 버린 것도 권도에 들어맞았다. 나는 이들과 달리, 꼭 해야 할 것도 없고 해서도 안 될 것도 없다(謂虞仲夷逸하 위우중이일 시되 隱居放言하나 身中淸하며 廢中權이니라 我則異於是하여 無可無不可호 은거방언 신중청 폐중권 아즉이어시 무가무불가 라)."라고 평했다. 바로 이 문장에서 눈여겨볼 것은 '무가무불가'이다. 가한 것도 없고 불가한 것도 없다! 이 말은 이인편 10장의 '무적무막'과 일맥상통한다.

    세상일에 가까이할 것도 없고 멀리할 것도 없지만, 만일 무엇인가를 맡는다면 의로움에 따르면 그만이다. 그런 사람은 군자다. 말이 쉽지 행하기는 어려운 일이다. 나는 세상을 살면서, 교직을 수행하면서 오로지 의로움을 따랐는가? 아, 자신이 없다.

12. 덕을 생각하고 벌을 생각한다

子曰 君子는 懷德하고 小人은 懷土하며
君子는 懷刑하고 小人은 懷惠니라

—이인4-11(2,15)

이인편 11장에 나오는 군자에 관한 언급이다. 한 장에 군자가 두 번 나온다. 역시 군자와 소인을 대비하고 있다. 이 장에 대한 해석도 학자마다 분분하지만, 나름대로 공자가 말하고자 바에 비슷하게 접근 하고 있다. 이를 풀이하면 다음과 같다.

공자께서 말씀하셨다. "군자는 덕을 생각하고, 소인은 땅을 생각한다. 군자는 형벌을 생각하고 소인은 혜택을 생각한다."

군자는 덕을 생각하고 소인은 땅을 생각한다? 대체 이 말이 무슨 뜻일까. 덕과 땅이라. 너무도 추상적이다. 어찌 보면 바로 뒤에 나오는, 이인편 16장의 '군자는 의로움에 밝고, 소인은 이익에 밝다.'라는 말과 통한다. 군자는 덕을 생각하고 품고 있는 사람이다. 회懷란 생각한다는 뜻도 있지만, 품는다는 뜻도 가지고 있다. 덕이 무얼까? 이를 한마디로 정의하기란 쉽지 않다. 일단, 국어사전에 의지해 보자. 세 가지로 정리 해본다. 우선, 덕이란 도덕적·윤리적 이상을 실현해 나가는 인격적 능력이다. 예를 들어 '덕이 높다'라고 할 때의 덕이다. 다음으로 덕이란, 공정하고 남을 넓게 이해하고 받아들이는 마음이나 행동이다. 예를 들어 '덕을 베풀다'라고 할 때의 덕이다. 마지막으로 덕이란, 베풀어 준 은혜나 도움을 말한다. 예를 들어 '자네 덕에 일이 잘되었네'라고 할 때의 덕이다.

공자가 말한 회덕은 위 세 가지 모두를 포괄한다. 어느 것 하나 빼놓을 수가 없다. 군자는 덕이 높은 사람이고, 덕을 베푸는 사람이며, 베풀어 준 은혜나 도움 그 자체이다. 그러나 소인은 그 반대다. 소인은 땅을 생각한다? 학자들은 토土를 안온한 삶의 터전으로 풀이한다. 그러니까 소인은 덕을 생각하기보다는, 자기가 편하게 살 수 있는 터전을 먼저 생각한다는 뜻이다. 주희는 "회덕은 나의 존재에 고유하게 있는 선을 보존하는 것이고, 회토는 자기가 사는 곳의 편안함에 탐닉하는 것이다(懷德은 謂存其固有之善이요 懷土는 謂溺其所處之安이라)."라고 풀었다. 주희 역시 그 남송 시대에 그렇게 해석해 놓았다.

잠깐 이쯤 해서 서양 철학을 더듬어 보자. 학창 시절에 수없이 들었던 서양 철학의 뿌리인 소크라테스! 그의 제자 플라톤, 이를 이어받아 줄기를 뻗게 하고 기둥을 든든히 세운 아리스토텔레스. 이들도 한결같이 덕을 말하였다. 소크라테스는 확실히 알면 행한다고 했다. 행하지 않는 것은 확실히 알지 못하기 때문이다. 이른바 지행합일이다. 더 나아가 지덕복 합일까지 말한다. 즉, 도덕적인 앎과 실천과 행복은 일치한다는 것이다. 무지를 자각하고 참된 앎을 통해 덕을 쌓아갈 때 행복이 가능하다고 한다. '너 자신을 알라!'라는 그 유명한 말은 바로 스스로 진리에 대한 무지를 깨우치라는 뜻이다.

소크라테스가 말하는 덕이란 결국 공자가 말하는 덕과 다르지 않다. 공자 역시 그 암울한 춘추시대에 결국은 인간성 회복을 외친 것이 아니겠는가. 인간, 그 존재는 인한 존재이고, 그 인을 회복하면 사회 질서가 바로 선다. 그러면 인의가 넘치는 이상 사회가 될 것이다. 그건 다름 아닌, 덕으로 다스려지는 덕치 국가요, 플라톤이 말하는 이데아가 될 것이다. 알렉산더 대왕의 스승이기도 했던 아리스토텔레스는 한술 더 뜬다. 인생의 궁극적인 목적은 행복이라고 하면서, 그 행복에 이르는 법은 덕을 습관화하는 것이라고 했다. 여기서 덕이란 인간의 탁월함이 다. 그중의 한 방법이 중용의 실천이다. 중용이란 과도함과 부족함이 없는 가장 바람직한 상태를 말한다. 예를 들어, 비겁함과 무모함의 중용 은 용기이다. 공자가 말하는 과유불급過猶不及, 즉 지나치면 미치지 못한 것과 같다는 말과 다르지 않다.

이어서 나오는 공자의 언급 또한 의미심장하다. 군자는 벌을 생각하 고 소인은 혜택을 생각한다? 이게 무얼까. 군자회형에서 형刑은 형벌의 준말이다. 좀 더 넓게 해석하면 법도라고 볼 수도 있다. 도올 김용옥 선생은 단순한 형벌이 아니라 보편적인 사회 질서, 즉 법 일반이라고 본다. 이것도 맞다. 그런데 그냥 벌이라고 하는 것이 훨씬 잘 다가온다. 사람이 벌을 두려워할 줄 알아야 하지 않겠는가. 뭔가 행위를 하려고 할 때 이것이 법에 어긋나지는 않는지, 어떤 결과를 가져올지 늘 생각하 고 행동해야 한다. 또 혹여 잘못하여 벌을 받게 되면 달게 받는다. 토를 달지 않는다. 왜냐하면, 자신의 행위에 책임을 지는 사람이기 때문 이다. 이런 사람은 군자다! 그러나 소인은 그 반대다. 어떤 행위를 할 때 혜택이 있는가를 먼저 생각한다. 그 행위를 했을 때 잘못되어 벌을 받게 되면 먼저 줄행랑칠 방법부터 생각한다. 뭔가 연줄과 배경을 이용 하여 빠져나갈 구멍부터 찾는다. 이 사람은 소인이다!

주희는 『논어집주』에서 "회형이란 법을 두려워하는 것을 일컫는다. 회혜란 이익을 탐하는 것을 일컫는다. 군자와 소인의 취향이 같지 않은

것은 공과 사의 사이일 뿐이다(懷刑은 謂畏法이요 懷惠는 謂貪利라 君子
小人趣向不同은 公私之間而已矣니라)."라고 말했다. 주희는 법과 이익으
로 군자와 소인을 구분하면서 결국 그 차이는 공과 사의 사이에 있을
뿐이라고 했다. 맞다. 법은 벌을 다루는 것이고, 법을 어기면 벌을 받아
야 한다. 누구나 공정하게 받아야 한다. 이것은 매우 공적이고 보편적인
질서이다. 이 영역에 있는 사람은 군자이고, 이를 벗어나면 소인이다.

　교직에 있으면서 참 많은 경험을 했다. 학급에 무슨 일이 일어났다.
담임교사로서 누가 그랬는지를 알아내야 한다. 어떤 학생이 손을 번쩍
들면서 제가 그렇게 했노라고 실토한다. 그러면서 어떤 벌이라도 받겠
다고 선언한다. 아, 이 학생은 군자다. 어떤 학생은 변명만 늘어놓는다.
거짓말도 서슴지 않는다. 이때 내가 이 논어 한 구절이라도 알았더라면
좋았을 걸…. 나 역시 마찬가지다. 60년 인생을 살면서 과연 군자회덕,
군자회형을 실천했는가. 자신이 없다. 그냥 소인회토, 소인회혜 하며
살아왔음을 고백하지 않을 수 없다.

13. 의로움에 밝다

子曰 君子는 喩於義하고 小人은 喩於利니라
자왈 군자 유어의 소인 유어리

—이인4-16(1,16)

앞의 11장과 마찬가지로, 이인편 16장에서도 군자와 소인을 대비하고 있다. 논어에서 군자와 소인을 빗대어 언급하는 경우가 많다. 아마도 제자들에게 쉽게 설명하기 위해 그렇게 하지 않았나 생각한다. 논어를 보면, 하나하나 파편으로 이루어져 있다. 이야기로 쭉 이어진 언급은 거의 없다. 그러면서, 이렇게 군자와 소인을 대비하여 메시지를 전하고자 한 것은 공자의 탁월한 교수법으로 보인다. 이인편 16장을 풀이하면 다음과 같다.

공자께서 말씀하셨다. "군자는 의로움에 밝고, 소인은 이익에 밝다."

군자는 의로움에 밝지만, 소인은 이익에 밝다! 원문 중에 한자 유喩를 놓고 이견이 있다. 밝다, 깨닫다, 이해하다 등…. 나는 여기서 '밝다'를 취하고자 한다. 공자는 그 어디에서도 사람을 군자와 소인이라는 계급으로 나누지 않았다. 어디까지나 사람의 행실을 놓고 군자와 소인을 구분했다. 붓다는 당시 사성제의 신분 질서를 비판하면서 모든 사람은 불성이 있다고 외치면서 깨달으면 누구나 부처가 될 수 있다고 공언했다. 그렇듯이 공자 또한 사람은 본래부터 어진 마음(仁)이 있다고 인정했다. 안에 있는 어진 마음이 얼마나 밖으로 잘 드러나느냐에 따라 군자와 소인으로 구분될 뿐이다. 참으로 멋진 생각이 아닌가. 의로움에 밝아 그쪽으로 나아가면 군자요, 그렇지 않고 사적인 이익만 추구한다면 그건 소인이다. 바로 이것이다. 의로움에는 이미 인한 마음이 스미어 있다.

맹자는 의로움을 '수오지심羞惡之心'이라고 정의했다. 자기의 옳지 못함을 부끄러워하고, 남의 옳지 못함을 미워하는 마음이다. 잘 알려져 있다시피, 맹자는 네 가지 덕인 인의예지를 설파했다. 그중 의는 도덕적 행위의 근거요 동기다. 논어 계씨편 11장에, "공자께서 말씀하셨다. '착함을 보았을 때는 미처 다하지 못할 듯이 서둘러 행하고, 착하지 못함을 보았을 때는 끓는 물에 손이 닿은 것처럼 재빨리 손을 떼는 사람, 나는 그런 사람을 보았고, 그런 말도 들었다. 숨어 살면서는 자기의 뜻을 추구하고, 벼슬해서는 의로움을 행하여 그 도를 달성하는 것, 나는 그런 말만 들었지, 그런 사람은 보지 못하였다(孔子曰 見善如不及 _{공자왈 견선여불급} 하며 見不善如探湯을 吾見其人矣요 吾聞其語矣로라 隱居以求其志하며 行 _{견불선여탐탕 오견기인의 오문기어의 은거이구기지 행} 義以達其道를 吾聞其語矣요 未見其人也로라)._{의이달기도 오문기어의 미견기인야}"라는 언급이 나온다. 이 문장에서, 벼슬해서는 의로움을 행하여 도를 달성한다고 했다. 그런데 그런 말만 들었지, 그런 사람은 아직 보지 못했노라고 고백했다.

나는 이쯤 해서 안중근 의사를 꺼내지 않을 수 없다. 안중근 의사! 그는 누구인가. 1909년 10월 26일, 만주 하얼빈역에서 조선 침략의 원흉 이토 히로부미를 사살한 분이 아닌가. 이로 말미암아 안중근은 중국의 여순 감옥에 간힌다. 1910년 3월 26일 사망하기까지 감옥에서 여러 편의 서예 작품을 남기는데, 그중 가장 많이 눈에 띄는 것이 바로 이거다. 견리사의見利思義 견위수명見危授命! 이익을 보면 의로움을 생각하

고, 위기를 보면 목숨을 바쳐라. 한눈에 보아도 논어를 공부하였음을
알 수 있다. 이글은 논어 헌문편 13장에 나오는 공자의 말이다. 안중근
은 사형을 선고받고 죽어가면서도, 이 논어의 가르침을 생각했다. 나라
가 위기에 처하면 목숨을 던져라! 안중근처럼 의로움을 실천한 분이
또 있을까. 그래서 안중근은 의사義士다. 의로운 선비다!

여기서 잠깐, 군자는 절대 사익을 쫓지 말아야 하는가? 아니다. 군자
는 개인적인 이익도 생각하면서 의로움으로 나아가는 사람이다. 의로
움에 더 밝은 사람이다. 군자도 배고프면 밥을 먹어야 하고, 살기 위해
돈을 벌어야 한다. 다만, 의로움을 따를 뿐이다! 이것이 맞다. 아무리
공자도 배고플 때는 제자인 안회를 의심한 적이 있으니까.

14. 말은 어눌하지만 행동은 민첩하다

子曰 君子는 欲訥於言而敏於行이니라
자왈 군자 욕눌어언이민어행

—이인4-24(1,17)

이인편에서 군자가 마지막으로 나오는 장이다. 아주 짧은 문장이다. 여기서 '말 이을 이(而)' 자를 순접으로 보느냐, 역접으로 보느냐에 따라 글의 뉘앙스가 달라질 수 있다. 역시 학자마다 달리 해석하고 있다. 순접으로 하면, "군자는 말은 어눌하게 하고자 하고, 행동은 민첩하게 하고자 한다."라고 해석하고, 역접으로 하면, "군자는 말은 어눌하지만, 행동은 민첩하게 하고자 한다."라고 해석한다. 역접을 택하여 이인편 24장을 풀이하면 다음과 같다.

공자께서 말씀하셨다. "군자는 말은 어눌하지만, 행동은 민첩하다."

딱 보아도, 순접이나 역접이나 둘 다 언행일치를 강조하고 있다. 전자는 말과 행동을 동시에 보고 있고, 후자는 말보다는 행동에 방점을 찍고 있다. 군자는 혹시 말만 앞서고 행동이 뒤따르지 않을 것을 경계하여 늘 말을 더디게 하고자 한다. 더디다, 즉 어눌하다는 말은 무슨 뜻일까. 유창하게 하지 못하고 떠듬떠듬하는 것을 일컫는다. 여기서 눌(訥)이란, 말을 더듬거나 과묵하여 말을 경솔하게 하지 않는다는 뜻이다. 도올 김용옥 선생은 고려시대의 보조국사 지눌知訥의 이름은 여기서 따왔다고 한다. 지눌에서 눌은 어눌하다는 뜻이다. 그러니까 지눌은 '어눌함을 안다'로 풀이할 수 있다.

지눌, 이분이 얼마나 유명한 사람인가. 호는 목우자이고, 그의 저서 『수심결』은 불가에 전해 오는 보배다. 선종의 입장에서 교종을 통합하려고 애썼다. 정혜쌍수니, 돈오점수니 하는 그의 화두는 학교 교과서에 등장한 지 오래다. 선종에서는 말을 최대한 아낀다. 심지어는 불립문자不立文字라 하여 문자를 세우지 않는다. 이는 말과 문자가 지닌 형식이나 틀에 얽매이지 않는다는 뜻이다. 지눌은 당시 불교를 혁신하고자 했다. 말보다는 민첩한 행동이 필요했다. 하여 지눌이라고 지은 건 아닐까. 말은 더디게 하지만 지금의 고려 불교를 뜯어고치는 데 앞장서겠다는 그런 다짐을 이름에 넣은 건 아닌지 모르겠다. 지눌 당시에 벌써 유학은 지식인에게 널리 보급되고 있었으니까.

군자는, 말은 어눌하게 하지만 행동은 민첩하게 하려고 노력하는 사람이다. 공자의 이 말은 논어 여러 곳에서 감지되고 있다. 우선 학이편 3장에, "공자께서 말씀하셨다. 말이나 듣기 좋게 하고, 가식적인 얼굴로 비위를 맞추는 사람치고 인한 사람은 적다(子曰 巧言令色이 자왈 교언영색 鮮矣仁이니라)."라는 말이 나온다. 교언영색! 이 얼마나 익히 들어본 선의인 말인가. 공자는 말만 번드르르하게 하고 얼굴을 꾸미는 자를 미워했다. 차라리 말은 잘하지 못하지만, 진실한 사람이 인한 사람이라고 했다. 공야장편 24장과 양화편 17장에서도 비슷한 공자의 언급이 나온다.

군자는 눌언민행訥言敏行 해야 한다는 이 말은, 앞에서 다룬 '선행기언先 行其言 이후종지而後從之'와도 서로 통한다. 공자는 위정편 13장에서 자공이 군자에 대해 물었을 때 이런 말을 했다. 말을 하기에 앞서 행동을 먼저 하라고! 다시 말해, 실천을 먼저 하고 말은 나중에 해도 늦지 않다고 말이다. 이 언급은 눌언민행과 다르지 않다. 말은 떠듬떠듬할 지라도 행동은 빠르게 하라! 해야 할 것이 있다면 얼른 하고 말은 좀 늦게 해도 괜찮다, 뭐 이런 말이다. 역시 말이 쉽지, 실천은 어렵다.

이제껏 살아오면서 말 잘하는 사람은 참 많이 보아왔다. 특히 종교인 중에서 그런 사람을 많이 보았다. 참으로 말은 잘한다. 그런데 그런 분들이 일을 펑펑 저지른다. 그것도 일반인은 상상도 못 하는 큰일을 내서 세상을 떠들썩하게 한다. 말을 했으면 반드시 행동이 따라야 하는데, 이게 여간 어려운 일이 아닌가 보다. 그렇다면 최고의 방책은 무엇인가? 말을 줄이는 것이다. 행동으로 옮길 수 없다면 그냥 입을 꾹 다문다. 실천으로 이어질 수 있다고 확실히 판단될 때 그제야 말문을 연다. 그것도 진심을 담아서, 유창하게 말고 떠듬떠듬하며 말한다. 이래야 군자라는 소리를 들을 수 있다니 참으로 어렵다.

나는 어떠한가. 눌언민행하며 살아왔는가. 말이 앞선 경우가 허다하다. 군자의 길은 참으로 험난하다.

15. 매사 긍정적이다

子謂子賤하시되 君子哉라 若人이여
자위자천   군자 재   약인
魯無君子者면 斯焉取斯리오
노무 군자 자   사언취사

—공야장5-2(2,19)

이제 공야장편으로 넘어간다. 이 편에서는 군자라는 말이 두 장에 걸쳐 나온다. 공야장편은 대부분이 인물평이다. 공자가 평가한 인물 중에 절반 가량은 제자이고, 나머지는 여러 나라의 명망 있는 사람들이다. 주희는 이 공야장편은 모두 고금 인물의 현부득실賢否得失을 담고 있다고 말했다. 즉 현명한 사람이냐 아니냐, 성공을 거두었느냐 아니냐를 두고 공자가 나름 평가한 기록이라는 것이다. 마지막 장에서는 공자가 자신을 평가한 기록도 있다.

공야장편 27장에, "공자께서 말씀하셨다. 열 집이 모여 사는 마을에도 반드시 성실함과 미더움이 나와 같은 사람은 있겠지만, 나만큼 배우기를 좋아하는 사람은 없을 것이다(子曰 十室之邑에 必有忠信이 如丘者焉이어
자왈   십실지읍   필유충신   여구자언
니와 不如丘之好學니라)."라는 말이 나온다. 참으로 놀랍다. 이 얼마나
불여구지호학야
자신에 찬 말인가. 공자는 제자들을 칭찬하기도 하고, 혼내주기도 한다. 심지어 14년의 유랑 생활에서 어려움을 함께했던 뛰어난 제자, 공문십철까지도 비판한다. 안회를 제외하고는 거의 모든 제자에게 따끔하게 꾸지람을 준다. 예를 들어, 재여가 낮잠을 자자 썩은 나무로는 조각할

수 없다며 화를 내는 장면도 있다. 한마디로, 공야장편은 공자의 제자 사랑을 여러 방식으로 보여주는 장이다. 공야장편에서 군자가 처음 나오는 2장을 풀이하면 다음과 같다.

　공자께서 자천을 평하여 말씀하셨다. "군자구나, 이 사람은! 노나라에 군자다운 사람이 없었다면 이 사람이 어디에서 이런 덕을 갖게 되었겠는가?"

군자라는 말이 연거푸 두 번 나온다. 여기서 자천은 누구일까. 논어를 주석한 학자나 사마천의 『사기』 등을 보면 재미난 이야기가 전한다. 자천은 매사 긍정적인 사람이다. 그리고 사람을 믿고 맡기는 사람이다. 공자보다 30세 혹은 49세 아래로, 공자가 말년에 노나라도 돌아왔을 때 만났을 것으로 추정한다. '선보單父'라는 지방을 다스리는 책임자였는데 다른 지방관들과는 사뭇 달랐다. 자천을 '무마기'라는 사람과 비교한 일화는 유명하다. 둘 다 선보를 다스린 경험이 있다.

　자천이 선보의 읍재로 있을 때, 앉아서 거문고나 타면서 별다른 일을 하지 않았지만 선보는 잘 다스려졌다. 반면에, 무마기는 별이 떠 있을 때 출근하고, 별이 떠 있을 때 퇴근하는 등 몹시 고되게 일하였다. 역시 선보는 잘 다스려졌다. 무마기가 어느 날 자천에게 물었다. 이에 자천은, "저는 다른 사람에게 의지하여 일을 처리하였고, 당신은 자신의 능력에 의존하여 일을 처리하였습니다. 자신의 능력에 의존하면 고되고, 다른 사람에게 맡기면 편안한 것입니다."라고 말했다.

　이 일화에서 바로 자천의 사람됨을 알 수 있다. 자천은 거문고나 타면서 아무 일도 안 하는 것 같지만 믿고 맡기면서 살피는 사람이다. 무마기는 맡기기보다는 자신이 직접 일을 챙겨야 직성이 풀리는 사람이다. 나도 교직 생활을 30여 년을 하고 있지만, 이 두 가지 방안을 두고 늘 갈등이다. 믿고 맡기느냐, 아니면 내가 직접 챙기느냐? 모두 장단점이 있다. 최선의 답은 '군자시중君子時中'이다. 『중용』 2장에 나오는 그 말씀, 군자는 때와 상황에 맞게 한다! 맡길 때는 맡기고, 내가 능력을 발휘해야 할 때는 직접 챙기고….

또 재미난 이야기가 있다. 공자가 자천을 자신의 이복형의 아들인 공멸과 비교한 일화이다. 자천과 공멸이 모두 벼슬을 하고 있을 때, 공자가 "일하면서 얻은 것과 잃은 것은 무엇인가?"라고 질문했다. 그랬더니 두 사람의 대답이 참 달랐다. 공멸은, "일이 과중해서 공부할 시간이 없었고, 급료가 적어 가족을 부양할 수가 없었으며, 공무로 조문 갈 일이 많아 친구를 자주 만나지 못해 우정이 멀어졌다."라고 대답했다. 반면에, 자천은, "공무를 보면서 학문이 더욱 밝아졌고, 급료로 부모와 친척을 잘 부양할 수 있었으며, 공무로 갈 기회에 친구도 만나게 되어 우정이 더욱 돈독해졌다."라고 말했다.

와, 똑같은 질문인데 대답은 정말 다르다. 어찌 이럴 수 있을까. 한마디로 생각의 차이다. 똑같은 공자의 제자인데도 태도는 하늘과 땅 차이다. 당장 누가 옳고 그르다고 말할 수는 없다. 이건 어디까지나 인식의 차이니까. 하지만, 자천은 매우 긍정적이다. 똑같은 사안이나 사물을 볼 때 긍정적으로 보느냐, 부정적으로 보느냐는 스트레스와도 관련이 있다. 사람이 살면서 자신이 전혀 예상하지 못했던 장면과 부딪칠 수 있다. 이때 이를 기회로 삼고 한 차원 높게 뛰어넘을 것이냐, 아니면 그냥 견디며 얼른 벗어나기를 바랄 것이냐 하는 것은 많은 차이가 있다. 이는 삶의 질과 행복과도 직결된다.

공자는 정말 대단한 사람이다. 공야장편 1장을 보면 감옥에 있는 공야장에게 자기 딸을 시집보냈다는 언급이 있다. 공야장은 이름으로 보아 야금술에 관계된 직종에 근무하는 장인 집안의 사람으로 생각된다. 이쯤 공자는 노나라에서 꽤 높은 벼슬에 있었을 것으로 보이는데, 감옥에 있는 사람에게 애지중지하는 딸을 시집보내다니! 공자는 공야장이 감옥에 있는 것은 그의 죄가 아니라고 말했다. 아마도 공야장의 사람됨을 늘 보고 있었기에 이런 평을 했을지 모른다. 참으로 공자는 사람의 내면까지 꿰뚫어 아는 분이다. 그러니 그의 말이 이렇게 고전으로 남아 나에게까지 오는 것이 아닌가.

자천은 군자다. 왜? 매사 긍정적이기 때문에. 자천 같은 사람이 그냥 하늘에서 뚝 떨어졌겠는가. 아니다. 그것은 노나라에 군자의 전통이 있어서 그렇다. 공자는 자신의 조국, 노나라에 대한 높은 자긍심을 표출하고 있다. 노나라에서 군자가 많이 나오기를 바랐던 그의 마음이 다가온다. 어찌 지금이라고 다를 것인가. 지금 역시 군자가 그립다. 아, 나부터 군자가 되어야 할 텐데….

16. 네 가지 도를 가지고 있다

子謂子産하시되 有君子之道四焉이니
其行己也恭하며 其事上也敬하며
其養民也惠하며 其使民也義니라

—공야장5-15(1,20)

앞에서도 말했지만, 공야장편에는 군자란 말이 두 번 나온다. 그 두
번째가 이 장이다. 역시 사람을 평하는 공자의 언급이 담겨 있다. 첫말
이 의미심장하다. '자산'이라는 사람을 일컬어 말하는데, 그는 군자의
네 가지 도를 갖추었다고 말한다. 공야장편 15장을 풀이하면 다음과
같다.

공자께서 자산을 평하여 말씀하셨다. "그에게는 군자의 도 네 가지가
있었다. 몸가짐이 공손하였고, 윗사람을 섬기는 데는 공경스러웠고, 백성을
돌보는 데는 은혜로웠고, 백성을 부리는 데는 의로웠다."

자산, 그는 누구인가? 어떤 사람이기에 공자는 그에게 네 가지 군자
의 도가 있다고 말했을까? 자산은 춘추시대 정鄭나라의 재상을 지낸
공손교의 자字다. 너그러우면서도 엄격한 정치가로 공자가 젊은 시절에
매우 존경했다고 한다. 공자 나이 60세 이르러 정나라에 가 보았지만,

자산은 이미 죽은 뒤였다. 네이버 지식백과를 검색해 보니 자산에 대한 기록이 대단하다.

그중 일부를 보면, "그가 재상이 되어 개혁정치를 추진한 결과 1년 만에 더벅머리 아이들이 버릇없이 까부는 일이 없어졌고, 노인들이 무거운 짐을 들고 다니지 않아도 되었으며, 어린아이들이 밭갈이 등 중노동에 동원되지 않게 되었다. 2년째가 되자 시장에서 물건값을 속이는 일이 없어졌고, 3년째가 되자 밤에 문을 잠그지 않아도 되었고, 길에 떨어진 물건을 줍는 사람이 없었다. 4년이 지나자 밭 갈던 농기구를 그대로 놓아둔 채 집에 돌아와도 아무 일이 없었다. 5년이 지나자 군대를 동원할 일이 없어졌고, 상복 입는 기간을 정해서 명령하지 않아도 알아서 다들 예를 갖추었다."라고 평했다.

어디서 많이 들어본 이야기다. 여기저기 문헌을 찾아보니 사마천의 『사기』에 나오는 기록이다. 정말 사마천은 대단한 역사가다. 만일 이분이 없었다면 공자와 그 많은 인물을 어찌 알았겠는가. 자산이라는 걸출한 정치가 역시 마찬가지다. 사마천이 언급하였기에 더 유명하고 오늘까지 전해지는 것이 아닌가. 위 내용을 보면, 자산이 군자의 도 네 가지를 가지고 있었다는 말이 자연스럽게 다가온다. 얼마나 정치를 잘했기에 1년 만에 아이들이 스스로 나쁜 버르장머리를 고쳤다는 말인가.

공자는 자산을 평하면서 자신이 말하고자 하는 군자의 도를 정리하고 있다. 그것도 딱 네 가지로! 뒤에서도 다루겠지만, 공자는 군자를 말하면서 몇 가지로 간단명료하게 말하는 것을 볼 수 있다. 공자가 실제로 그렇게 말했는지, 아니면 제자들이 논어를 편집하면서 그렇게 썼는지는 모르겠다. 어쨌든, 네 가지로 이렇게 똑떨어지게 말한다는 것은 쉬운 일이 아니다. 그야말로 공자는 수업 잘하는 선생이요, 요약 잘하는 명 강사다!

군자는 네 가지 도를 갖추고 있는 사람이다. 자신의 몸가짐(行己)을 '공손하게(恭)' 하고, 윗사람을 섬길(事上) 때는 공경스럽게(敬) 하며, 백성을 돌보는(養民) 데는 은혜롭게(惠) 하고, 백성을 부릴(使民) 때는 의롭게(義) 하는 사람이다. 주희는 공이란 겸손한 것이고, 경이란 삼가며 정성을 다하는 것이며, 혜란 사랑하여 이롭게 하는 것이라고 풀이했다. 적절한 풀이라고 본다. 공자가 자산을 볼 때 이 네 가지 도를 모두 갖추었다고 본 것이다. 공손, 공경, 은혜로움, 의로움! 참으로 멋진 말이다. 헌문편 10장에, "어떤 사람이 자산에 대해 물으니, 공자께서 말씀하셨다. 은혜로운 사람이다(或이 問子産한대 子曰 惠人也니라)."라는 공자의 언급이 또 나온다. 이로 보면, 공자는 자산을 평할 때, 매우 은혜로운 사람으로 생각했음이 분명하다.

자산이 살던 정나라는 작은 국가였다. 강대국인 진나라와 초나라 사이에 끼어 있는 정나라를 잘 버티게 한 사람이 바로 자산이었다. 그는 중국 역사에서 법치주의 선구자요, 합리주의적 혁명의 전범을 세운 정치 지도자로 손꼽힌다. 이 말을 하는 순간, 우리나라 대한민국이 떠오른다. 우리 역사는 어떠하였는가? 늘 강대국의 틈새에 끼어 이러지도 저러지도 못하는 상황을 반복했다. 주희의 성리학을 국시로 삼은 조선에 와서는 이것이 더 심화되었다. 큰 나라 중국에 대하여는 철저히 사대의 예를 취했고, 일본 등 이웃 나라에 대하여는 그냥 우호적으로 주고받는 교린 정책을 폈다. 그러다가 교린의 상대였던 일본에 나라를 빼앗겨 36년이라는 치욕의 삶을 살았다.

나라를 되찾은 지금은 어떠한가. 지금이라고 다른가. 상황은 크게 바뀌지 않았다. 시대만 바뀌었을 뿐 강대국의 틈바구니에서 줄다리기하는 것은 그때나 지금이나 똑같다. 이럴 때, 군자의 네 가지 도를 갖춘 자산 같은 사람이 나타나면 좋겠다. 물론, 우리 대한민국은 만만한 나라가 아니다. 세계 10대 경제부국 중의 하나로 발돋움했다. 동족상잔의 전쟁을 딛고 일어나 가장 짧은 기간에 세계가 부러워하는 민주주의 국가를 이룬 나라다. 그러나 아직 갈 길이 멀다. 정치는 특히 그렇다. 정치인은 무엇보다 특권을 누리기보다는 겸손해야 하고, 국민을 섬길 줄 알아야 한다. 한마디로 군자의 도를 갖춘 사람이어야 한다.

누구를 탓하겠는가. 나 자신부터 돌아보자. 교육자로서 나는 그러했는가. 스스로 몸가짐이 겸손하고, 선생님을 대할 때 늘 공경스럽게 했는가. 수업할 때 무엇보다 학생을 먼저 생각했는가. 학생을 혼내거나 지도할 때 올바르게 했는가. 아무리 생각해도 자신이 없다. 참으로 군자의 길은 어렵다.

17. 곤궁한 사람은 도와주고 부자는 보태주지 않는다

子華使於齊러니 冉子爲其母請粟한대
_{자화시어제}　_{염자위기모청속}

子曰 與之釜하라 請益한대
_{자왈}　_{여지부}　_{청익}

曰 與之庾하라 하야시늘 冉子與之粟五秉한대
_왈　_{여지유}　　　_{염자여지속오병}

子曰 赤之適齊也에 乘肥馬하며 衣輕裘하니
_{자왈}　_{적지적제야}　_{승비마}　_{의경구}

吾는 聞之也호니 君子는 周急이요 不繼富라호라
_오　_{문지야}　_{군자}　_{주급}　_{불계부}

原思爲之宰러니 與之粟九百이어시늘 辭한대
_{원사위지재}　_{여지속구백}　_사

子曰 毋하야 以與爾隣里鄕黨乎인저
_{자왈}　_무　_{이여이인리향당호}

—옹야6-3(1,21)

이제 논어 여섯 번째 편인 옹야편으로 넘어간다. 옹야편에서 군자란
말은 다섯 장에 걸쳐 나온다. 옹야라는 편의 이름 역시 처음 시작하는
말인 자왈 다음의 '옹야雍也'에서 따왔다. 옹야편은 앞 편인 공야장과
마찬가지로 인물에 대한 공자의 평을 적어놓았다. 그러면서 공자의
생각을 넌지시 제시하는 형식을 취하고 있다. 옹야편에서 군자를 처음
만나는 옹야편 3장을 보자. 역시 놀랍다. 이를 풀이하면 다음과 같다.

자화가 제나라로 공자 심부름을 하러 갔다. 염자(염유)가 자화의 어머니
를 위하여 양식을 주기를 청하니, 공자께서 말씀하셨다. "1부(6말 4되)를
주어라." 더 청하니, 말씀하셨다. "1유(16말)를 주어라." 그런데 염자가 곡

식 5병(80섬)을 주었다. 공자께서 말씀하셨다. "적(자화)이 제 나라에 갈 때 보니, 살찐 말을 타고 가벼운 가죽옷을 입고 있었다. 내가 들으니, 군자는 곤궁한 사람을 도와주고 부유한 이에겐 보태주지 않는다고 했다." 원사가 공자의 가신이 되었으므로 공자께서 그에게 곡식 900(단위 미상)을 주셨는데, 사양하였다. 공자께서 말씀하셨다. "사양하지 말고 너의 이웃이나 마을 사람들에게 나누어 주어라."

문장이 길다. 여기서 자화子華란 사람이 등장한다. 자화는 공서화의 자字다. 성이 공서公西이고, 이름은 적赤이다. 공자보다 42세 아래의 제자로서 외교적 수완과 왕실 의례에 밝았다고 한다. 공야장편 7장에서 맹무백孟武伯이 공자에게 여러 인물에 대하여 인한지를 묻자, 자화에 대하여 공자는 "적(자화)은 허리띠를 묶어 의관을 갖추고 조정에 서서 외국 사신을 응대하여 말을 나누게 할 만하지만, 그가 인한지는 모르겠다(赤也는 束帶立於朝하여 可使與賓客言也어니와 不知其仁也케라)."라고 말하였다. 이로 보면, 공자는 자화에 대하여 그렇게 높이 평하지는 않은 것 같다. 자화는 공문의 사과십철에도 들지 않는다.

나는 이 문장에서 제자를 살피는 공자의 탁월한 식견을 목격하고야 만다. 공자의 문하에 들어와 있는 여러 제자에 대하여 하나하나 꿰뚫어 보고 평을 하고 있다. 선생이 제자를 평한다는 것은 이미 대안을 갖고 있다는 뜻이다. 저 제자는 저러하니 이렇게 지도해야겠다는 선생으로서의 혜안 말이다. 자화는 아마도 집이 좀 넉넉했나 보다. 공자는 이미 자화의 집안 사정을 다 알고 있었다. 그런 제자가 공자의 심부름으로 제나라에 가게 되었다. 염자가 홀로 남아 있는 어머니를 위해 곡식을 주자고 청하니, 공자는 자화의 가세가 넉넉하니 그에게 맞게 조금만 주라고 했다. 그런데 염자는 공자 말을 듣지 않고 80섬이나 주고 말았다.

어찌 이런! 그때도 스승의 말을 안 듣는 제자가 있었나 보다. 어찌 되었든, 염자의 이런 행동 때문에 공자의 입에서 기막힌 명언이 나온다. 바로 이 말씀, 곤궁한 자는 도와주어도 부유한 자는 더 보태주지 않는 다. 군자는 이런 사람이다. 군자는 주급周急이요, 불계부不繼富라. 주희는 『논어집주』에서 주周란 부족함을 보태는 것이요, 계繼란 남아돌아가는 데도 계속 퍼주는 것이라고 했다. 한마디로, 경제적으로 급한 사람과 그렇지 않은 사람은 구별되어야 함을 말하고 있다. 공자는 아주 치밀하 다. 군자는 주급이요, 불계부라는 말을 하는 이유를 밝히고 있기 때문이 다. 자화가 제나라로 갈 때 살찐 말이 끄는 수레를 타고 가벼운 가죽옷 을 입고 가지 않았느냐고 질타한다. 이로 보면 공자는 그냥 말하는 법이 없다. 반드시 그 이유가 있다.

마지막으로, 자신의 가신으로 있었던 원사原思 이야기를 꺼낸다. 원사 에게는 곡식 900을 주었는데, 사양하자 이웃과 나누어 가지면 되지 않겠느냐고 매우 너그럽게 말한다. 원사가 곡식을 사양하니 아마도 공자가 더 감동을 한 건 아닌지 모르겠다. 원사는 공자의 제자 중에서 청빈한 삶을 살았던 인물로 전해진다. 성은 원原이고, 이름은 헌憲으로 '원헌'으로 불리었다. 그의 자가 자사子思라서 원사라고도 했다. 논어 열네 번째 편인 헌문편의 헌憲이 원헌의 헌을 딴 것이다. 공자가 노나라 에서 대사구로 있을 때 가신으로 있었다고 한다. 공자는 원사가 청빈하 다는 것을 알고 곡식을 900이나 주려고 한다. 원사가 안 받으려 하자 이웃과 나누면 되지 않겠느냐고 말한다. 이로 보면, 공자는 제자마다 다 다르게 접근했음을 알 수 있다. 붓다가 제자들에게 근기에 맞게 대기설법對機說法을 한 것과 다르지 않다.

나는 이 장에서 중요한 것을 발견한다. 오늘날의 사회 복지정책이다.

아무리 자본주의 사회라도 곤궁한 자를 그냥 버려둘 수는 없다. 사회의 구조적인 문제로 가난할 수 있기 때문이다. 가난한 자에게는 세금을 덜 걷고, 부자에게는 더 걷어야 한다. 이른바 누진세율의 적용이다. 사회적 약자에게는 그 자리에서 일어날 수 있도록 보태주어야 하고, 부유한 사람에게는 자신의 것을 오히려 내놓을 수 있도록 독려해야 한다. 이렇게 정치하는 사람은 군자다. 그때나 지금이나 군자가 그립다.

18. 군자다운 선비가 되어라

子謂子夏曰 女爲君子儒요 無爲小人儒하라
자위자하왈　　여위　군자　유　　무위소인유

—옹야6-11(1,22)

옹야편에서 군자가 두 번째로 나오는 장이다. 내용은 아주 간단하다.
공자가 자하를 일러 평한 말인데, 그 속에는 엄청난 뜻이 숨어 있다.
옹야편 11장을 풀이하면 다음과 같다.

　　공자께서 자하에게 말씀하셨다. "너는 군자다운 선비가 되어야지 소인
　　같은 선비는 되지 마라."

사랑하는 제자, 자하에게 느닷없이 군자다운 선비가 되라고 일침한
다. 원문의 女爲君子儒에서 '女'는 계집 녀가 아니라, 너 여汝로 본다.
여위군자유
논어에 나오는 다른 경우도 마찬가지다. 자하를 너로 지칭한 것으로
보아 서로 대면하고 말한 듯하다. 자하, 그는 누군인가. 앞에서도 말했
지만, 공자에게는 뛰어난 제자 사과십철四科十哲이 있었다. 사과란 덕행,
언어, 정사, 문학을 말하고, 십철이란 공자가 진나라와 채나라의 들판에
서 위난을 당했을 때, 자신을 따랐던 열 명의 제자를 일컫는다. 이
이야기는 선진편 2장에 언급되어 있다.
자하는 바로 사과십철 중의 한 사람이었다. 그는 문학에 밝았다.

이는 오늘날 시나 소설을 잘 쓰는 사람을 말하는 것이 아니라, 문자나 문헌에 밝은 것을 뜻한다. 춘추시대의 고전 대부분이 자하나 그의 제자들에 의하여 전승되었다고 한다. 이로 보면, 자하는 아주 섬세하고 꼼꼼했다고 볼 수 있다. 옛 문헌을 살펴야 하니 대충하는 성격은 곤란하다. 하나하나 비교하고 맞지 않으면 직성이 풀릴 때까지 따져야 한다. 아마도 공자는 자칫 이런 성격이 될 수 있는 자하에게 일침을 놓은 건 아닐까. 꼰대 같은 사람은 되지 말라고. 너는 군자다운 선비가 되라고! 제자를 사랑하는 마음이 참 지극하다.

선진편 15장에, "자공이 물었다. '사(자장)와 상(자하) 중에 누가 더 훌륭합니까?' 공자께서 말씀하셨다. '사는 지나치고 상은 미치지 못한다.' 자공이 말하였다. '그렇다면 사가 더 낫습니까?' 공자께서 말씀하셨다. '지나친 것은 미치지 못하는 것과 같으니라.'(子貢이 問師與商也孰賢이니잇고 子曰 師也는 過하고 商也는 不及이니라 曰 然則師愈與잇가 子曰 過猶不及이니라)"라는 말이 나온다. 자공이 공자에게 누가 더 훌륭하냐고 묻자 자장은 지나치고, 자하는 미치지 못한다고 말했다. 여기 나오는 그 유명한 말이 바로 '과유불급'이다. 지나친 것은 미치지 못한 것과 같다는 뜻이다. 그런데 왜 공자는 자하에게 미치지 못한다고 말했을까. 꼼꼼하고 섬세하고 따지는 것은 정확성을 기할 수 있어 좋기는 한데, 자칫하면 훌륭함에 미칠 수 없다고 말한 것이다. 하나의 용도로만 쓰이는 그릇이 되어서는 안 된다고 충고한 것이다. 앞에서 다룬 바 있는 군자불기君子不器, 바로 이것이다.

내가 가장 주목하는 말은 군자다운 선비다. 선비, 선비라. 참 많이 들어본 말이다. 선비 정신이란 말도 있다. 군자유君子儒에서 유란 선비란 뜻이다. 주희는 유를 학자의 통칭이라고 해석했다. 그럴 수도 있지만 암만 생각해도 선비가 맞다. 유학이란 선비에 관한 학문이다. 선비가 되는 길을 배우고 닦는 가르침이다. 선비란 무엇인가. 공자는 군자 선비와 소인 선비로 구분했다.

나는 군자는 도량이 넓은 사람이고, 소인은 그렇지 않은 사람이라고 본다. 공자도 말했듯이, 군자와 소인이 따로 있는 것이 아니다. 도량이 넓으면 누구나 군자 선비다. 흔히 사士를 선비라고 한다. 학식과 인품을 두루 갖춘 사람을 일컫는다. 사대부니 사림이니 하는데 여기서 사는 선비다. 선비는 벼슬을 얻어 관직에 나아갈 수도 있고, 초야에 묻혀 학문하며 제자를 가르칠 수도 있다. 조선시대를 보면, 선조 때쯤 해서 이 선비 그룹이 정계를 주름잡기 시작했다. 이른바 사림의 등장이다. 선비 정신을 표방하는 사림 정치는 좋은 면만 있지 않았다. 시간이 흐르면서 권력 싸움을 하는가 하면, 헛된 논쟁을 일삼아 끝내 나라를 망치고야 말았다. 한마디로, 소인유小人儒 정치였다. 흥선대원군이 서원 철폐령을 내려 이를 바로 잡으려고 했으나, 때는 이미 늦었다.

지금은 어떠한가. 우리에게 선비 정신은 살아있는가? 당연히 살아있다. 꼭 퇴계 이황과 율곡 이이를 말하지 않더라도 그 정신은 이어져 오고 있다. 나라가 위기에 처했을 때 분연히 일어나 목숨을 초개처럼 버린 사람들이 있었다. 그들은 의병이요, 의사요, 독립투사였다. 그리고 민주주의를 위해 불의에 맞서며 끝내 희생을 감내한 민주 열사도 있었다. 지금도 여전히 아닌 건 아니라고 소신을 굽히지 않고 목소리를 내는 사람이 있다. 아무런 사심이 없이 오로지 나라를 위하는 마음으로. 나는 이들이 군자 선비요, 대한민국의 희망이라고 본다.

제2편

꾸밈과 바탕이
잘 어우러지는 사람

19. 꾸밈과 바탕이 잘 어우러진다

子曰 質勝文則野요 文勝質則史니
자왈   질승문즉야   문승질즉사

文質이 彬彬然後에 君子니라
문질   빈빈연후   군자

―옹야6-16(1,23)

옹야편 16장에 군자라는 말이 나온다. 이 문장은 어디서 많이 들어본 말이다. 아마도 신문 칼럼에서 보거나 유명 강연에서 듣고 가슴에 꽂힌 것 같다. 문질빈빈文質彬彬, 바로 이거다. 한자로 변환하려고 자판에서 F9키를 누르니 바로 나온다. 아예 사자성어로 굳어져 있다. 옹야편 16장을 풀이하면 다음과 같다.

　　공자께서 말씀하셨다. "바탕이 꾸밈을 이기면 촌스럽고, 꾸밈이 바탕을 이기면 번지르르하다. 꾸밈과 바탕이 잘 어우러져야 군자답다."

이 문장에 대한 해석이 구구하다. 주석자마다 조금씩 다른 해석을 하고 있다. 주희가 해석한 것을 중심에 놓고, 현대 학자들이 풀어 놓은 것을 종합하여 나 나름대로 풀이해 보았다. 조금씩 뉘앙스가 달라서 그렇지, 핵심은 크게 벗어나지 않는다. 문과 질을 어떻게 볼 거냐 하는 것인데, 외면의 세련미와 내면의 질박함으로 보는가 하면, 꾸밈과 바탕 또는 형식과 내용으로 보기도 한다. 내 생각으로는 문은 꾸밈으로, 질은 바탕으로 보면 무난할 것 같다. 어떻게 풀든 문장이 의미하는 바를 크게 그르치지 않는다.

공자는 왜 이런 말을 했을까. 공자의 수많은 말 중에 논어 편집자들은 왜 이 언급을 활자화했을까. 이 문장은 논어 열두 번째 편인 안연편 8장과도 관련이 있다. 여기에 이런 말이 나온다. 위나라 대부인 극자성이 "군자는 바탕만 갖추고 있으면 그만이지, 무엇 때문에 꾸밉니까?(君子는 質而已矣니 何以文爲리오)"라고 물었다. 그러자 자공이, "…꾸밈은 바탕과 같고, 바탕은 꾸밈과 같습니다. 호랑이와 표범의 털 뽑은 가죽은 개와 양의 털 뽑은 가죽과 같습니다(文猶質也며 質猶文也니 虎豹之鞟이 猶犬羊之鞟이니라)."라고 대답했다.

꾸밈(文)이 지나치면 번지르르할(史) 뿐 알맹이가 없다. 반대로 바탕(質)이 지나치면 촌스러운 티(野)가 날 수 있다. 공자는 바로 이 말을 하고 싶었다. 여기서도 중용을 취하라고 강조하고 있다. 주희는『논어집주』에서 사史는 문장을 관장하는 사람이라고 하고, 야野는 야인을 가리킨다고 했다. 문이 질을 이기면 문장이나 잘 꾸미고 겉만 좋은 관리티가 날 수 있고, 질이 문을 이기면 행동이 거칠고 저속한 야인이 될 수 있다는 뜻이다. 그러니, 문과 질은 조화를 이루어야 한다. 바로 빈빈彬彬이다. 함께 잘 어우러져 서로 빛을 내주어야 한다. 부족한 부분은 지나친 것을 가져와 채우고, 지나친 부분은 덜어서 부족한 것을 메워야 한다. 이것이 된 연휴에라야 군자라고 할 수 있다.

정말이지 멋진 공자의 가르침이 아닐 수 없다. 하지만, 어찌 이것이 쉬운 일인가. 도올 김용옥 선생은 그의 저서에서 "나 도올은 양자에 있어서 완벽한 빈빈을 기대할 수 없다면, 항상 사史보다는 야野로 치우치는 것을 사랑한다. 야가 사보다 자유롭고 크고 더 많은 가능성을 내포하기 때문이다."라고 밝히고 있다. 나 역시 이 말에 동감한다. 살아가면서 꾸밈이 지나칠 수도 있고, 바탕이 지나칠 수도 있다. 문과 질을 빈빈하기란 중용을 실천하는 만큼이나 어려운 일이다. 그럴 때는 차라리 조금은 촌스럽고 질박한 쪽을 택하겠다. 어리숙해 보이고 좀 모자란 듯 보이면 공격을 덜 당할 것 아닌가. 이것도 쉬운 일은 아니다. 일단 겉을 더 꾸미려고 한다. 속은 텅 비어 있어도 치장을 하고 말을 늘어놓는다. 이것이 요즘 사람들의 세태다. 나도 예외는 아니다.

앞에서 문을 외면의 세련미, 질은 내면의 질박함이라고 해석하기도 한다고 했다. 외면에는 세련미가 흐르고, 내면에는 질박한 마음이 갖추어져 있다면 얼마나 좋을까. 또 문을 형식, 질을 내용이라고 해석할 때, 형식과 내용이 조화를 이룬다면 얼마나 아름다울까. 내용도 중요하지만, 형식도 그에 못지않게 중요하다. 아마도 공자는 인의仁義와 충서忠恕를 내면의 내용으로, 효제孝悌와 예악禮樂을 외면의 형식으로 삼았을 것이다. 어질고 의로운 마음을 갖고, 부모에게 효도하고 웃어른을 공경하며 만나는 사람마다 예의를 다하고 때때로 풍류를 즐긴다면, 이보다 더한 문질빈빈이 어디 있겠는가.

군자는 문과 질이 어우러져 빛나는 사람이다. 바탕이 질박하면서도 세련미가 흐르는 사람이다. 속이 꽉 차 있으면서 겉멋도 부릴 줄 아는 사람이다. 실력도 갖추고 있지만, 그 실력을 사람에게 잘 표현하는 사람이다. 꾸밀 줄 알지만, 그렇다고 바탕까지 저속한 사람이 아니다. 늘 바탕과 꾸밈이 어우러지는 사람이다. 아, 어렵다. 문질빈빈 군자여!

20. 우물가로 가지만 빠지지는 않는다

宰我問曰 仁者는 雖告之曰 井有仁焉이라도
<small>재아문왈　인자　　수고지왈　정유인언</small>
其從之也로소이다 子曰 何爲其然也리오
<small>기종지야　　　　자왈　하위기연야</small>
君子는 可逝也언정 不可陷也며
<small>군자　　가서야　　불가함야</small>
可欺也언정 不可罔也니라
<small>가기야　　불가망야</small>

—옹야6-24(1,24)

군자란 말이 스물네 번째로 나오는 문장이다. 나는 이 문장을 보면서
공자의 탁월한 판단과 식견에 놀라움을 금치 못했다. 여기 나오는 재아
가 누구인가? 공문의 사과십철에 드는 제자로 자공과 더불어 언어에
밝은 제자로 알려져 있다. 그런데 재아는 대단한 말썽꾼이다. 재아는
논어에 다섯 번 정도 나오는데, 등장할 때마다 짓궂고 엉뚱한 행동을
해서 스승 공자를 당혹하게 한다. 요즘 말로 하면 수업 중에 딴지거는
학생이다.

예를 들어, 부모가 죽으면 삼년상은 해야 하지 않겠느냐는 공자의
말에, 이건 너무 길다고 하면서 1년이면 족한 거 아니냐며 따진다. 또,
게을러서 낮잠을 자다가 공자에게 꾸지람을 듣기도 했다. 공야장편
9장에, "재여(재아)가 낮잠을 잤다. 공자께서 말씀하셨다. 썩은 나무는
조각할 수 없고, 더러운 흙으로 쌓은 담장은 흙손질을 할 수 없다.
내가 너를 보고 무엇을 탓하겠느냐?(宰予晝寢이어늘 子曰 朽木은 不可雕也
<small>재여주침　　　　　자왈　후목　불가조야</small>

며 糞土之墻은 不可杇也니 於予與에 何誅리오)"라는 말이 나온다. 공자는
재아의 이런 모습을 보고는 사람을 대할 때, 그 말만 듣지 않고 행동도
살피게 되었다고 한다. 그러면 위 문장은 어떤 뜻일까. 옹야편 24장을
풀이하면 다음과 같다.

　　재아가 물었다. "인한 사람은 누군가 '우물에 사람이 빠졌다.'라고 해도
아마 뛰어들어 구하지 않겠습니까?" 공자께서 말씀하셨다. "어찌 그러겠느
냐. 군자는 우물까지 가게 할 수는 있으나 빠지게 할 수는 없고, 사리에
닿는 말로 속일 수는 있어도 터무니없는 말로 현혹할 수는 없다."

　　원문의 井有仁焉에서 '仁'은 사람으로 본다. 주희도 그렇게 해석했
다. 내가 보아도 이렇게 해야 문맥상 옳은 것 같다. 만일 다른 제자가
질문했으면 달리 대답했을지도 모른다. 아마도 언변이 뛰어난 재아가
질문했기에 그에게 적절한 답변을 한 것 같다. 말 잘하고 게으른 재아에
게 따끔한 일침을 주기 위해! 공자의 답변이 참으로 명확하다. 애매하고
곤란한 질문을 던져 스승이 어떻게 대답하나 하고 시험하려고 했던
재아에게 아주 시원한 대답을 안겨준다. 이러니 공자를 존경하지 않을
수 없다.
　　누군가가 우물에 사람이 빠졌다고 소리친다. 그러면 어진 사람이라
면 얼른 달려가 그 사람을 구해야 하지 않겠느냐, 우물 속으로 들어가
빠진 사람을 건져야 하지 않겠느냐 하며 비아냥거리듯 질문한 것이다.
아니, 우물에 진짜 사람이 빠졌는지 확인도 안 하고 우물 속으로 그냥
풍덩 뛰어 들어갈 바보가 어디에 있겠는가? 군자라면 그러지 않는다고
공자는 일침을 놓는다. 바로 우물에 가서 살피기는 하겠지만, 우물에
그냥 빠지지는 않는다고. 그러면서 덧붙인다. 군자는 그럴 듯한 말로

속일 수는 있어도(欺), 터무니없는 말로 현혹할 수는 없다고(罔)! 여기서 기欺와 망罔은 다르다고 한다. 주희는 『논어집주』에서, "기란 그래도 이치가 있는 것을 가지고 사람을 속이는 것이요, 망은 이치가 전혀 없는 것으로 사람을 몽매하게 만드는 것이다(欺는 謂誑之以理之所有요 罔은 謂昧之以理之所無라)."라고 했다. 그러면서 어진 사람은 비록 사람을 구제하는 데 절실히 하며 자기 몸을 돌보지 않는 훌륭한 덕성을 지니고 있지만, 이처럼 어리석게 행동하지는 않는다고 말했다.

맞다. 착한 사람과 바보는 다르다. 군자는 일단 착한 사람이다. 그래서 누가 우물에 빠졌다고 소리치면 달려가기는 한다. 보니, 진짜 사람이 빠졌다. 그렇다고 직접 풍덩 뛰어 들어가지는 않는다. 사리를 판단한다. 뭔가 도구가 없을까. 줄이라도 구해 와 우물에 던질 수도 있다. 오늘날로 말하면 일단 응급조치부터 취하고 119를 부를 수도 있다. 군자는 착하면서도 인한 사람이기 때문이다. 나 역시도 그렇다. 세상을 살면서 이런 장면과 얼마든지 부딪칠 수 있다. 건물에 갑자기 불이 나 사람이 죽어가고 있다. 그렇다고 무작정 화마 속으로 뛰어 들어가는 것이 옳을까. 그러면 자신도 죽는다. 이는 군자다운 행동이 아니다. 공자는 군자를 107번이나 논어에서 언급하면서 군자는 인한 사람이니까 무조건 목숨 따위는 초개처럼 버려야 한다고 말한 적은 없다.

공자의 이 말이 생각난다. 이인편 3장에, "공자께서 말씀하셨다. 오직 인한 사람만이 남을 좋아할 수도 있고, 남을 미워할 수도 있다(子曰 惟仁者아 能好人하며 能惡人이니라)."라는 일침이다. 이미 앞에서도 언급한 바 있다. 군자는 최소한 무엇이 옳은지 그른지 구별할 줄 아는 사람이다. 어질기 때문이다. 아무나 좋아하고 근거 없이 미워하지 않는다. 우물에 사람이 빠졌다고 하는 말에 잠깐 속아서 우물가로 갈 수는 있지만, 어리석게 풍덩 뛰어 들어가지는 않는다. 군자는 그런 사람이다.

21. 널리 글을 배우고 예로써 요약한다

子曰 君子博學於文이요 約之以禮면
자왈   군자 박학어문   약지이례

亦可以弗畔矣夫인저
역가이불반의부

—옹야6-25(1,25)

옹야편에서 군자가 마지막으로 나오는 문장이다. 이는 안연편 15장에도 똑같이 나온다. 다만, 안연편에는 군자란 말이 빠져 있다. 또, 자한편 10장에 안회가 스승인 공자를 우러러 찬탄하는 말에서도 보인다. 옹야편 25장을 풀이하면 다음과 같다.

공자께서 말씀하셨다. "군자가 널리 글을 배우고 예로써 요약하여 행한다면 또한 도에 어긋나지 않을 것이다."

학자마다 해석이 조금 다르다. '約之以禮'에서 約에 관한 해석인데,
약지이례
어떤 이는 이를 '단속하다, 제약하다'로 풀이하고 있다. 그러나 주희는 '요약하다(要)'로 풀고 있다. 나는 주희의 해석을 따르고자 한다. 언뜻 생각하면 예를 예의나 예절로 생각할 수 있는데, 여기서는 그런 뜻으로 쓰이지 않았다. 이렇게 생각하면 어떨까. 우주에는 질서가 있다. 실로 광대무변하다. 춘하추동 사계절이 흘러가며 밤과 낮이 바뀌고, 바람이 불면 구름이 흩어지고 먹구름이 몰려오면 비가 내린다. 이를 스스로

그러하다고 하여 자연自然이라고 부른다. 그러나 뭔가 보편적인 질서가 있다. 바로 이러한 질서가 사람이 사는 세상에도 있어야 하지 않을까? 아마도 공자는 우주를 본받아 사람에게 적용할 수 있는 핵심적인 질서를 예로 본 것 같다. 도올 김용옥 선생은 『좌전』에 실려 있는 글을 풀이하면서, "예라는 것은 하늘의 벼리요, 땅의 마땅함이요, 사람이 행하여야 할 바이다. 천지의 핵심적 질서를 사람이 실제로 본받아 구현하는 것이 예인 것이다."라고 했다. 이를 보면 결국 예란 우주의 질서를 본받는 일이다.

군자는 널리 글을 배우고, 이를 예로써 잘 요약하는 사람이다. 그러면 도에서 어긋나지 않을 것이다. 아마도 이 문장 역시 누군가 공자에게 군자에 대해 물었을 것이고, 군자란 이런 사람이라고 대답한 것이라 볼 수 있다. 분명 앞뒤 맥락이 있을 것으로 짐작되지만, 이것만으로도 공자가 무엇을 말하려고 했는지를 가늠할 수 있다. 박학어문博學於文, 약지이례約之以禮를 줄여서 사자성어로 흔히 '박문약례博文約禮'라고 한다. 언젠가 서울 성균관대학교에 간 적이 있는데, 정문 입구 옆의 성균관에 이 글자가 쓰여 있었다. 안동의 도산서원에는 '박약재博約齋'라는 현판을 볼 수 있다.

군자가 되고자 한다면 글을 열심히 배워야 한다. 여기서 글이란 성인이 말씀해 놓은 옛 문헌을 말한다. 그런데 배우는 데서 그쳐서는 안 된다. 구슬이 서 말이라도 꿰어야 보배가 되듯이, 이를 잘 요약할 수 있어야 한다. 즉, 잘 모으고 다듬어서 빛이 나도록 해야 한다. 아무리 많이 알면 무엇 하는가. 이를 잘 요약해서 논리 정연하게 펼쳐 놓을 수 없다면 소용이 없다. 쉽게 말해, 성인의 말씀을 아무리 달달 외고 머리에 대용량으로 집어넣고 있어도, 이를 자기 것으로 만들지 못하면 말짱 헛일이다. 행동으로 옮길 수도 없다.

나 역시 이 글을 쓰는 이유가 박문약례를 하기 위해서다. 그동안 논어를 공부한다고 동양고전 시리즈를 사놓고 틈나는 대로 읽었다. 유명 학자의 강의도 수없이 들었다. 그러나 이러면 무엇 하는가. 이를 내 것으로 만들어야지. 그래서 글을 쓰기 시작했다. 논어 중에서도 군자가 들어 있는 문장을 내 생각으로 풀어 내보자. 잘 요약해 보자. 이는 분명 논어에 관한 박문약례다. 그동안 교직을 돌아보면 박문과 약례가 참 중요함을 알 수 있다. 교사가 널리 배우는 것도 중요하지만, 이를 잘 요약하여 그 짧은 수업 50분 동안 핵심을 잘 짚어서 가르치는 것이 중요하다. 과연 나는 교사로서 이렇게 했는지 뒤돌아본다.

위정편 15장에, '學而不思則罔, 思而不學則殆'라는 공자의 언급이
학이불사즉망   사이불학즉태
나온다. 나는 이 문장을 참 좋아한다. 이 말이 하도 좋아서 책상 앞에 써 붙여놓고 맨날 되뇐 적도 있다. 배우기만 하고 생각하지 않으면 얻는 게 없고, 생각하기만 하고 배우지 않으면 위태롭다! 정말 그렇다. 열심히 배우기만 하고 그것을 곱씹어 생각하지 않으면 내 것이 될 수 없다. 배우고 나서는 반드시 사思의 과정이 있어야 한다. 이는 구슬을 꿰는 과정이요, 잡다한 지식을 하나로 집약하는 노력이다. 바로 이 사의 과정이 약례라고 볼 수 있다.

옹야편 25장의 '군자박문약례'라는 가르침은 실로 놀랍다. 군자는 옛 문헌을 살펴 널리 배우기도 해야 하지만, 이를 예로써 잘 요약하여 행할 수 있어야 한다. 가령, 상례와 장례가 있다. 이는 무엇인가. 사람이 죽으면 일정 기간을 정해 슬퍼하고 시신을 잘 수습하여 땅에 묻어야 한다. 이 과정에는 오랫동안 행해 온 규칙과 절차가 있다. 이는 오늘날로 올수록 더 간소해졌다. 옛날에는 부모가 돌아가시면 삼년상을 치르는 것이 마땅했으나, 지금은 3일이면 족하다. 그렇다고 절차와 본질까지 변한 건 아니다. 다만, 예가 더 요약되었다고 보아야 한다.

우주의 질서로 본다면 사람이 죽는 것은 엄청난 일이다. 실로 하늘이 무너지는 일이다. 그렇다고 시신이 다 썩을 때까지 곁에 두고 슬퍼해야겠는가? 아니다. 그래서 상례와 장례가 필요했다. 아주 잘 요약된 예로써 행한다면 더는 슬픈 일이 아니다. 공자가 죽었을 때도 제자들이 그랬을 것이다. 그리하면 도에 크게 어긋나지 않는다고 했으니!

원문의 亦可以弗畔矣夫에서 '弗畔'이라는 말이 어렵다. 일반적으로 도에 어긋나지 않는다는 뜻이다. 한자 弗은 아니다, 畔은 두둑, 경계라는 의미다. 다산 정약용은 『논어고금주』에서, "반은 위배·경계 짓는다는 뜻이니, 도와 위배 되어 스스로 경계를 지어 구분하는 것이다(畔, 背也, 界也. 與道違背, 以自界別也)."이라고 했다(임헌규, 『3대 주석과 함께 읽는 논어 I』, 677쪽). 나는 이 해석이 다가온다. 글을 널리 배우고, 예로써 요약한다면 크게 통하여 경계 짓는 일이 없을 것이다. 이것이 군자의 길이 아니겠는가.

22. 성인이 아니면 군자라도 보고 싶다

子曰 聖人을 吾不得而見之矣어든
　　　자왈 성인　　　오부득이견지의
得見君子者면 斯可矣니라
　　　득견 군자 자　　사가의
子曰 善人을 吾不得而見之矣어든
　　　자왈 선인　　　오부득이견지의
得見有恒者면 斯可矣니라
　　　득견유항자　　사가의
亡而爲有하며 虛而爲盈하며
무이위유　　　 허이위영
約而爲泰면 難乎有恒矣니라
약이위태　　　난호유항의

—술이7-25(1.26)

이제 논어의 일곱 번째인 술이편으로 넘어간다. 술이편에는 군자란 말이 네 장에 걸쳐 나온다. 술이편 역시 첫 장의 처음 글자를 따서 편명을 정한 것이다. 그 유명한 말, 述而不作의 첫 두 글자다. 서술하되
　　　　　　　　　　　　　　　　　　　술이부작
짓지는 않는다! 그 뒤에 나오는 信而好古도 의미심장하다. 믿어서 옛것
　　　　　　　　　　　　　　신이호고
을 좋아한다! 공자는 옛 성인의 가르침을 믿기에 이를 익혀서 후세에 전할 뿐, 새로이 만들지 않는다고 했다. 얼마나 겸손하면서도 멋진 말인가. 과연 공자는 서술만 하고 짓지는 않았을까? 내가 보기에는 엄청난 창작을 했다고 본다. 전해 내려오는 옛 문헌을 하나로 꿰뚫어 정리한 것만 보아도 대단한 창작이다.

술이편은 모두 서른일곱 장으로 되어 있는데, 공자의 인간적 고뇌가 잘 드러나 있다. 배움에 대한 열정과 그만의 독특한 교육관이 곳곳에

녹아 있다. 19장에, "나는 태어나면서부터 아는 사람이 아니라, 옛것을 좋아하고 부지런히 아는 것을 추구하는 사람이다(我非生而知之者라 好古敏以求之者也로라)."라는 말이 있다. 이는 공자가 얼마나 배우기를 좋아했는지 알 수 있다. 또 23장을 보면, "너희는 내가 숨기는 것이 있다고 생각하느냐? 나는 숨기는 게 없다. 나는 행하면서 너희와 함께 하지 않는 것이 없으니, 이것이 바로 나 구(공자)다(二三子는 以我爲隱乎아 吾無隱乎爾로라 吾無行而不與二三子者是丘也니라)."라는 말이 나온다. 이 문장은 공자가 늘 제자와 함께하며 온 힘을 다해 가르쳤다는 것을 웅변하고 있다. 그러면서 자신의 이름까지 외치고 있다. '얘들아, 이게 바로 나 공자야. 알겠니?' 참으로 사람 냄새가 풍기지 않는가.

술이편에 대한 대강 설명은 이쯤에서 끝내고, 이제 술이편 25장으로 돌아가 본다. 술이편에서 군자가 처음으로 나오는 이 문장을 보는 순간, 나는 공자의 탄식을 듣는 듯했다. 일단, 이를 풀이하면 다음과 같다.

공자께서 말씀하셨다. "성인을 내가 만나볼 수 없다면 군자라도 만나보면 좋겠다." 공자께서 말씀하셨다. "선한 사람을 내 만나볼 수 없다면 항심이 있는 사람이라도 만나보면 좋겠다. 그런데 없으면서 있는 척하고, 비었으면서 가득 찬 척하며, 작으면서 큰 척한다면 항심이 있기 어렵다."

공자가 제일 만나보고 싶었던 사람은 성인일 것이다. 그런데 성인을 만나기가 어디 쉬운 일인가. 논어 관련 기록을 보면, 공자는 주나라의 기초를 다진 주공周公을 성인으로 추앙했다. 술이편 5장에, 꿈속에서 주공을 뵌 지가 오래되었다고 실토하는 장면이 나온다. 비록 성인을 만나지는 못했더라도 군자라도 보면 좋겠다! 와, 이 말이다. 이 한마디가 심금을 울린다. 그러면서 선한 사람과 항심이 있는 사람을 언급한다.

이 문장을 해석하면서 어떤 학자는 성인, 군자, 선인, 유항자 등으로 위계를 짓는 사람도 있다. 그럴 수도 있다.

주희의 『논어집주』를 보면, 성인은 신명神明하여 헤아리기 어려운 이의 칭호이고, 군자는 재능과 덕성이 출중한 이의 이름이라고 했다. 또 장횡거의 말을 빌려, 선인은 인에 뜻을 두어 나쁜 짓을 하지 않는 사람이고, 유항자는 마음을 이랬다저랬다 하지 않는 사람이라고 했다. 그러면서 주희는 자기 생각이라고 하면서 조심스럽게 말한다. 성인과 유항자는 그 차이로 보면 하늘과 땅 차이지만, 누구나 성인이 되려면 유항자로부터 시작하지 않으면 안 된다고! 일단, 유항자부터 차차로 위로 올라가야 한다는 말이다.

맞다. 성인이 어떻게 하늘에서 뚝 떨어질 수 있다는 말인가. 지금의 나도 뚝딱 만들어진 내가 아니다. 과거의 노력이 하나하나 켜켜이 쌓여 지금의 내가 된 것이다. 마치 보슬비에 옷이 젖듯이. 군자도 마찬가지다. 군자가 되려면 우선 유항자가 되어야 한다. 즉, 항상 하는 마음이 먼저 갖추어져야 한다. 두 가지 마음이어서는 곤란하다. 없으면서 있는 척하고, 텅 비어 있으면서 꽉 찬 척하고, 가난하면서 부자인 척하면 그건 항심 있는 사람이 아니다. 항심이란 곧, 원칙 있는 삶이다. 원칙 없는 삶을 산다면 그런 이는 유항자가 아니요, 선인도 아니며, 군자는 더더욱 아니다.

아, 나는 어떠한가. 나는 유항자라도 되는가? 자신이 없다. 그래도 그렇게 살아보려고 노력은 한 것 같다. 이제까지 학생을 가르치는 일에서 벗어나지 않았고, 늘 배움을 게을리하지 않았으며, 없으면서 있는 척하지는 않았으니까. 그래도 유항자가 되기 위해 더욱 노력해야겠다.

23. 편을 들지 않는다

陳司敗問昭公이 知禮乎잇가 孔子曰 知禮시니라.
진사패문소공   지례호   공자왈   지례

孔子退커시늘 揖巫馬期而進之曰
공자퇴   읍무마기이진지왈

吾聞君子는 不黨이라호니 君子도 亦黨乎아
오문 군자   부당   군자   역당호

君이 取於吳하니 爲同姓이라 謂之吳孟子라 하니
군   취어오   위동성   위지오맹자

君而知禮면 孰不知禮리오 巫馬期以告한대
군이지례   숙부지례   무마기이고

子曰 丘也幸이로다 苟有過어든 人必知之온여
자왈 구야행   구유과   인필지지

—술이7-30(2,28)

술이편에서 군자란 말이 두 번째 나오는 문장이다. 그런데 두 번 연거푸 나온다. 자세히 보니, 공자의 말씀이 아니고, 진나라의 사패가 공자를 비꼬기 위해 한 말이다. 여기서 사패란 법을 집행하는 진나라의 관직 이름이다. 술이편 30장을 풀이하면 다음과 같다.

진나라 사패가 물었다. "소공은 예를 아는 분입니까?" 공자께서 말씀하셨다. "예를 아신다." 공자께서 물러가신 뒤에, 사패가 무마기에게 읍하고 나아가 말하였다. "내가 듣기로 군자는 편을 들지 않는다고 하였는데, 군자도 역시 편을 듭니까? 소공이 오나라에 장가를 들었는데, 마침 두 왕실의 성이 같았기 때문에, 이를 숨기려고 부인을 오맹자라고 불렀습니다. 이런 소공이 예를 안다고 하면 누가 예를 모르겠습니까." 무마기가 그 일을 공자

에게 고하자, 공자께서 말씀하셨다. "나는 다행스럽다. 진실로 나에게 허물이 있으면 남이 반드시 아는구나."

나는 이 문장을 처음 접하였을 때 무슨 뜻인지 몰랐다. 여러 학자의 해석을 보고 주희의 집주까지 들추어본 다음에야 그 뜻을 알았다. 어찌 보면 툭 나온 이야기여서 그런 것 같다. 앞에서도 누누이 말했지만, 논어의 문장이 소설처럼 이야기로 쭉 이어지는 글이 아니고, 무슨 파편처럼 뚝 떨어져 나온 말씀이 대부분이다. 술이편 30장 역시, 공자가 진나라에 머물 때 일어난 일을 그냥 툭 던지는 이야기다.

그런데 내공이 만만치 않다. 나는 여기서 두 가지를 쩌릿하게 느꼈다. 하나는 군자는 편을 들지 않는다는 말이고, 또 하나는 그 지적에 대하여 공자가 솔직히 인정하는 대목이다. 사패가 공자에게 말한다. '내가 알고 있기로는 군자는 편을 들지 않는 사람인데, 군자라고 널리 알려진 당신(공자)은 어찌 소공의 편을 들고 있느냐, 당신 군자가 맞느냐?'라고 은근히 힐책하고 있다. 여기서 소공은 노나라 왕으로서 공자가 당시 섬기고 있던 군주였다. 아마도 공자는 자신의 조국 노나라의 왕이 예가 없는 사람이라고 말하기가 어려웠나 보다. 그러자 사패가 바로 역공을 폈다. 아니, 예가 있는 사람이라면 어찌 소공이 성이 같은 오나라의 여인을 왕비로 취할 수 있느냐 이거다.

당시 예법은 성이 같은 사람끼리는 혼인할 수 없었다. 노와 오의 왕은 모두 주나라 왕실 출신으로서 희姬라는 성을 쓰고 있었다. 따라서 아내로 맞이한 왕비의 이름은 오나라의 오를 써서 '오희吳姬'라고 해야 했는데, 소공은 이를 감추기 위하여 '오맹자'라고 하지 않았느냐 이거다. 여기서 맹자란 장녀라는 뜻이다. 사패는 차마 이런 힐책을 공자에게 직접 하지는 못하고, 공자의 제자인 무마기에게 한다. 무마기는 앞의 공야장편 2장, 즉 공자가 자천을 평하는 문장에서 이미 언급하였다. 자천과 함께 아주 훌륭한 제자로 알려져 있다. 공자보다 30세 아래로 논어에서는 딱 이장에서만 나오는 인물이다.

진나라 사패가 자기가 하고 싶은 말을 결국은 무마기에게 말하고, 충실한 제자 무마기는 이를 곧장 자기 스승인 공자에게 고해바친다. 나는 논어의 이런 장면이 참 재밌다. 너무도 현장감 있고, 극적이기 때문이다. 더 놀란 것은 공자의 태도다. 나는 여기서 과연 공자를 성인 이라고 해야 하는가 하고 잠시 의심했다. 어찌 되었든 사패에게 거짓말을 한 셈이 아닌가. 물론 말이 거짓말이지, 이렇게 한 것은 자신의 군주인 소공에 대한 최소한의 예라고 생각했을지 모른다. 예는 상황에 맞게 해야 한다고 늘 주장한 공자였기에…. 그런데 반전이다. 공자는 무마기의 말을 전해 듣고는, '나는 다행이구나. 내가 잘못이 있으면 다른 사람이 알고 반드시 지적해주는구나.'라고 말한다. 정말 뜻밖이다. 아무리 훌륭한 사람이라도 자신을 지적하는 말을 들으면 일단 기분이 나쁜 법이다. 그런데 공자는 이를 흔쾌히 받아들인다. 아, 그래서 공자를 성인이라고 하는가! 공자는 過則勿憚改, 즉 허물이 있으면 고치_{과즉물탄개}는 것을 꺼리지 말라고 했다(자한편 24장).

군자부당이라. 군자는 편을 들지 않는다! 여기서 당黨은 무리라는 뜻으로 해석하여 편당을 짓는다고 해석하기도 하나, 많은 학자는 편을 드는 것으로 푼다. 나도 이 풀이가 맞는다고 본다. 왜냐하면, 문맥상으로 보아 공자는 알면서도 은근히 소공의 편에 섰기 때문이다. 그러나 공자는 바로 인정한다. 자신의 대답이 옳지 않았다고! 그렇다면 군자는 편을 들지 않는 사람이다. 그래야 군자다. 정직해야 한다. 소공이 자신이 모시는 군주라고 하여 그쪽 편에 서서 지지 발언을 해서는 곤란하다. 아닌 건 아니라고 해야 옳다. 아, 군자의 어려움이여!

나는 살면서 어떠하였는가. 군자부당하였는가? 그렇지 않은 것 같다. 나도 편을 많이 들었다. 이쪽에서는 저렇게, 저쪽에서는 이렇게. 와, 목에 칼이 들어와도 아닌 건 아니라고 해야 하는데, 윗사람의 비위를 맞추기 위해 얼마나 편을 들었는가 말이다. 하다못해 장가를 들고 나서, 어머니에게는 이런 말로, 아내에게는 저런 말로 편을 들어야 했다. 고부 간의 평화를 위해서 그렇게 했다고 할 수도 있는데, 그러면 면죄가 되는가? 군자가 되려거든 편을 들어서는 안 된다. 공정하고 정직해야 한다. 이 얼마나 어려운 일인가.

24. 몸소 실천한다

子曰 文莫吾猶人也아 躬行君子는
_{자왈 문막오유인야 궁행 군자}
則吾未之有得호라
_{즉오미지유득}

—술이7-32(1,29)

술이편 30장에 이어 바로 32장에서 군자가 나오는데, 이 장 역시 공자의 인품을 잘 보여준다. 자신감이 있으면서도 겸손한 태도가 그대로 스며 있다. 넘치지도 않고 그렇다고 모자라지도 않는다. 이를 중용의 도라고 하는가. 늘 공자는 그렇다. 논어에서 그런 발언을 참 많이 발견할 수 있다. 과유불급過猶不及, 지나치면 미치지 못한 것과 같다는 평소의 소신 때문이었을까. 술이편 32장을 풀이하면 다음과 같다.

공자께서 말씀하셨다. "글이야 내가 남들과 같지 않겠는가. 그러나 군자의 도를 몸소 실천하는 것이라면 내가 아직 제대로 못 하고 있다."

말은 간단하지만, 그 속에 들어 있는 뜻은 엄청나다. 여기서 문文을 어떻게 해석할까. 일단 나는 한국고전번역원의 해석에 따라 '글'이라고 했다. 그러나 문장, 문자의 세계, 학문 등으로 볼 수도 있다. 도올 김용옥 선생은 '문자의 세계'라고 풀었다. 일리가 있다고 본다. 정작 주희의 『논어집주』에는 문에 대한 별도의 주석이 없다. 문을 어찌 풀든, 그 당시 공자만큼 옛 문헌을 살피고 성인의 말씀을 배워 하나로 꿰뚫어 달통한 사람이 있었을까. 그런데 공자는 겸손하다. 글을 다루는 능력은 그 수준이 남들과 비슷할 수 있다고 보는데…. 하지만 군자의 도를 몸소 행하는 데는 영 미치지 못한다고 말한다. 이럴 수가!

글의 수준을 공자 스스로 그렇게 말한 것도 겸양이라고 보지만, 군자의 도도 마찬가지라고 본다. 주희 역시 공자 스스로가 자신을 낮춘 것이라고 주석을 달았다. 그러면서 사람들에게 실천이 참 중요함을 일깨우기 위해 이렇게 말한 거라고 덧붙였다. 그렇다. 성인의 가르침이 적혀 있는 글을 아무리 많이 안들 무엇 하는가. 이를 실천에 옮기지 않는다면 말짱 헛일이다. 입에서만 나부대는 말장난에 불과하다. 과연 공자는 글만 배우고 실천에 옮기는 일을 게을리하였을까. 만일 그가 그렇게 했다면, 지금까지 이천 년 이상 동양 사상을 주름잡을 수 있었을까. 공자는 실천이 앞섰던 인물이기에 지금도 추앙받는 것이다.

실천궁행實踐躬行이란 말이 있다. 교과서에도 나오고 평소 잘 써먹던 말이다. 관공서나 한식당이라도 가면 액자에 붓글씨로 큼지막하게 써서 번듯하게 걸려 있는 것을 볼 수 있다. 그런데 이 말의 원조가 바로 논어 술이편 32장에 있었다니! 논어를 공부하는 맛이 참으로 쏠쏠하다. 실천궁행이란 말의 뿌리는 바로 여기 나오는 궁행군자였다. 이 얼마나 감동인가! 궁행군자라. 군자는 몸소 행하는 사람이다. 말보다는 실천하는 사람이다. 공자는 스스로 이런 경지는 아직 멀었다고 한다. 만일 이 정도가 되려면 성인의 수준은 되어야 한다고 생각했는지 모르겠다.

궁행군자! 군자는 몸소 실천해야 하는데 무엇이 못 미친다는 말인가. 헌문편 30장에 공자의 의미심장한 말이 등장한다. 바로, "군자의 도가 셋인데, 나는 능한 것이 없다. 인한 사람은 근심하지 않고, 지혜로운 사람은 미혹되지 않고, 용기 있는 사람은 두려워하지 않는다(君子道者三
군자도자삼

에 我無能焉호니 仁者는 不憂하고 知者는 不惑하고 勇者는 不懼니라)."라는 언급이다. 이 말 뒤에 자공이 한마디 했다. 무엇이라고 했을까? 이는 우리 선생님이 그냥 겸양으로 하신 말씀(겸사謙辭)이다! 참 재미있지 않은가. 스승의 말을 제자가 곧이곧대로 듣지 않고 달리 받아들이고 있으니. 그 정도로 공자는 말만 그렇게 할 뿐이지, 늘 실천궁행했다는 말이 아니겠는가.

궁행군자를 접하면서 나를 돌아본다. 나는 어떠했는가. 말보다는 몸소 실천했는가. 제일 어려운 것이 욕심을 줄이는 일이다. 또, 덜 성내고 덜 어리석어지는 일이다. 이 셋만큼 어려운 일이 없는 것 같다. 붓다는 이를 탐진치貪瞋痴라고 했다. 공자는 인함과 지혜와 용기를 군자의 세 가지 길로 보았다. 이를 몸소 실천하면 근심과 미혹과 두려움이 사라진 단다. 그런데 기막히다. 서로 일면식도 없던 붓다와 공자가 이 지점에서 만나고 있다. 탐진치와 인지용이 잘 맞아떨어진다. 자, 보자. 인한 사람이 욕심을 많이 낼까. 지혜로운 사람이 성을 많이 낼까. 또 용기가 있는 사람이 어리석을 수 있을까. 어쩌면 붓다와 공자의 가르침이 이렇게 같을 수 있다는 말인가. 성인은 서로 잘 통하는가 보다. 문제는 실천궁행이다. 몸소 힘써 실천하는 사람을 공자는 군자라고 했고, 붓다는 보살이라고 했을 뿐이다.

25. 평탄하여 여유가 있다

子曰 君子는 坦蕩蕩이요
  자왈 군자   탄탕탕
小人은 長戚戚이니라
  소인   장척척

—술이7-36(1,30)

술이편에서 군자가 마지막으로 나오는 문장이다. 간단하면서도 군자와 소인을 잘 대비하고 있다. 술이편 36장을 풀이하면 다음과 같다.

　　공자께서 말씀하셨다. "군자는 마음이 평탄하고 여유가 있으며, 소인은 항상 근심 걱정에 싸여 있다."

앞에서도 말했지만, 군자와 소인은 신분이나 출신 성분으로 나눈 것이 아니다. 얼마나 사람으로서 품격을 갖추었는가가 군자와 소인의 기준이다. 여기서 군자는 마음이 평탄하고 여유가 있는 사람이고, 소인은 늘 근심 걱정에 싸여 있는 사람이다. 공자가 말하고자 하는 의도가 무엇일까. 마음이 탁 트여 여유롭게 살아간다면 행복한 군자의 삶이요, 무언가에 집착하여 늘 근심 걱정하며 살아간다면 불행한 소인의 삶이란 것을 일깨워준다.

　　원문의 坦蕩蕩에서 坦은 마음에 동요가 없고 평온하다는 뜻이고,
　　　　　탄탕탕
蕩蕩은 그대로 풀이하면 쓸어버리고 쓸어버린다는 뜻으로 넓고 광대한

모양을 가리킨다. 주희는 『논어집주』에서 정이천의 말을 빌려, "군자는 이치를 따르기 때문에 몸과 마음이 펴지며 태연하고, 소인은 사물에 부림을 당하므로 걱정과 근심이 많다(程子曰 君子는 循理故로 常舒泰하고 小人은 役於物故로 多憂戚하나니라)."라고 해석했다. 도올 김용옥 선생은 술이편 36장을 해석하면서, 탄탕탕과 장척척이 본래는 탄탕과 장척 이렇게 두 글자로 되어 있었는데, 후대에 필사자들이 재미를 더하기 위해 한 글자씩을 더 붙였다고 했다. 앞에서도 말했지만, 논어는 수많은 편집을 거쳐 왔다. 따라서 판본에 따라 다를 수 있고, 내용에 가감이 있었을 것이다.

나는 주희가 인용한 정이천의 해석이 쏙 들어온다. 사람은 마음의 동물이다. 마음은 볼 수도 없고 만질 수도 없고 냄새 맡을 수도 없지만, 늘 자신을 조종한다. 먼 과거에도 갔다 오고, 아직 오지 않은 미래에도 단숨에 달려간다. 오죽하면 성리학에서는 사단칠정이라고 하지 않는가. 숭고한 도덕적인 심성이 있는가 하면, 마치 성난 파도처럼 바람에 휩쓸리는 감정도 있다는 뜻이다. 이를 가지고, 주리론이니 주기론이니 하면서 조선 오백 년 동안 얼마나 싸웠는가. 마음만 하나 탁 내려놓고 본다면 참으로 부질없는 짓이다. 마음을 어떻게 부리느냐에 따라 군자와 소인이 갈리기 때문이다.

군자는 마음이 탁 트여 있는 사람이다. 그야말로 마음을 잘 부리는 사람이다. 열린 생각으로 무엇이든 받아들이는 사람이다. 사람과 다툴 수는 있으나, 자신이 부족하다고 생각하면 얼른 내려놓을 줄 안다. 소인은 그렇지 않다. 뭔가에 끌려다니는 사람이다. 과거에 집착하여 한 발짝도 앞으로 나아가지 못하는 사람이다. 그러기에 근심과 걱정이 많다. 정이천의 말대로 사물에 부림을 당하기 때문이다. 이것을 보면 저것이 생각나고, 저것을 보면 이것이 떠오른다. 남의 말에 잘 좌우되고 잘

속아 일을 그르칠 수도 있다. 자신이 주인공이 되지 못하기 때문이다.

　사람이 살면서 어찌 근심과 걱정이 없겠는가. 티베트 속담에, '걱정해서 걱정이 없어지면 걱정이 없겠네.'라는 말이 있다. 참으로 맞는 말이다. 걱정 없이 산다는 것은 어쩌면 불가능할지 모른다. 만일 그렇다면 인간의 삶이 아닐 수도 있다. 그러나 근심과 걱정을 군자처럼 하느냐 소인처럼 하느냐는 엄청난 차이가 있다. 들판처럼 탁 트인 마음으로 이를 받아들여서 호탕하게 산다면 군자의 삶이요, 뭔가에 휩쓸려 항상 근심 걱정으로 조마조마하게 산다면 그건 소인의 삶이다. 나는 아무래도 소인보다는 군자의 삶을 택해야겠다. 그것이 행복한 삶일 테니까.

26. 부모에게 잘하고 옛 친구를 버리지 않는다

子曰 恭而無禮則勞하고 愼而無禮則葸하고
　　　공이무례즉노　　　　　　신이무례즉시
勇而無禮則亂하고 直而無禮則絞니라
용이무례즉란　　　　　직이무례즉교
君子篤於親則民興於仁하고 故舊를 不遺則民不偸니라
군자　독어친즉민흥어인　　　　고구　　불유즉민불투

—태백8-2(1,31)

논어 여덟 번째 편인 태백편에서 군자는 세 장에 걸쳐 나온다. 태백이라는 편의 이름 역시 첫 장의 첫 두 글자를 따온 것이다. 논어의 편명이다 이렇게 지어졌지만 그렇다고 아무런 의미가 없는 것은 아니다. 예를 들어, 논어 두 번째 편인 위정爲政편을 보면 편명에 걸맞게 정치 얘기가 많이 나온다. 태백편도 마찬가지다. 태백은 오나라의 시조로서 주나라 문왕의 큰아버지이다. 장자로 태어났는데도 왕위를 동생인 계력季歷에게 양보한 것으로 유명하다. 공자는 태백편 1장에서 태백은 지극한 덕을 가진 인물이라고 극찬하면서 천하를 세 번이나 양보했다고 언급하고 있다. 태백이라는 걸출한 인물을 앞에다 놓으면서, 태백편은 공자가 말하고자 하는 핵심 개념인 인과 예를 자연스럽게 끌어내고 있다. 태백편 2장을 풀이하면 다음과 같다.

공자께서 말씀하셨다. "공손하되 예가 없으면 수고스러워지고, 신중하되 예가 없으면 두려워지고, 용맹스럽되 예가 없으면 어지러워지고, 강직하되 예가 없으면 목이 조이듯 숨 막힌다. 군자가 부모에게 도탑게 하면 백성이 어진 기풍을 일으키고, 옛 친구를 버리지 않으면 백성이 각박해지지 않는다."

참으로 멋진 문장이다. 나는 이 문장을 이해하기 위해 애를 먹었다. 왜냐하면 문장은 수려하나 해석이 학자마다 다 다르기 때문이다. 원문이 한자이다 보니 당연히 그럴 수밖에 없다고 생각은 되지만, 중요한 건 공자의 뜻에 얼마나 가깝게 다가가느냐이다. 그래서, 이것저것을 살피고 나름대로 위와 같이 풀었다. 일단 내가 이해할 수 있어야 글을 쓰고 남에게 전할 수 있으니까.

많은 학자가 태백편 2장은 두 가지 파편으로 이루어진 거라고 말한다. 즉 군자가 나오는 이전 문장은 공자의 말씀이 맞으나, 군자 이후의 문장은 증자의 말일 걸로 추측한다. 증자는 이름이 '증삼曾參'인데 논어에 증자曾子로 등장한다. 뒤에 자子를 붙여서 높여 부른다. 그만큼 뛰어난 제자로 공자의 적통을 이어받아 많은 인재를 길러냈기 때문이다. 학자들은 증자의 제자들이 논어의 편집에 가담했을 것으로 본다. 따라서 감히 스승인 증삼이란 이름을 부르지 못하고 공자처럼 자를 붙여 논어에 썼을 것으로 추측한다. 태백편에는 증자의 말이 꽤 나온다.

그러면 문장을 하나하나 살펴보자. 공손하되 예가 없으면 수고스러워진다! 그렇다. 공손하되 예가 없다는 것은 공손함이 지나치다는 뜻이다. 공손함도 적당해야지 예에서 벗어나면 서로 힘들다. 여기서 예란 최소한의 예절이요 상식이다. 그건 고정되어 있지 않고 상황에 따라 얼마든지 변할 수 있다. 상례는 슬퍼야 하고, 혼례는 기뻐야 한다. 그렇듯이, 공손함도 적당한 수준에서 그쳐야 한다. 살면서 공손함이 지나친 사람을 본다. 그런 사람은 처음에 대할 때는 좋지만, 갈수록 만나기가 부담스러워진다. 바로 이런 경우를 말한다.

신중하되 예가 없으면 두려워진다! 이것도 마찬가지다. 신중함은 참 좋은 태도이지만 너무 신중하면 그건 예에서 벗어나는 일이다. 신중이란 결국 조심이란 뜻인데, 너무 조심조심하다 보면 두려운 마음이 일어나 결국 일을 그르칠 수 있다. 신중해야 할 때는 신중해야 하지만, 과감해야 할 때는 과감해야 한다. 또, 용맹스럽되 예가 없으면 어지러워진다! 어지럽다는 말은 문란하고 난폭하다는 뜻이다. 그래서 태권도나 검도 등 무술을 할 때는 반드시 먼저 예를 갖추는 것이다.

마지막으로, 강직하되 예가 없으면 목이 조이듯 숨 막힌다는 뜻은 무엇일까. 나는 이 말이 참 다가온다. 살다 보면 매우 강직한 사람을 보게 된다. '아, 저 사람은 참 정직해, 똑 부러져! 목에 칼이 들어와도 마음에 없는 말은 하지 못하는 사람이야.' 어찌 보면 지사요, 선비라고 칭할 수 있다. 많은 사람에게 칭송받을 수도 있다. 하지만 다르게 보면 이 사람은 독불장군이요, 꼴통이나 꼰대로 보일 수 있다. 예는 상황적이다. 강직함도 좋지만 상대방이 누구냐, 사정이 어떠하냐에 따라 자신의 지조나 신념을 버릴 수 있어야 한다. 그래야 야박하다는 소리를 듣지 않는다.

이제는 군자가 나오는 부분을 보자. 군자는 부모에게 도탑게 해야 백성들이 어진 기풍을 일으킨다! 백성이란 말이 나오는 것으로 보아, 여기서 군자는 윗사람이나 통치자를 가리킨다. 원문의 '君子篤於親'에서 '親'을 어떻게 볼 거냐가 문제다. 역대 주석을 보면 친족, 친척, 부모와 형제 등 다양하게 해석해 놓았다. 그런데 잘 생각해보면 친족이나 친척이라고 하면 앞뒤가 잘 맞지 않는다. 여기서 군자는 분명 통치자를 일컫고 있는데 부모라고 해야 잘 와 닿는다. 즉 통치자가 일단 자기 부모에게 잘하면, 백성들이 이를 본받아 어진 마음을 일으킨다고 해야 매끄럽다. 『논어정독』을 쓴 부남철 교수가 이렇게 해석했다. 끝에 나오는 '故舊'도 마찬가지다. 고구란 사귄 지 오래된 친구라는 뜻이다. 사람이 높은 자리에 올랐다고 하여, 옛날에 가깝게 지내던 친구를 모른 체한다면 그건 군자가 아니다. 백성들은 이런 통치자를 보면 각박하다고 할 것이다.

태백편 2장은 참 많은 화두를 던져준다. 특히 무엇을 하든 예가 없으면 안 된다. 예란 아름다운 절제다. 그 예란 지나치지도 않고 모자람도 없는 중용이요, 처한 상황에 맞게 하는 시중이다. 결국 군자는 백성에게 모범을 보여야 한다. 그것은 예에 맞는 행동이다. 먼저 부모에게 잘하고, 옛 친구를 저버리지 않는 것이 예의 으뜸이다.

27. 세 가지 도를 귀하게 여긴다

曾子有疾이어시늘 孟敬子問之러니
<small>증자유질</small>　　　　<small>맹경자문지</small>

曾子言曰 鳥之將死에 其鳴也哀하고 人之將死에
<small>증자언왈</small>　<small>조지장사</small>　<small>기명야애</small>　　　<small>인지장사</small>

其言也善이니라 君子所貴乎道者三이니
<small>기언야선</small>　　<small>군자</small>　<small>소귀호도자삼</small>

動容貌에 斯遠暴慢矣며 正顔色에 斯近信矣며
<small>동용모</small>　<small>사원포만의</small>　　<small>정안색</small>　<small>사근신의</small>

出辭氣에 斯遠鄙倍矣니 籩豆之事則有司存이니라
<small>출사기</small>　<small>사원비패의</small>　　<small>변두지사즉유사존</small>

—태백8-4(1,32)

태백편에서 군자가 두 번째로 나오는 장이다. 문장이 좀 길다. 앞의 2장과 마찬가지로 증자의 말을 적어놓고 있다. 증자가 병에 걸렸는데 맹경자라는 사람이 병문안을 왔다. 이때 새를 사람에 비유하며 군자가 귀하게 여기는 세 가지를 말하고 있다. 태백편 4장을 풀이하면 다음과 같다.

증자가 병이 들었을 때 맹경자가 문병을 왔다. 증자가 말하였다. "새는 죽으려 할 때 그 울음이 슬프고, 사람은 죽음을 앞두고 그 말이 선한 법이다. 군자가 귀하게 여겨야 할 세 가지 도가 있다. 몸을 움직일 때는 거칠거나 거만함을 멀리하고, 얼굴빛을 가다듬을 때는 진실에 가깝게 하고, 말을 할 때는 비속하거나 도리에 어긋나는 것을 멀리해야 한다. 제기를 준비하는 것 같은 세세한 일은 유사에게 맡긴다."

여기서 맹경자는 누구일까. 앞의 옹야편 6장에서 잠깐 언급한 적이 있는 맹무백孟武伯의 아들이다. 맹무백은 공자에게 효를 물은 적이 있고 (위정편 6장), 공자 제자들의 자질에 대하여도 질문한 적이 있다(공야장편 7장). 알다시피, 공자의 조국 노나라에는 '삼환三桓'이라고 하여 임금을 능가하는 세 귀족이 있었다. 바로 맹손씨, 숙손씨, 계손씨이다. 맹무백의 아들, 맹경자는 바로 맹손씨 가문의 제11대 대부이다.

노나라에서 세력을 떨치는 맹경자가 병문안을 왔기에 증자가 한마디 했다. 군자라는 말을 넌지시 꺼내면서 정치란 이렇게 하면 좋겠다고 조언했다. 이 말이 공자가 직접 한 말은 아니지만 참 와 닿는다. 새는 죽으려 할 때 그 울음이 슬프고, 사람도 죽음에 이르러서는 선해지는 법이다. 내가 지금 중병에 걸려 살날이 얼마 남지 않았는데, 맹경자 당신에게 이렇게 솔직하게 말하겠노라 하면서 군자를 말한다. 부디 노나라를 위해 군자 정치를 해 달라고! 그것은 군자가 귀하게 여겨야 할 세 가지 도였다. 이게 뭘까.

첫 번째는 용모이다. 몸을 움직일 때는 거칠거나 거만함에서 멀리해야 한다. 원문의 暴慢을 폭력과 태만이라고 풀이할 수도 있다. 주희는 『논어집주』에서 暴는 거칠고 사나운 것이고, 慢은 방자함이라고 풀었다. 한자 暴을 여기서는 '폭'이 아니라 '포'라고 읽는다. 나는 주희의 풀이가 증자가 말하고자 하는 뜻에 더 부합한다고 생각한다. 위정자가 군자다운 정치를 하려면 몸가짐을 사납게 하거나 거만하게 해서는 안 된다는 뜻이다.

두 번째는 안색이다. 얼굴빛을 바르게 해야 한다. 사람의 얼굴은 시시각각 다르다. 지금 보고, 듣고, 냄새 맡고, 맛보고, 접촉하고, 생각하는 대상이 어떠하냐에 따라 수시로 변한다. 불교에서는 이를 여섯 가지 판단 작용이라고 하여 '6식識'이라고 부른다. 사람은 대상을 어떻게 인식하느냐에 따라 얼굴빛이 달라진다. 갓 태어난 어린애를 보라. 그 어린 것이 순간순간 얼굴빛이 달라진다. 하물며 군자라면 얼굴빛을 어떻게 해야 할까. 진실해야 한다. 믿음을 줄 수 있어야 한다. 기분 좋을 때는 환하게 웃어야 하고, 슬플 때는 슬픈 표정을 지어야 한다. 안색을 꾸며서는 안 된다.

세 번째는 말이다. 말이란 입 밖에 나오면 주워 담을 수가 없다. 그래서 말을 내뱉을 때는 비속하거나 도리에 어긋나서는 안 된다. 出辭氣(출사기)에서 기는 주희에 의하면 소리의 기운(聲氣也, 성기야)이다. 맞다. 사람이 하는 말은 결국 목구멍의 울림으로 나오는 소리다. 거기에는 일정한 기운이 있다. 그 기운은 비루하거나 이치에 어긋나서는 안 된다. 군자는 말을 할 때 그 소리의 높낮이까지 잘 조절해야 한다. 단호할 때는 단호하게, 다정해야 할 때는 한없이 다정해야 한다.

증자는 죽어가면서까지 왜 맹경자에게 이런 말을 하려 했을까. 백성을 위하는 간절한 마음을 표현한 것이다. 노나라를 실질적으로 지배하고 있는 맹손씨 가문의 실력자에게 진심으로 호소하면서 한편으로, 잘못을 깨우치라고 일침을 놓은 것이다. 그러면서 한마디 더 붙인다. 변두, 즉 제기를 다루는 소소한 일은 그 일의 담당자인 유사에게 맡기라고. 맹경자 당신은 큰일, 즉 군자가 가야 할 길을 가라고 말한다. 여기서 변두(籩豆)란, 주희에 의하면 변은 대나무로 만든 제기이고, 두는 나무를 깎아 만든 제기이다. 유사(有司)란 일을 주관하는 실무자를 말한다. 지금도 자생적 모임에서 실무를 맡아보는 사람을 유사라고 부른다.

태백편 4장을 공부하면서 역시 군자는 어렵다는 것을 느낀다. 여기서 군자는 다스리는 사람이다. 결국 지도자의 리더십을 말하고 있다. 그것은 몸가짐과 얼굴빛, 그리고 말의 품격이다. 몸가짐은 겸손해야 하고, 얼굴빛은 진실해야 하고, 말은 품위가 있어야 한다. 이것이 군자의 세 가지 도다. 『역경』〈계사 하전〉 4장에, "군자는 태평할 때도 위기를 잊지 않고, 존속할 때도 멸망을 잊지 않으며, 다스리면서도 분쟁을 잊지 않는다. 이래야 몸이 편안하고 나라도 지킬 수 있다(君子安而不忘危, 存而不忘亡, 治而不忘亂, 是以身安國家可保也)."라는 말이 나온다. 이 또한 군자의 세 가지 도다. 증자의 말이 군자의 내적인 태도를 말한다면, 이는 군자의 외적인 자세가 아니겠는가. 평생 새겨야 할 말이다.

28. 절개를 굳게 지킨다

曾子曰 可以託六尺之孤하며
증자왈   가이탁육척지고

可以寄百里之命이요
가이기백리지명

臨大節而不可奪也면
임대절이불가탈야

君子人與아 君子人也니라
군자   인여   군자   인야

—태백8-6(2,34)

태백편에서 군자가 나오는 문장은 이 장이 끝이다. 그런데 군자가 연거푸 두 번 나온다. 역시 증자의 말이다. 두 번이나 연이어 군자답다고 말하면서 감탄하는 어조다. 태백편 6장을 풀이하면 다음과 같다.

증자가 말하였다. "나이 어린 임금을 부탁할 만하고, 사방 백 리 되는 나라의 운명을 맡길 만하며, 큰 절개가 드러나는 생사의 갈림길에서도 그 뜻을 빼앗을 수 없는 사람이면 군자라 할 수 있는가? 참으로 군자다운 사람이다."

증자가 세 가지를 말하면서 자문자답하는 형식을 취하고 있다. 그 세 가지는 무엇인가.

첫째는 어린 임금을 부탁할 만한 사람이다. '六尺之孤'에서 孤란 부모를 여읜 어린아이란 뜻이다. 하지만, 여기서는 부왕이 일찍 죽어 이른 나이에 왕위에 오른 어린 임금을 가리킨다. 어린 임금을 맡길 만하다! 그러면 그 사람은 군자다. 증자는 왜 이 말을 제일 먼저 꺼냈을까. 그 시대는 군웅이 할거하는 춘추시대였다. 270여 년을 이어온 주나라 왕실이 위태로워지면서 제후들이 독립하여 여기저기에 나라를 세웠다. 나라가 나라지 왕위 찬탈과 다툼으로 바람 잘 날이 없었다. 죽고 죽이는 그런 와중에 어린 임금이 등장할 수밖에 없었다. 어린 임금이라도 욕심 내지 않고 잘 보필하는 사람, 이 사람은 군자다. 앞에서도 말했지만, 주나라 초기에 주공主公이란 사람이 있었다. 주공은 주 문왕의 넷째 아들이자 무왕의 이복동생이다. 무왕이 죽고 그의 아들 희송이 어린 나이에 왕위에 오르자, 어린 조카를 도와 주나라의 기초를 튼튼히 다졌다. 공자는 이런 주공을 칭찬하면서 꿈에서라도 뵙고 싶은 사람이고 말했다.

둘째는 사방 백 리쯤 되는 나라의 운명을 맡길 수 있는 사람이다. 국토 넓이가 사방 백 리라면 어느 정도의 나라일까. 아마도 제후국을 말하는 것 같다. 제후국 정도를 다스리려면 적어도 군자의 소양을 갖춘 사람이어야 한다. 정말이지 나라의 운명은 지도자에 달려 있다고 해도 그른 말이 아니다. 지도자를 잘못 만나 망치는 나라가 이 지구상에 얼마나 많은가. 우리나라도 예외는 아니다. 훌륭한 임금도 있었지만, 폭군도 있었다. 민주적인 절차로 뽑힌 대통령도 있었지만 그렇지 않은 대통령도 있었다.

셋째는 큰 절개가 드러나는 생사의 갈림길에서도 그 마음을 빼앗을 수 없는 사람이다. 이를 어떻게 해석해야 할까. 쉽게 풀어보자. 한마디로 사느냐 죽느냐의 위기 앞에서 절개를 지키는 사람, 바로 이런 사람이 군자다! 정말로 어려운 일이다. 죽음의 칼 앞에서 쪼그라들지 않는 사람이 어디 있을까. '이실직고해라. 그러면 살려 주겠다!' 사극에서 흔히 나오는 대사다. 그러나 대의를 지키며 칼에 맞아 죽거나 사약을 달게 마시며 쓰러진다. 이런 죽음을 어찌 보아야 하는가.

　나는 이 문장을 음미하면서 조선 초기의 사육신을 떠올린다. 이른바 계유정난으로 정권을 잡은 수양대군은 결국 단종을 밀어내고 자신이 왕위에 오른다. 단종은 아버지 문종이 일찍 죽는 바람에 어린 나이에 임금이 되었다. 수양대군이 군자였다면 어린 임금인 조카를 잘 도와야 했다. 그러나 권력에 눈이 멀었는지 자신이 권좌에 오르더니, 단종을 폐위하고 결국은 죽이기까지 했다. 이건 역사의 비극이다. 처절하기 이를 데 없는 참극이다. 앞에서 말한 주공과 매우 대비된다.

　수양대군은 본래 이름이 진양대군이었다. 세종이 앞으로 일을 예견 했는지 몰라도 훗날 진양을 수양으로 고쳤다. 이는 중국의 고사인 백이 숙제에서 따왔다. 백이와 숙제는 은나라 왕실 사람인데 주나라 무왕이 은을 쳐서 나라가 망하게 되자, 수양산에 숨어 들어가 고사리를 캐어 먹고 살다가 굶어 죽었다. 그야말로 절개를 지킨 성인의 표상이다. 세 종은 이름마저 수양산을 본떠 수양으로 개명했다. 백이 숙제를 닮아 절개를 지키라고. 그러나 수양대군은 아버지의 뜻을 따르지 않았다. 결국 왕위 찬탈이라는 대죄를 저지르고야 말았다.

　사육신은 백이 숙제처럼 절개와 의리를 지킨 사람이다. 두 임금을 섬길 수 없다며 목숨을 버린다. 온갖 회유와 겁박에도 단종을 향한 그들의 마음을 빼앗을 수는 없었다. 어디 사육신뿐이었는가? 고려 말에 는 포은 정몽주가 있었다. '이 몸이 죽고 죽어 일백 번 고쳐 죽어, 백골이 진토 되어 넋이라도 있고 없고, 임 향한 일편단심이야 가실 줄이 있으랴.' 이는 '단심가丹心歌'라고 불리는 유명한 시조다. 사육신이나 포은이나 모두 공자의 가르침을 따른 선비요 유학자였다.

　그들에게 목숨을 버리게 한 절대 가치는 무엇이었을까. 그건 아름다운 의리, 한마디로 '절개'였다. 신의를 저버리지 않는 굳건한 마음! 군자는 절개를 지키는 사람이다. 어린 임금을 저버리지 않고, 사방 백 리를 잘 다스리기도 어렵지만, 절개를 지키는 일은 더더욱 어렵다. 군자는 그래서 참다운 사람이다.

29. 재주가 많지 않아도 된다

大宰問於子貢曰 夫子는 聖者與아
_{태재문어자공왈} _{부자} _{성자여}
何其多能也오 子貢이 曰 固天縱之將聖이시고
_{하기다능야} _{자공} _왈 _{고천종지장성}
又多能也시니라 子聞之曰 大宰知我乎인저
_{우다능야} _{자문지왈} _{태재지아호}
吾少也에 賤故로 多能鄙事호니
_{오소야} _{천고} _{다능비사}
君子는 多乎哉아 不多也니라
_{군자} _{다호재} _{불다야}
牢曰 子云 吾不試故로 藝라 하시니라
_{뇌왈} _{자운} _{오불시고} _예

—자한9-6(1.35)

이제 논어 아홉 번째 편인 자한편으로 넘어간다. 자한편에서는 군자
란 말이 딱 두 장에서 나온다. 바로 위 6장과 13장이다. 자한子罕이란
이름 역시 첫 장의 첫 두 글자를 딴 것인데, 다른 편의 이름과는 다르게
공자를 지칭하는 자子와 이어서 나오는 한罕을 합쳐서 편명을 지었다.
바로 "子罕言利與命與仁"이라는 문장이다. 아주 짧지만, 그 뜻은 심오
_{자한언이여명여인}
하다. 한자 罕은 그물이라는 뜻도 있지만, 여기서는 드물다는 의미로
쓰였다. 공자는 이익과 천명, 그리고 인에 대하여는 드물게 말했다는
뜻이다.

자한편에는 태백편과는 달리 공자의 진솔한 언행이 많이 나온다.
지금 다루려는 6장도 그러려니와, 27장에는 그 유명한 추사 김정희의
세한도에 나오는 공자의 말이 등장한다. "겨울이 되어야 소나무와 잣나

무가 늦게 시든다는 것을 안다(子曰 歲寒然後에 知松栢之後彫也니라)."
바로 이 말이다. 이 말의 출처가 논어인지는 논어를 공부한 후에야
알았다. 자한편 6장을 풀이하면 다음과 같다.

태제가 자공에게 물었다. "선생님께서는 성인이신가? 어쩌면 그렇게 다
재다능하시오?" 자공이 말하였다. "진실로 하늘이 내리신 성인일 것입니
다. 또 재능도 많으십니다." 공자가 이를 듣고 말씀하셨다. "태제가 나를
아는구나. 내가 젊었을 때 천하게 자랐기 때문에 비속한 일을 잘하게 된
것이다. 군자는 재주가 많아야 하는가? 그럴 필요는 없다."
뇌가 말하였다. "선생님은 '내가 관직을 얻지 못해 여러 재주를 익히게
되었다.'라고 말씀하셨다."

나는 이 문장을 보고 깜짝 놀랐다. 공자의 솔직하고도 진정 어린
면모를 볼 수 있었기 때문이다. 다른 건 몰라도, '내가 젊었을 때 천하게
자랐기 때문에 하찮은 재주가 많다(吾少也에 賤故로 多能鄙事호니)!'라는
공자의 고백 말이다. 나는 논어를 십여 년 들추어보면서 이것만큼 가슴
에 확 꽂히는 말은 없었다. 어떻게 성인이라고 일컬어지는 공자가 자신
의 젊은 날을 꾸밈없이 솔직하게 말할 수 있다는 말인가. 이를 그대로
기억했다가 옮겨 적은 제자들도 훌륭하다. 하기야, 이런 면이 있기에
공자를 지금도 칭송하지 않나 싶다.
여기서 태제大宰는 재상에 해당하는 관직 이름이다. 한자로 '大'로 되
어 있으나 태로 읽는다. 옛 문헌에서는 대와 태를 자주 혼용하였다.
공자 일행이 천하를 떠돌고 있을 때 태제라는 높은 벼슬을 가진 사람이
자공에게 물었다. '당신이 모시고 있는 선생님은 성인이시오? 어찌 그리
재주가 많소?' 이에 자공은 아주 멋지게 대답한다. '우리 선생님은 하늘

이 내리신 성인이며, 또 거기에 재주도 참 많으시다!' 자공이 누구인가. 공자의 둘도 없는 제자로서 외교 능력이 뛰어나고 공자 일행의 살림살이까지 맡은 인물이었다.

자공이 와서 태제가 이런 말을 다 하더라고 말했더니, 공자의 말이 참 걸작이다. 어쩌면 태제의 그런 질문이 비아냥으로 들릴 수도 있는데, 공자는 그것을 아무 사심 없이 받아들인다. '태제가 나를 아는구나.'라고 하면서 자신을 솔직하게 털어놓는다. '그래, 난 참 재주가 많아. 그런데 그 재주가 왜 많은 줄 알아? 그건 내가 젊을 때 아주 비천하게 자랐기 때문이야.' 태제의 그런 말을 듣고 바로 이렇게 자신을 까발린다는 것이 어디 쉬운 일인가. 아마도 나라면 무게를 재며 '으흠, 그래 나는 성인이지. 원래 성인은 다재다능도 한 거야.'라고 말했을지도 모른다. 그런데 공자는 그러지 않았다.

공자가 누구인가. 알다시피, 공자는 3세 때 아버지를 여의고 어머니의 품에서 자라났다. 아버지인 숙량흘은 당시 70세가 넘은 노인이었고, 어머니인 안징재는 16세 정도 젊은 여인이었다. 어머니는 무속인으로 알려져 있는데, 그 덕에 제사 지내는 예법을 많이 익혔다고 한다. 어려서는 안 해본 일이 없을 정도로 어렵게 컸다. 창고지기로부터 가축을 기르는 일 등 자질구레한 일을 다 해보았다. 그러면서도 배우기를 좋아하여 학문을 열심히 익혔다. 이러한 내용은 사마천의 『사기』와 왕숙이 지었다는 『공자가어』 등에 자세히 나오고, 주희가 집대성한 『논어집주』 서문에도 밝히고 있다. 그러니, 공자의 이 말이 허튼 말이 아니다. 여기에 뇌라는 사람이 한마디를 더한다. 뇌는 금뇌琴牢라고 하는 공자의 제자다. 우리 선생님은 벼슬을 얻지 못해서 오히려 재주를 더 익히게 되었다고! 자신이 언젠가 공자에게서 이런 말을 들은 적이 있다고 덧붙인 것이다. 사실 공자는 이런 비슷한 말을 논어 전편에서 하곤 했다.

내가 이 문장에서 가장 뜨겁게 여기는 것은 뜬금없는 군자에 관한 말이다. 군자는 다재다능한 사람이어야 하는가? 공자는 그럴 필요가 없다고 말한다. 이 무슨 뜻일까. 자신은 어쩌다 그렇게 자라서 재주가 많으나 꼭 그래야 군자가 되는 것은 아니다! 만일 그렇다면 군자가 되는 길이 얼마나 어렵겠는가. 이를 말하고자 함이 아닐까. 공자의 넓은 뜻을 미루어 짐작할 수 있다. 참 다행이다. 나는 재주에 능하지 못하다. 그래도 군자가 될 수 있다고 하니, 얼마나 기분 좋은 말인가.

30. 어디에 살아도 누추하지 않다

子欲居九夷러시니 或曰 陋커니 如之何잇고
　자욕거구이　　　혹왈　누　　여지하

子曰 君子居之면 何陋之有리오
　자왈　군자　거지　　하루지유

―자한9-13(1,36)

자한편에서 군자가 두 번째이자 마지막으로 나오는 문장이다. 자한
편은 공자의 솔직담백한 언행이 두루 기술되어 있으나, 군자가 언급된
문장은 이것으로 끝이다. 자한편 13장은 해석이 구구하다. 바로 구이九
夷라는 말 때문이다. 그대로 풀면, 아홉 오랑캐란 뜻이다. 알다시피,
중국은 중화를 중심으로 그 바깥에 있는 민족을 오랑캐라고 불렀다.
여기서 이夷란 동쪽 오랑캐를 뜻한다. 그러니까 당시 동쪽에 있는 야만
인이란 뜻이다. 구이란 꼭 아홉 개의 오랑캐라기보다는 많은 수를 가리
키는 듯하다. 자한편 13장을 풀이하면 다음과 같다.

　　공자께서 동쪽의 오랑캐 땅에 가서 살고자 하였다. 어떤 사람이 말하였
　　다. "누추한 곳인데 어떻게 살려고 하십니까?" 공자께서 말씀하셨다. "군자
　　가 가서 사는데 무슨 누추함이 있겠는가."

멋지다. 이래서 나는 공자를 좋아한다. 아마도 공자는 자신이 사는
곳이 마음에 들지 않았나 보다. 조국 노나라를 떠나 14년간 천하를

돌아다녀 보았어도 자신을 받아주는 곳은 없었다. 자신이 그토록 인의를 설파하며 군자의 도를 펼쳐보겠다고 외쳤어도 돌아오는 것은 허탈과 실망뿐이었다. 그래서인지, 공자는 중원을 떠나 차라리 오랑캐의 땅이라도 가서 자신의 꿈을 펼쳐보고 싶다고 말한다. 오죽하면 그랬을까. 한마디로 공자의 탄식이다.

그런데 어떤 사람이 옆구리를 찔러본다. '오랑캐의 나라는 누추할 텐데 괜찮겠습니까? 이에 대한 공자의 대답이 걸작이다. '아니, 군자가 가서 사는데 누추할 게 뭐 있는가?' 오히려 반문하고 있다. 한자 '陋'는 좁다 등 여러 가지 의미가 있으나, 여기서는 누추하다는 뜻이다. 즉, 지저분하고 더럽다는 말이다. 반전이 아닐 수 없다. 이 지저분하고 더러운 오랑캐의 땅이라도 군자가 가서 살면 그렇지 않다? 군자가 누추한 오랑캐 땅을 개간이라도 해서 옥토로 만들 수 있다는 말인가. 군자가 가서 살면 오랑캐가 다 개과천선한다는 말인가.

잠시 생각해본다. 주희는 『논어집주』에서 자한편 13장을 해석하면서, "군자가 사는 곳은 교화되니 무슨 누추함이 있겠는가?(君子所居則化_{군자소거즉화}니 何陋之有_{하루지유}리오)"라고 했다. 여기서 '化'가 핵심이다. 좋은 방향으로의 변화를 말한다. 그러니까, 어둡고 미개한 땅이 밝은 문명의 땅으로 바뀐다는 뜻이다. 다시 말하면, 야만이 아닌 문화가 넘치는 땅으로 탈바꿈한다는 의미다. 군자가 그 땅에 가서 살면 말이다. 이는 엄청난 선언이다. 공자는 평생을 문화가 꽃피는 나라, 그것은 인의가 살아 있는 군자의 나라였다. 군자는 다스리는 사람일 수도 있고, 인격이 완성된 사람일 수도 있다. 여기서는 둘 다일 것이다. 또 다산 정약용의 『논어고금주』에서는 형병의 말을 인용하여, "공자가 살던 때에 밝은 임금이 없어서 동이에 가서 살고자 한 것이다(孔子以時無明君_{공자이시무명군}, 故欲居東夷_{고욕거동이})."라고 말하면서, 마융의 말을 빌려와 "군자가 사는 곳은 교화된다(君子所居則化_{군자소거즉화})."

라고 덧붙였다. 언뜻 보면, 어려운 세상을 피해 오랑캐의 나라로 피신하는 것 같지만 진정한 뜻은 교화에 있었다. 주희의 해석과 맞닿아 있다.

우리 역사에서 이런 군자의 삶을 살다 간 사람이 있다면 누가 있을까. 군자가 가서 살게 되어 아름다운 곳으로 변화된 곳이 있다. 나는 주저 없이, 퇴계 이황과 다산 정약용을 들겠다. 이황은 동방의 주자라고 불릴 만큼, 새로운 유학인 성리학을 조선에 뿌리내리게 한 분이다. 12살 때 논어를 뗄 만큼 머리가 명석했다고 한다. 조선 16세기, 선비들의 목숨을 앗아간 을사사화가 일어나자 벼슬자리를 마다하고 고향(지금의 안동)으로 돌아온다. 거기에 작은 움막을 짓고 학문에 전념하며 제자를 양성한다. 이곳은 도산서원으로 오늘날 유명한 곳이 되었다. 올곧은 선비이자 대학자가 와서 터를 잡는 바람에 그곳은 어두운 곳에서 밝은 문명의 땅으로 바뀌었다. 한마디로 문화의 꽃이 핀 것이다. 수많은 시인 묵객이 찾아들고, 글 읽는 소리가 끊이지 않는다. 비록 몇 칸 안 되는 움막이라도, 거기에 교화가 일어났으니 어디 누추함이 있겠는가. 오히려 아름다운 곳이 아니겠는가. 이는 군자가 가서 그래 된 것이다.

또 한 분, 다산 정약용이다. 정약용은 실학을 집대성한 분으로 알려져 있다. 그리고 수많은 저서를 남겼다. 그중 『논어고금주』는 백미로 꼽힌다. 이는 그때까지의 고주와 신주를 망라하고 자신의 견해까지 곁들어 펴낸 논어 주석의 결정판이다. 어디 그뿐인가. 정치와 경제할 것 없이 다방면의 지식을 집대성한 그의 저서는 지금도 많은 사람의 사랑을 받고 있다. 예를 들어, 지방 목민관의 지침서인 『목민심서』는 그야말로 걸작이다. 다산은 어떻게 해서 이런 저서를 낼 수 있었을까? 바로 유배생활 덕분이다. 참으로 아이로니컬한 일이다. 수많은 업적에도 불구하고, 천주학을 접했다는 이유로 전라도 강진으로 유배된다. 다산은 자유가 억압된 가운데서도 연구와 집필에 몰두한다. 다산의 저서 대부분은 강진 유배 생활에서 탄생했다.

　지금의 전라남도 강진은 이래서 유명해졌다. 정약용이 가서 새로운 곳으로 바꾸어 놓았기 때문이다. 정약용은 유배지 강진을 누추하게 생각하지 않았다. 거기서 초의 선사를 만나 차 이야기를 하고, 마을 사람들과 소통했다. 그리하여, 강진은 야만에서 문명의 땅으로 바뀌었다. 군자가 가서 살았기에! 그 군자는 바로 다산 정약용이다. 군자는 이런 사람이다. 얼마나 아름다운가. 어디에 가서 살아도 누추하지 않으니!

31. 옷은 격식에 맞추어 입는다

君子는 不以紺緅로 飾하시며 紅紫로 不以爲褻服이러시다
군자   불이감추   식   홍자   불이위설복

當暑하사 袗絺綌을 必表而出之러시다
당서   진치격   필표이출지

緇衣엔 羔裘요 素衣엔 麑裘요 黃衣엔 狐裘러시다
치의   고구   소의   예구   황의   호구

褻裘는 長하되 短右袂러시다
설구   장   단우몌

必有寢衣하시니 長이 一身有半이러라
필유침의   장   일신유반

狐貉之厚로 以居러시다 去喪하사는 無所不佩러시다
호락지후   이거   거상   무소불패

非帷裳이어든 必殺之러시다 羔裘玄冠으로 不以弔러시다
비유상   필쇄지   고구현관   불이조

吉月에 必朝服而朝러시다
길월   필조복이조

— 향당10-6(1,37)

이제 논어 열 번째 편인 향당편으로 넘어간다. 향당편은 이전의 편에서와 달리, 공자의 말씀이 나오지 않고 주로 공자의 일상생활을 기록하고 있다. 예를 들어, 조정에서 한 말과 행동을 묘사하거나 손님을 접대하는 모습, 궁궐에 들어가는 예절 등을 상세히 써 놓고 있다. 긴 문장이 많고 등장인물은 공자 외에 거의 없다. 이 향당편을 통해 공자가 과연 어떤 인물이었는지 일거수일투족을 알 수 있다. 심지어는 식사할 때 가리는 것과 잠잘 때의 모습까지 상술해 놓았다. 한마디로, 스승을 기억하고자 하는 제자들이 공자의 일상을 한곳에 모아 놓은 장이라고 할 수 있다.

위 향당편 6장은 공자가 옷을 입을 때 어떻게 했는지를 자세히 적고 있다. 이를 보면, 공자가 얼마나 품격을 중시했는지 알 수 있다. 공자는 안으로의 인의만이 아니라, 겉으로 나타나는 예절도 중요하게 여겼다. 향당편 6장을 풀이하면 다음과 같다.

공자께서는 감색이나 붉은색으로 옷깃을 장식하지 않으셨고, 다홍색과 자주색으로 평상복을 만들지 않으셨다. 더울 때도 속옷을 입고, 홑겹으로 된 갈포 옷을 반드시 겉에 입으셨다. 검은 옷에는 검은 염소 갖옷을 받쳐 입고, 흰옷에는 흰 새끼사슴 갖옷을 받쳐 입고, 누런 옷에는 누런 여우 갖옷을 받쳐 입으셨다. 평상시 입는 갖옷은 길게 하되, 오른 소매는 짧게 하셨다. 반드시 잠옷이 있으셨는데, 몸 길이의 한 배 반이었다. 여우나 담비의 두꺼운 털가죽으로 방석을 삼으셨다. 상을 마친 뒤에는 패물을 차지 않는 일이 없으셨다. 조복이나 제복 같은 온 폭을 쓰는 치마가 아니면, 반드시 아랫단에서 허리로 올라올수록 줄여서 꿰매셨다. 검은 염소 갖옷이나 검은 관을 쓰고 조문하지 않으셨으며, 매월 초하루에는 반드시 조복을 입고 조회에 가셨다.

정말 놀랍다. 군자는 모름지기 격식에 맞추어 옷을 입어야 한다. 대충 입어서는 곤란하다. 여기서 군자는 공자를 지칭한다. 향당편에서 군자란 말은 이 6장에서 딱 한 번 나오는데, 복식에 대하여 아주 자세하게 밝히고 있다. 공자는 평소 이렇게 옷을 입었다는 이야기다. 늘 제자와 함께 생활하며 잠도 잤으니 어찌 스승의 일거수일투족을 제자들이 모르랴. 그런데 역시 한자는 어렵다. 앞에서도 밝혔지만, 한국고전번역원이 부가서비스로 제공하는 '경서성독'의 해석을 중심으로 놓고, 여러 석학의 해설을 참고하여 내 나름대로 풀어놓을 수밖에 없다. 어찌 되었든 내가 먼저 이해해야 하니까.

공자는 정말이지 최고 멋쟁이인 것 같다. 현대판 베스트 드레서인 셈이다. 옷을 그렇게 잘 입었다니! 아무리 급해도 허투루 옷을 입지 않았다. 그날 행사가 어떤 성격이냐, 또 장소가 향당이냐, 종묘냐, 조정이냐에 따라 옷을 달리 입었다. 장식도 아무렇게나 하지 않고 옷에 맞게 했다. 이건 아마도 공자 스스로 품위를 나타내기 위해서 그런 것 같다. 옷이 반이란 말이 있다. 옷은 더위와 추위를 막아주는 역할도 하지만, 그 사람의 멋을 연출하는 수단이 될 수 있다. 위 문장에서 '갖옷(구裘)'이란 말이 나오는데, 이는 짐승 가죽으로 만든 옷을 말한다. 쉽게 말해 털이 무성한 겉옷, 모피로 안을 대어 지은 털옷이다. 이 옷마저도 입을 때 그냥 입지 않았다. 옷이 흰색이면 겉옷도 흰색 가죽옷을 입었다. 갖옷은 그러니까 하나 더 걸쳐 입는 겉옷인데, 색깔까지 조화를 이루려고 했다. 그저 놀라지 않을 수 없다. 2천 5백여 년 전 그 시대에 벌써 이런 생각을 했다니!

역사적으로 복식은 중요했다. 동양이나 서양이나 옷을 어떻게 입느냐 하는 복식 문제는 중차대한 문제였다. 동양에서는 그 원류가 논어, 바로 공자의 말씀에 있었다. 이 논어 향당편의 기록은 동양 복식의 기준이 되었으리라. 특히 성리학의 나라, 조선은 왕부터 시작하여 사대부와 평민, 하층민 노비에 이르기까지 복식 규정을 달리 두었다. 그러니 말해서 무엇하랴. 오늘날 한복은 그 연장선에 있다. 한복 한 번 입으려면 까다롭다. 지금은 많이 간소화되었으나, 격식을 차리기 위해서는 잘 갖추어 입어야 한다. 입을 때 땀이 삐질삐질 나온다. 결혼식에서 폐백을 생각해보시라. 그런데 그것이 다 의미가 있다는 사실!

옷이란 몸에 입고 걸치는 것이지만 그 사람의 품격을 나타낸다. 또 다른 나의 인격이다. 공자는 벌써 그 시대부터 그랬다는 것에 감동할 수밖에 없다. 군자는 옷도 잘 입어야 한다. 그것도 격식에 맞게. 아, 어렵다. 향당편 6장을 공부하면서 나는 어떻게 옷을 입는지 성찰해 본다. 과연 나는 군자답게 옷을 입고 다니는가?

32. 예악에 먼저 나아간 사람을 쓴다

子曰 先進이 於禮樂에 野人也요
　　자왈　선진　　어예악　　야인야
後進이 於禮樂에 君子也라 하나니
　후진　　어예악　　군자야
如用之則吾從先進호리라
여용지즉오종선진

―선진11-1(1,38)

이제 논어의 열한 번째 편인 선진편으로 넘어간다. 선진편 역시 위 문장에서 보듯이, 처음에 나오는 두 글자를 편명으로 삼았다. 선진편은 모두 25장으로 되어 있는데, 앞의 향당편과 같이 주로 인물평을 하고 있다. 좀 특이한 점은, 다른 편은 제자가 공자를 언급하거나 평하는 장면이 나오는 데 반하여, 이 선진편에서는 공자가 제자들을 평하는 대목이 많이 나온다. 특히, 그 유명한 공문 사과십철이 2장에 언급되어 있다.

사과십철이란 앞에서도 말했듯이, 공자가 진나라와 채나라에서 위난을 당했을 때 함께 했던 열 명의 제자를 말한다. 사과四科란 덕행·언어·정사·문학 등 네 가지 분야를, 십철十哲이란 이를 모두 합친 열 명의 뛰어난 제자라는 뜻이다. 덕행에는 안연·민자건·염백우·중궁이고, 언어에는 재아와 자공이며, 정사에는 염유와 계로이고, 문학에는 자유와 자하였다. 선진편 1장을 풀이하면 다음과 같다.

예악에 먼저 나아간 사람은 시골 사람 같고, 예악에 나중에 나간 사람은 군자답다. 만약 나에게 이들을 등용하라고 하면, 예악에 먼저 나아간 사람을 쓰겠다.

이 장에 대한 해석은 구구하다. 논어를 공부하면서 애를 먹는 때가 바로 이런 경우다. 많은 사람이 주희를 따르고 있지만, 그렇지 않은 해석도 있다. 나는 여러 사람의 해석을 놓고 나름대로 공자를 생각하며 풀 수밖에 없다. 이 글이 그저 내 생각을 풀어놓는 에세이니까 가능한 일이다. 먼저 예악이란 말에 주목해 본다. 예악, 공자의 가르침에서 이를 빼놓고는 말할 수 없다. 인이라는 찐빵이 있는데, 예악은 그 속에 든 맛있는 앙꼬와 같다. 예악이란 예와 악을 말한다. 예란 의식을 치를 때 필요한 절차나 법도를 말하고, 악이란 여러 악기로 흥을 돋우거나 가라앉히는 음악을 말한다. 옛날 궁중 의식을 거행할 때 예와 악은 늘 같이 따라다녔다. 지금이라고 예외는 아니다.

태백편 8장에, "공자께서 말씀하셨다. 시에서 일어나고, 예에서 서고, 악에서 이루어진다(子曰 興於詩하며 立於禮하며 成於樂이니라)."라는 말이 나온다. 여기서 시란 시경을 말한다. 시를 읽어야 감흥이 일어나고, 예를 알아야 사람과의 관계가 잘 되고, 음악을 함으로써 드디어 인격이 완성된다는 뜻이다. 참으로 탁월한 공자의 가르침이다. 이는 사실 공자의 일상이었다. 시와 예, 그리고 음악! 특히 음악에 심취해 석 달 동안 고기 맛을 몰랐다는 언급도 있으니까. 결국 공자는 예와 악을 중요하게 여겼음을 말해준다. 내 생각으로 예는 질서를, 악은 화합을 뜻하는 것 같다. 자로편 23장에 나오는 '화이부동和而不同'은 이를 잘 말해준다. 화합(和)하는 것은 음악이고, 제각각 다름(不同)을 연출하는 것은 질서다. 이것이 군자의 참모습이다.

예악에 먼저 나아간 사람과 나중에 나아간 사람, 이를 각각 선배와 후배로 해석할 수도 있다. 또, 공자 학단에 먼저 들어온 사람과 나중에 들어온 사람으로 구분할 수도 있다. 중요한 것은 공자가 말하고자 하는 의도다. 예악을 먼저 닦은 사람은 야인, 즉 시골 사람 같다는 뜻이다. 촌티가 좀 나지만 아직 때가 묻지 않은 선비다. 주희는 야인을 교외에 사는 백성(위교외지민謂郊外之民)이라고 표현했다. 반면에, 예악을 나중에 닦은 사람은 군자답다. 난 이를 보고 좀 헷갈렸다. 아니, 군자를 이렇게도 말할 수 있나? 군자는 두 가지 의미가 있다고 했다. 하나는, 백성을 다스리는 통치자, 또 하나는 인격적으로 훌륭한 사람이다. 여기서 말하는 군자는 벼슬에 오른 통치자를 말한다. 벼슬을 하고 나서야 예악에 나아가는 사람은, 군자이기는 하나 순수하지 못한 군자가 될 수 있다. 주로 높은 벼슬아치인 경대부의 자제를 가리킨다고 한다. 이들은 부모 덕분에 일찍 관직에 나와 똑똑하기는 하나 예악에는 아직 부족하다.

정말 예리한 눈이다. 결국은 공자가 논어 옹야편 16장에서 언급한 문과 질의 조화를 말하고 있다. 꾸밈과 바탕의 조화, 꾸밈이 지나치면 알맹이가 없고, 바탕이 지나치면 촌스럽다고 하지 않았는가. 야인과 군자는 결국 문질빈빈文質彬彬과 다르지 않다. 여기서 주목할 것은 공자의 선택이다. 질박한 야인과 세련된 군자중에 누구를 등용할 것인가? 공자는 망설이지 않고 야인을 쓰겠노라고 말한다. 나 역시 공자 편이다.

33. 말만 잘한다고 인정받을 수 없다

子曰 論篤을 是與면 君子者乎아 色莊者乎아
자왈   논독   시여   군자   자호   색장자호

—선진11-20(1,39)

문장이 간단하다. 앞뒤가 싹둑 잘려 나간 듯이 공자의 말만 나오니 가늠하기가 어렵다. 아마도 누가 말 잘하는 것에 대하여 물었던가, 아니면 공자가 혼자 독백으로 한 말일 수도 있다. 선진편이 제자에 대한 공자의 평이 많이 나오는 것으로 보아, 제자들에게 뭔가 기준을 제시하고자 한 말일 수도 있다. 중요한 것은, 여기서 군자란 말이 등장한다는 사실이다. 선진편 20장을 풀이하면 다음과 같다.

공자께서 말씀하셨다. "말솜씨가 훌륭하다고 해서 이런 사람을 인정한다면, 이는 군자다운 사람일까? 겉만 그럴싸하게 꾸미는 사람일까?"

간략하지만, 엄청난 뜻이 들어 있다. 공자는 논어 전편에서 '말'에 대하여 여러 번 언급했다. 학이편 3장에서, "말을 교묘하게 하고 얼굴빛을 꾸미는 사람치고 인한 사람이 적다(巧言令色이 鮮矣仁이니라)."라고
교언영색   선의인
했다. 공야장편 9장에서는 말썽꾸러기 제자 재여를 언급하면서, 이제는 말만 듣고 사람을 판단하지 않겠다는 공자의 결연한 선언이 있다. 또, 선진편 24장에는 자로가 '자고子羔'라는 사람을 비읍費邑의 수령이 되게

하였는데, 공자가 탄식하며 말하기를, "이래서 말 잘하는 사람을 미워하는 것이다(是故로 惡夫佞者하노라)."라고 했다. 아마도 자고는 글공부는 하지 않고 말만 잘하는 사람이었는가 보다. 공자는 이런 사람에게 벼슬을 주는 것은 오히려 남의 자식(자고)을 망치는 일이라고 질타했다.

정말 말에 관한 확실한 지침이 아닐 수 없다. 말솜씨가 훌륭하다고 해서 군자가 될 수 없다고 일침을 놓는다. '論篤'을 말하는 것이 독실하다고 해석할 수도 있다. 근데 확 다가오지는 않는다. 그냥 말솜씨가 훌륭하다 정도가 좋을 것 같다. 말솜씨만 보지 말고, 일단 저 사람이 겉만 그럴싸하게 꾸미는 자가 아닌지 의심해 보아야 한다는 것이다. '是與'의 與는 '인정하다, 칭찬하다'로 푼다. 그렇다. 말만 잘한다고 어떻게 군자가 될 수 있는가. 앞에서도 말한 바 있지만, 나는 살아오면서 말 잘하는 사람을 참 많이 보아왔다. 말도 미덥게 잘하면서 행실까지 도탑다면 얼마나 좋을까. 나는 그런 사람을 보면 그냥 존경심이 우러나온다. 근데 그런 사람은 드물다. 말과 행동을 일치하기란 참으로 어렵기 때문이다. 어디, 나라고 예외일까.

불자들이 늘 수지독송하는 『천수경』이라는 경전이 있다. 이를 읽다 보면 중후반부에 '십악참회'가 나온다. 이는 열 가지 악을 참회한다는 뜻이다. 그 열 가지 중에 네 가지는 입, 즉 말과 관련되어 있다. 거짓말하는 것(망어妄語), 꾸며서 말하는 것(기어綺語), 이간질하는 것(양설兩舌), 나쁜 말 하는 것(악구惡口) 등 네 가지 악이다. 모두 말을 잘못해서 일어나는 죄업을 뉘우친다는 뜻이다. 불가에서도 말은 조심스럽게 해야 하고, 잘못 말한 것은 참회해야 한다고 가르친다. 공자 역시 사람을 말이나 외모로써 판단해서는 곤란하다고 말한다.

군자는 말만 잘해서는 안 된다. 말솜씨만 훌륭하다고 해서 인정받을 수 없다. 공자는 오히려 군자가 되려면, 말은 좀 어눌해도 행동은 민첩해야 한다고 했다. 이미 이인편 24장에서 눌언민행訥言敏行을 다룬 바 있다. 말은 좀 못해도 행동이 바르다면 군자가 될 수 있다. 그러나 어디 이게 쉬운 일인가. 우선 말부터 잘해보려고 한다. 행동은 그 다음이다. 아, 군자의 길은 이래서 어렵고 험난한 길인가 보다. 공자마저도 자신은 아직 군자가 아니라고 했으니!

34. 예악에 능하다

(…전략…)
求아 爾는 何如오
구   이   하여
對曰 方六七十과 如五六十에 求也爲之면
대왈 방육칠십   여오륙십   구야위지
比及三年하여 可使足民이어니와 如其禮樂엔
비급삼년   가사족민   여기예악
以俟君子호리이다
이사 군자

―선진11-25(1.40)

논어 선진편에서 군자가 나오는 마지막 장이다. 너무 길어서 군자가
나오는 절만 취하고 나머지는 생략했다. 이 25장은 참 재미있는 문장이
다. 공자가 제자들과 정답게 앉아 대화를 나누는 장면이 진술하게 기록
되어 있다. 자로·증석·염유·공서화 등 네 명의 제자가 공자를 모시고
앉아 있다. 공자가 '내가 나이가 많지만 그렇게 생각하지 말고 말해
보아라.'라고 운을 떼면서 각자의 포부를 말해 보라고 한다. 제자들이
평소에 '나를 알아주지 않는다.'라고 늘 불평하던 것을 염두에 두었는
지, 누군가가 너희들을 알아준다면 어떻게 하겠느냐 하고 공자가 각자
에게 물은 것이다. 이에 자로가 제일 먼저 말하고, 다음으로 염유가
답한다. 염유는 염구라고도 불리어 공자는 구求라고 부르고 있다. 선진
편 25장에서, 위에 제시한 문장을 풀이하면 다음과 같다.

"구야, 너는 어떠냐?" 염유가 대답하였다. "사방 육십, 칠십 리 혹은 오십, 육십 리 되는 작은 나라를 제가 다스린다면 삼 년 만에 백성들이 풍족하도록 할 수 있지만, 예악에 있어서는 군자를 기다리겠습니다."

여기서 예악이 또 나온다. 자로는 무인답게 천승의 나라(제후국)를 말하면서 삼 년 안에 백성들을 용감하게 하겠다고 한다. 이어서 대답한 염유는 삼 년 만에 백성을 풍족하게(足) 할 수는 있는데, 다만 예악은 내가 어찌할 수가 없고 군자를 기다리겠다고(俟) 한다. 참 겸손한 말이다. 공자는 자로에게는 빙그레 웃었지만, 염유의 대답에는 아무 말도 하지 않았다. 염유는 공문십철 중의 하나로 역시 뛰어나다. 예악을 말하고 있기 때문이다. 예악이 무엇인가. 바로 앞에서도 언급했지만, 공자 가르침의 핵심이다. 예악을 빼놓고 공자의 인을 말할 수 없다. 예악은 인을 실현하는 두 축이다. 예는 질서요, 악은 화합이다. 공자가 내세우는 대동사회는 예악이 잘 어우러진 멋진 사회다.

태백편 15장에, 공자가 태묘(노나라 태조 주공의 묘)에 들어가서는 매사를 물으니, 어떤 사람이 이를 보고 공자가 과연 예를 아는 사람이냐고 하니까, 공자가 대답했다. 바로 이것이 예(시례야是禮也)라고! 공자가 말하는 예는 유연한 예다. 상황에 맞는 예, 모르면 묻는 것이 예였다. 참 멋지지 않은가. 또 안연편 1장에, 그 유명한 '극기복례克己復禮'가 나온다. 자기를 이겨서 예로 돌아간다! 이 말은 사자성어가 되어 교과서에도 종종 등장한다. 예란, 온갖 유혹에서 자기를 이기는 것이다.

다음으로, 악이란 무엇인가? 공자는 팔일편 23장에서 음악을 이렇게 정의한다. "음악은 알 수 있으니, 처음 연주를 시작할 때는 여러 음이 합해지고, 울려 퍼질 때는 화음을 이루면서도 각각의 음이 분명히 드러나고, 곡조가 계속 순조롭게 이어지면서 한 곡이 완성되는 것이다(樂은

其可知也니 始作에 翕如也하여 從之에 純如也하며 皦如也하며 繹如也하여 以成이니라)." 이는 공자가 음악을 관장하는 노나라 태사에게 말한 것이다. 요즘 교향악단의 연주를 연상하도록 한다. 공자는 음악에 관하여 꽤 전문가였음이 틀림없다. 한마디로 화이부동의 경지를 말하고 있다.

다시, 선진편 25장으로 돌아간다. 염유 다음으로 공서화가 등장하는데, 공자의 물음에 적(공서화)은 나라를 다스리는 것은 좀 그렇고 배우기를 원한다고 말한다. 역시 훌륭하다. 이어서 증석이 등장한다. 증석은 증삼(증자)의 아버지다. 그런데 그의 말이 걸작이다. "늦봄에 봄옷을 갖추어 입고 어른 대여섯 명과 아이들 예닐곱 명과 함께 기수에서 목욕하고, 무우에서 바람 쐰 뒤에 노래하면서 돌아오겠습니다(莫春者에 春服이 旣成이어든 冠者五六人과 童子六七人으로 浴乎沂하여 風乎舞雩하여 詠而歸호리이다)." 이를 듣고 공자는 크게 감탄한다. 그러면서 점(증석)과 함께 하겠노라고 고백한다. 내가 봐도 정말 멋지다. 나라를 다스리는 데는 관심이 없고 유유자적을 노래하고 있다. 그야말로 군자 선비의 포부를 말하고 있다. 이 말에 얼마나 감동했는지 뒤의 문장을 보면, 증석의 질문에 공자는 하나하나 답변해준다. 궁금하다면, 선진편 25장 전문을 살펴보기를 바란다.

그렇다. 공자나 제자들이나 그 암울한 춘추시대지만 나름대로 꿈을 가지고 있었다. 인의가 넘치고 예악이 어우러지는 나라를 만들고 싶었다. 그런데 그게 쉽지 않았다. 나는 선진편 25장을 보면서 공자와 그의 제자들의 심정을 읽을 수 있다. 논어는 이래서 재밌다. 그중에도 염유가 넌지시 말한, 예악에 관한 한 군자를 기다리겠다고 한 이 말이다. 염유가 어디 모자람이 있어서 그랬을까. 다만 본인은 아직 군자가 아니라고 표현했을 뿐이다. 군자는 예악에 능한 사람이어야 하니까. 그 겸손이 참으로 아름답다.

35. 근심하지 않고 두려워하지 않는다

司馬牛問君子한대 子曰 君子는 不憂不懼니라
사마우문　　군자　　　자왈　　군자　　　불우불구
曰 不憂不懼면 斯謂之君子矣乎잇가
왈　　불우불구　　사위지　　군자　　　의호
子曰 內省不疚어니 夫何憂何懼리오
자왈　　내성불구　　　　부하우하구

—안연12-4(3.43)

이제 논어 열두 번째 편인 안연편으로 넘어간다. 첫 장에 처음으로 안연이 나와 편명으로 삼았지만, 알다시피 안연은 공자의 제자 중에 으뜸이다. 안회라고도 하는데 공자를 늘 곁에서 모셨고, 스승의 가르침을 잘 실천했다. 그래서인지, 공자는 안연을 가장 신임했다. 공자보다 30세 정도 어렸던 것으로 알려져 있는데, 안연이 일찍 죽었을 때 공자는 "하늘이 나를 버리는구나(天喪予)"라고 두 번이나 외치며 울부짖었다
천상여
(선진편 8장).

안연편은 주로 제자들이 질문하면 공자가 답을 한다거나, 가르침을 청하여 오면 적절히 자기 생각을 피력하는 내용으로 꾸며져 있다. 인에 관한 내용이 많고, 정치적인 문제도 다루었다. 특히 안연편에는 논어의 명언이라고 할 수 있는 말이 여기저기 널려 있다. 예를 들어, 2장에 "자기가 하고 싶지 않은 일을 남에게 베풀지 말라(己所不欲, 勿施於人)."
기소불욕　　물시어인
라는 말이나, 7장에 정치는 신뢰가 중요하다고 말하면서, "자고로 사람은 누구나 죽기 마련이지만, 백성의 신뢰가 없으면 나라가 서지 못한다

(自古皆有死, 民無信不立)."라는 가르침은 촌철살인이다. 그 외에도 11
장에, "임금은 임금다워야 하고, 신하는 신하다워야 하며, 아버지는 아
버지다워야 하고, 아들은 아들다워야 한다(君君臣臣父父子子)."라는 말
은 늘 새기고 있다.

이제 위 안연편 4장을 살펴보자. 안연편에서 군자라는 말은 이 장에
서 처음 나온다. 그것도 연거푸 세 번이나 나온다. 이를 풀이하면 다음
과 같다.

> 사마우가 군자에 대해 물으니, 공자께서 말씀하셨다. "군자는 근심하지
> 않고 두려워하지 않는다." 사마우가 말하였다. "근심하지 않고 두려워하지
> 않으면 이를 군자라고 할 수 있습니까?" 공자께서 말씀하셨다. "안으로
> 살펴보아도 잘못이 없으니, 무엇을 근심하고 무엇을 두려워하겠는가."

사마우는 송나라의 귀족으로 공자를 죽이려고 했던 사마환퇴의 동생
이라고 하는데, 설이 분분하다. 어쨌든 공자를 좋아하고 따랐던 제자임
은 분명하다. 앞의 3장에서 사마우가 인에 대하여 질문하자, 공자는
말하는 것을 조심하면 된다고 했다. 이 질문에 이어서 사마우는 군자라
는 말이 궁금하여 또 물었다. 안연편 4장은 이에 대한 공자의 대답이다.
정말 멋지다. 나는 이를 보면서 갑자기 윤동주의 서시가 생각났다. "죽
는 날까지 하늘을 우러러 한 점 부끄러움이 없기를, 잎새에 이는 바람에
도 나는 괴로워했다. (…중략…)" 하늘을 우러러 한 점 부끄러움이 없다
면 얼마나 떳떳한 일인가. 군자는 근심하지 않고 두려워하지 않는다
(君子不憂不懼)고 하니까, 이 말이 미심쩍었는지 사마우는 스승에게 확
인 질문을 한다. 그러니까 공자가 확실히 대답해준다. 안으로 살펴서
잘못이 없는데 무엇을 근심하고 두려워하겠느냐고. 여기서도 난 인간

공자의 따뜻한 면을 발견한다. 이미 말했는데, 제자가 알아듣지를 못하고 또 물으면 귀찮게 여길 수도 있다. '말했잖니. 왜 또 물어. 입 아프게!' 이렇게 말하지 않고, 공자는 친절하게도 아주 쉽게 답해준다.

원문의 內省不疚에서 한자 '疚'를 놓고 해석이 분분하다. 일반적으로 허물이나 잘못으로 풀이하는데, 도올 김용옥 선생은 '고통받다, 병들어 신음하다, 애통하다' 등의 보다 격렬한 심적인 표현이라고 보아야 한다고 주장한다. 사서삼경 중 하나인 『시경』에 이런 식으로 자주 나온다고 한다. 나는 '마음에 걸림이나 거리낌' 정도로 이해하면 좋다고 본다. 불교의 핵심을 담은 반야심경에, 마음에 걸림이 없으면 두려운 마음이 사라진다고 했다. 그렇다. 무엇을 하든 마음이 문제다. 아무리 좋은 일을 했어도, 마음에 뭐가 턱 걸린 듯이 꺼림칙하면 기분이 별로다.

예를 들어, 나는 상대방에게 좋은 뜻으로 말했는데 오히려 좋지 않게 받아들이면 참으로 난감하다. 그럴 때는 이 공자의 말을 새길 필요가 있다. 아니, 안으로 살피고 살펴도 거리낌이 없는데, 무엇을 근심하고 두려워하겠는가. 바로 이거다. 군자는 이렇게 나아가는 사람이다. 목숨을 초개처럼 버린 선비가 늘 이랬다. 목에 칼이 들어와도 마음에 꺼릴 것이 없으면 아무리 임금 앞이고 적군 앞이라도 할 말을 다 했다. 그렇다. 내성불구內省不疚 하면 앞으로 나아가야 한다. 그게 큰 사람이요, 군자다.

조선 중기 때의 승려인 사명 대사는 임진왜란이 일어나자, 분연히 의병을 모아 왜구를 물리치는 데 큰 공을 세운 의승장이다. 선조 27년(1594)에 사명 대사는 휴전 강화를 위해 울산 서생포에 진을 치고 있는 가등청정의 진중으로 들어갔다. 왜적들이 창칼을 들고 삼엄한 경계를 펴고 있는 적진에 들어가는 데도 사명 대사는 조금도 두려워하는 기색이 없었다. 바로 가등청정을 만나 담소를 시작했다. 말끝에 가등청정이 대사를 보고 물었다. "당신네 나라에 보배가 많지요?" 이에 사명 대사는 태연스럽게 말했다. "우리나라에는 별달리 보배가 없습니다. 오히려 당신 나라에 큰 보배가 있다고 생각하오." 가등청정이 의아스러운 표정으로 되물었다. "당신 나라의 보배를 물었는데 우리나라에 보배가 있다니 무슨 말이오?" 사명 대사는 꼿꼿이 앉은 채 가등청정을 보며 말했다. "우리나라에서는 장군의 머리를 보배로 여기고 있소." 가등청정은 깜짝 놀라면서 물었다. "그게 무슨 말이오?" 대사가 대답했다. "우리나라에서는 일 천근의 황금과 일만 호의 식읍을 현상금으로 내걸고 장군의 머리를 구하고 있으니, 그보다 더 큰 보배가 어디 있겠소?" 이 말에 가등청정은 간담이 서늘했다.

사명 대사가 이렇게 할 수 있었던 것은 군자였기 때문이다. 안으로 살펴도 거리낌이 없으니 당당할 수 있었다. 꼭 군자는 유학 선비가 아니어도 좋다. 이렇게 내성불구 하여 근심이 없고 두려움이 없다면 모두가 군자이니!

제3편

온 세상 사람이
다 형제인 사람

36. 온 세상 사람이 다 형제다

司馬牛憂曰 人皆有兄弟어늘 我獨亡로다
子夏曰 商은 聞之矣로니 死生이 有命이요
富貴在天이라호라 君子敬而無失하며
與人恭而有禮면 四海之內皆兄弟也니
君子何患乎無兄弟也리오

—안연12-5(2,45)

바로 이어 안연편 5장에서 군자가 나온다. 이 문장 역시 무게가 있다. 그 유명한 말인 '사해형제'란 말이 나와서 그럴까. 사해에 있는 사람이 다 형제다! 흔히 사해동포라고 하는데, 아마도 이 말은 여기서 나온듯하다. 안연편 5장을 풀이하면 다음과 같다.

　　사마우가 근심하여 말하였다. "남들은 다 형제가 있는데, 나만 홀로 없습니다." 자하가 말하였다. "내가 들으니, '죽고 사는 것은 운명이 있고, 잘 살고 귀하게 되는 것은 하늘에 달려 있다.'라고 했습니다. 군자가 몸가짐을 삼가서 실수가 없고, 남에게 공손하고 예의를 지키면, 온 세상 사람이 다 형제가 될 것인데, 군자가 어찌 형제가 없다고 걱정하겠습니까."

앞에서도 말했지만, 사마우는 공자 일행이 송나라에 갔을 때 공자를 죽이려고 했던 사마환퇴가 그의 형이다. 사마환퇴는 송나라에서 난에 가담했다가 실패하여 다른 나라로 망명을 간 처지였다. 아마도 사마우에게는 여러 형제가 있었는가 본데, 모두 난에 연루되고 사마우 혼자만 공자 학단에 들어온 것 같다. 그래서 다른 사람은 다 형제가 있는데 나만 없다고 한 것 같다. 실제로, 주희는 『논어집주』에서 그렇게 보았다. 하지만, 도올 김용옥 선생은 이런 해석에 대하여 가당치도 않다고 하면서 사마우는 단지 고아였을 것이고, 부모 형제 없이 자라난 고독한 사람이었을 것이라고 말한다. 어떤 것이 맞는지는 알 수 없지만, 내가 주목하는 것은 자하의 말이다.

자하는 사마우의 근심 어린 말에 위로의 말을 건넨다. '내가 듣기에 생사에는 운명이 있고, 부귀는 하늘에 달려 있다! 그러니 너무 상심하지 말아라.' 자하가 이런 말을 스승인 공자에게서 들었는지, 아니면 당시의 떠도는 격언이었는지는 모르겠다. 주희는 단연코 부자夫子, 즉 공자에게서 들은 말이라고 풀었다. 사마우의 형들이 비록 난에 연루되어 죽을 수도 있는 처지였지만, 그 목숨이란 게 다 운명이라는 것이다. 또, 잘 살고 못 사는 것도 다 하늘에 달려 있으니 너무 걱정하지 말라고 위로한다. 그러면서 마치 감추어 둔 보물을 보여주듯 군자라는 말을 슬며시 꺼내면서 사마우에게 따뜻한 장면을 연출한다. 자하가 참으로 멋지지 않은가.

군자경이무실君子敬而無失! 군자는 몸가짐을 삼가서 실수가 없다! 여기서 경이란 공경이란 뜻인데, 이를 풀면 결국 몸가짐을 늘 조심한다는 의미다. 공경하는 마음을 가지면 실수를 하지 않게 된다는 것이다. 여인공이유례與人恭而有禮! 군자는 다른 사람에게 공손하고 예의를 지킨다. 경은 훌륭한 사람을 높이 받드는 일이고, 공은 더불어 사는 사람에게 늘 겸손하고 예를 다하는 태도일 것이다. 경과 공, 이 두 가지가 갖추어진 사람을 군자라고 한다. 모두가 이런 군자가 된다면 온 세상 사람이 다 형제라고 할 수 있다! '사마우, 당신은 이미 군자인데 어찌 형제가 없다고 근심하는가?'라고 자하는 말한 것이다.

여기서 사해형제라는 말을 눈여겨볼 필요가 있다. 사해는 단순 네 개의 바다라기보다는 온 세상이라고 보아야 한다. 아마도 중국 전체를 이렇게 보았을 것이다. 여기서 사해동포란 말이 나왔다. 사해동포주의라는 말도 있다. 공자의 가르침은 중국 역사에서 부침을 거듭해 왔는데, 현대의 중국에서도 마찬가지다. 한때는 배척하다가 요즘 들어서는 공자의 가르침을 잘 활용하려는 태세다. 세계 각국에 세운 공자 학당이 그 좋은 예다. 실제로 몇 년 전, 중국 베이징에 있는 어느 학교에 들렀는데, 학교 복도에 공자의 가르침이 게시되어 있는 것을 보고 깜짝 놀랐다. 공산주의 국가인 중국도 자기 조상인 공자의 가르침을 중요하게 여기고 있구나! 바로 이거였다. 중국은 지금 세계 대국을 꿈꾸고 있다. 아마도 여기 안연편 5장에 나오는 논어의 말씀을 써먹고 싶었을 것이다. 공자는 세계인이 우러러보는 성인이니까. 그 성인의 제자인 자하가 군자를 말하면서 사해형제를 말하고 있으니 얼마나 설득력이 있는가. 서양에서 민주주의가 발전하면서 나온 휴머니즘은 사해형제가 그 연원일 것이다. 휴머니즘의 뿌리가 이 논어의 가르침일지도 모른다.

공자가 꿈꾸는 세상은 모두가 군자가 되는 세상이었다. 한 사람 한 사람이 공경하면서 공손하고 예의를 지킨다면 다 군자다. 그렇게 먼저 군자가 된 사람을 어찌 존경하지 않겠는가. 형님, 형님 하면서 따르게 된다. 이인편 25장에, "공자께서 말씀하셨다. 덕이 있는 사람은 외롭지 않다. 반드시 이웃이 있다(子曰 德不孤라 必有隣이라)."라는 말이 있다. 바로 이거다. 덕 있는 사람을 따르는 군자 형제여! 와, 이 얼마나 멋진 일인가. 온 세상이 이렇게 군자로서 형제가 된다면 무엇을 걱정한다는 말인가. 꼭 피를 나누어야 형제인가? 아니다. 공경과 공손으로 서로 손잡고 나아간다면 그 세상은 사해형제다. 이런 세상이 오면 정말 좋겠다.

37. 바탕도 중요하지만 꾸밈도 중요하다

棘子成이 曰 君子는 質而已矣니 何以文爲리오
극자성   왈 군자   질이이의   하이문위

子貢이 曰 惜乎라 夫子之說이 君子也나 駟不及舌이로다
자공   왈 석호   부자지설   군자 야   사불급설

文猶質也며 質猶文也니 虎豹之鞟이 猶犬羊之鞟이니라
문유질야   질유문야   호표지곽   유견양지곽

—안연12-8(2,47)

바로 앞 안연편 5장에서 세 장을 뛰어넘어 군자가 다시 등장한다. 이 문장은 문질빈빈文質彬彬과 연결되어 있다. 옹야편 16장에서 공자는, "바탕이 꾸밈을 이기면 촌스럽고, 꾸밈이 바탕을 이기면 번지르르하다. 바탕과 꾸밈이 잘 어우러져야 군자답다(質勝文則野요 文勝質則史니 질승문즉야   문승질즉사 文質이 彬彬然後에 君子니라)."라고 말했다. 다만, 안연편 8장은 좀 다른 문질   빈빈연후   군자 각도에서 접근하고 있다. 이를 풀이하면 다음과 같다.

극자성이 말하였다. "군자는 바탕만 갖추고 있으면 되지 무엇 때문에 꾸밉니까?" 자공이 말하였다. "애석하구려. 그대의 말이 군자답기는 하나, 그 혀는 네 필의 말도 따라가지 못할 것입니다. 꾸밈은 바탕과 같고, 바탕은 꾸밈과 같은 것입니다. 호랑이나 표범의 가죽도 털을 벗겨내면, 개나 양의 털 없는 가죽과 같은 법이지요."

극자성은 위나라 대부라고 알려져 있다. 『논어_인생을 위한 고전』을

쓴 김원중 교수는 극자성이라는 인물은 논어 전체에서 딱 한 번 나온다고 한다. 등장 횟수는 한 번이지만 공자의 제자임은 분명하다. 극자성은 아마도 당시 공부를 한다는 사람들이 너무 꾸밈(文)에 치우쳐 있는 것이 못마땅하여 이렇게 말한 것 같다. 군자는 그저 질박하여 바탕만 잘 되어 있으면 되지, 뭘 그리 요란스럽게 꾸미려고 하느냐? 바로 이 질문이다. 결국 문과 질의 문제, 흔히 말하는 형식과 내용의 문제다.

가끔 지인들과 논쟁하다가 사람이 뭐 안이 꽉 차 있으면 되지, 겉모양이 뭐 그리 중요하냐고 다툰 적이 있다. 내가 남들처럼 외모가 출중하지 않아서 그랬을까. 겉모양인 형식은 그리 중요하지 않다. 그 사람의 속, 즉 내용이 더 알차면 된다. 뭐 이런 주장을 하고 싶었던 것 같다. 자공은 극자성의 이런 불만 섞인 말에 대하여 충고를 아끼지 않는다. 자공은 누누이 말하지만, 공자의 뛰어난 제자로서 외교와 언변에 능했던 사람이다. 그러니 극자성의 주장이 맘에 들지 않았을 것이다. '이보시오. 어찌 바탕만 중요하오? 그에 못지않게 꾸밈도 중요하다는 말이오.' 이렇게 말이다.

맞다. 외교를 하려면 속도 꽉 차 있어야 하지만, 그것을 밖으로 끄집어내어 잘 활용하는 언술도 중요하다. 교직에 있다 보니, 실력은 꽤 있는 것 같은데 이를 표현하는 기술이 부족하여 교사로서 제대로 평가받지 못하는 경우를 종종 본 적이 있다. 아무리 알고 있는 것이 많으면 뭐 하나. 이를 잘 설명할 수 있어야지. 글도 마찬가지다. 아무리 배경지식이 많고, 생각이 깊어도 이를 표현하는 글솜씨가 부족하면 작품이 될 리 없다. 내용과 형식은 그래서 다 중요하다.

자공은 호랑이과 표범에 견주어 기막히게 문과 질의 문제를 풀어냈다. 호랑이와 표범이 왜 무서운가? 물론 날카로운 이빨과 날렵함으로 무장되어 있어서 뭇 동물이 먹힐까 봐 두려워한다. 그런데 그 구분은 무엇으로 할 수 있나. 당연히 무늬다. 호랑이와 표범만이 가지고 있는 독특한 무늬! 아무리 호랑이라도 가죽을 벗겨내면 별것이 아니다. 개와 양과 다를 게 없다. 그 이유는 무늬 때문이다. 자공의 말은, 호랑이나 표범이 이미 갖추고 있는 이빨과 날렵함도 중요하지만, 이를 만방에 드러낼 수 있는 무늬도 중요하다고 역설한 것이다.

산다는 게 이런 것 같다. 안과 밖이 다 중요하다. 내용과 형식, 이론과 실천은 늘 같이 따라다녀야 한다. 그래서 공자는 문질빈빈이 된 연후에야 군자가 될 수 있다고 말했다. 예를 들어, 인을 안으로 잘 갖추었는데, 이를 밖으로 표현하는 예와 악이 없다면 결국 텅 빈 듯할 것이다. 밖으로 드러나지 않는데, 그 사람이 어찌 인한지를 알 수 있겠는가. 자공은 바로 이런 스승의 가르침을 극자성에게 일깨워주었다. 그것도 아주 쉽게 말이다. 참으로 멋지다.

38. 다른 사람의 좋은 점을 이루게 한다

子曰 君子는 成人之美하고 不成人之惡하나니
　자왈　군자　　　성인지미　　　　불성인지악
小人은 反是니라
　소인　　반시

—안연12-16(1,48)

나는 이 문장을 보면서 가슴이 쩌릿했다. 와, 이런 말을 공자가 했다
는 말인가. 그래서 공자구나. 논어가 이래서 지금까지 울림을 주는구
나. 뭐 이런 마음이 솟구쳤기 때문이다. 이 말은 지금도 많은 사람이
인용하는 문구다. 안연편 16장을 풀이하면 다음과 같다.

　　공자께서 말씀하셨다. "군자는 다른 사람의 좋은 점은 이루게 해주고,
　　다른 사람의 나쁜 점은 이루게 하지 않는다. 소인은 이와 반대이다."

정말 명문이다. 오랜만에 군자와 소인을 대비하고 있다. 아마도 누
군가 '군자는 다른 사람을 어떻게 해주는 사람입니까?'라고 물었을 것
이다. 이에 공자는 이렇게 대답해준 것이다. 아, 군자는 성인지미成人之
美라. 군자는 다른 사람의 아름다움(좋은 점, 장점)을 이루게 해준다.
이어지는 문장도 탁월하다. 군자는 불성인지악不成人之惡이라. 군자는
다른 사람의 나쁜 점(단점)은 이루게 하지 않는다. 소인은 그 반대다.
즉, 소인은 다른 사람의 나쁜 점을 이루게 해주고, 좋은 점은 이루게

하지 않는다. 군자와 소인을 이렇게 간명하면서도 알기 쉽게 설명할 수 있는가.

주희는 『논어집주』에서, "군자와 소인은 마음에 둔 것이 이미 두텁고 얇음의 차이가 있고, 좋아하는 것이 또 선악의 다름이 있다. 그러므로 그 마음 씀의 같지 않음이 이와 같은 것이다(君子小人은 所存의 旣有厚薄之殊하고 而其所好又有善惡之異라 故로 其用心不同이 如此하니라)."라고 해석했다. 나는 이 해석이 참 좋다고 본다. 결국 마음을 어떻게 쓰느냐의 문제이지, 군자와 소인이 따로 있는 것은 아니다. 불가에서 말하는 부처와 중생도 마찬가지다. 어디 처음부터 부처와 중생이 따로 있는가. 부처의 마음을 내면 부처요, 욕심내고 화내고 어리석은 마음을 내면 중생이다.

공자는 논어 어디를 보아도 인간이 본디 선하다느니, 악하다느니 규정하지 않았다. 다만 인을 말하고, 이를 실현하는 방법으로 예와 악을 강조했다. 인한 마음이 안으로 가득 차고, 예악이 물 흐르듯이 밖으로 잘 나타나는 사람을 군자라고 했다. 결국 공자의 본성론은 인론이요, 예악론이요, 군자론이다. 성선설이니, 성악설이니 하는 것은 공자가 죽은 지 한참 후인 맹자와 순자 때에 와서 성립된 학설이다. 나는 성선설도 맞고 성악설도 맞다고 본다. 마음을 어떻게 쓰느냐에 달려 있기 때문이다.

군자는 다른 사람의 좋은 점은 이루게 하나, 나쁜 점은 이루게 하지 않는다! 이 가르침이 가슴에 와서 확 꽂힌 것은 내가 아마도 교직을 수행하고 있어서 그런가 보다. 누구나 리더의 위치에 설 수 있지만, 리더십을 발휘하기란 쉽지 않다. 리더십이 무언가. 영어에서 온 말이지만 의미는 다양하다. 말하자면, 지도력이라고 할 수 있는데 사전의 정의를 빌리자면, "조직목표의 달성을 위해 구성원이 자발적이고 능동적으로 행동하도록 동기를 부여하고 조정하는 창의적인 기술"이다. 공자의 말과 일맥상통한다.

훌륭한 지도자는 소속 구성원이 잘 할 수 있도록 환경을 만들어주고 분위기를 조성하고, 안 되면 되도록 도와주는 사람이다. 늘 대화하고 소통해야 한다. 더 중요한 것이 있다. 바로 한 사람 한 사람의 좋은 점과 나쁜 점을 잘 파악하고 있어야 한다. '성인지미'도 해야 하지만, '불성인지악'도 중요하니까! 소속 구성원이 나쁜 짓을 할 거 같으면 미리 낌새를 알아채어 못하도록 해야 한다. 잘못을 저지르지 않도록 막아야 한다. 이것이 지도자의 탁월한 리더십이다. 아마도 공자는 이를 더 강조한 것 같다. 군자는 다른 사람이 좋은 점을 잘 살리도록 도움도 주어야 하지만, 나쁜 길로 나가지 못하도록 이따금 제동도 걸어주어야 한다. 와, 군자의 길은 이래서 어려운가 보다.

39. 바람이 불면 풀은 눕는다

季康子問政於孔子曰 如殺無道하여 以就有道인댄
계강자문정어공자왈　　여살무도　　　이취유도

何如하니잇고 孔子對曰 子爲政에 焉用殺이리오
하여　　　　공자대왈　자위정　　언용살

子欲善이면 而民이 善矣리니
자욕선　　　이민　선의

君子之德은 風이요 小人之德은 草라
군자　지덕　풍　　소인지덕　　초

草上之風이면 必偃하나니라
초상지풍　　　필언

—안연12-19(1,49)

이제 안연편 19장으로 넘어간다. 여기서 군자가 등장하면서 바로 앞 16장과 같이 군자와 소인을 대비하고 있다. 이 문장은 뭔가 문학적이면서도 철학적이다. 군자는 바람이고 소인은 풀이라고 말한다. 과연 그 뜻이 무얼까. 안연편 19장을 풀이하면 다음과 같다.

　계강자가 공자에게 정치에 대해 물었다. "만일 무도한 자를 죽임으로써 백성들을 올바른 도에 나아가게 한다면 어떻습니까?" 공자께서 대답하셨다. "그대가 정치를 하면서 어찌 사람 죽이는 방법을 쓰려고 하는가. 그대가 선해지려고 하면 백성들도 선해질 것이다. 군자의 덕은 바람이고 소인의 덕은 풀이다. 풀은 위로 바람이 불어오면 반드시 눕는 법이다."

정말 멋진 말이다. 정치에 대한 물음에 공자는 한 방에 해치워 버린다. 여기서 계강자란 누구일까? 계씨는 공자가 살던 노나라에서 3대 세력가 중의 한 가문이다. 계강자는 노나라 애공 때 계씨 가문의 대부로서 국정을 전담했다. 공자를 위나라에서 노나라로 모셔와 등용하고자 했으나 실패했다. 아마도 이때쯤 공자에게 던진 질문으로 생각된다. 노나라는 약체라서 늘 위나라와 제나라로부터 위협받고 있는 상태였다. 계강자는 외교를 벌여 위와 제를 제압하고자 했으나 쉽지 않았나 보다. 그래서 무도한 놈들은 죽여서 바르게 나아가게 하면, 그게 정치가 아니겠느냐고 공자에게 물어본 것이다.

공자는 계강자를 멋지게 꾸짖는다. 원문에 子爲政과 子欲善의 子를
_{자위정} _{자욕선} _자
'선생'으로 풀어, 공자가 계강자에게 매우 높은 예를 갖추는 것으로 해석한 사람도 있다. 그러나 공자는 이때 나이도 많았고, 한때 노나라의 대사구까지 역임했기 때문에 그건 적절한 호칭이 아니라고 생각한다. 계강자를 그대라고 부르면서 넌지시 일깨우는 방법을 택한 것으로 보인다. 공자는 계강자에게 정치가인 당신이 선해지면 백성들도 따라서 선해질 텐데, 조금 잘못했다고 백성을 죽여 버리면 되겠느냐고 일침을 가했다. 그러면서 군자와 소인을 꺼내 들었다.

군자의 덕은 바람이고, 소인의 덕은 풀이다! 참으로 멋진 비유다. 여기서 군자는 당연히 정치가를 말한다. 그런데 소인은 어떤 뜻일까. 논어에서 늘 보아왔던 군자와 소인의 대비일까. 많은 학자는 소인을 백성으로 보고 있다. 군자는 지배자, 소인은 피지배자로 해석한 것이다. 도올 김용옥 선생은 이에 대하여 일갈한다. 이는 후대에 도식화된 개념으로 공자의 어투가 아니라고. 공자가 그렇게 말했을 리가 없다는 뜻으로 받아들여진다.

그렇다. 어찌 공자가 그렇게 말했을까. 군자와 소인은 어디까지나 도덕적 행위의 차이이지, 신분적 구분이 아니었다. 공자는 선비를 말하

면서도 군자 선비가 되어야지, 소인 선비는 되지 말라고 했다. 선비도 자기 공부만 하고 남에게 도움이 되지 않는 속 좁은 놈은 소인이라는 것이다. 백성 중에는 군자도 있을 것이고, 소인도 있을 것이다. 무슨 근거로 백성은 다 소인이라고 할 수 있는가. 공자가 말하는 핵심은 통치자라고 하여 백성을 함부로 죽이면 안 된다는 것이다. 더구나 죽임을 통하여 나라를 다스리려고 한다면 그건 큰 잘못이다! 바로 이를 지적한 것이다. 그러면서 넌지시 바람과 풀에 비유하면서 계강자를 깨우치고 있다. 계강자 당신이 군자가 되어 선한 행동을 보이면, 혹여 백성 중에 나쁜 사람이 있다 하더라도, 마치 풀이 바람이 불어오면 누어버리듯이 그냥 따라올 것이라고. 참으로 공자다운 가르침이다. 제자들에게 늘 했던 방식으로 계강자도 한방에 눕힌 것이다.

사실 계강자가 공자에게 정치에 대해 물은 내용은, 19장 앞에서도 연이어 나와 있다. 안연편 17장에서 공자는 "정치란 바르게 하는 것이다. 그대가 바름으로써 솔선수범을 보인다면 그 누가 감히 바르지 않겠는가?(政者는 正也니 子帥以正이면 孰敢不正이리오)"라고 했고, 18장에서는 계강자가 도둑이 많음을 걱정하여 묻자 공자는, "진실로 그대가 욕심을 내지 않는다면, 비록 상을 준다고 해도 도둑질하지 않을 것이다(苟子之不欲이면 雖賞之라도 不竊하리라)."라고 말했다. 정치란 통치자가 모범을 보이는 것이다! 공자는 이 한마디를 하고 싶었다. 안연편 19장은 이 두 장에 이어서, 정치의 정의를 완성했다고 보아야 한다.

안연편 19장에서 지도자의 덕목을 뽑아본다. 그것은 다름 아닌 솔선수범이다. 누구나 말하고 교과서에서도 가르치지만, 실천은 어렵다. 그만큼 희생이 따르고 수양이 필요하기 때문이다. 군자는 바람이 되어야 한다. 그것도 다 쓸어버리는 폭풍이 아니라 부드러운 바람! 아, 군자의 길은 이래서 더 미묘한가 보다.

40. 글로써 벗을 모으고, 벗으로써 인을 돕는다

曾子曰 君子는 以文會友하고 以友輔仁이니라
증자왈 　군자　　　이문회우　　　　이우보인

—안연12-24(1,50)

논어 안연편에서 군자라는 말은 24장에서 마지막으로 나온다. 안연
이 공자의 수제자라서 그런지, 안연편에서는 의미심장한 가르침이 많
이 등장했다. 군자도 무려 열 번이나 나왔다. 안연편 24장은 증자가
한 말인데, 도올 김용옥 선생은 공자가 죽은 후 한참 지나 기록된 것으
로 증자라는 사람의 인품을 나타내는 차분한 말이라고 했다. 그럴 수도
있다. 증자는 앞에서도 언급했지만, 이름이 증삼이다. 근데 그의 가르
침이 공자의 손자 자사를 거쳐 맹자에게 전해져 유학 사상의 큰 획을
그었기 때문에, 높여서 증자라고 부른다. 스승 공자의 가르침을 꿰뚫어
부자(공자)의 도는 '충서忠恕'뿐이라고 한 말은 유명하다(이인편 15장). 안
연편 24장을 풀이하면 다음과 같다.

증자가 말하였다. "군자는 글로써 벗을 모으고 벗으로써 인을 돕는다."

참으로 멋진 말이다. 나는 이 문장이 너무도 좋아 여기저기서 써먹고
있다. 군자는 글로써 벗을 모으고, 벗으로써 인을 돕는다! 증자가 한
말이긴 하지만, 공자의 가르침을 충실히 대변했다고 보아야 한다. 스승

공자가 그랬으니까. 오죽하면 학이편 1장에서, '벗이 있어 멀리서 찾아오면 또한 즐겁지 아니한가?'라고 고백하지 않았는가. 여기서 벗이란 학문을 함께 하고자 하는 사람일 것이다. 같이 배우고 싶은 글벗 말이다. 혹은 뛰어난 공자에게 뭔가 배우고 싶어 천 리가 멀다 않고 찾아오는 제자일 수도 있다.

이우보인以友輔仁! 벗으로써 인을 돕는다는 이 말은 무슨 뜻일까. 역시 논어에서 나타나는 공자의 언행에서 엿볼 수 있다. 바로 앞장인 안연편 23장에, "자공이 벗을 사귀는 방도에 대해 물으니, 공자께서 말씀하셨다. '진심으로 충고하며 잘 이끌어주다가, 벗이 들어주지 않으면 스스로 그만두어 욕을 당하는 일이 없도록 해야 한다.'(子貢이 問友한대 子曰 忠告而善道之호대 不可則止하여 無自辱焉이니라)"라는 말이 나온다.

바로 이거다. 벗이란 진심으로 충고하는 사람이다. 친구가 잘못된 길을 갈 때 그렇게 하면 안 된다고 따끔하게 말해주는 사람, 이 사람이 진정한 벗이다. 이걸 듣고 바르다고 여겨 자기 행동을 고친다면 그야말로 이우보인이다. 벗으로써 인을 도운 것이다! 그러나 벗이 들어주지 않으면 얼른 그만두어야 한다. 왜냐하면, 친구와 오히려 멀어질 수 있고 심지어는 욕을 먹을 수 있기 때문이다. 공자는 글로써 벗을 모았고, 그 벗들이 서로 이우보인 하도록 독려했다. 이 얼마나 아름다운 일인가. 학문의 전당에서 스승과 제자, 제자와 제자 간에 서로 인이 성장할 수 있도록 돕는 것, 이 이상 멋진 일이 어디 있겠는가.

나는 안연편 24장에서 군자의 또 다른 모습을 절감한다. 바로 학문이다. 인생은 배움이다. 배워도 끝이 없는 게 군자의 삶이다. 군자는 구차하게 이해타산을 따져 사람을 모으지 않는다. 바로 옛 성현의 말씀을 함께 음미하고, 어떻게 하면 도덕적이고 의미 있는 삶을 살 것인가 궁구하기 위해 모인다. 그리고 서로 인을 돕는다. 내면의 어진 마음이

쑥쑥 자라나도록 서로 보살피고, 때로는 따끔하게 충고도 아끼지 않는다. 다만 욕을 당하지 않을 정도로!

언젠가 나도 공자가 이문회우 하고 이우보인 한 것처럼 해 보리라 마음먹는다. 지금은 현직에 있어 어렵지만, 퇴직한 후에는 마음 맞는 글벗을 모아 함께 배우고, 서로 인을 돕는 배움의 공동체를 만들어 보리라 다짐해 본다.

41. 명분을 바르게 한다

子路曰 衛君이 待子而爲政하시나니
子將奚先이잇고 子曰 必也正名乎인저
子路曰 有是哉라 子之迂也여 奚其正이리잇고
子曰 野哉라 由也여 君子於其所不知에 蓋闕如也니라
名不正則言不順하고 言不順則事不成하고
事不成則禮樂이 不興하고 禮樂이 不興則刑罰이 不中하고
刑罰이 不中則民無所措手足이니라
故로 君子名之인댄 必可言也며 言之인댄
必可行也니 君子於其言에 無所苟而已矣니라

—자로13-3(3,53)

이제 논어의 열세 번째 편인 자로편으로 넘어간다. 3장은 자로편에서
군자가 처음으로 나오는 문장이다. 문장이 길면서 군자라는 말이 자그
마치 세 번이나 나온다. 자로편은 모두 30장으로 되어 있는데, 정치
이야기가 제일 많이 나온다. 1장이 '자로문정子路問政'으로 시작하면서
자로가 정치에 대해 묻는 내용이다. 그래서 편의 이름도 첫 두 글자를
따서 자로라고 했다. 위정자인 애공과 섭공과의 문답도 눈여겨볼 만한
대목이다. 그중 16장에서 섭공이 정치에 대해 묻자, 공자가 "가까운
사람을 기쁘게 하고, 멀리 있는 사람을 찾아오게 하는 것이다(近者說하

며 遠者來나라)."라고 대답한 것은 유명하다. 그 외에 선비의 모습, 정직
과 인에 대해 대답한 것도 눈에 띈다.

위에 제시된 자로편 3장은 어떤 뜻일까. 나는 이 문장을 자세히 읽고
또 읽으면서 잠시 멈추고 허공을 바라볼 수밖에 없었다. 아, 과연 성인
의 말씀이구나. 이래서 논어가 지금도 나에게까지 전해지는구나. 뭐
이런 생각에 침잠하다가 정신이 맑아지기를 기다려 감히 그 뜻에 접근
해 본다. 자로편 3장을 풀이하면 다음과 같다.

자로가 말하였다. "위나라 임금이 선생님을 모셔다가 정치를 하려 하는
데, 선생님께서는 무엇을 먼저 하시겠습니까?" 공자께서 말씀하셨다. "반
드시 명분을 바로잡을 것이다." 자로가 말하였다. "이렇다니까요. 선생님
말씀은 현실과 동떨어져 있습니다. 어떻게 명분을 바로잡는다는 말입니
까?" 공자께서 말씀하셨다. "유야, 참으로 상스럽구나. 군자는 자기가 알지
못하는 일에 대해서는 말하지 않는 법이다. 명분이 바르지 않으면 말이
도리에 맞지 않고, 말이 도리에 맞지 않으면 일이 이루어지지 않고, 일이
이루어지지 않으면 예악이 일어나지 않고, 예악이 일어나지 않으면 형벌이
제대로 시행되지 않고, 형벌이 제대로 시행되지 않으면 백성들이 어디에
손발을 두어야 할지 모르게 된다. 그래서 군자가 명분을 바르게 하면 반드
시 도리에 맞게 말할 수 있게 되고, 말이 도리에 맞으면 반드시 행할 수
있게 되는 것이니, 군자는 그 말에 구차한 바가 없을 뿐이다."

자로가 묻고 공자가 대답한 내용인데 정말 재미있다. 자로의 질박한
질문에 공자의 대답이 참으로 걸작이다. 어쩌면 그렇게 논리 정연하고
가슴이 확 뚫리는 말로 제자를 꼼짝 못 하게 할까. 원문에서 衛君이란
위나라 임금인 '출공出公'을 말한다. 출공은 할아버지인 영공이 죽었을

때, 쫓겨난 아버지 괴이를 제쳐놓고 자신이 왕위에 올랐다. 공자는 이를 염두하고 위나라에 가면 제일 먼저 명분을 바로잡겠다고 했다. 비록 아버지가 할아버지에게 밉보여 쫓겨난 신세지만 당연히 아버지를 모셔와 왕위에 오르도록 해야 했었는데, 권력욕에 눈이 멀어 자신이 왕위를 꿰찼다. 이는 명분이 없다고 공자는 본 것이다.

그런데 공자의 이런 대답을 듣고 자로는 코웃음을 친다. 바로 '子之迂也자지우야'라는 표현이다. 여기서 '迂'는 '오'라고도 읽는다. 너무 현실과 동떨어졌다는 뜻이다. '아니, 선생님은 세상 물정을 몰라도 너무 모르십니다! 이 어려운 춘추시대에 조그마한 힘만 있어도 나라를 세우고 난리인데, 무슨 수로 명분을 바로 잡는다는 말씀입니까, 그게 가당하기나 하단 말씀입니까?' 하고 오히려 스승을 조롱한 것이다. 그러니까 공자가 자로를 상스럽다고 면박을 주면서, 아주 논리적으로 그 이유를 차분히 말해준다. 요약하자면 이렇다. 명분이 바로 서야 말을 할 수 있고, 말을 할 수 있어야 일이 이루어지고, 일이 이루어져야 예악이 흥한다. 예악이 흥하면 형벌이 잘 적용되고 그러면 백성이 편안해진다. 그러니까 명분 → 말 → 일 → 예악 → 형벌 → 백성이라는 논리로 이어진다. 명분이 바로 서지 않으면 정당성을 얻지 못하여 그 과정도 잘못 흘러갈 수밖에 없다. 결국 백성이 피해를 본다. 명분이 없는 정치는 나라를 망하게 할 수도 있다. 뭐 이런 논리다.

나는 자로편 3장에서 군자에 관한 언급을 놓칠 수가 없다. 공자는 군자라면 자기가 잘 알지 못하면 가만히 있어야 한다고 운을 뗐다. 아마도 자로가 세상 물정을 모른다고 하니까 이렇게 은근히 깨우침을 준 것 같다. 맞다. 자신이 알지 못하면 일단 의문점을 찍어놓고 잠시 보류해 두어야 한다. 자로는 공자의 깊은 뜻도 모르면서 스승을 놀렸으니, 과연 성미가 급하고 거칠기로 소문난 자로답다. 공자는 이런 자로를 상스럽다(야재野哉)고 표현했다.

군자는 말을 하려면 명분이 있어야 한다. 명분이란 이름을 바르게 하는 것(정명正名)이다. 공자에게 있어 정명은 생명과도 같은 것이다. 안연편 11장에서 제나라 경공이 정치에 대해 물었을 때, 공자는 "임금은 임금다워야 하고, 신하는 신하다워야 하며, 아버지는 아버지다워야 하고, 아들은 아들다워야 한다(君君臣臣父父子子니이다)."라고 대답했다. 이것이 바로 공자의 정명 사상이다.

군자가 명분을 바로 세우면 말을 할 수 있고, 말을 할 때는 반드시 그것을 행동으로 옮길 수 있어야 한다. 말이 행동으로 이어질 수 없다면 차라리 말하지 말라! 바로 이거다. 역시 말과 행동의 일치를 강조하고 있다. 뚜렷한 명분이 없다면 말하지 말고 차라리 침묵하라. 이것이 군자의 바른 태도다. 괜히 구차하게 이러쿵저러쿵 입을 떠벌릴 필요가 없다는 것이다.

그렇다. 쿠데타도 명분이 있어야 할 수 있다. 역성혁명도 마찬가지다. 이성계가 고려를 무너뜨리고 조선을 건국할 때는 뚜렷한 명분이 있었다. 고려의 임금이 입금답지 못하고, 신하가 신하답지 못하니 이를 뒤엎은 것이다. 프랑스 대혁명도, 종교 혁명도 그랬다. 다 명분 싸움이었다. 명분이 있었으니 말할 수 있었고, 일(혁명)이 이루어졌다. 결국 새로운 세상이 열렸다. 어디 국가만 그러한가. 개인도 마찬가지다. 뭔가를 할 때 명분을 잃는다면 어디에도 설 수 없다. 두고두고 논란거리가 되고 자신의 치부가 된다. 군자는 모름지기 말을 할 때 구차함이 없게 한다. 왜냐, 명분이 바로 서 있으니까.

42. 남과 어울리지만 같아지지 않는다

子曰 **君子**는 和而不同하고
　자왈　　군자　　　　화이부동
小人은 同而不和니라
　소인　　동이불화

—자로13-23(1,54)

논어 자로편에서 군자가 두 번째 나오는 문장이다. 군자와 소인을 대비하면서 짧으면서도 강하게 군자를 표현하고 있다. 나는 이 자로편 23장을 참 좋아한다. 어디서나 잘 써먹는 편이다. 자로편 23장을 풀이하면 다음과 같다.

　　공자께서 말씀하셨다. "군자는 남과 잘 어울리지만 같아지지 않고, 소인은 남과 같아지기만 하고 잘 어울리지 못한다."

공자가 2천 5백여 년 전에 툭 던진 이 말은 무슨 뜻일까. 난 이 말을 접하고 나서 앉으나 서나 사색에 잠긴 적이 있다. 걷다가 잠시 멈추면서 이 말을 되씹어 보았다. 마치 소가 여물을 먹고 되새김질을 하듯이. 그런데 목에 걸려 잘 넘어가질 않았다. 정말 묘한 말이다. 어울리지만 같아지지 않는다? 도대체 어떤 경우를 말하는가?

결국은 알고야 말았다. 한 번은 산에 가서 화이부동을 깨닫게 되었다. 저 나무를 보자. 하나같이 같지 않다. 그러나 숲을 이루고 산다.

참나무는 소나무가 푸르다고 욕하지 않고, 소나무는 참나무가 물든다고 탓하지 않는다. 넝쿨은 말없이 나무를 기어오르고, 나무는 아낌없이 몸을 내준다. 담쟁이는 사방으로 뻗으며 바위를 덮으나, 바위는 옷을 입은 듯 너스레를 떤다. 넝쿨과 나무는 어울리나 같지 않고, 담쟁이와 바위 역시 어울리나 같아지지 않는다. 아, 그렇다. 이것이 화이부동이 아니고 무엇이겠는가.

들판의 풀도 마찬가지다. 자라나는 모양이 모두 다르다. 빛깔, 향기, 맛, 촉감이 다 다르다. 꽃 피는 시기도 달라서 가늠할 수가 없다. 일찍 피는 꽃이 있는가 하면, 아주 늦게 피는 꽃도 있다. 확실한 것은, 피지 않는 꽃은 없다는 사실이다. 꽃들은 서로 탓하지 않는다. 민들레가 일찍 피어서 하얀 털을 날린다고 망초가 뭐라 하지 않는다. 망초가 우뚝 자라서 들판을 다 덮어도 작은 풀들이 원망하지 않는다. 그냥 생긴 대로 살아간다. 이 또한 화이부동의 경지다.

난 화이부동을 '따로 또 같이'라고 표현하곤 한다. 사실 여러 사람이 이렇게 쓰는 것 같다. 따로국밥도 있지만, 원래 국밥은 밥과 국이 하나로 나오는 것을 말한다. 세계에서도 유례가 드문 국밥 문화는 화이부동의 극치일지 모른다. 우리 민족을 '탕민족'이라고 한다. 밥에는 반드시 국이 있기 때문이다. 서로 다르지만 절묘한 국밥이 된다. 여러 나물과 국물이 어우러진 육개장을 생각하면 군침이 돈다.

몸에서도 화이부동을 발견할 수 있다. 내장의 오장육부가 다 다르다. 팔, 다리, 어깨, 목 등도 기능이 다르다. 그러나 같이 몸을 움직인다. 그중 하나라도 삐끗하면 큰일 난다. 한 번은 허리를 삐끗한 적이 있다. 아, 그 고통은 이루 말할 수가 없다. 일어서지도 못하고 심지어는 머리를 감을 수도 없다. 허리가 제 기능을 하지 못하니 손, 발, 머리, 오장육부가 다 뒤틀린다. 따로 놀지만 결국은 함께 어울려야 한다는 것을,

그때 참 끔찍하게도 느꼈었다.

난 결혼한 지가 30년이 넘었다. 부부의 연을 맺고 그렇게 오래 살아왔다는 것은 축복이다. 살면서 살갑게 사랑도 했지만, 다투지 않았다면 거짓말이다. 화이부동은 부부에게도 절묘하게 들어맞는다. 부부도 때로는 따로, 때로는 같이 살아야 함을 절감했다. 같이 붙어 있어야만 좋은 것이 아니라는 것을 떨어져 살아보고야 알았다. 직장 관계로 멀리 발령이 나니 혼자 생활하지 않을 수 없다. 이른바 사택 생활이다. 혼자 밥을 해 먹으며 며칠 지내다가 아내와 만나면 그렇게 반가울 수가 없다. 혼자 있으며 자유와 침묵을 즐기니 좋고, 무엇보다 무심해져서 더 좋다. 부부는 남녀의 서로 다른 성과 영혼의 결합이다. 그러니 얼마나 이질적인가? 서로 사랑하여 결합했지만, 본래 영 다른 존재다. 어떨 때는 이해가 안 된다. 왜 저렇게 행동하는지…. 그럴 때 화이부동을 발휘한다. 그래, '따로'이지만 '같이' 살아야 한다는 것을.

아니, 친구든 직장이든 모든 인간 관계가 다 그런 것 같다. 각자 따로 살아가지만 결국은 같이 어울려서 살아갈 수밖에 없다. 지금 세상을 가만히 보면 '따로'가 더 강한 것 같다. 얼마나 개인주의가 득세하는지 다 각자 따로 논다. 개인의 권리가 최고이고, 조금이라도 손해를 보면 바로 항의한다. 같은 편이 최고이고, 나와 다르면 배척한다. 배려와 존중이 사라지고 있다. 그러다 보니 옆에서 사람이 죽어 나가도 모른다.

공자는 화이부동 하는 사람을 군자라고 했다. 반면, 이를 하지 못하는 사람을 소인이라고 했다. 화和란 어느 한쪽으로 휩쓸리지 않고 조화롭게 어울린다는 뜻이고, 동同이란 같은 사람끼리 휩쓸려 각자의 이익만 추구하다 보니 다툼이 일어난다는 뜻이다. 사자성어에 '부화뇌동附和雷同'이란 말이 있는데 이는 동을 잘 표현한 말이다. 화하면 군자요, 동하면 소인이다. 공자는 철저히 행동을 가지고 가늠자를 세웠다. 태어날 때부터 군자와 소인이 따로 있는 것이 아니다. 적어도 화이부동 하는 군자는 옆에 누가 있는지 아는 사람이다. 이는 따로 있지만, 같이 사는 사람이다.

문제는 나다. 과연 나는 화이부동하고 있는가? 혹시 같은 사람하고만 사귀며, 다른 사람을 배척하고 있지는 않은가? 생각하고 또 생각해 볼 일이다.

43. 섬기기는 쉬워도 기쁘게 하기란 어렵다

子曰 君子는 易事而難說也니 說之不以道면
_{자왈} _{군자} _{이사이난열야} _{열지불이도}
不說也요 及其使人也하여는 器之니라
_{불열야} _{급기사인야} _{기지}
小人은 難事而易說也니 說之雖不以道라도 說也요
_{소인} _{난사이이열야} _{열지수불이도} _{열야}
及其使人也하여는 求備焉이니라
_{급기사인야} _{구비언}

—자로13-25(1,55)

자로편 25장에 군자가 등장한다. 나는 이 문장을 보면서 군자와 소인은 이렇게 다른 것이구나 하고 확연히 알았다. 여기서 군자는 분명 통치자를 말한다. 한 나라를 다스리는 제후이거나 조그만 지역을 책임지는 대부라도 어떤 태도를 보이느냐에 따라 군자가 될 수도 있고, 소인이 될 수도 있다. 군자와 소인은 미리 정해져 있는 것이 아니라, 그 행동으로 판가름 나기 때문이다. 자로편 25장을 풀이하면 다음과 같다.

공자께서 말씀하셨다. "군자는 섬기기는 쉬워도 기쁘게 하기란 어렵다. 도에 맞게 하지 않으면 기뻐하지 않기 때문이다. 사람을 부릴 때는 그 사람의 그릇에 맞게 쓴다. 소인은 섬기기는 어려워도 기쁘게 하기란 쉽다. 비록 도에 맞게 하지 않아도 기뻐하며, 사람을 부릴 때는 오히려 완벽하기를 요구한다."

군자는 섬기기는 쉬워도 기쁘게 하기란 어렵다! 난 처음에 이 말이 무슨 뜻인지 몰라 한참이나 곱씹어보았다. 군자를 섬기기가 쉽다는 말인가. 오히려 군자는 섬기기가 어려운 게 아닌가. 앞에서도 말했지만, 여기서 군자란 통치자를 의미한다. 윗사람일 수도 있다. 다스리는 자가 훌륭한 인격까지 갖춘 사람이라면 도리어 모시기가 쉽다는 뜻이다. 그러나 기쁘게 하기는 어렵다. 왜냐하면 도에 맞게 해야 하기 때문이다. 여기서 도道란 무엇일까. 매우 추상적이고 관념적이다. 내가 보기에 도란 '정당한 방법'이 아닐까 생각한다. 공자가 논어 전편에서 누누이 강조하는 예禮라고 할 수도 있다. 군자는 정당한 방법, 즉 예로써 섬기면 모시기가 쉬운 사람이다. 그렇게 하면 참으로 기뻐하니까.

소인은 그 반대다. 섬기기는 어려워도 기쁘게 하기란 쉽다. 높은 자리에 올랐으나 인격이 돼먹지 못해 웬만해서는 성에 차지 않기 때문이다. 다만, 기쁘게 하기는 쉽다. 그 앞에서 칭찬이나 아부라도 하면 좋아하기에. 정당한 방법, 즉 예에 맞게 하면 소인은 오히려 귀찮아하고 성질을 낼 수도 있다. 거, 알아서 다 해야지, 뭘 그리 머리를 아프게 하느냐고 버럭 소리를 지를 수도 있다. 그러면서 소인은 아랫사람이 완벽하게 해 오기를 요구한다. 예의를 차려서 이러쿵저러쿵 상의해 오면, 되려 '저 못난 사람'이라고 지청구를 주는 사람이다.

또, 군자는 사람을 그릇에 맞게 쓰는 사람이다. 여기서 '기器'라는 말이 나오는데, 이는 위정편 2장에서 '군자불기君子不器'와 공야장편 3장에서 자공을 그릇인 '호련瑚璉'에 비유한 공자의 언급과 관련이 있다. 군자불기, 군자는 그릇이 아니다! 이 말은 군자는 어떤 한정된 용도로만 쓰이는 사람이 아니라는 뜻이다. 공자가 자공을 호련에 비유한 것도 같은 맥락이다. 호련이란 종묘 제사를 지낼 때 쓰던 귀중한 그릇을 말한다. 자공이 여러모로 뛰어났으나, 그렇다고 호련에 머물러서는 안 된다는 스승의 일침이 들어 있다.

군자는 스스로 어느 한 용도의 그릇에 머물러서도 안 되지만, 아랫사람을 쓸 때는 그 사람의 그릇에 맞게 일을 맡긴다. 여기서 그릇이란 개인의 역량을 말한다. 아랫사람은 자신의 맡은 바 일을 잘 처리하고 보고하면 그만이다. 윗사람의 기분이나 눈치를 살필 필요가 없다. 윗사람은 아랫사람이 자신의 역량을 잘 발휘해서 조직의 목적 달성에 이바지하면 기뻐한다. 그런 사람에게 상찬을 아끼지 않는다. 그러나 아부나 떨고 할 일은 하지 않고, 덤벙대는 사람에게는 따끔하게 혼을 내준다. 군자는 이런 사람이다. 아랫사람이 도에 맞게 깜냥껏 일을 잘하면 기뻐하니 섬기기가 쉬운 사람이다.

나를 돌아본다. 나는 30년 넘게 교직 생활을 하면서 어땠는가. 윗사람을 섬겨도 보았고, 아랫사람을 부려도 보았다. 윗사람 중에는 군자다운 사람도 있었고, 소인 같은 사람도 있었다. 중요한 것은 지금의 나이다. 윗사람으로서 나는 어떠한가. 자로편 25장의 가르침이 지금 크게 다가오는 이유는 무엇인가. 여기서 군자란 공자 자신일 수도 있고, 그가 지향하는 이상적인 인간일 수도 있다. 군자는 섬기기는 쉬워도 기쁘게 하기란 어렵다! 이 말은 결국 군자가 되려면, 도에 맞게 처신할 것을 요구한다. 그것은 다름 아닌 인과 예일 것이다. 안으로는 인한 마음을 지니고, 밖으로는 예로써 행동하는 것이다. 이 점에서 나는 자신이 없다. 그저 노력할 뿐이다.

44. 태연하되 교만하지 않다

子曰 君子는 泰而不驕하고
子왈 군자   태이불교
小人은 驕而不泰니라
소인   교이불태

—자로13-26(1,56)

자로편 25장에 이어서 군자가 26장에도 등장한다. 문장은 짧지만, 군자와 소인을 대비하면서 강한 메시지를 준다. 바로 '태泰와 교驕'라는 두 글자를 통해서 군자의 성격을 보여준다. 태는 '크다, 넉넉하다, 편안하다'라는 뜻이, 교는 '교만하다, 무례하다, 잘 난체하다'라는 뜻이 들어 있다. 자로편 26장을 풀이하면 다음과 같다.

공자께서 말씀하셨다. "군자는 태연하되 교만하지 않고, 소인은 교만하되 태연하지 못하다."

군자는 태연하되 교만하지 않다! 많은 학자가 '태이불교泰而不驕'의 태를 태연하다는 뜻으로 풀고 있다. 태연하다는 것은 어떤 어려움이 닥쳐도 머뭇거리거나 두려워하지 않는 태도를 말한다. 일이 갑자기 일어나도 아무 일도 아닌 것처럼 흔들리지 않는 사람을 보고 '참, 태연하구나.'라고 말한다. 이런 뜻이 잘 담긴 '태연자약泰然自若'이라는 사자성어도 있다. 이는 마음에 어떤 충동을 받아도 움직임이 없이 천연스럽다는 뜻이다. 난 이를 좀 더 확장하고 싶다. 자로편 26장에서 공자가 말하는 태란, '크고 넉넉하여 편안하고 자유로운 경지'라고 해석하고 싶다. 술이편 36장에서 공자는 군자탄탕탕君子坦蕩蕩이라 하여, 군자는 마음이 평탄하고 여유가 있다고 말했다. 바로 이거다. 소인은 뭔가 이익을 얻으려는 사람이기에 늘 근심 걱정에 싸여 있지만, 군자는 모든 것을 내려놓은 사람이라서 넓은 들판처럼 탁 트여 있다는 뜻이다.

조선 초기에 정승을 지낸 맹사성은 청백리로 유명하다. 맹사성의 호는 고불古佛인데 '오래된 부처'라는 뜻이다. 맹사성은 그래서 맹고불로 많이 알려져 있다. 고려 말의 명장 최영 장군의 손자사위이기도 하다. 고려 권문세가의 자손임에도 워낙 자질과 품성이 뛰어나 조선 세종 때는 정승 자리까지 올랐다. 맹사성에게는 아주 유명한 일화가 있다. 바로 소를 타고 다닌 이야기다. 그는 한 나라의 재상으로 있으면서도, 고향에 갈 때면 자칫 백성들에게 폐가 될까 봐 몰래 혼자 다녀오곤 했다.

한번은 역시 혼자 고향에 내려가게 되었는데, 지방의 한 현감이 이를 미리 알고는 그가 지나가는 길을 말끔히 쓸어 놓았다. 그리고는 아무도 이 길에 얼씬도 못하게 하였다. 하루해가 다 질 때까지 맹사성이 오지 않자, 기다리던 현감 일행은 마음이 조마조마했다. 시간이 흘러 저녁 어스름이 깔릴 무렵, 저기서 황소를 타고 어슬렁어슬렁 오는 사람이 보였다. 현감 일행은 그 사람이 정승 맹사성인지도 모르고, 감히 여기가 어딘지 알고 지나가냐면서 호통을 쳤다. 그리고는 소에서 끌어 내리려 했다. 이때 맹사성은 아무것도 아닌 것처럼 태연하게, "이보시오. 거 맹고불이 지나가기로서니 왜 그리 야단들이오?"라고 하면서 빙그레 웃었다. 현감은 그제야 소에 탄 사람이 맹 정승인 줄 알고 감탄해 마지않았다고 한다. 정승이면 얼마나 높은 분인가. 그런데 맹사성은 높은 지위를 드러내지도 않고 이용하지도 않았다. 얼마든지 주위를 떠들썩하게 하면서 그 위세를 떨칠 수도 있었으나, 오히려 겸손한 자세를 견지했다. 한마디로, 크고 넉넉하되 교만하지 않았다. 태연함을 넘어 편안하고 자유롭다. 바로 군자다. 군자다운 품성을 지녔기에 가능한 일이었다.

중국 당나라 때 조과 선사는 백낙천과 함께 유명한 사람이다. '조과鳥窠'라는 말은 새의 둥지라는 뜻인데, 날마다 소나무 꼭대기에 올라가 참선을 했기 때문에 붙여진 이름이다. 조과 선사가 이러한 기이한 행동을 한다는 소문은 이미 고을에 널리 퍼져 있었다. 마침 이 고을에 당대의 시인으로 유명한 백낙천이 태수로 부임했다. 백낙천은 대문장가요, 정치가로 이름이 나 있었다. 부임하자마자 조과 선사를 찾았다. 내심 자신이 태수로 온 것을 뽐내고 자랑하고 싶었다. 그때나 지금이나 임지에 가면 그 고을의 어른을 먼저 찾아뵙는 것이 관례였나 보다.

그날도 어김없이 조과 선사는 소나무에 올라가 참선을 하고 있었다. 백낙천이 이를 보고는, "스님, 거기는 위험합니다. 어서 내려오십시오." 라고 외쳤다. 그러자 조과 선사는, "이보시오, 나는 태수가 더 위험해 보이오. 나는 나무에서 떨어져봤자 땅인데, 태수는 벼슬에서 떨어지면 어디로 간단 말이오?"라고 되받았다. 참으로 대답이 걸작이다. 조과 선사는 백낙천의 마음을 꿰뚫고 있었다. 그는 인사하러 온 것이 아니라, 거들먹거리고 자랑하러 왔다는 것을 간파하고 있었다. 그래서 일침을 놓은 것이다. 백낙천은 조과선사의 말에 할 말을 잃었다.

백낙천은 이런 면에서 소인이다. 통치자라면 군자다운 품성을 지니고 있어야 하는데, 소인 행동을 하고 있다. 한마디로 교이불태驕而不泰, 교만하되 태연하지 못하다! 아마도 백낙천은 조과 선사의 이런 말을 듣고 마음이 부글부글 끓었을지도 모른다. 높임을 받고 싶었는데, 돌아온 것이 따끔한 충고이니 얼마나 자존심이 상했겠는가. 백낙천은 처음에는 정치에 뜻을 두었다가, 만년에는 시와 술을 벗하여 세상을 유유했다. 조과 선사는 백낙천의 이런 훗날 모습을 경계하여 따끔하게 혼을 내주었는지 모른다. 먼저 군자가 되라고. 태연하되 교만하지 말라고!

　불교 최초의 경전, 『숫타니파타』에는, "무엇인가를 내 것이라고 집착해 동요하고 있는 사람들을 보아라. 그들의 모습은 메말라 물이 적은 개울에서 허덕이는 물고기와 같다. 이 꼴을 보고 '내 것'이라는 생각을 하지 말아야 한다."라는 붓다의 말씀이 나온다. 조과 선사는 바로 이런 가르침을 백낙천에게 주고 싶지 않았을까. 벼슬은 뜬구름과 같은 것이다. 잠시 머물러 있는 자리일 뿐이다. 맹사성과 백낙천은 달라도 너무도 다르다. 한마디로 군자와 소인의 차이다.

45. 덕을 소중히 여긴다

南宮适이 問於孔子曰 羿는 善射하고
남궁괄   문어공자왈   예   선사

奡는 盪舟하되 俱不得其死어늘
오   탕주   구부득기사

然이나 禹稷은 躬稼而有天下하시니이다
연   우직   궁가이유천하

夫子不答이러시니 南宮适이 出커늘
부자부답   남궁괄   출

子曰 君子哉라 若人이여 尙德哉라 若人이여
자왈 군자 재   약인   상덕재   약인

─헌문14-6(1,57)

이제 논어 헌문편으로 넘어간다. 헌문편은 1장에 처음 나오는 헌문憲
問을 따온 것인데, 여기서 헌은 원헌(원사原思)를 말한다. 원헌原憲은 공자
보다 36세 아래로 공자가 노나라에서 대사구로 있을 때 그 밑에서 집사
노릇을 한 사람이다. 헌문이란, 원헌이 공자에게 부끄러움에 대해 물은
것을 말한다. 헌문편은 무려 47장으로 되어 있어 논어 전편에서 가장
길다. 그러니, 편의 내용을 한마디로 규정하기가 어렵다. 대체로 인물
평이 많고, 25장에 내가 늘 유념하는 "옛날에 배우는 사람은 자기를
위한 공부를 했는데, 요즘 배우는 사람은 남에게 보여주기 위한 공부를
한다(古之學者는 爲己러니 今之學者는 爲人이로다)."라는 공자의 말이 나
온다. 장이 많다 보니 군자라는 말도 꽤 등장한다. 헌문편 6장은 헌문편
에서 군자가 처음으로 나오는 문장이다. 이를 풀이하면 다음과 같다.

남궁괄이 공자에게 물었다. "예는 활쏘기를 잘하였고 오는 육지에서 배를 끌 만큼 힘이 세었지만 모두 제명에 죽지 못했습니다. 그러나 우와 직은 몸소 농사를 지었으나 나중에는 천하를 소유했습니다." 공자께서 대답하지 않다가 남궁괄이 나가자, 말씀하셨다. "참으로 군자구나, 이 사람은. 진실로 덕을 숭상하는구나, 이 사람은."

　짧은 문장에 인물이 많이 나온다. 우선 남궁괄은 남용南容이라고도 하는데 노나라 대부로 공자의 제자이다. 남용은 공자가 자기 형의 딸을 시집보낸 사람으로 보고 있다. 예羿는 중국 전설에 나오는 영웅으로 활을 잘 쏘는 명수로 알려져 있다. 중국 신화에 의하면 예는 열 개의 태양이 곡식을 말려 죽이므로 그중 아홉 개를 쏘아 떨어뜨렸다고 한다. 그는 하나라 말기 유궁국의 임금까지 지냈는데, 재상인 한착에게 죽임을 당하고 아내까지 빼앗겼다. 한편, 오奡는 하안이 펴낸 『논어집해』에 의하면, 한착과 예의 아내 사이에서 태어난 아들로서 육지에서 배를 끌 수 있을 만큼 힘이 세었다고 한다. 그런데 뒤에 하나라의 왕족인 소강에게 역시 죽임을 당했다. 예와 오는 결국 제명에 살지 못하고 죽고야 말았다.

　남궁괄의 질문은 간단하다. 예와 오는 그렇게나 대단한 인물이었는데 제명에 살지 못하고, 농사나 지어온 우와 직은 어찌하여 천하를 소유하게 되었느냐 하는 것이다. 여기서 우는 우임금을 말하고, 직은 후직后稷을 말한다. 우임금은 공자가 늘 존경하던 하왕조의 창업자이고, 후직은 농경의 신으로 그 후손이 주나라를 세웠다. 우와 직은 그저 물과 땅을 다스리며 씨앗을 뿌리고 농사짓는 일에 최선을 다했을 뿐이다. 그런데 둘은 나중에 천하를 차지하게 되었다. 우임금은 폭력도 쓰지 않고 순임금이 자리를 내주어 임금에 오른 것으로 유명하다. 태백편 18장에, "공자께서 말씀하셨다. '높고도 높구나. 순임금과 우임금은 천하를 소유하고서도 그것을 누리지 않았구나.'(子曰 巍巍乎 舜禹之有 天下也而不與焉이여)"라는 말이 이를 뒷받침하고 있다.

이를 어찌 보아야 하는가. 도대체 예·오와 우·직은 무엇이 서로 다른가. 남궁괄은 이를 물었는데 공자는 대답하지 않았다. 주희는 『논어집주』에서 예와 오는 당시의 권력자를, 우와 직은 공자를 비유한 것이라고 한다. 공자가 그렇게도 존경하는 성인인 우임금과 후직을 자신에게 비유하니 좀 멋쩍었을 것이다. 그래서 남궁괄이 그 자리에서 나간 뒤에, 본심을 말했다. '남궁괄이여, 그대는 참 멋지구나. 군자로구나. 바로 자네는 덕을 숭상하는 사람이네. 어찌 자네 말을 인정하지 않을 수 있겠는가' 하고 속을 털어놓았다.

이렇게도 공자가 인간적이란 말인가. 제자를 그 자리에서 칭찬하지 않고 굳이 나간 뒤에야 속마음을 말하는가! 나는 논어를 읽으면서 공자의 이런 장면에서 감동한다. '성인도 이렇구나. 한 인간이구나.' 하고 말이다. 군자는 덕을 숭상하는 사람이다. 예와 오는 자신의 힘만 믿고 폭력으로 권력을 탈취하니 또한 폭력으로 망했다. 그러나 우임금과 후직은 비록 농사를 지었으나 백성을 위하는 마음이 하늘에 닿아 천하를 얻었다. 바로 이거다. 이것이 덕을 숭상하는 태도다. 우임금과 후직은 군자였다. 공자 또한 덕을 숭상하는 군자였다. 남궁괄은 이걸 말하고 싶었던 거다. 남궁괄이 그렇게 말하니, 공자는 남궁괄 역시 덕을 숭상하는 자이고 군자라고 인정했다.

덕이란 무엇일까. 논어에서 덕은 수도 없이 많이 나온다. 군자와 소인을 가르는 기준이기도 하고, 세상이나 인물을 평할 때도 등장한다. 군자의 덕은 바람이고, 소인의 덕은 풀이라고 한 공자의 말은 늘 뇌리에 맴돈다. 덕이 있는 사람은 외롭지 않다. 반드시 이웃이 있다는 말은 명언이 되어 박혀 있다. 한마디로, 덕은 군자가 가져야 할 인격이다. 사람으로서 응당히 갖추어야 할 품격이다. 무엇을 하든지 그 자리에서 열과 성을 다하는 자세, 그런 마음을 난 덕이라고 정의하고 싶다. 과연 나는 덕을 갖추었는가. 또한, 그런 덕을 숭상하고 있는가. 이 물음에 대하여 나는 늘 그렇게 되도록 노력할 뿐이다. 군자가 되는 길은 진행형 이니까.

46. 군자이면서 인하지 못한 사람도 있다

子曰 君子而不仁者는 有矣夫어니와
자왈 군자 이불인자 유의부
未有小人而仁者也니라
미유소인이인자야

—헌문14-7(1,58)

헌문편 6장에 이어서 바로 군자가 나온다. 문장이 짧으면서, 역시
군자와 소인을 대비하고 있다. 헌문편 7장을 풀이하면 다음과 같다.

공자께서 말씀하셨다. "군자이면서 인하지 못한 사람은 있어도, 소인이
면서 인한 사람은 아직 없다."

원문에 '有矣夫'라는 표현이 있는데, 여기서 '矣夫'는 강조의 의미다.
유의부
강한 단정의 표현이다. 군자이면서 인하지 못한 사람이 있을 수 있음을
강하게 말한 것이다. 군자이긴 한데 인하지 못할 수 있다! 그럴 수
있다. 공자는 그렇게 본 것이다. 어찌 보면 고개가 갸우뚱해질 수 있다.
군자라면 당연히 인한 사람이 아닌가? 인이란 규정하기 어렵다. 논어에
서 인은 군자 다음으로 많이 나오는 말이지만, 한마디로 '어질다'로 표현
하기에 한계가 있다. 그래서 난 가능하면 그냥 '인하다'라고 말하고
있다.

논어에서 군자는 수없이 등장했다. 원문 아래 출처에서 밝혔듯이,

지금까지 58번이 나왔다. 공자는 군자를 이렇게 저렇게 언급했다. 지금 당장 뇌리에 스치는 것이 있다. 술이편 25장에서 공자는, "성인을 내가 만나볼 수 없다면 군자라도 만나보면 좋겠다(聖人을 吾不得而見之矣어든 得見君子者면 斯可矣나라)."라고 고백했다. 가슴이 저미어온다. 여기서 군자는 성인 다음으로 만나고 싶은 존재이다. 또, 술이편 32장에서 공자는, "글이야 내가 남들과 같지 않겠는가. 그러나 군자의 도를 몸소 실천하는 것이라면, 내가 아직 제대로 못 하고 있다(文莫吾猶人也아 躬行君子는 則吾未之有得호라)."라고 말했다. 너무도 솔직하다. 아직 자신은 군자가 아니라는 이야기다.

과연, 군자란 무엇인가. 앞에서도 누누이 말했지만, 기본적으로 학식과 덕망이 뛰어난 사람을 일컫는다. 그런데 이런 사람이 대개는 벼슬을 하고 높은 지위를 갖게 되면서 백성을 다스리는 사람도 군자라고 하였다. 그래서, 논어에 등장하는 군자는 도덕적인 인격을 갖춘 선비일 수도 있고, 나라를 다스리는 통치자일 수도 있다. 때로는 제자가 스승인 공자를 가리켜서 말하기도 하고, 반대로 공자가 제자를 가리켜 지칭하기도 했다. 유교에서 최상의 목표는 성인이 되는 것이다. 공자가 말하는 성인이란, 중국 고대의 요임금이나 순임금, 주공 등을 말한다. 공자는 꿈속에서 주공을 만나기도 했다(술이편 5장). 성인이 되기는 쉽지 않다. 성인이라는 가장 높은 곳에 오르기 위해서는 사다리가 필요하다. 그 사다리가 군자다. 그래서 공자는 군자를 소리 높여 외쳤다. 먼저 군자가 되라고! 공자는 늘 겸손하다. 자신은 아직 군자가 되려면 멀었다고.

공자가 죽은 지 100년 정도 후에 태어난 맹자는 군자삼락을 말하고 있다. 맹자는 진심 상편 20장에서, "군자에게는 세 가지 즐거움이 있는데, 천하의 왕이 되는 것은 거기에 들어 있지 않다. 부모가 모두 생존해 계시고 형제가 무고한 것이 첫 번째 즐거움이고, 위로 하늘에 부끄럽지 않고 아래로 사람에게 부끄럽지 않은 것이 두 번째 즐거움이며, 천하의 영재를 얻어 교육하는 것이 세 번째 즐거움이다. 군자에게는 세 가지 즐거움이 있는데, 천하의 왕이 되는 것은 거기에 들어 있지 않다(孟子曰 君子有三樂而王天下 不與存焉이니라 父母俱存하며 兄弟無故 一樂也요 仰不愧於天하며 俯不怍於人이 二樂也요 得天下英才而教育之 三樂也니 君子有三樂而王天下 不與存焉이니라)."라고 말했다. 내가 맹자에서 가장 좋아하는 문구다. 교직에 있다 보니, 군자삼락 중에 세 번째를 가장 좋아한다. 맹자에 의하면, 군자란 이런 사람이다.

사실 공자의 가르침은 그의 손자 자사와 맹자가 아니었으면 지금까지 전해질 수 없었다. 소크라테스가 플라톤에 의하여 유명해졌듯이, 공자 또한 맹자에 의하여 그 진가가 드러나 세상에 알려졌다. 맹자가 논어에서 말하는 덕을 '인의예지'라는 사덕四德으로 구체화한 것은 너무도 유명하다. 곧, 네 가지 덕을 갖춘 사람이 군자다. 그중 제일 덕목이 인인데, 군자이면서 인하지 못한 사람도 있을 수 있다. 인은 그만큼 달성하기 어려운 덕목이다. 인격적으로 훌륭한 사람도 얼마든지 실수를 저지를 수 있다. 대개 이런 경우 어쩌다 그런 실수를 했지? 하고 넘어갈 수 있다. 높은 지위에 있는 사람도 마찬가지다. 만일 군자라면 나쁜 짓은 하지 않을 것이다. 그러나 그 사람이 소인이라면 한 번 일을 저지르더라도 크게 저지를 것이다. 인하지 못하기 때문이다. 아, 나를 돌아본다. 나는 군자인가, 소인인가?

47. 위로 통달한다

子曰 君子는 上達하고
자왈 군자 상달
小人은 下達이니라
소인 하달

—헌문14-24(1,59)

헌문편에서 한참을 뛰어넘어 24장에서야 군자가 등장한다. 문장이 짧다. 역시 군자와 소인을 대비하고 있는데 그 뜻이 심오하다. 헌문편 24장을 풀이하면 다음과 같다.

공자께서 말씀하셨다. "군자는 위로 통달하고, 소인은 아래로 통달한다."

도대체 이 말이 무슨 뜻일까. 내로라하는 학자의 현대 해석을 뒤지고, 원문까지 요리조리 살펴보아도 바로 이거라고 단언하기 어렵다. 도올 김용옥 선생은 『논어한글역주3』에서 이는 너무 이원적으로 격리되어 있어 공자의 말일 수 없다고 일갈한다. 이보다는 '하학이상달下學而上達'이라는 말이 공자의 세계를 여실히 드러낸다고 주장한다. 그럼, 이 하학이상달은 어디에 나오는 말일까.

헌문편 37장을 보면, 공자가 자신을 알아주는 이가 없다고 탄식하자, 자공이 어찌하여 선생님을 알아주는 이가 없다고 하시냐고 되묻는다. 그러자 공자는 "하늘을 원망하지 않고 사람을 탓하지 않으면서, 아래로

부터 배워 위로 통달하니, 나를 알아주는 이는 하늘일 것이다(不怨天하_{불원천}
며 不尤人이요 下學而上達하노니 知我者는 其天乎인저).”라고 대답한다.
바로 여기에 나오는 ‘하학이상달’이다.

　도올 선생은 이를 ‘비천한 데서 배워, 지고의 경지까지 이르렀다.’라
고 해석하고 있다. 나는 이 주장이 일리가 있다고 본다. 군자와 소인은
원래 타고날 때부터 생기는 신분상의 차이가 아니라, 품행을 어떻게
하느냐의 차이이기 때문이다. 군자 노릇을 하면 군자 대우를 받고, 소인
노릇을 하면 소인 취급을 당한다. 공자는 정말 비천한 것부터 배워
대사구(오늘의 법무장관)라는 높은 벼슬에 올랐다. 또한, 14년간 천하를
돌아다니며 많은 사람에게 가르침을 폈다. 말 그대로 아래로부터 배워
위로 통달했다고 보아야 한다. 이로 보면, 헌문편 24장은 너무도 이원적
이다. 어찌 군자와 소인을 이렇게 단순하게 상달과 하달로 구분한다는
말인가.

　어쨌든, 이 말은 논어에서 공자가 직접 한 말로 당당히 등장하고
있다. 결코 가볍게 볼 일은 아니다. 군자는 위로 통달한다는 뜻은 무엇
일까. 군자는 인의에 밝고, 소인은 이익에 밝다고 했다. 따라서 군자는
하늘의 이치를 따르므로 더욱 지고한 경지에 오를 것이나, 소인은 사람
의 욕심에 따르므로 오염되고 비천함에 떨어질 것이다. 주희의 『논어집
주』에서 이런 식으로 해석했다. 하안의 『논어집해』에서는 본말本末을
언급하면서 상달이란 본질적이고, 하달은 하위적이라고 보았다. 이 해
석도 일리가 있다. 내가 중요하게 보는 건 ‘군자상달君子上達’이다. 군자는
위로 통달하도록 노력해야 한다! 바로 이거다. 상달이란 어떻게 해석하
든 지고한 경지다. 공자가 늘 말하는 천명일 수도 있고, 인과 예악이
넘치는 세계일 수도 있다. 붓다가 말하는 상구보리上求菩提, 하화중생下化
衆生에 비견할 수도 있다. 보살은 위로는 진리를 구하고, 아래로는 중생

을 교화하는 이상적 인간형이다. 군자도 이런 사람일 것이다.

스스로에 물어본다. 위로 향하고 있는가, 아니면 아래로 향하고 있는가. 위로 향하면 군자가 될 것이요, 아래로 향하면 소인에 머물 것이니 부디 위로 통달할 일이다.

48. 생각이 자기 지위를 벗어나지 않는다

曾子曰 君子는 思不出其位니라
증자왈   군자   사불출기위

―헌문14-28(1,60)

헌문편 24장에서 네 장을 뛰어넘어 군자가 또 나온다. 문장은 짧지만 메시지는 매우 강하다. 헌문편 28장을 풀이하면 다음과 같다.

증자가 말하였다. "군자는 생각이 자기 지위를 벗어나지 않는다."

공자의 말이 아니라, 그의 제자 증자의 말이다. 앞에서도 말했지만, 증자는 성이 '증曾', 이름이 '삼參'으로 공자의 제자 중에 성 뒤에 선생이라는 뜻의 자子가 붙은 몇 안 되는 사람이다. 이 문장은 바로 앞의 헌문편 27장, "공자께서 말씀하셨다. '그 지위에 있지 않으면 그 정사를 꾀하지 않는다.'(子曰 不在其位하여는 不謀其政이니라)"와 연결되어 있다. 스승인 공자가 말한 것을 증자가 다시 받아서 자신의 메시지로 강조한 것으로 보인다.

이 때문인지, 논어에 관한 고주古註와 신주新註가 장의 구분을 달리했다. 고주는 중국의 한·당나라 때의 학자들이 경서에 붙인 주석을 말하고, 신주는 송나라 때의 학자들이 새롭게 붙인 주석을 말한다. 고주에 속하는 하안의 『논어집해』에서는 헌문편 27장과 28장을 묶어 하나의 장으로 처리했지만, 신주인 주희의 『논어집주』에서는 이를 두 개의 장으로 나누었다. 주희는 공자의 말과 증자의 말을 각각 독립의 장으로 구분한 것이다. 주희가 이렇게 하는 바람에, 고주를 따르는 학자와 신주를 따르는 학자가 장의 구분과 전체 장의 수를 달리하고 있다. 한국고전번역원과 도올 김용옥 선생은 27장과 28장을 구분하였다. 나도 그렇게 하기로 했다. 고전이라는 것이 참으로 오랜 세월 학자들의 손을 거쳐 지금에 이르렀을진대, 무슨 표준처럼 딱 하나로 들어맞을 수는 없는 일이다. 불교 경전 『금강경』도 마찬가지다. 얼마나 많은 사람이 주석을 붙였는지 모른다. 예를 들어, 『금강경오가해』라는 주석서가 있다. 이는 『금강경』에 대하여 다섯 명의 학자가 주를 달고 해설을 했다는 뜻이다.

논어 헌문편 27장과 28장을 보면 의아한 점이 있다. 공자의 말을 적은 헌문편 27장은 태백편 14장에 이미 나왔다. 문장이 글자 하나 다르지 않고 똑같다. 왜 그랬을까. 논어 편집자들은 중복임을 뻔히 알면서 왜 이 문장을 헌문편에 또 넣었을까? 실수였을까, 아니면 의도가 있었던 걸까? 나는 후자인 것 같다. 증자의 말을 이어서 넣기 위해 그랬을 것 같다. 특별히 군자를 언급하기 위해서. 논어 편집자들은 증자가 말한 군자를 놓치기 싫었을 것이다. 일설에 의하면, 논어 편집자들이 대개 증자의 제자였을 것이라고 주장하는데, 이는 설득력이 있다. 증삼이 증자로 대접받고, 그의 말이 비중 있게 많이 나오는 걸 보면 그렇다.

군자는 생각이 그 지위에서 벗어나지 않는다! 나는 이 문장을 보는 순간 아찔했다. 공직자로서 교육에 종사한 지가 30년을 훌쩍 넘겼는데, 그동안 나는 오롯이 학생 교육에만 전념했는가? 나는 교사로, 장학사로, 교감으로, 교장으로 일을 하면서 그 지위를 벗어난 적이 없었는가? 교직자도 복잡다단한 인생을 사는 사람인데, 어찌 벗어난 생각을 하지 않았겠는가. 그런데 이거 하나만은 자신한다. 이제껏 교직을 그만두겠다는 생각을 한 적은 없다. 그저 천직으로 알고 해가 뜨면 학교에 가고, 일이 끝나면 집에 왔다. 교육 전문직인 장학사 일을 할 때는 해가 지는 줄도 모르고 일에 전념했다. 어느 학교의 공모 교장직을 수행할 때도 마찬가지였다. 그렇다고 해도 어찌 군자의 경지를 말할 수 있겠는가. 생각이 그 지위를 벗어나지 않아야 비로소 군자라고 할 수 있으니.

그 지위에 있지 않으면 그 정사를 꾀하지 않는다! 공자의 이 일침은 지금도 유효하다. 스승의 말을 받아서, 군자는 생각이 그 지위를 벗어나지 않는다고 말한 증자의 말은 더 와닿는다. 그렇다. 어떤 직위도 직분도 없는데, 정사에 대해 이러쿵저러쿵한다면 그건 실효도 없거니와 혼란만 부추긴다. 시험을 치러서 공직에 입문하든지, 선거를 통하여 시장 군수가 되든지 하여 그 지위에서 떳떳하게 소신을 펴는 것이 옳다. 일단 지위를 얻었으면 거기에 최선을 다해야 한다. 다른 생각을 하면 안 된다. 다른 생각을 하려면 즉시 그만두어야 한다. 공직을 수행하면서 증권 투자나 부동산 투기나 일삼는다면 그건 한참 잘못된 일이다.

아마도 공자가 살던 춘추시대에도 생각이 그 지위를 벗어난 사람이 많았는가 보다. 그때나 지금이나 다를 게 뭐 있겠는가. 물질문명이 그때보다 더 발전했을 뿐, 사람 사는 모양은 똑같지 않은가. 그래도 옛 군자를 그리워하며 오늘의 군자를 스스로 찾지 않을 수 없다. 헌문편 28장에서 증자가 스승 공자의 말을 강조하여 다시 외친 이 말은, 지위를 가지고 있는 모든 사람에게 경책이 아닐 수 없다. 따끔한 가르침이 되어야 마땅하다. 나 또한 그렇다.

49. 말이 행동을 넘어서는 걸 부끄럽게 여긴다

子曰 君子는 恥其言而過其行이니라
자왈   군자   치기언이과기행

—헌문14-29(1,61)

헌문편 28장에 이어 바로 군자가 나온다. 문장은 앞의 장처럼 짧다. 그러나 이 말은 공자가 직접 한 말이다. 헌문편 29장을 풀이하면 다음과 같다.

> 공자께서 말씀하셨다. "군자는 자기 말이 그의 행동을 넘어서는 것을 부끄럽게 여긴다."

이 말은 이미 앞에서 언급한 바가 있다. 이인편 22장에서 공자는 "옛날에 사람들이 말을 함부로 하지 않은 것은, 실천이 따르지 못하는 것을 부끄럽게 여겼기 때문이다(古者에 言之不出은 恥躬之不逮也니라)." 라고 말했다. 또, 위정편 13장에서 자공이 군자에 대해 묻자, 공자는 "군자는 말에 앞서 먼저 행하고 나중에 말을 한다(先行其言이요 而後從之 니라)."라고 대답했다.

결국 사람의 언행, 즉 말과 행동의 문제를 여기 헌문편 28장에서 또 다루고 있다. 말과 행동을 어떻게 하느냐에 따라 사람을 다르게 평가할 수 있다. 공자는 일단 말을 조심하라고 한다. 행동으로 옮기지 못할 거라면 함부로 내뱉지 말라고 한다. 주희는 『논어집주』에서 '恥'를 부끄럽다가 아니라, 감히 다하지 못하는 것으로 새겼다. 물론 그렇게 해도 해석이 크게 달라지지는 않는다. 말을 하기에 앞서 잠시 생각해보니, 말해봤자 실행에 옮길 수 없을 것 같으면 아예 입 꾹 다물고 있는 게 좋다는 뜻이다. 혹여 말을 해 놓고 실천하지 못하는 것보다는, 감히 말을 다 하지 않고 아끼는 것이 군자답다는 이야기다.

군자는 말과 행동이 일치하는 사람이다. 말을 했으면 반드시 그것을 실천으로 보여주어야 한다. 위정편 13장에서 언급했듯이, 공자는 심지어 말보다 실천을 먼저 하라고까지 한다. 말은 실천을 하고 나서 나중에 해도 늦지 않다는 것이다. 맞다. 옛날 사람들이 말을 함부로 하지 않은 것은 말을 할 줄 몰라서가 아니라, 실천이 따르지 못할까 두려웠기 때문이다. 한마디로, 말에 대한 막중한 책임감을 의미한다. 말은 생각의 표현이기도 하고, 약속일 수도 있다. 가령, 자신의 마음을 이렇게 저렇게 말했다고 하자. 이 정도는 봐줄 수 있다. 그저 지금의 마음을 표현한 거니까. 그러나 남에게 하는 약속의 말은 봐줄 수가 없다. 이렇게 하겠다, 저렇게 해주겠다고 말해놓고, 행동으로 옮기지 않는다면 그건 말장난에 지나지 않는다. 만일 그런 헛말이 반복되면, 그 사람의 말을 믿지 않고 거짓말쟁이로 치부해 버린다.

군자는 자기 말이 그의 행동을 넘어서는 것을 부끄럽게 여긴다! 헌문편 29장의 이 말씀을 깊이 새기지 않을 수 없다. 여기서 군자는 아마도 통치자를 지칭할 것이다. 백성을 다스리는 자가 말을 함부로 해서는 큰일 난다. 왜냐하면 말이 곧 법이요, 형벌이 되기 때문이다. 새삼 내 교직 경험을 들추어 본다. 교사로서 처음 담임을 맡았을 때의 일이다. 담임교사의 말 한마디는 학생들에게 곧 지침이요 법이다. 1990년대 초만 해도 그랬다. 교무수첩에 해야 할 말을 하나하나 적어 말을 한다고 했지만 실수투성이였다. 다음 조회 시간에 이미 했던 말을 번복하고 변명하고…. 그러면 학생들은 실망스럽다는 듯이 야유 섞인 반응을 보이기도 했다. 새내기 담임교사의 그런 말실수는 어쩌면 애교일 수도 있으나, 돌이킬 수도 없는 결과를 초래할 수도 있었다. 지금 와서야 성찰하고 반성한다.

말이란 참으로 어렵다. 그런데 말을 넘치게 하고 함부로 하는 경우가 종종 있다. 터진 입이니 얼마든지 떠들어댈 수는 있으나, 행동을 넘어서는 곤란하다. 자기는 하지도 못하면서 남이 해주기를 바라며 말만 해대는 사람은 야비한 사람이다. 심지어 자기는 손톱만큼도 도와주지 않으면서 남이 한 일을 말로 깎아내리는 사람은 더 나쁜 사람이다. 그럴 때는 차라리 입 꾹 다물고 침묵하는 것이 군자의 모습이라고 공자는 말한다.

말은 쉽지만 실천하기란 어려운 일이다. 가끔 과묵한 사람을 본다. 늘 말이 없다. 말을 하지 않으니 속을 모르고 접근하기도 어렵다. 이런 사람을 어떻게 보아야 하는가. 정령 이런 사람도 말이 행동을 넘어서는 것을 부끄럽게 여긴다고 보아야 하는가. 아니면, 말을 원래 못해서 그렇다고 보아야 하는가. 반대로 말도 참 잘하고, 말한 것은 반드시 실천에 옮기는 사람도 있다. 이런 사람은 괜히 다가가고 싶고 그냥 좋다. 공자가 말하는 군자는 바로 이런 사람이 아닐까? 그렇다면 나도 이런 사람이 되고 싶다.

50. 근심하지도, 미혹되지도, 두려워하지도 않는다

子曰 君子道者三에 我無能焉호니
仁者는 不憂하고 知者는 不惑하고
勇者는 不懼니라 子貢이 曰 夫子自道也샷다

—헌문14-30(1,62)

헌문편에서 군자라는 말이 연이어 나온다. 논어의 숲에서 군자를
찾아 공부하는 나로서는 기쁘지 않을 수 없다. 헌문편 30장은 논어
전체에서 군자가 62번째 나오는 문장이다. 말씀이 의미심장하다. 헌문
편 30장을 풀이하면 다음과 같다.

　공자께서 말씀하셨다. "군자의 도가 셋인데, 나는 능한 것이 없다. 인한
　사람은 근심하지 않고, 지혜로운 사람은 미혹되지 않고, 용기 있는 사람은
　두려워하지 않는다." 자공이 말하였다. "이는 선생님께서 스스로 낮추어
　말씀하신 것이다."

이는 어디서 들어본 것 같다. 앞의 자한편 28장에서 공자는, "지혜로
운 자는 미혹되지 않고, 인한 자는 근심하지 않고, 용기 있는 자는 두려
워하지 않는다(知者는 不惑하고 仁者는 不憂하고 勇者는 不懼니라)."라고
말했다. 헌문편 30장과 내용이 똑같다. 다만, 자한편 28장에서는 군자

가 나오지 않고, '인—지—용'이 '지—인—용'으로 순서가 바뀌어 나온다. 논어를 읽다 보면 반복되어 나오는 문장이 가끔 있다. 주희는 이를 '중출重出'이라고 표현했다. 글자 하나 다르지 않고 똑같은 문장이 있는가 하면, 좀 뭔가를 더한 문장도 있다. 헌문편 30장은 후자에 속한다. 전체가 똑같지는 않고 뭔가 말이 더해졌다. 바로 군자라는 말과 자공이 한 말이다. 아마도 논어 편집자들이 군자를 강조하려고 일부러 넣은 장이 아닐까 생각해본다.

문장 끝에 나오는 자공의 말도 간과해서는 안 될 것 같다. 그냥 공자의 말로 끝나도 될 것을, 자공이 한마디 더 붙였다. 바로 '夫子自道也부자자도야'라는 말이다. 여기서 '自道'를 어떻게 풀 것인가가 문제다. 한국고전번역원과 도올 김용옥 선생은 겸양의 뜻으로 풀이했다. 류종목·김원중 교수는 공자가 스스로 말한 것이라고 해석했다. 주희는 어땠을까. 겸사謙辭, 즉 겸양의 말씀이라고 새겼다. 나 역시 주희의 해석대로 겸양의 말씀으로 받아들이기로 한다. 아무리면 그렇지, 공자가 '나는 인, 지, 용에 아무런 능력이 없다.'라고 한 말을 곧이곧대로 믿을 수 있는가. 물론, 이 헌문편 30장은 공자가 군자의 도에 대하여 높은 기대 수준을 밝힌 것이라고 보아야 한다. 자신은 아직 거기에 도달하지 못했다고 겸손하게 말한 것이다

인자仁者는 근심이 없다! 왜, 인한 사람은 근심이 없을까. 인은 어질다는 뜻이다. 근데 단순히 어질다고 하면 너무 추상적이다. 사전을 보면, '마음이 너그럽고 착하며 슬기롭고 덕이 높다.'라고 풀이해 놓았다. 좋은 말은 다 들어 있다. 명쾌하지 않다. 그래서 나는 줄곧 그냥 '인하다'라고 적고 있다. 이것이 포괄적이고 화두를 던지는 듯해서이다. 인한 사람은 근심이 없다는 말에서 안빈낙도安貧樂道를 떠올린다. 가난을 편안하게 여기고 도를 즐긴다는 뜻이다. 마치 공자가 제일 아낀 제자인 안회를

칭찬하면서 한 말처럼! 가난에 구애받지 않고 편안하게 도를 즐긴다. 그러면 근심이 없어진다. 맑은 가난, 즉 청빈을 즐기는 사람에게 무슨 근심이 있겠는가. 다 내려놓고 구하는 바가 없으니, 세상살이에 걱정이 끼어들 게 없다. 이렇게도 생각하면 어떨까. 군자는 양심에 거리낌 없이 행동하는 사람이다. 늘 법과 원칙에 따라 일을 처리하기에 사욕이 끼어들지 않는다. 그래서 어떤 지위에 있든지 근심하지 않는다. 이것이 인자불우, 즉 군자의 첫 번째 도이다.

지자知者는 미혹되지 않는다! 아, 이건 또 무슨 뜻일까. 여기서 지知는 안다가 아니라 지혜롭다는 뜻이다. 미혹迷惑이란 무엇에 홀려 정신을 차리지 못하거나, 정신이 헷갈리어 갈팡질팡 헤매는 것을 말한다. 한마디로 흔들린다는 뜻이다. 지혜로운 사람은 어떤 경계에도 흔들지 않는다! 난 이렇게 풀이한다. 공자는 마흔의 나이를 불혹不惑이라고 표현했다(위정편 4장). 어떤 유혹에도 흔들리지 않고, 꼬임에도 넘어가지 않는다. 자신만의 확고한 가치관이 서 있기 때문이다. 어느 날 페이스북 친구가 나의 글에 의미심장한 댓글을 달았다. 바로 특립독행特立獨行! 알고 보니, 『예기』〈유행편〉에 그 근거가 있었다. 이는 선비의 행동을 적어놓은 글인데, 선비는 자신의 주관과 소신이 뚜렷하여 남의 도움 없이도 떳떳하게 세상에 나아가는 사람이라고 밝히고 있다. 지혜로운 자는 바로 이런 사람이다. 군자의 두 번째 도는 바로 어떠한 경계에도 흔들리지 않는 지자의 길이다.

마지막으로, 용자勇者는 두려워하지 않는다! 용勇은 날쌔고, 과감하고, 결단력이 있다는 뜻이다. 여기서 과감果敢이란 말이 다가온다. 흔히 저 사람은 과감하다고 말하는데, 이는 열매가 나무에서 그냥 툭 떨어지는 걸 의미한다. 열매는 익으면 떨어진다. 아무런 미련도 없이. 이를 과감하다고 표현한 것이다. 한마디로 용기다. 용자란 용기 있는 사람을 말한다. 왜, 용기 있는 사람은 두려워하지 않을까. 그건 인하고 지혜롭기 때문이다. 내가 보기에 용기는 인함과 지혜가 바탕이다. 사심이 없고, 판단력이 있어야 용기를 낼 수 있다. 하다못해 여자 친구에서 사랑을 고백할 때도 용기가 필요하다. 용기가 있으면 고백하는 것이 두렵지 않다. 마음속에 있는 것을 그냥 꾸밈없이 말하면 된다. 그 결과를 예측하지도 않고 성패에도 연연하지 않는다.

공자는 죽음을 무릅쓰고라도 지켜야 할 세 가지를 말하고 있다. 첫째는 수사선도守死善道이다. 이는 태백편 13장에 나오는 말로, 훌륭한 도는 죽음을 무릅쓰고라도 지킨다는 뜻이다. 둘째는 살신성인殺身成仁이다. 이는 위령공편 8장에 나오는 말로, 자기를 희생하여 인을 이룬다는 뜻이다. 셋째는 견위수명見危授命이다. 이는 헌문편 13장에 나오는 말로, 위태로움을 보면 목숨을 던진다는 뜻이다. 죽음을 무릅쓸 때는 용기가 필요하다. 목숨을 아끼지 않으니 두려움이 없다. 용자불우勇者不懼, 이는 군자가 가야 할 세 번째 길이다.

군자의 길은 멀고도 험난하다. 인자의 길, 지자의 길, 용자의 길을 가야 하기 때문이다. 그러나 가야 할 길이라면 뚜벅뚜벅 가야 한다. 앞으로 남은 나의 삶도 그러하다.

51. 자신을 닦아 사람을 편안하게 한다

子路問君子한대 子曰 修己以敬이니라
　자로문　군자　　　자왈　　수기이경
曰 如斯而已乎잇가 曰 修己以安人이니라
　왈　여사이이호　　　왈　수기이안인
曰 如斯而已乎잇가 曰 修己以安百姓이니
　왈　여사이이호　　　왈　수기이안백성
修己以安百姓은 堯舜도 其猶病諸시니라
　수기이안백성　　요순　　기유병저

—헌문14-45(1,63)

헌문편 45장에 군자가 등장한다. 어디서 많이 본 듯한 문장이다. 그 유명한 '수기이안인修己以安人'이라는 말이 바로 여기에 나온다. 그냥 줄여서 '수기안인'이라고 많이 한다. 고등학교 윤리 교과서에도 이 말이 실려 있다. 나는 교사 때 윤리를 가르친 적이 있는데, 이 말이 너무 좋아서 학생들에게 매우 강조한 기억이 있다. 헌문편 45장을 풀이하면 다음과 같다.

　　자로가 군자에 대해 물었다. 공자께서 말씀하셨다. "자신을 닦아 경건해져야 한다." 자로가 말하였다. "그렇게만 하면 됩니까?" 공자께서 말씀하셨다. "자신을 닦아 남을 편안하게 해줘야 한다." 자로가 말하였다. "그렇게만 하면 됩니까?" 공자께서 말씀하셨다. "자신을 닦아 백성을 편안하게 해줘야 한다. 자신을 닦아 백성을 편안하게 해주는 일은 요임금과 순임금도 오히려 어렵게 여기셨다."

암만 봐도 명문장이다. 자로의 질문에 공자가 하나하나 짚어가며 친절하게 답변해주는 장면이 연상된다. 대뜸 던지는 물음이라도 싫어하는 기색 하나 없이 차근차근 알기 쉽게 풀어서 말해준다. 과연 인류의 스승 공자다. 아마도 자로가 용맹하기는 한데, 자신을 닦는 일을 소홀히 할까 봐 이렇게 가르치지 않았나 생각해본다. 주희도 『논어집주』에서 이 문장을 주석하면서 자로를 억제해서 가까운 것에서 돌이켜 찾게 한 것이라고 말하고 있다.

군자에 관한 질문에 공자는 자신을 닦아 경건해져야 한다고 하니, 자로는 처음에 이해가 잘되지 않았는가 보다. 그래서 또 묻자, 공자는 그 이유를 말해준다. 바로, 자신을 닦아서 남을 편안하게 해주어야 하기 때문이라고! 여기서 더 나아가, 자신을 닦아 백성을 편안하게 해주어야 한다고 말한다. 그런데 이건 성군인 요임금과 순임금도 어려워했노라고 덧붙인다. 한마디로, 자로에게 자신을 닦는 일이란 아무리 해도 지나치지 않는 것이니, 경건(敬)해질 때까지 힘써야 한다고 가르친 것이다. 수기이경修己以敬을 어떤 학자는 경으로써 자신을 닦는다고 해석하는 이도 있다. 그렇게 해도 뜻은 비슷하나, 뒤에 나오는 '수기이안인'과 '수기이안백성'을 볼 때 '수기'를 먼저 푸는 것이 더 자연스럽다. 주목할 것은 자신에서 남, 남에서 백성으로 확장하고 있다는 점이다.

사실, 논어 여섯 번째 편인 옹야편에 이와 비슷한 이야기가 나온다. 옹야편 28장에, "자공이 말하였다. '만일 백성에게 은덕을 널리 베풀어 대중을 구제할 수 있다면 어떻겠습니까? 인하다 할 수 있습니까? 공자께서 말씀하셨다. '어찌 인한다고만 하겠느냐. 그건 반드시 성인이라야 가능한 것이다. 요순도 아마 그건 오히려 어렵게 여기셨을 것이다. 무릇 인한 사람은 자기가 서고자 할 때 남까지 세워주고, 자기가 이루고자 할 때 남까지 이루게 해준다. 가까이 자신의 마음을 미루어 남의 마음을

헤아릴 수 있다면 이 역시 인을 행하는 방법이라 할 수 있을 것이다.'
(子貢이 曰 如有博施於民而能濟衆혼댄 何如하니잇고 可謂仁乎잇가 子曰
何事於仁이리오 必也聖乎인저 堯舜도 其猶病諸시니라 夫仁者는
己欲立而立人하며 己欲達而達人이니라 能近取譬면 可謂仁之方也니니라)"
라는 말이 나온다.

　여기에는 군자라는 말이 나오지 않고 질문하는 사람도 자로가 아닌
자공이지만, 공자의 대답이 걸작이다. 특히 백성에게 널리 베풀고 대중
을 구제한다는 것은 참으로 인한 일인데, 그것은 요순도 하기 힘들었던
것이라고 말한다. 그러면서 인한 사람은 자신이 서고자 하면 남까지
일으켜 세우고, 자신이 이루고자 하면 남도 이루게 해준다고 말한다.
이는 결국 헌문편 45장의 '수기이안인'과 통한다. 자신을 닦음으로써
사람을 편안하게 해준다. 여기서 사람이란 결국 군자가 다스리는 백성
이다.

　또 『대학』 경문에, "수신제가치국평천하修身齊家治國平天下"라는 말이 나
온다. 참으로 유명한 말이다. 그 원문을 살펴보면, "사물의 이치가 연구
되어야 앎이 극대화되고, 앎이 극대화되어야 생각이 진실해지며, 생각
이 진실해져야 마음이 바르게 되고, 마음이 바르게 되어야 몸이 닦여지
며, 몸이 닦여져야 집안이 잘 단속되고, 집안이 잘 단속되어야 나라가
잘 다스려지며, 나라가 잘 다스려져야 천하가 모두 평안할 수 있다(物格
而后에 知至하고 知至而后에 意誠하고 意誠而后에 心正하고 心正而后에
身修하고 身修而后에 家齊하고 家齊而后에 國治하고 國治而后에 天下平이
니라)."라고 되어 있다. 그리고 바로 이어서, "천자로부터 서인에 이르기
까지 한결같이 수신을 근본으로 삼는다(自天子以至於庶人히 壹是皆以修
身爲本이니라)."라는 문장이 나온다. 한마디로 모든 것은 수신, 즉 자신
을 닦는 것으로부터 시작된다는 것을 천명한 것이다.

군자는 자신을 닦음으로써 사람을 편안하게 한다! 이 말은 진리다. 자신을 닦는다는 말이 무엇일까. 결국 인한 사람이 되어야 한다는 뜻인데, 탐욕이 일어날 때나 화가 치밀어 오를 때 자신을 잘 들여다보면서 가라앉히는 일이라고 본다. 또, 오욕락(재물욕·성욕·식욕·명예욕·수면욕)을 잘 억제하고, 희로애락 등 감정을 잘 다스리는 것이다. 이렇게 수신이 잘 되어 있는 사람은 편안하다. 이런 사람은 곁에 있는 것만으로도 행복하다. 만일 이런 사람이 나라를 다스린다면 백성도 그저 편안할 것이다. 근데 이게 쉬운 일이 아니다. 하여 요순마저도 어렵게 여겼다고 했다. 수기안인! 그래도 군자가 가야 할 길이다.

52. 어려움이 닥쳐도 곤궁함을 지킨다

衛靈公이 問陳於孔子한대 孔子對曰 俎豆之事는
위령공   문진어공자   공자대왈   조두지사
則嘗聞之矣어니와 軍旅之事는 未之學也라 하시고
즉상문지의   군려지사   미지학야
明日에 遂行하시다 在陳絶糧하니 從者病하여
명일   수행   재진절량   종자병
莫能興이러니 子路慍見曰 君子亦有窮乎잇가
막능흥   자로온현왈   군자   역유궁호
子曰 君子固窮이니 小人은 窮斯濫矣니라
자왈   군자   고궁   소인   궁사람의

—위령공15-1(2,65)

이제 위령공편으로 넘어간다. 논어에서 열다섯 번째 편이다. 위령공편은 위 문장에서 보다시피, 처음에 나오는 위나라 임금인 영공, 즉 위령공을 따서 지은 이름이다. 위령공편은 공자와 제자의 문답도 나오지만, 많은 장에 걸쳐 공자가 직접 한 말을 짤막짤막하게 싣고 있다. 그래서인지, 가슴에 새길 만한 명언 명구가 여기저기서 반짝인다. 예를 들어, 하나로써 모든 것을 꿰뚫는다는 일이관지—以貫之(2장), 자기 몸을 희생하여 인을 이룬다는 살신성인殺身成仁(8장), 말만 듣고 사람을 기용하지 않는다는 불이언거인不以言擧人(22장) 등은 내가 참 좋아하는 문구다. 위령공편에서는 자그마치 군자라는 말이 열한 장에 걸쳐 등장한다. 첫 문장부터 군자가 나오고, 한 문장에 군자가 두 번 나오는 장도 있다. 위령공편 1장을 풀이하면 다음과 같다.

위나라 영공이 공자에게 진법에 대해 물었다. 공자가 대답하여 말하였다. "제사에 관한 일은 들은 적이 있습니다만, 군대에 관한 일은 아직 배우지 못했습니다." 하시고, 다음날 마침내 위나라를 떠나셨다. 진나라에 있을 때 양식이 떨어져 따라다니던 제자들이 병들어 일어나지 못하였다. 자로가 화가 나서 공자를 뵙고 말하였다. "군자도 곤궁할 때가 있습니까?" 공자께서 말씀하셨다. "군자는 곤궁함을 굳게 지키지만, 소인은 곤궁하면 무슨 짓이든 다한다."

아, 난 위령공편 첫 장에 나오는 이 문장을 보고는 감탄하고야 말았다. 위나라 임금인 영공이 군대에 관한 일(진법陣法)을 물었는데, 공자는 아직 배우지 못했다고 대답한다. 과연 나 같았으면 어떻게 대답했을까. 한자리 얻기 위해서 대충 떠벌리지 않았을까. 공자는 노나라에 있을 때 전공을 세운 적이 있다. 오늘날 법무부 장관 격인 대사구로 있으면서 노나라 정공과 제나라 군주 사이에 이른바 '협곡의 회맹會盟'이 있었을 때 큰일을 했다(공자가어, 상로편 참고). 이로 보면 공자가 군대의 진법을 모를 리가 없다. 알아도 몰랐다고 할 수도 있고, 영공을 만족시킬 만큼 충분히 알지 못하기에 몰랐다고 할 수도 있다. 그것도 아니라면, 진법을 알려주는 것은 공자가 추구하는 인의와 맞지 않기 때문에 배우지 못했다고 할 수도 있다. 어쨌든, 공자의 대답이 참 멋지다. 그러면서 조두지사俎豆之事, 즉 제사에 관한 일은 배워서 알고 있다고 말한다.

공자는 위나라에서 자기 뜻을 펼치지 못할 것을 알자, 바로 위를 떠나 버린다. 이 모습도 참 멋지다. 대쪽 같은 선비의 기질을 볼 수 있다. 문헌에 의하면, 이때 공자의 나이 59세쯤 된 것 같다. 늙은 몸을 이끌고 공자 일행은 위나라를 떠나 여러 나라를 전전한다. 마침내 진나라에 이르렀을 때, 먹을 식량이 다 떨어졌다. 제자들이 쓰러지고 병까지 들었다. 중국 홍콩 배우 주윤발이 열연한 영화 〈공자_춘추전국시대〉에서도 이 장면이 보인다. 공자는 그런 상황에서도 악기를 연주하고, 제자들은 어떻게든지 식량을 구하려고 백방으로 노력한다.

이때 자로가 도저히 참을 수 없었는지 벌떡 일어나 스승인 공자에게 한마디 한다. 역시 용기 넘치는 자로다. 우리는 다 배운 만큼 배운 사람이고, 인의를 펼치며 세상을 구하고자 하는 군자인데 어찌 이렇게 곤궁할 수가 있냐고. 선생님이 대답 좀 해 보시라고! 잠시 침묵이 흐른다. 공자가 드디어 입을 뗀다. 그래, 힘들구나. 정말 고생이구나. 하지만, 암만 어려움이 닥쳐도 그 곤궁함을 굳게 지켜야 한다고. 바로 이렇게 하는 사람이 군자라고! 반대로 소인은 이럴 때 무슨 짓이든 다 한다고…. '너희들 군자가 될래, 소인이 될래?' 제자들이 할 말을 잊었다. 아마도 제자 중에는 마을에 들어가 양식을 훔친다든지, 가축을 잡아 올 생각을 했을지도 모른다. 지금부터 2천 5백여 전의 이야기인데도 지금 일어나는 일 같다.

진채위난陳蔡危難, 즉 진나라와 채나라에서 겪었던 어려움은 유명하다. 앞의 선진편 2장에, "공자께서 말씀하셨다. '진과 채에서 나를 따라 고난을 겪었던 제자들이 지금은 모두 문하에 있지 않구나.' 덕행엔 안연, 민자건, 염백우, 중궁이었고, 언어엔 재아와 자공이었고, 정사엔 염유와 계로였고, 문학엔 자유와 자하였다(子曰 從我於陳蔡者皆不及門也로다_{자왈 종아어진채자개불급문야} 德行엔 顔淵閔子騫冉伯牛仲弓이요 言語엔 宰我子貢이요 政事엔 冉有季路_{덕행 안연민자건염백우중궁 언어 재아자공 정사 염유계로} 요 文學엔 子游子夏니라_{문학 자유자하})."라는 유명한 말이 나온다.

후세 사람들은 이 문장을 근거로 하여 이른바 '공문십철孔門十哲'이니, 좀 길게 '공문사과십철孔門四科十哲'이라고 하였다. 공문십철이란 공자 문하에 뛰어난 열 명의 제자라는 뜻이고, 공문사과십철이란 열 명의 제자를 덕행, 언어, 정사, 문학 등 네 분야로 나눈 것을 말한다. 아마도 선진편 2장은 공자가 말년에 회상하면서 말한 것 같은데, 위령공편 1장과 맞물려 있다고 보아야 한다. 한마디로, 공자가 위나라를 떠나 진과 채에서 곤궁에 처했을 때 같이 있어 준 제자들이라는 뜻이다. 공자에게 이 제자들이 얼마나 애틋하고 뿌듯했을까.

군자고궁, 군자는 곤궁할 때 이를 굳게 지킨다! 이 한마디는 평생 가슴에 새겨도 좋으리라. 어려움이 닥쳐왔을 때, 이 말을 떠올리면 무엇이든 헤쳐나가지 못하겠는가. 나는 이제껏 살아오면서 힘들고 지칠 때 떠올리는 게 있다. 어렸을 적에 십 리 길을 혼자 걸어 다녔던 거와 군에 가서 완전 무장을 하고 해안 길을 뛰었던 힘든 훈련이다. 이 두 가지를 생각하면 힘이 불끈 솟는다. 이것도 군자고궁일까.

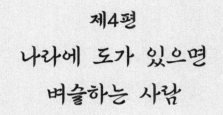

제4편
나라에 도가 있으면
벼슬하는 사람

53. 나라에 도가 있으면 벼슬한다

子曰 直哉라 史魚여 邦有道에 如矢하며
邦無道에 如矢로다 君子哉라 蘧伯玉이여
邦有道則仕하고 邦無道則可卷而懷之로다

—위령공15-6(1,66)

위령공편 6장에 군자가 나온다. 1장에 처음 나오고 다섯 장을 뛰어넘어 다시 등장한다. 그런데 문장이 엉뚱하다. 늘 나오는 제자와의 문답이 아니다. 이런 문장이 위령공편에 꽤 나오는데, 아마도 공자가 누군가와 대화를 나누면서 한 말을 잘 기억하고 있다가, 너무도 좋은 말이니 논어에 실은 것 같다. 낯선 인물도 등장한다. 위령공편 6장을 풀이하면 다음과 같다.

　　공자께서 말씀하셨다. "참으로 곧구나, 사어는. 나라에 도가 있을 때도 화살처럼 곧았고, 나라에 도가 없을 때도 화살처럼 곧았다. 참으로 군자답구나, 거백옥은. 나라에 도가 있으면 벼슬하고, 나라에 도가 없으면 뜻을 거두어 감추니."

두 인물이 등장한다. 사어와 거백옥이다. 먼저 사어史魚가 누굴까. 한국고전번역원에서는 '사관 어'라고 번역했다. 주희도 『논어집주』에서 사史는 관명官名이라고 했으니 사관이 맞다. 그런데 대부분 학자는 그냥 '사어'라고 적고 있다. 나도 이에 따른다. 사어는 중국 삼국시대 위나라의 대부로서 이름은 추鰌이고, 자가 자어子魚이다. 그럼 거백옥蘧伯 玉은 누굴까. 이름이 원瑗이고 역시 위나라의 대부인데, 겉은 관대하지 만 속은 강직하기로 유명했다. 일찍이 오나라의 계찰季札이라는 사람이 위나라를 지나면서 거백옥을 군자라고 칭했다고 한다. 공자 역시 거백 옥을 군자답다고 칭찬을 아끼지 않고 있다. 문헌에 의하면, 거백옥은 공자가 존경했던 인물이다. 위나라에 와서는 그의 집에 머물기까지 했다고 한다. 아마도 그런 과정에서 거백옥의 일거수일투족을 보았을 것이고, 그에게서 영향을 받았을지 모른다. 공자의 일생이 이를 보여주 고 있다.

위령공편 6장에서 공자는 사어와 거백옥을 동시에 칭찬하고 있다. 사어는 화살에, 거백옥은 군자에 비유하고 있다. 그런데 결은 좀 다르 다. 사어는 화살에 비유하기는 하는데, 나라에 도가 있으나 없으나 늘 화살처럼 곧았다고만 말한다. 이에 비해, 거백옥은 바로 '군자답구나!' 하고 탄성을 지르듯이 말하고 있다. 그러면서 벼슬 이야기를 한다. 군 자는 앞에서도 몇 번이고 말했지만, 도덕적으로 훌륭한 사람이란 뜻도 있고, 백성을 다스리는 통치자라는 의미도 있다. 여기서는 벼슬을 말하 고 있으니, 통치자를 염두에 두고 있는 듯하다. 나라에 도가 있으면 벼슬하고, 나라에 도가 없으면 뜻을 거두어 감춘다!

아, 이것이 무슨 말일까. 원문 중에 '可卷而懷之'를 이렇게 풀이한 것인데 참으로 의미심장하다. 류종목 교수는 『논어의 문법적 이해』에 서 이 문구를 '그것을 걷어서 가슴속에 묻어둘 수 있다.'라고 풀었다. 여기서 그것(之)이란 자신의 재주를 말한다. 나도 이에 동의한다. 문맥 으로도 잘 들어맞는다. 군자는 나라에 도가 있으면 벼슬길에 나아가고,

도가 없으면 자신의 재주를 두루마리처럼 둘둘 말아서 가슴속에 꼭꼭 숨겨놓는다. 이것이 군자다운 행동이다.

살짝 의문은 든다. 그렇다면 이 공자의 말이 노자와 무엇이 다른가. 장저와 걸닉 같은 숨어 사는 은자와 무엇이 다른가(미자편 6장). 나라에 도가 없어도 군자라면 벼슬길에 나아가 세상을 바꾸어놓아야 하지 않겠는가? 이는 공자의 삶에서 바로 답이 나온다. 공자는 노나라에 있을 때 자신의 재주를 알아주지 않자, 조국 노나라를 버리고 천하를 떠돈다. 이른바 주유천하다. 그것도 장장 14년이나! 이는 자기의 뜻을 펼쳐 보일 수 있는 나라를 찾고자 함이었다. 공자는 노나라에 도가 없다고 보고 자신을 알아주는 사람을 찾아 헤맨 유랑자였다. 그러니 노자나 은자와는 확연히 다르다.

사어와 거백옥의 이야기는 위나라 학자 왕숙王肅이 쓴 『공자가어』 곤서困誓편에 나온다. 『공자가어』는 한때 위서로 여겼으나, 요즘에 와서는 공자의 일화를 알 수 있는 중요한 문헌으로 인정하고 있다. 이 책에서 사어는 자신이 병들어 죽게 되자 아들에게 유언한다. 자신은 임금에게 신하로서 도리를 다하지 못했으니, 정식으로 장례를 치르지 말고 자신의 시신을 그냥 들창 밑에 놓아두라고. 이 무슨 말인가. 이때의 임금이 바로 '위령공'이라 할 때의 위나라 영공이다. 영공이 이를 듣고는 깜짝 놀란다. 사어는 임금인 영공에게 간신인 미자하彌子瑕를 내치고, 현인 거백옥을 등용하라고 간언했다. 하지만, 영공은 사어의 충성 어린 간언을 듣지 않았다. 사어는 죽어서까지 자기의 뜻을 영공에게 말하려 한 것이었다. 그제야 영공은 사어의 진심을 알아차리고는, 미자하를 물리치고 거백옥을 등용했다. 『공자가어』에 보면, 공자는 이를 듣고는, "옛날 강직하게 간언하는 자도 죽으면 그만이었지, 사어같이 죽어서도 시신으로 간언하는 자는 없었다. 충성이 그 군주를 감동시킨 것이니

강직하다 말하지 않을 수 있겠는가(古之烈諫之者, 死則已矣, 未有若史魚 死而屍諫, 忠感其君者也, 不可謂直乎)."라고 말했다.

여기서 '시간屍諫'이라는 말이 나온다. 죽음을 무릅쓰고 임금에게 간 언한다는 뜻이다. 사어는 죽어서까지 임금에게 간언했다. 정말 놀랍 다. 간언이 이렇게도 어렵다는 말인가. 사실 논어 이인편 26장에, "자 유가 말하였다. '임금을 섬길 때 간언을 자주 하면 욕을 당하고, 친구에 게 충고를 자주 하면 사이가 소원해진다.'(子遊曰 事君數이면 斯辱矣요 朋友數이면 斯疏矣니라)"라는 말이 나온다. 이렇듯 간언과 충고는 매우 어려운 일이다.

이참에 퍼뜩 떠오르는 이야기가 있다. 조선 초기의 인물, 황희는 태종 에게 세자 양녕대군을 폐하면 안 된다고 간언하다가 결국 유배를 당했 다. 황희는 청렴하고 강직하기로 이름난 사람이었다. 이번에는 반드시 적장자로 왕위를 이어야 하겠기에 그토록 성심으로 간언했으나, 돌아 온 것은 삭탈관직에다가 유배형이었다. 그러나 아름다운 반전이 일어 난다. 셋째 아들인 충녕대군이 왕위에 올라 세종이 되었는데, 세종은 유배 가 있던 황희를 불러들여 중용하고 마침내는 재상까지 오르게 한다. 황희의 간언이 옳았고, 그것은 사어의 '시간屍諫'에 비견할 만큼 훌륭했다고 보았기 때문이다. 과연 재상 황희요, 성군 세종이다.

군자는 나라에 도가 있으면 벼슬한다. 그러나 도가 없으면 자신의 재주를 감추고 가슴에 품는다. 벼슬에 있을 때는 임금에게 간한다. 있 는 마음을 다해서. 그래도 안 되면 죽어서까지 제 뜻을 굽히지 않는다. 시간屍諫으로! 그게 군자다. 아, 군자의 길은 참으로 멀고도 험하다. 죽음 까지도 불사해야 하니까.

54. 의로움으로 바탕 삼고, 믿음으로 완성한다

子曰 君子義以爲質이요 禮以行之하며
자왈   군자 의이위질   예이행지
孫以出之하며 信以成之하나니 君子哉라
손이출지   신이성지   군자 재

—위령공15-17(2,68)

논어를 들여다보면 어느 문장 하나 허투루 쓰이지 않았다는 것을 알 수 있다. 하나의 파편 또는 간략한 이야기로 구성되어 있지만, 어느 것 하나 버릴 것이 없는 촌철살인 문장으로 가득하다. 그래서 논어가 지금까지도 읽히고 있고, 동양에서 고전 중의 고전으로 대접받고 있다는 것을 절감한다. 위령공편 17장 역시 마찬가지다. 이를 풀이하면 다음과 같다.

공자께서 말씀하셨다. "군자는 의로움으로 바탕 삼고, 예로써 그것을 행하며, 겸손으로써 그것을 드러내며, 믿음으로써 그것을 완성하니, 이런 사람이 바로 군자다."

이 문장에서 핵심 키워드는 의義다. 의가 무얼까. 공자는 논어 전편에서 '인의仁義'를 말하고 있다. 그대로 풀자면 '어짊과 옳음'이다. 앞에서도 말했듯이, 이걸 자의 그대로 풀면 뜻이 한정되어 버리는 아쉬움이 있다. 대부분이 그냥 인함과 의로움, 이렇게 표현하고 있다. 나도 그렇게 하고

자 한다. 여기서 의는 의로움이다. 도올 김용옥 선생은 의로움이란 어떤 경우에도 개인적인 사태가 될 수 없다고 하면서, 사회적 존재로서의 정의감이라고 해석했다. 이 정의감이 의義의 밑바탕이라는 것이다. 맞다. 여기서 의란 결코 개인적인 차원에서의 옳고 그름이 아니다. 인류 보편적인 정의로움이다.

지금은 고인이 되신 이어령 선생의 강의를 들은 적이 있다. 이어령 선생은 한국 사람이면 모르는 사람이 없을 정도로 뛰어난 학자요 창작자다. 초대 문화부 장관을 역임했고, 88서울올림픽 개폐회식을 기획했다. 이어령 선생의 100년 서재, 광복 '빛이 돌아오다'라는 제목의 KBS 다큐멘터리였는데, 광복 70주년을 맞이하여 특별 제작한 프로그램이었다. 당시 82세의 노구인데도 말이 짜랑짜랑하다. 마치 살아있는 공자를 보는 듯했다. 한 번은 일본에 초대되어 강의한 적이 있는데, 그때 위안부 문제를 다루었다고 한다. 위안부! 말만 들어도 끔찍하고 한일 간에 풀리지 않는 난제다. 누가 보아도 젊디젊은 처자를 군대 위안부로 삼고자 강제로 끌고 간 것이 분명한데, 일본은 아직도 이를 인정하지 않고 사과도 하지 않고 있다.

바로, 여기서 '의로움이란 무엇인가, 정의란 무엇인가?' 하는 문제와 부딪친다. 공자의 위 말씀대로라면 의가 바탕이고, 예가 행동의 준칙이고, 겸손이 표출 방식이며, 믿음이 증거가 된다. 이어령 선생이 우리를 36년간이나 짓밟았던 일본 땅에 가서 위안부 이야기를 꺼냈다고 하니 놀랍기도 하거니와 그 용기에 박수를 보냈다. 한참을 강의하는데, 청중 중에 우익 청년 대여섯이 일어나 일본이 위안부를 강제로 끌고 갔다는 증거를 대보라고 하더란다. 그리고 왜, 40년이나 지난 지금에야 그걸 문제 삼느냐고 따지더란다. 만일 이에 대한 답을 하지 못하면, 이 강연장을 나갈 수 없다고 협박까지 하더란다. 이어령 선생은 그 이유를 하나하나 차분하게 말했단다. 우선, "여보시오 청년, 당신은 종이를 믿으시오, 사람을 믿으시오?"라고 물었단다. 하니, 사람을 믿는다고 하더란다. 옳지 잘 되었다고 생각하고는, 자기의 누님 이야기를 꺼내면서 왜 위안부가 잘못되었는지를 조목조목 이야기했단다.

요는 이렇다. 당시 16세였던 누나가 결혼을 일찍 했는데, 그 이유는 위안부에 끌려가지 않기 위해서였다고. 누나는 사랑하는 남자가 나타나면 편지를 쓰려고 고운 편지지까지 사 놓았는데, 그것도 써보지도 못하고 원하지 않는 결혼까지 했다. 이러면서 위안부 문제는 개인 문제가 아니라, 국가라는 집단이 저지른 인류 도의의 문제라고 일갈했다. 일본 제국주의라는 괴물이 악독하게 저지른, 씻을 수 없는 패륜 성범죄라고! '왜, 그러면 40년이나 지난 지금에야 문제 삼는 거냐?' 하는 물음에, 이어령 교수는 여자란 원래 자기의 성적 수치심을 말하지 못하는 거다, 이제 다 늙어버려 이제는 얘기해도 되니까 가슴에 멍들고 맺힌 것을 지금에야 풀어놓는 거라고 말했다. 그 외에도 아주 논리적이고도 감성적으로 위안부 문제를 절절하게 설명했다. 한국의 젊은 여성도 피해자이지만, 여기 있는 일본 사람도 못된 제국주의 전쟁 피해자라고 목소리를 드높였다. 그랬더니, 여기저기서 흐느끼는 소리가 들리고 고개를 숙이는 광경이 벌어졌다.

강연이 끝나고 연단에서 가만히 있는데, 청중들이 한 줄로 쭉 서서 이어령 선생에게 다가와서는 두 손을 모으고는 연신 허리를 숙였다. 그들은 한결같이 스미마셍, 정말 죄송하다고 말했다. 이어령 선생이 한국에 돌아온 후, 그때 강연을 들었던 일본 사람으로부터 몇 통의 편지를 받는다. 그 편지 역시 감동이다. 그중 일부를 TV 화면에 띄워주는데, 하나는 일본군 위안부 문제를 깨끗하게 마무리 짓지 않았기 때문에 후세에게 역사의 무거운 짐을 짊어지게 했다는 것이다. 또 하나는,

한국의 일본군 위안부 문제는 일본의 강제에 의한 것이며, 당연히 사과해야 한다고 생각한다는 내용이다. 참으로 양심적이다.

나는 논어 위령공편 17장을 보면서 갑자기, 이어령 선생의 이 강의가 생각났다. 군자는 의로움을 바탕으로 삼고, 예로써 그것을 행하고, 겸손으로써 그것을 드러내며, 믿음으로써 그것을 완성한다! 의로움이란 보편성을 띠어야 한다. 한국에서도 맞고, 일본에서도 맞아야 한다. 일본 청중이 결국 눈물을 흘리고 편지를 보내온 이유가 뭘까. 그것은 의로움이라는 사회적 정의가 서로 통했기 때문이다. 의로움이 바탕이 되었기에 일본 사람은 두 손을 모았고(예), 허리를 숙이며 사과를 했다(손). 그리고는 잊지 않고 편지까지 보내왔다. 이는 편지를 쓰게 할 만큼 믿음이 갔다는 이야기다(신). 여기서 잠깐, 원문의 孫以出之에서 '손孫'은 손자라는 뜻이 아니라, 겸손이라는 뜻의 '손遜'과 같은 글자다.

군자는 의로움을 바탕으로 삼기는 하되, 예로써 그것을 행해야 하고, 겸손으로써 그것을 드러내야 한다. 거기서 멈추면 군자가 아니다. 마지막으로 믿음으로써 그것을 완성해야 한다. 이는 의와 예와 겸손을 외친 것이 헛된 짓이 아니었음을 스스로 증명한다는 뜻이다. 그래서 의가 완성된다는 것이다. 그래야 비로소 군자 소리를 듣는다는 것이다. 역시 군자가 되는 일은 어렵다.

55. 먼저 자기의 능력 없음을 걱정한다

子曰 君子는 病無能焉이요
_{자왈 군자 병무능언}
不病人之不己知也니라
_{불병인지불기지야}

—위령공15-18(1,69)

위령공편에는 군자라는 말이 연이어 나온다. 앞의 17장에 이어 바로 군자가 등장한다. 위령공편 18장은 짧지만 긴 여운을 준다. 논어를 굳이 들여다보지 않았더라도 어디서 많이 들어본 듯한 문장이다. 남이 알아주지 않는다고 투덜대지 말고, 먼저 네가 그럴 만한 능력이 있는지 살펴봐! 뭐 이런 투의 말, 여기저기서 많이 접해 보았다. 나도 선생 노릇을 하면서 학생들에게 많이 내뱉은 말 같다. '인마, 성적 안 나왔다고 탓하지 마. 너 죽어라 공부는 했어?'라고 말이다. 위령공편 18장을 풀이하면 다음과 같다.

공자께서 말씀하셨다. "군자는 능력이 없는 것을 걱정하지, 남이 자신을 알아주지 않는 것을 걱정하지 않는다."

정말 명문장이다. 군자라면 스스로 능력이 되는지 살펴볼 일이지, 다른 사람이 자기를 알아주지 않는 것을 탓하지 않는다. 원문에서 '病'_병을 어떻게 풀 것인가가 고민이다. 도올 김용옥 선생은 이를 '병으로 여긴다'라고 풀었다. 다른 학자는 거의 '걱정하다 또는 근심하다'로 풀었다. 걱정 근심, 둘 다 한자어가 아니다. 그냥 우리 조상들이 써왔던 순우리말이다. 나는 둘 중에 걱정이라는 말이 더 와 닿는다. 걱정이란 안심이 되지 않아 속을 태우는 것을 말한다. 근심은 속을 태우는 건 비슷한데, 우울해함이란 뜻도 들어 있다. 자기가 능력 없는 걸 알고 속을 태우는 것은 좋은데, 우울해할 필요까지 있을까.

논어 앞 편에서도 이와 비슷하게 언급된 것을 볼 수 있다. 우선 학이편 1장을 보면, "남이 알아주지 않아도 서운해하지 않는다면 이 역시 군자가 아니겠는가(人不知而不慍이면 不亦君子乎아)."라는 문장이 있다.
_{인부지이불온} _{불역군자호}
여기에 군자라는 말이 처음으로 등장하여 제일 먼저 다루었다. 좀 다른 것은 '병病' 대신에, 성낸다는 뜻의 '온慍'으로 표현했다는 점이다.

또, 이인편 14장에, "공자께서 말씀하셨다. '지위가 없는 것을 걱정하지 말고, 그 자리에 설 자격을 갖추었는지를 걱정하라. 남들이 자기를 알아주지 않는 것을 걱정하지 말고, 인정받을 만한 능력을 갖추는 데 힘써라.'(子曰 不患無位요 患所以立하며 不患莫己知요 求爲可知也니라)"
_{자왈} _{불환무위} _{환소이립} _{불환막기지} _{구위가지야}
라는 말이 나온다. 여기에는 군자라는 말이 등장하지 않는다. 아마도 어떤 제자가 벼슬하지 못하고 있음을 한탄하자, 스승인 공자가 따끔하게 일침을 준 것 같다. '네가 벼슬을 할 자격이 있느냐, 먼저 실력부터 갖추어라. 이놈아!'라고 말이다. 이인편 14장에는 '병病' 대신에, 근심이란 뜻의 '환患'자를 썼다.

위령공편 18장과 비슷한 어투의 문장은 또 있다. 헌문편 32장에, "공자께서 말씀하셨다. '남이 나를 알아주지 않는다고 걱정할 것이 아니라, 자신의 능하지 못함을 걱정해야 한다.'(子曰 不患人之不己知요 患其
_{자왈} _{불환인지불기지} _{환기}
不能也니라)"라는 말이 나온다. 어찌 보면 위령공편 18장과 내용이 똑같
_{불능야}
다. 다만, 앞뒤 문장이 뒤바뀌어 있고, '병病'이 '환患'으로 되어 있을 뿐이

다. 그러나 결정적인 차이가 있다. 헌문편 32장에는 군자라는 말이 나오지 않는다. 그냥 뭇 대중에게 던진 말로 보인다.

군자, 군자는 남이 알아주지 않는 것을 걱정하지 않는다. 다만, 내가 그럴 만한 능력이 있는지를 걱정할 뿐이다. 지위에도 연연하지 않는다. 다만 내가 그 지위에 설 수 있는 능력이 있는지 살필 뿐이다. 나는 공자의 이 말에서 엄청난 힘과 위안을 얻는다. 난들 공직에 있으면서 상사가 알아주기를 바라고, 동료로부터 인정받기를 원하지 않았겠는 가. 알아주지 않고 인정받지 못하면 속상하고 서운하고, 심지어는 화가 나서 어쩔 줄 모른 적도 있다. 그런데 논어를 들여다보면서 '아, 그런 거구나.' 하고, 먼저 스스로 능력을 키우고 알아주면 다행이고, 승진까 지 하면 더 축복이라는 것을 깨달았다.

진인사대천명盡人事待天命! 옛 문헌 여기저기에 비슷하게 나오는 이 말 은, 사람으로서 할 수 있는 일을 다 한 연후에야 하늘의 명을 기다린다 는 뜻이다. 내가 평소 즐겨 쓰는 말이다. 위령공편 18장은 이 말과 맞닿아 있다. 그렇다. 내가 할 수 있는 일을 다 하고 난 뒤에, 남이 알아주기를 바라든지 지위를 탐하자. 이게 군자의 길이다. 군자의 모습 이 참으로 멋지지 않은가.

56. 죽어서 이름이 일컬어지지 않는 것을 걱정한다

子曰 君子는 疾沒世而名不稱焉이니라
자왈 군자   질몰세이명불칭언

—위령공15-19(1,70)

바로 이어서 위령공편 19장에 군자가 나온다. 이는 앞 18장에서 언급한 군자와 대비될 수 있다. 18장에서는, 군자는 남이 알아주기를 바라지 말고 먼저 자신이 그럴 만한 능력이 있는가를 걱정하라는 메시지였다. 그런데 죽어서까지 자신의 이름이 일컬어지지 않는 것을 걱정하라? 죽었는데 그까짓 이름이 무슨 소용이란 말인가. 조금은 의아하다. 위령공편 19장을 풀이하면 다음과 같다.

> 공자께서 말씀하셨다. "군자는 죽어서 이름이 일컬어지지 않는 것을 걱정한다."

같은 뜻인데도 앞의 18장에서는 '병病'이라고 했고, 여기서는 '질疾'이라고 표현했다. 논어의 묘미다. 나도 글을 쓸 때 앞에서 이미 써먹을 것을 뒤에서 또 쓰지 않으려고 노력한다. 그때도 논어 편집자들은 공자의 똑같은 말이라도 여러 방법으로 표현하려고 한 것 같다. 병이나 질이나 뜻은 같다. 이를 현대적으로 어떻게 해석할 것인가는 맥락적으로 보아야 한다. 대부분 학자는 '걱정한다, 병으로 안다' 등으로 해석했다.

한자 병과 질에는 '괴로워한다'라는 뜻도 있다. 사실 이렇게 해석해도 좋다고 본다. 언뜻 윤동주의 서시, '죽는 날까지 하늘을 우러러 한 점 부끄러움이 없기를 잎새에 이는 바람에도 나는 괴로워했다.'라는 처음 구절이 생각난다. 윤동주는 일본 강점기에 시를 써서 저항했다. 윤동주는 선비 군자였다. 논어를 당연히 읽었을 듯하다. 잃어버린 나라를 찾고 싶은데, 실제로 행하지 못함을 부끄럽게 여겼을지 모른다. 아마도 윤동주가 서시를 한자로 썼다면, '괴로워했다'를 병과 질 중에 하나를 선택하여 썼을 것이다.

난 대세를 따르겠다. 질을 '걱정하다'로 풀었다. 무엇을 걱정하느냐? 자신이 죽어서 이름이 일컬어지지 않을까를 걱정한다. 누구나 똑같다. 지금은 몰라도 죽어서는 자신의 이름이 칭송되기를 바란다. 호랑이는 죽어서 가죽을 남기고, 사람은 죽어서 이름을 남긴다고 하지 않는가. 앞에서도 말했지만, 군자는 남이 알아주기를 바라지 않는다고 했는데, 어째서 죽어서는 알아주기를 바라는가? 이거 앞뒤가 안 맞는 거 아닌가? 도올 김용옥 선생은 이에 대하여, 위령공편 19장은 남이 알아주고 안 알아주고의 문제가 아니라, 실제로 값있는 인생을 사는가, 가치 있는 일로써 내 이름이 기억될 수 있는지로 보아야 한다고 주장한다. 충분히 일리가 있다. 공자가 아무려면 죽어서 이름을 남기지 못하면, 군자가 될 수 없다고 말했겠는가. 만일 그렇다면 협박에 가깝다. 지금 살면서 얼마나 값어치 있는 일을 하고, 의로운 행동을 하는가가 중요하다. 류종목 교수도 『논어의 문법적 이해』에서 군자는 자신의 덕망과 학식이 다른 사람에게 알려질 만큼 훌륭하지 못할까 걱정한다는 뜻으로 풀었다.

사마천의 『사기』〈백이열전〉에 그 유명한 백이伯夷와 숙제叔齊 이야기가 나온다. 공자는 백이와 숙제를 칭찬했다. 그러나 사마천은 이에 대하여 좀 다르게 보았다. 백이와 숙제 형제는 주나라 무왕이 은나라를 멸망시킨 것은 잘못되었다고 보고, 주나라 곡식을 먹지 않고 수양산에 숨어 들어가 고사리를 먹다가 굶어 죽었다. 그때 '채미가'라는 노래를 짓고 남을 원망했다. 사마천은 이것이 과연 옳은 일인가 하고 의문을 제기한다. '백이와 숙제가 과연 착한 사람이었는가? 어진 덕을 쌓고 품행을 바르게 했음에도, 마침내 굶어 죽은 것은 무엇을 뜻하는 것인가?'라고 질문을 던진다. 이는 아무리 훌륭한 은자라고 해도, 속에 남을 원망하는 마음이 가득하다면 군자라고 볼 수가 없다는 뜻이다. 맞다. 지금 딛고 있는 땅에서 가치 있는 일을 하지 않는다면, 죽어서 이름이 알려진들 무슨 소용이 있겠는가. 논어 미자편 6장에 나오는 '장저와 걸닉'이라는 은자와 무엇이 다르겠는가. 공자는 이들을 보고 혀를 끌끌 찼었다.

군자는 죽어서 자신의 이름이 일컬어지지 않을까 걱정한다. 물론 살아서 이름이 알려지면 더 좋겠지만, 죽어서라도 이름이 알려지면 다행이고 행복한 일이다. 역사를 볼 때 살아서는 몰랐는데, 죽어서 이름이 알려진 사람이 어디 한 둘인가. 네덜란드 출신의 프랑스 화가 빈센트 반 고흐가 그랬고, 만주 하얼빈에서 침략의 원흉 이토 히로부미를 사살하고 순국한 독립운동가 안중근 의사가 그러했다. 또, 중국 상해 홍커우 공원에서 도시락 폭탄을 투척하여 일본 요인을 살해하고 장렬히 순국한 윤봉길 의사는 어떠한가. 이분들은 죽어서 그 이름이 더욱 빛났다.

왜, 나는 논어를 공부하는가. 왜, 군자를 들여다보는가. 지금을 잘 살기 위해서다. 열심히 하다 보면 지금은 아니더라도, 죽어서 누군가 알아주는 이가 있다면 참으로 다행으로 알겠다. 그때까지는 아직 학식과 덕망이 부족함을 병으로 알고 괴로워해야겠다. 이것이 군자니까 말이다.

57. 자신에게서 잘못을 찾는다

子曰 君子는 求諸己요
　자왈　군자　　구저기
小人은 求諸人이니라
　소인　　구저인

—위령공15-20(1,71)

위령공편에서 군자가 연이어 나온다. 군자를 공부하는 나로서는 기쁜 일이 아닐 수 없다. 위령공편 20장은 문장이 매우 짧으면서, 오랜만에 군자와 소인을 대비하고 있다. 이를 풀이하면 다음과 같다.

공자께서 말씀하셨다. "군자는 자신에게서 잘못을 찾고, 소인은 남에게서 잘못을 찾는다."

공자가 직접 한 말을 적었다. 군자는 자신에게서 찾고, 소인은 남에게서 찾는다. 원문에서 '諸'는 어조사로서 '제'가 아니라 '저'로 읽는다. 류종목 교수는 『논어의 문법적 이해』에서 저諸는 '지어之於'와 같으며, 지之는 일반적인 요구사항이라고 한다. 그럼, 일반적 요구사항이 뭘까. 많은 학자가 '잘못'이라고 풀었다. 군자는 잘못을 자신에게서 찾는데, 소인은 그걸 남에게서 찾는다. 말은 쉽지만, 실로 엄청난 차이다. 흔히 말하는 잘못을 내 탓으로 하느냐, 남 탓으로 하느냐의 문제다. 요즘 유행처럼 말하는 내로남불의 전형이다. 내가 하면 로맨스이고, 남이

하면 불륜이다. 자신을 합리화하고 자기 잘못을 인정하지 않는 고약한 버릇이 아닐 수 없다.

이걸 좀 다르게 생각하여 군자는 자신에게서 구원을 찾고, 소인은 남을 의지하여 구원을 찾는다고 해석할 수도 있다. 도올 김용옥 선생은, 유교는 자력 구원만을 말하고, 타력 구원을 말하지 않는다고 하면서, 구원은 오직 나의 책임일 뿐이라고 일갈했다. 충분히 일리가 있다. 단순히 잘못을 자신에게 찾는 것에서 더 나아가, 구원까지 논한 것은 종교적 차원이기도 하다. 기독교나 불교는 타력 신앙일 수는 있어도, 유교는 그야말로 오직 자력에 의지한다. 공자는 알다시피, 괴력난신怪力亂神은 말하지 않았다(술이편 20장). 그러면서 늘 자신에게서 허물이든 구원이든 찾으라고 강조했다. 논어 공야장편 20장에, "공자께서 말씀하셨다. '이제 그만인가. 나는 자기 잘못을 발견하고 속으로 자책하는 자를 보지 못하였다.'(子曰 已矣乎라 吾未見能見其過而內自訟者也케라)" _{자왈   이의호   오미견능견기과이내자송자야}
라는 공자의 한탄이 나온다. 이로 보면, 그때나 지금이나 자신에게서 잘못을 찾는 것이 참으로 어려웠나 보다.

『맹자』〈양혜왕〉편 하 3장을 보면, 맹자와 제선왕의 대화가 나온다. 여기서 맹자는 제선왕에게 용기를 말하면서, 기왕이면 큰 용기를 내라고 주문한다. 그러면서 맹자는 "『서경』에 이르기를, '하늘이 백성을 내리면서 임금을 정해주고 스승을 정해주는 것은, 그가 상제를 도우리라고 생각하여 사방의 누구보다 총애한 것이다. 제후 중에 죄가 있는 자이든 죄가 없는 자이든 그 책임이 나에게 있으니, 천하에 어찌 감히 양심과 분수에 벗어나는 짓을 할 자가 있겠는가.'(書曰 天降下民하사 _{서왈   천강하민} 作之君作之師하사든 惟曰其助上帝라 寵之四方이시니 有罪無罪에 惟我在 _{작지군   작지사   유왈기조상제   총지사방   유죄무죄   유아재} 커니 天下曷敢有越厥志리오)"라고 말한다. _{천   하갈감유월궐지}

위령공편 20장을 이해하기 위하여 이것저것 고전을 뒤지다가 맹자까지 손이 간 건데, 이 문장이 '자신에게서 잘못을 찾는다'라는 공자의 말을 잘 표현하고 있다. 맹자가 인용한 이 문장을 직접 『서경書經』에서 찾아보았다. 문장이 조금 달랐다. 아마도 맹자가 살던 시대에 보았던 『서경』과 지금 내가 보는 『서경』은 다를 수 있다. 『서경』〈주서周書〉 태서상泰誓上편에 비슷한 구절이 보인다. 글자는 조금 달라도 뜻은 거의 같았다. 주나라 무왕이 은나라의 주왕을 치러가면서 출전 병사들에게 일장 훈시하는데, 그 내용 중 일부다. 거기서 무왕은 죄가 있건 없건 모든 것이 자신(상제)의 책임이라고 외친다. 그러니 자신을 믿고 따르라고 호소한다. 맹자는 이런 서경의 말을 인용하며 제선왕을 깨우치려고 한 것이다. 자신에게서 모든 잘못을 찾는 임금이야말로 용기 있는 자이며, 하늘이 도울 것이라고.

그렇다. 군자는 잘못을 자신에게서 찾는 사람이다. 소인은 그 반대다. 나는 어땠는가. 무언가 일이 잘못되었을 때 부모를 탓하거나 상사를 탓하지는 않았는가. 아무래도 젊은 시절에 부모님을 많이 탓한 것 같다. 이제 와 참회한들 무슨 소용이 있는가. 이미 이 세상 사람이 아닌 것을….

58. 자긍심을 가지되 다투지 않는다

子曰 君子는 矜而不爭하며 群而不黨이니라
자왈　　군자　　　긍이부쟁　　　　군이부당

—위령공15-21(1,72)

위령공편 20장에 이어서 바로 다음 장에 군자가 나온다. 여기서는 군자만 나오고 소인과 대비하지 않았다. 가만히 음미해 보면, 소인을 말하지 않았을 뿐, 문맥 속에 소인이 이미 들어 있다. 위령공편 21장을 풀이하면 다음과 같다.

　　공자께서 말씀하셨다. "군자는 자긍심을 가지되 다투지 않으며, 여러 사람과 어울리되 편을 가르지 않는다."

참으로 멋진 말이다. 군자는 자긍심을 가지지만, 다투지 않는다. 또 사람과 잘 어울리지만, 편을 가르지 않는다. 나는 원문의 '矜'을 자긍심으로 풀었다. 자긍심이란 '스스로 긍지를 가지는 마음'이다. 임헌규 교수의 『3대 주석과 함께 읽는 논어Ⅱ』에 의하면, 고주나 주희의 집주는 '근엄·장엄'으로 해석했고, 다산 정약용은 장중하게 스스로를 단속하는 것이라고 풀었다. 조금씩 뉘앙스는 달라도, 이를 현대적인 말로 표현하면 '자긍심'이 적당하다. 군자는 스스로 자기의 능력을 믿기에 당당하다. 그러니 남보다 좀 처진다고 기분 나빠하지 않고, 좀 직위가 올라갔다 하여 자만하지 않는다. 자신이 당당하니 질투하지 않고, 마음이 어그러지지 않으니 다툴 필요가 없다. 이게 군자다.

또한, 군자는 여러 사람과 어울리되 편을 가르지 않는다. 주희는 '부당不黨'을 편당을 짓지 않는다고 풀었다. 편당이란 한 당파에 치우는 것을 말한다. 당파 싸움! 그 처절한 싸움은 역사를 피로 물들게 하기도 하고, 끝내는 나라를 망치게도 했다. 우리 역사에서 '사색당파'라는 말은, 일제 강점기에 지어낸 말인지는 몰라도 동인이니 서인이니, 남인이니 북인이니 하는 편당이 있었던 것은 엄연한 사실이다. 이 당파 싸움으로 얼마나 많은 사람이 죽어 나갔는가. 오죽하면 탕평책이라고 하여 당을 가리지 않고 인재를 골고루 쓰는 정책이 나왔을까. 다산은 고금주에서 보완하여 말한다고 하면서, 당을 '아첨하여 힘을 보태는 것(비일조력比暱助力)'이라고 해석했다. 주희의 해석과는 조금 다를 수 있으나, 결국 편을 갈라 끼리끼리 모인다는 뜻이다.

위령공편 21장은 앞에서 이미 다룬 내용과 흡사하다. 위정편 14장에, "공자께서 말씀하셨다. '군자는 두루 사귀되 편을 가르지 않는다. 소인은 편을 가르되 두루 사귀지 못한다.'(子曰 君子는 周而不比하고 小人은 比而不周니라)"라는 말이 나온다. 여기서 공자는 군자와 소인을 대비하며, 군자는 '주이불비'한다고 말하고 있다. 이는 위령공편 21장에서 말하는 '군이부당'과 크게 다르지 않다. 또 자로편 23장에, "공자께서 말씀하셨다. '군자는 남과 어울리지만 같아지지 않고, 소인은 남과 같아지기만 하고 잘 어울리지 못한다.'(子曰 君子는 和而不同하고 小人은 同而不和니라)"라는 말이 나온다. 여기서 화이부동이 군이부당과 매우 비슷하다.

나는 위령공편 21장을 보면서 논어의 고전 맛을 다시금 느낀다. 고전이란, 그때나 지금이나 똑같이 맞기에 고전이다. 공자가 살던 춘추시대에는 그 말이 맞았는데, 지금은 맞지 않는다면 그건 허무맹랑한 말짓거리에 불과하다. 고전은 그때나 지금이나 똑같이 울림을 주기에 위대한 말씀이다. 그 자체로 명언 명구라고나 해야 할까. 군자는 높은 긍지를 가지기에 다투지 않는다. 또한, 여러 사람과 잘 어울리기에 편을 가르지 않는다. 이 얼마나 위대한 선언인가!

군자를 표현하는 말이 논어에 수없이 나왔지만, 왠지 군자는 '긍이부쟁, 군이부당'이라는 굵고 짧은 이 한마디가 가슴을 때린다. 왜일까. 아마도 역시 오늘을 되새기고 싶어서일 것이다. 오늘날을 보라. 지금이라고 다를까. 사람 하는 모양이 이 두 마디를 크게 벗어나지 않는다. 당당하게 싸우면 되는데 상대방을 험담하고 끌어내리고, 없는 말 있는 말을 다 동원하여 중상모략한다. 어디 그뿐인가. 두루두루 같이 살 생각은 하지 않고, 같은 편은 아무리 잘못해도 봐주고, 다른 편은 어떻게 해서든 감옥에 넣으려고 한다. 흔히 말하는 내로남불의 횡행이다. 앞에서도 말했지만, 내로남불이란 내가 하면 로맨스요, 남이 하면 불륜이라는 신조어다.

아, 군자는 자긍심을 가지되 다투지 않고, 여러 사람과 어울리되 편을 가르지 않는 사람이다. 이제부터라도, 난 이 길을 가도록 노력해야겠다.

59. 말만 듣고 사람을 뽑지 않는다

子曰 君子는 不以言擧人하며
자왈 군자 불이언거인
不以人廢言이니라
불이인폐언

—위령공15-22(1,73)

　참으로 멋진 말이다. 논어에 나온다고 해서 다 명언은 아니다. 어떤 것은 도무지 무슨 뜻인지 이해가 되지 않는 말도 있다. 이런 경우 여러 해석을 뒤지고 곰곰이 생각한 뒤에야 짐작하게 된다. 그런데 위령공편 22장은 확 다가온다. 내가 공직에 있어서일까. 아니면, 이제 나이 60에 철이 들어서일까. 이를 풀이하면 다음과 같다.

　　공자께서 말씀하셨다. "군자는 말만 듣고 사람을 뽑지 않으며, 사람만 보고 그의 말까지 버리지는 않는다."

　고주와 신주, 다산의 고금주를 보고, 현대의 해석까지 두루 살펴보았다. 주석마다 조금씩 뉘앙스가 다르다. 나 역시 이 문장을 어떻게 받아들여야 할까 고심이 많았다. 고전은 끊임없는 재해석이라고 했다. 그럴 수밖에 없다. 그때와 지금은 하늘과 땅 차이고, 다만 내 삶에 어떻게 적용할 것인가가 문제이기 때문이다. 원문을 보면, 글자가 아주 대칭적이다. 군자 다음에 '不以'가 나오면서 '言'과 '人'을 서로 바꾸어 놓았다.
불이　　　　　언　인

59. 말만 듣고 사람을 뽑지 않는다　235

그러면서 그 가운데에는 舉와 廢가 들어가 있다. 문장이 참 묘미가
있다. 글자를 어디에 두느냐에 따라 해석이 달라지니, 한문의 구조적
특징일 수도 있다.

나는 언을 두고, 두 가지로 생각했다. 말을 듣는다고 할 때, 그 말이라
는 것이 어디서 전해 듣는다는 것인지, 아니면 직접 대면하고 말을
들어본다는 것인지 헷갈렸다. 이건 내가 교직이라는 공직 생활을 하면
서 늘 고심했던 바이기도 하다. 어떤 선생님이 학교에 전근을 오신다.
그러면 전에 있던 학교에서 같이 근무했던 분이 전화를 걸어온다거나,
직접 학교에까지 와서는 이야기를 해준다. 그 선생님 어쩌고저쩌고하
면서 말이다. 또, 어떤 경우는 기간제 교사를 뽑아야 할 때 여기저기서
전화가 걸려 온다. 그 사람 참 좋은 사람이라고! 말인즉슨, 그 사람에
관한 평을 전해 오는 것이다. 이럴 때 말만 듣고 그 사람을 보직 교사나
기간제로 등용(舉)해야 하는 것인지 난감할 때가 있다. 나도 사람이라
서 이런저런 말을 들으면, 왠지 그 사람에 대하여 좋거나 싫은 선입관이
생길 수 있다. 하나, 나는 단호히 이를 경계한다. 말로만 듣고 그냥
넘긴다.

위령공편 22장에서 공자가 말하고자 하는 진짜 뜻은 무엇일까. 곰곰
이 생각해보니, 공야장편 9장에 이런 말이 나온다. "재여가 낮에 잠을
자고 있었다. 공자께서 말씀하셨다. '썩은 나무로는 조각할 수 없고,
더러운 흙으로 쌓은 담장은 흙손질할 수 없는 법이다. 재여를 어찌
탓하겠느냐.' 공자께서 말씀하셨다. '처음에 나는 사람을 볼 때 그 말을
듣고 그 행실도 그러리라 믿었는데, 이제 나는 사람을 볼 때 그 말을
듣고 그 행실까지 살펴보게 되었다. 재여로 인해 이처럼 바뀌었다(宰予
晝寢이어늘 子曰 朽木은 不可雕也며 糞土之墻은 不可杇也니 於予與에 何誅
리오 子曰 始吾於人也에 聽其言而信其行이라니 今吾於人也에 聽其言而觀

其行하노니 於予與에 改是와라).”라는 문장이다.

딱 이 말이다. 재여는 공자의 제자 중에 소문 난 말썽꾸러기였다. 그런데 말은 참 잘했는가 보다. 말하는 걸 보고 행실도 그러하리라고 믿었는데, 재여는 낮잠이나 자고 스승의 가르침을 충실히 따르지 않았다. 공자는 이러한 제자를 탓하지 않고, 오히려 자신의 태도를 바꾸어버린다. 이제부터는 말만 듣고 그 사람의 행실까지 믿지 않겠노라고. 반드시 그 사람의 말보다는 행실부터 보겠다고! 어찌 보면 공자가 재여를 보고 깨달았다고나 할까. 아니면 재여에게 한 수 배웠다고나 할까.

그렇다. 좋은 평이 들린다거나, 그 사람이 말을 잘한다고 하여 꼭 덕이 있는 것은 아니다. 마찬가지로, 사람이 나쁘다고 이러쿵저러쿵해도 그 사람의 말까지 매도되어서는 안 된다. 또 이렇게도 생각할 수 있다. 그 사람의 외면만 보고 뽑아서도 안 되고, 그 사람이 하찮은 사람이라도 그 말을 무시해서도 안 된다. 군자라면, 말과 사람 됨됨이를 꼼꼼히 살핀 다음에야 사람을 천거하거나 등용해야 한다. 다산 정약용은『논어고금주』에서 진력의 말을 인용하면서,『시경』〈대아〉에 나오는 “나무꾼에게도 물어보라.”라는 말을 언급했다. 하찮은 나무꾼이지만, 그 사람의 말도 소중할 수 있으니 함부로 버리지 말라는 뜻이다. 하기야, 산중에서 길을 잃었을 때, 나무꾼이 일러주는 한 마디는 천만금의 이정표가 될 수 있다.

군자는 말만 듣고 사람을 뽑지 않고, 사람만 보고 그 사람의 말까지 버리지는 않는다. 참으로 가슴 따끔한 말이 아닐 수 없다. 나는 이제껏 살아오면서 어땠는가. 혹시 말만 듣고, 말을 참 잘하니 그냥 아무 생각 없이 사람을 추천하지는 않았는가. 또 그 사람이 밉고 감정이 있다고 하여 그 사람의 좋은 말까지 무시하고 버리지는 않았는가. 아무래도 자신이 없다. 특히 후자에 자신이 없다. 나보다 못한 사람이나 행실이

미운 사람의 말은 잘 듣지 않으려고 한 것 같다.

아무리 대척점에 있는 사람이라도 귀 기울일 줄 알아야 한다. 훌륭한 사람은 아무리 미운 사람의 말이라도 그것이 충언이라면 들을 줄 알아야 한다. 그것이 군자의 길이기 때문이다.

60. 도를 걱정하지, 가난을 걱정하지 않는다

子曰 君子는 謀道요 不謀食하나니
耕也에 餒在其中矣요 學也에 祿在其中矣니
君子는 憂道요 不憂貧이니라

—위령공15-31(2,75)

위령공편에 나오는 파편들이 거의 공자가 직접 한 말씀이면서 문장이 짧다. 하나같이 촌철살인 같이 폐부를 찌르는 명언 명구다. 위 31장도 마찬가지다. 참으로 명문이 아닐 수 없다. 군자가 두 번이나 등장한다. 앞에서 말하는 군자와 뒤에서 말하는 군자의 뉘앙스가 조금 다르다. 위령공편 31장을 풀이하면 다음과 같다.

공자께서 말씀하셨다. "군자는 도를 도모하지, 먹고사는 걸 도모하지 않는다. 밭을 갈아도 굶주림이 그 가운데 있지만, 배워도 녹봉이 그 가운데 있다. 그러니 군자는 도를 걱정하지, 가난을 걱정하지 않는다."

군자는 도를 도모하지, 먹고사는 것을 도모하지 않는다? 도는 무엇이고, 도모한다는 것은 무슨 뜻일까. 도란 군자가 나아갈 길, 즉 추구하는 진리이다. 공자가 논어에서 이렇게 저렇게 말하는 모든 말씀은 도와 관련이 있다. 원문에서 謀를 '도모하다'로 풀었다. 대부분 학자가 이렇게 번역했다. 도모란, 어떤 일을 이루기 위하여 대책과 방법을 세우는 것을 말한다. 그런데 앞에 나오는 군자와 뒤에 나오는 군자가 묘하게 대비된다. 앞의 군자는 응당 나아가야 할 도를 추구하지, 당장 먹고사는 일에 얽매이지 않는다는 뜻으로 해석된다. 뒤의 군자는 도를 걱정하지, 가난을 걱정하지 않는다고 했다. 이 무슨 뜻일까. 참으로 미묘한 대비다. 앞에서는 도와 먹고사는 일을, 뒤에서는 도와 가난을 배치해 놓았다.

도올 김용옥 선생은 위령공편 31장을 풀면서, 참으로 아름답고도 또 아름다운 금언이라고 격찬을 아끼지 않았다. 문장 구성을 잘 뜯어보면 천재적인 작품이라는 거다. 도올 선생의 이 언급을 가만히 생각해보니, 정말 가슴에 와닿았다. 그래서 첫머리에 나도 명문장이라고 표현했다. 군자의 도와 식을 먼저 말하고 나서, 중간에 밭일과 배움을 끼워 넣고 있다. 먹고 살려고 밭을 죽어라 갈아도 그 가운데 굶주림(기餒)이 있을 수 있다. 그렇듯이, 죽어라 배워도 녹봉(녹祿)이 그 가운데 있을 수 있다. 아, 이 무슨 뜻일까?

공자는 은근히 배움을 강조하고 있는 듯하다. 밭일, 즉 농사는 어찌 보면 단기적인 목표다. 봄에 씨를 뿌려 여름 내내 일구어 가을에 거두면 그만이다. 그러면 거뜬히 추운 겨울도 이겨낼 수 있다. 그런데 말이다. 이 농사라는 것이, 항상 잘 되는 것만이 아니다. 가뭄이 들어 흉년이 될 수도 있다. 그러면 그 해는 굶는다. 농사를 열심히 지었는데 굶주림이 온 것이다. 배움도 마찬가지다. 물론 여기서 배움이란 학문을 뜻한다. 학문이란 어렵고도 장기적인 목표이다. 하늘 천 따지, 하면서 글만 열심히 읽는다고 밥이 금방 나오지는 않는다. 그러나 열심히 학문에 정진하다 보면, 벼슬에 나아갈 수 있다. 벼슬에 오르면 나라에서 녹봉을 준다. 오늘날로 말하면 공무원 봉급이다. 다달이 월급이 나오니, 굶어 죽는 일은 없다.

여기서 주의할 점이 있다. 과연 밭일(경耕)과 배움(학學)에 경중이 있는가 하는 문제다. 밭일은 하찮고 배움은 고귀한가? 그렇지 않다고 본다. 그렇게 생각한다면 공자의 진의를 왜곡할 수 있다. 어디까지나 농사일에 빗댔을 뿐이라고 보아야 한다. 그때나 지금이나 장기적인 목표를 세워 묵묵히 정진하는 학문을 기피하고, 단기적으로 눈앞에 뭔가를 노리는 풍조가 있었을 것이다. 공자는 아마도 이를 지적하고 싶었을 것이다. 밭일이 어찌 배움보다 가볍겠는가? 농사도 어느 정도 경지가 되어야 할 수 있는 일이다.

군자는 도를 걱정하지, 가난을 걱정하지 않는다! 이제야 이 말이 들어온다. 군자는 다만 도를 위해 배울 뿐이지, 혹시 쌀이 떨어질까, 굶게 되지 않을까를 걱정하지 않는다. 조선의 선비가 이러했다. 황희 정승 같은 청렴한 선비 말이다. 헌문편 25장에, "공자께서 말씀하셨다. '옛날에 배우는 사람은 자기를 위한 공부를 했는데, 요즘 배우는 사람은 남에게 보여주기 위한 공부를 한다.'(子曰 古之學者는 爲己러니 今之學者는 爲人이로다)"라는 말이 나온다. 여기서 공자가 말한 학자의 일면을 엿볼 수 있다. 자기의 인격 수양을 위해서 열심히 공부하다 보면 벼슬을 얻게 되고 먹고사는 일도 저절로 해결되는 것이지, 처음부터 벼슬을 얻기 위하여 공부하면 곤란하다는 것이다.

위기지학이냐, 위인지학이냐? 이는 공부하는 사람에게 던져지는 여전히 큰 질문이다. 공자는 당신이 군자라면 위기지학의 길을 가라고 말한다. 녹봉을 얻기 위하여 학문을 하면 진정한 학문이 될 수 없다고 본 것이다. 왜냐하면, 학문도 결국은 도를 얻기 위한 과정이기 때문이다. 그래서 군자는 도를 걱정할 뿐 가난을 걱정하지 않는다고 했다. 아, 어렵다. 어디 그게 쉬운 일인가. 단 하나, 여기서 깨닫는 바가 있다.

내 삶을 돌아보니, 무엇을 얻겠다고 죽어라 하면 오히려 되지 않았다는 사실! 도리어 마음을 비우고 그냥 열심히 하다 보니, 남이 알아주기도 하고 상을 타기도 했다. 아마도 이런 것이, 공자가 위령공편 31장에서 말하고자 하는 바가 아닐까 하고 감히 생각해 본다.

61. 작은 일은 몰라도 큰일은 맡을 수 있다

子曰 君子는 不可小知而可大受也요
小人은 不可大受而可小知也니라

—위령공15-33(1,76)

위령공편 33장은 군자와 소인을 기막히게 대비하고 있다. 글자 수도 각각 9자로 똑같다. 대大와 소小, 지知와 수受를 앞뒤로 놓으면서 문장의 완성도를 높이고 있다. 논어에 나오는 문장이 다 명문장인데, 당시 편집을 했던 사람의 일단을 엿볼 수 있다. 어떻게 하면, 스승의 가르침을 짧으면서도 가슴 찌르듯이 후대에 전할 수 있을까 고민한 흔적이 역력하다. 위령공편 33장을 풀이하면 다음과 같다.

공자께서 말씀하셨다. "군자는 작은 일로써 알 수는 없어도 큰일은 맡을 수 있다. 소인은 큰일을 맡을 수는 없어도 작은 일에서는 인정받을 수 있다."

위령공편 33장의 원문을 어떻게 해석할 것인가? 특히 '소지小知'를 어떻게 볼 것인가가 관건이다. 고주와 신주, 다산의 고금주를 보면 해석이 조금씩 차이가 있다. 고주는 "왕숙이 말하기를, 군자는 그 도가 깊고 넓어 작은 일에서는 군자임을 알아볼 수 없지만, 큰 직책을 맡을 수 있다, 소인은 그 도가 얇고 좁아 작은 인정은 받을 수 있으나, 큰 직책은

맡을 수 없다(王曰 君子之道深遠, 不可小了知而可大受, 小人之道淺近, 可
小了知而不可大受也)."(하안, 논어집해)라고 해석했다. 주희는 군자는 작
은 일에서는 내가 알아볼 수 없지만, 재덕이 중책을 맡기에 충분하여
큰 직임을 받을 수 있다고 해석했다. 한편, 다산은 큰 재주를 지녔지만
작게 쓰이면 앎이 두루 넓지 못한 바가 있어 작은 일은 맡을 수 없지만,
큰일은 총괄할 수 있다고 해석했다(주희와 다산의 해석은 임헌규, 3대 주석
과 함께 읽는 논어II, 658쪽 참고). 고주와 다산의 생각이 좀 비슷하다.

나는 고주가 현대적 해석에 더 맞는다고 본다. 어떤 사람은 앞의
고주 원문에서 知를 지혜로, 小了知를 '사소한 일을 안다'로 풀기도
했다. 일리는 있으나 확 다가오지 않는다. 군자는 그야말로 도량이 넓
은 사람이다. 오늘날로 말하면 역량이 뛰어난 사람을 일컫는다. 역량은
어떻게 길러지는가. 그냥 어느 날 갑자기 생기는가? 그렇지 않다. 작은
일부터 시작하여 자꾸 해 보고 시행착오도 겪으면서 차차로 얻어지는
것이다. 공자 역시, 어렸을 때 제례를 행하는 놀이부터 하급 관리인
위리委吏(창고 관리자)와 승전리乘田吏(목축 담당 관리) 등 안 해 본 것이
없을 정도였다. 자한편 6장에, "나는 어려서 미천했기 때문에 잡다한
일에 능했나니(吾少也에 賤故로 多能鄙事호니)"라는 말이 나온다. 그러
면서 군자는 다 잘할 필요는 없다고 말한다. 이 말은 군자 정도가 되면,
사소한 일은 신경 쓰지 않아도 된다는 말로 봐야 한다. 작은 일은 배우
지 않아도 되고, 무시해도 좋다는 뜻은 아닐 것이다.

태백편 4장을 보면, 이를 뒷받침 하는 글이 있다. 증자가 병이 들어
맹경자가 문병을 왔는데 증자가 멋있는 말을 해준다. 바로 군자가 귀하
게 여겨야 할 세 가지다. 그러면서 제기 준비하는 세세한 일(변두지사籩豆
之事)은 유사有司가 하는 일이라고 일침을 놓는다. 또 위정편 12장에,
'군자불기君子不器'라는 말이 나온다. 군자는 용도가 한정된 그릇이 아니

라는 뜻이다. 어느 한 가지만 잘하고, 한 가지 용도로만 쓰인다면 그는 소인이다. 소인을 무시해서가 아니다. 소인도 귀중하다. 뭔가 한 가지는 뛰어난 사람이기에.

위령공편 33장은 어찌 보면 군자보다 소인을 더 띄운 감이 있다. 군자는 훌륭한 사람, 소인은 좀 떨어진 사람이라는 구도가 잡힐 수 있는데, 여기서는 소인을 확실히 인정했다. 큰일은 맡을 수 없어도 작은 일은 능히 해낼 수 있는 사람이 소인이다. 그렇다. 소인이 성장하여 군자나 대인이 되는 것이다. 소인을 거치지 않고 어찌 큰 사람이 될 수 있는가. 다만, 그 사람의 처한 상황, 능력, 적성 등을 고려하여 일을 맡을 뿐이다.

대통령이 가장 아래인 9급 공무원 하는 일까지 세세히 알 필요는 없다. 국가 지도자는 아무나 맡을 수 없다. 그는 반드시 군자이어야 한다. 군자는 작은 일을 가지고는 알아볼 수 없다. 큰일이 닥쳤을 때 담대하고도 의연하게 대처하는 사람이기 때문이다. 이런 사람은 참 드물다. 아, 작은 일로써 알 수 없는 군자의 길이여!

62. 작은 신의에 얽매이지 않는다

子曰 君子는 貞而不諒이니라
자왈 군자   정이불량

— 위령공15-36(1,77)

정말 짧은 문장이다. 정이불량, 이 네 글자가 다다. 언뜻, 위정편 12장에서 다룬 군자불기君子不器가 생각나고, 뒤에 나오는 위령공편 38장의 유교무류有敎無類가 떠오른다. 이 세 가지 모두 뜻이 촌철살인 같아 사자성어로 굳어졌다. 위령공편 36장을 풀이하면 다음과 같다.

공자께서 말씀하셨다. "군자는 정도를 따르되, 작은 신의에 얽매이지 않는다."

원문의 貞과 諒을 어떻게 푸는가에 따라 해석이 다를 수 있다. 사전
정 량
을 보면, 정은 '곧다, 지조가 굳다, 마음이 곧바르다' 등으로 나와 있고, 량은 '살핀다'는 뜻도 있지만 '믿다, 작은 일에 구애되는 진실, 하찮은 의리를 묵수墨守하는 일'이라는 뜻이 있다. 그렇다면 옛 선인들은 어떻게 풀었을까. 고주인 하안의 『논어집해』에는, 정을 바름(정正)으로, 량을 작은 믿음(소신小信)으로 풀었다. 신주인 주희의 『논어집주』는 정을 '올바르고 굳다(정이고正而固)'로, 량을 '시비를 가리지 않고 믿는 대로만 한다(즉불택시비이필어신則不擇是非而必於信)'라고 풀었다. 도올 김용옥 선생은

'정'이라는 글자는 논어를 통틀어서 여기 위령공편 36장에서 딱 한 번 나온다고 말했다. 그러면서 이 문장을 "군자는 정도를 따르고 작은 신의에 얽매이지 않는다."라고 해석했다. 또, 김원중 교수는 "군자는 올곧지만 믿음을 고집하진 않는다."라고 해석했다.

나는 고주나 신주가 거의 비슷하다고 보면서 위와 같이 풀었다. 군자는 정도를 따르되, 작은 신의에 얽매이지 않는다! 이렇게 푸니까, 그 어렵던 정이불량이 잘 다가왔다. 정도란 무엇인가? 정도를 걸어라, 인생을 사는데 정도를 걸어야지 하고 흔히 말한다. 한마디로 올바른 길이다. 아무리 해도 추상적이지만, 딱 떠오르는 것은 있다. 나도 좋고 남에게도 좋은 자리이타의 삶, 인의예지의 길 그런 것이 아닐까 한다. 군자는 정도를 걸어가되, 작은 신의에는 얽매이지 않는 사람이다.

참으로 어렵다. 사람이 세상을 살다 보면, 이런저런 일로 정이 들고 연이 맺어진다. 이른바 사람과의 인연이다. 이 인연을 물리친다는 것이 쉬운 일이 아니다. 높은 직위에 올랐을 때 옛날 친하게 지냈던 사람이 뭔가를 부탁할 때 이를 나 몰라라 하기는 정말 어려운 일이다. 또, 옛날에 부하였던 사람이 높은 벼슬에 오른 상관을 찾아와 후일을 기약하고자 할 때, 이를 단호히 물리치기도 쉽지 않은 일이다.

한 가지 일화가 있다. 중국 후한 때 양진楊震이란 사람이 있었다. 이 사람은 형주 자사를 네 번이나 지냈고, 관서의 공자라고 할 만큼 명성이 자자했다. 그가 동래군 태수가 되어 가는 길에 '창파현'이라는 곳에 잠시 머물렀다. 당시 이곳에는 왕밀이라는 사람이 현령으로 있었는데, 양진이 형주에 있을 때 아주 아끼던 관리였다. 왕밀은 자신이 섬기던 상관이 태수가 되었으니 인사도 할 겸 밤에 몰래 처소로 찾아갔다. 양밀이, "동래군 태수가 되신 것을 경하드립니다. 이렇게 일부러 저를 찾아주시니 더없는 영광입니다." 그러자 양진이, "자네 얼굴이나 잠깐

보려고 들렀네." 이런저런 이야기로 밤이 무르익자, 양밀이 "태수님, 이거 얼마 안 되는 정성입니다만 받아주십시오." 하고는 금 10근을 앞에다 내놓았다. 그러면서 자신을 천거해준 은혜를 갚는 것이라고 말하였다.

양진은 이를 보고 불호령을 내렸다. 당장 가져가라고. 그러나 왕밀은 개의치 않고, "태수 어른, 밤이 깊어 아무도 보는 사람이 없습니다. 아무도 모르는 일이니, 염려 말고 받아 주십시오."라고 했다. 그러자 양진은 언성을 더 높이면서, "하늘이 알고, 땅이 알고, 내가 알고, 또한 자네가 알고 있는데 아무도 모른다고? 예전부터 자네는 나를 잘 안다고 생각했는데 참 실망이구나."라고 하면서 그를 나무랐다. 왕밀은 양진의 단호한 물리침에 하는 수 없이 금을 도로 가져갈 수밖에 없었다.

이 이야기는 『후한서』에 나오는 이야기다. 참으로 많은 교훈을 준다. 오늘날은 청탁금지법이 있지만, 그 옛날에 이런 훈훈한 일화가 있었다니 놀라울 뿐이다. 송나라 학자 여본중呂本中이 아이들의 훈육을 위해 쓴 『동몽훈』에 "벼슬살이하는 법이 오직 세 가지가 있으니, 청렴·신중·근면이다. 이 세 가지를 알면 어떤 몸가짐을 가져야 할지 알 것이다."라는 말이 나온다. 세 가지 중에 '청렴'을 으뜸으로 삼고 있다. 또 『채근담』을 보면, "도덕을 지키는 자는 그 적막함이 한 때에 불과하지만, 권세에 아부하는 자는 만고에 처량하다. 널리 사물의 도리에 통달한 자는 물욕 밖의 진리를 보고 죽은 후의 명예를 생각하니, 차라리 한 때 적막할지언정 만고에 처량하게 되어서는 안 된다."라고 쓰여 있다. 이 역시 청렴을 강조한 말이다.

위령공편 36장의 군자는 정도를 따르되, 작은 신의에 얽매이지 않는다는 공자의 말씀을 양진은 알고 있었을까. 후한 때의 사람이고 관서의 공자라고 일컬어졌다고 하니 이를 모를 리가 없었다. 아마도 내 생각에는 논어를 수없이 읽었을 것이다. 양진은 정이불량을 확실히 알고, 온몸으로 실천한 사람이다. 옛날에 그렇게 아끼던 부하가 보고 싶어 일부러 들를 정도면 얼마나 신의가 두터웠겠는가. 그런데 그런 부하가 금을 싸 들고 자신의 처소를 찾아왔다. 한마디로 앞일을 잘 봐달라고 청탁한 것이다. 양진이 이를 꿰뚫지 못했다면 바보다. 옛날이나 지금이나 금품을 주고받는 일은 모종의 뒷거래를 뜻한다. 받으면 그만큼 자신에게 부담으로 남는다. 이걸 잘 알기에, 양진은 단호히 물리쳤다. 정도를 걷기 위해 작은 신의 따위는 내팽개친 것이다.

　세상을 살면서 정도를 걷기란 쉽지 않다. 아, 나는 어떠하였는가. 교직 30년 이상을 걸어오면서 정이불량 하였는가. 앞으로는 정도를 걷되, 작은 신의 따위는 물리칠 수 있는가.

63. 솔직하지 않고 변명하는 것을 싫어한다

(…전략…)

孔子曰 求아 君子는 疾夫舍曰欲之요 而必爲之辭니라
공자왈 구 군자   질부사왈욕지   이필위지사

丘也는 聞有國有家者不患寡而患不均하며
구야   문유국유가자불환과이환불균

不患貧而患不安이라호니 蓋均이면 無貧이요
불환빈이환불안   개균   무빈

和면 無寡요 安이면 無傾이니라
화   무과   안   무경

夫如是故로 遠人이 不服則修文德以來之하고
부여시고   원인   불복즉수문덕이래지

旣來之則安之니라 今由與求也는 相夫子호대
기래지즉안지   금유여구야   상부자

遠人이 不服而不能來也하며
원인   불복이불능래야

邦分崩離析而不能守也하고 而謀動干戈於邦內하니
방분붕이석이불능수야   이모동간과어방내

吾恐季孫之憂不在顓臾而在蕭墻之內也하노라
오공계손지우부재전유이재소장지내야

—계씨16-1(1,78)

이제 논어 열여섯 번째 편인 계씨편으로 넘어간다. 역시 첫 장에
처음 나오는 두 글자를 따서 편명을 삼았다. 여기서 계씨란 노나라
3대 세력가인 삼환 중의 하나를 말한다. 계씨편은 모두 14장으로 되어
있다. 주로 정치에 대한 공자의 생각을 적어놓았는데, 계씨편은 다른
편과 특이한 점이 있다. 우선, '공자께서 말씀하셨다'라는 표현을 다른
편에서는 보통 '자왈子曰'로 적었는데, 여기 계씨편에서는 '공자왈孔子曰'이
라고 했다.

또, 계씨편 1장은 문장이 꽤 길다. 앞의 선진편 25장을 떠올리게 한다. 마치 한편의 단편소설을 보는 듯하다. 선진편 25장이 좀 추상적인 것에 비하여, 이 계씨편 1장은 구체적 역사적 사실에 기초하여 스승과 제자가 문답하는 형식을 취하고 있다. 도올 김용옥 선생은 이런 점으로 미루어 후대의 제자들이 소설적으로 편집하여 각색한 것이 아닌가 하고 추측했다. 주희의『논어집주』에 보면, 계씨편을 소개하면서 홍흥조의 말을 적어놓았다. 바로 "홍씨(홍흥조)가 말하였다. '이 편은 혹자는 제나라 논어라고 한다. 모두 14장이다(洪氏曰 此篇은 或以爲齊論_{홍씨왈　차편　혹이위제론}이라 凡十四章이라)._{범십사장}"라는 기록이다. 이로 보면, 논어 계씨편은 제나라에 있던 공자의 후학들이 편집하여 더한 것이 아닌가 하고 의심할 수 있다.

계씨편은 내용이 그리 많지 않지만 나에게 큰 감동으로 다가온다. 군자라는 말도 여러 곳에서 나온다. 내가 교직을 수행하면서 늘 학생들에게 말했던 교훈이 많다. 예를 들어, 4장에 사귀면 도움이 되는 세 가지 벗(익자삼우益者三友), 해로움이 되는 세 가지 벗(손자삼우損者三友)이 나오고, 바로 이어서 5장에 도움이 되는 세 가지 즐거움(익자삼락益者三樂), 해로움이 되는 세 가지 즐거움(손자삼락損者三樂)이 나온다.

또, 배움의 네 단계도 계씨편에 나온다. 9장에 '生而知之, 學而知之,_{생이지지　학이지지} 困而學之, 困而不學.'이라는 말씀이다. 이 얼마나 감동적인가. 날 때부_{곤이학지　곤이불학}터 아는 사람은 상급이고, 배워서 아는 사람은 그 다음이고, 곤란에 처해서야 배우는 사람은 또 그 다음이다. 그런데 곤란에 처해서도 배우지 않는 사람은 하급이다. 이는 스승이 제자들에게 말한 경책으로 여겨지는데, 공자는 한결같이 '자신은 배워서 아는 사람(學而知之者)'이라고 낮추어 말했다. 여기서 인간 공자의 모습을 여실히 엿볼 수 있다. 계씨편의 1장을 풀이하면 다음과 같다.

(…전략…) 공자께서 말씀하셨다. "구야, 군자는, 원하지 않는다고 말해 놓고 굳이 그것에 대해 변명하는 것을 싫어한다. 내가 듣기로는, 나라를 소유하고 집안을 소유한 자는 백성이 적은 것을 근심하지 않고 빈부가 고르지 못한 것을 근심한다. 백성이 가난한 것을 근심하지 않고 백성이 편안하지 못한 것을 근심한다. 대체로 균등하면 백성이 가난할 리가 없고, 화목하면 백성이 적을 리가 없으며, 편안하면 나라가 기울 리가 없다. 이와 같기에 먼 데 사는 사람들이 복종하지 않으면 문덕을 닦아서 그들을 오게 하고, 오게 했으면 편안하게 해줘야 한다. 그런데 지금 유와 구는 계씨를 도우면서, 먼 데 사는 사람을 복종시키지 못하고 그들을 능히 오게 하지도 못한다. 나라가 갈라지고 무너져 쪼개지는데도 지키지 못한 채, 나라 안에서 전쟁을 일으킬 생각이나 하고 있구나. 나는 계씨 문중의 근심이 전유 땅에 있지 않고, 그 내부에서 생길까 걱정스럽다."

문장이 너무 길어서 앞의 내용은 생략했다. 노나라의 실권자인 계씨 문중이 전유 땅을 정벌하려고 한다. 전유는 노나라의 작은 속국이다. 공자의 제자인 염유(염구)와 자로가 어느 날 공자에게 와서 묻는다. 둘은 이때 계씨 문중에서 벼슬을 하고 있었다. 지금 우리가 모시고 있는 계씨가 전유국을 치려고 하는데, 선생님의 생각은 어떠한가 하고 의중을 떠본 것이다. 이때 공자는 염유를 단단하게 꾸짖는다. '야, 이놈 아. 이건 네 놈의 잘못이 아니냐? 전유는 작은 나라이고, 노나라 안에 있으며 노나라를 하늘같이 모시는 나라인데, 어찌 그런 나라를 친다는 말이냐. 계씨가 잘못하고 있다는 것을 뻔히 알면서도 너는 말릴 생각은 하지 않고, 오히려 동조한다는 말이냐?' 이렇게 말이다. 그러자 염유는 계씨가 그렇게 하고자 한 것이지, 저희 두 사람(염유와 자로)은 동조하지 않았다고 대답한다. 이에, 공자는 옛날 사관이었던 주임周任의 말을 인용하면서 논리적으로 염유의 생각이 잘못되었음을 깨우친다.

　스승의 말을 듣고는 염유가 대답한다. 전유는 계씨가 다스리는 땅인 비읍에서 가까우니 지금 취하지 않으면 반드시 나중에 근심거리가 될 것이라고. 그래서 치는 것이라고. 한마디로 자신의 속마음을 공자에게 내비친 것이다. 공자는 기회는 이때다 싶어, 군자 이야기를 쑥 꺼낸다. 군자는 자고로 원하지 않는다고 말하면서 속으로는 일을 꾸미는 그런 사람을 대단히 미워한다고! 아, 공자의 이 한마디는 천금 같은 말이다. 여기서 군자는 공자 자신일 수도 있고, 염유와 자로를 가리킬 수도 있다. '왜, 너희들은 군자의 길을 가라 했는데, 지금 엉뚱한 길을 가고 있느냐? 왜, 솔직하지 않고 변명을 하느냐? 바로 이거다. 내가 너희들을 그렇게 가르쳤냐고 오히려 되묻고 있다.

　계씨편 1장을 풀면서 하나 어려운 개념과 부딪친다. 바로 원문 중간쯤의 '不服則修文德以來之'에서 '文德'이라는 말이다. 다산 정양용의
　　　불복즉수문덕이래지　　　　　　　　　문덕
『논어고금주』에서는, "문덕을 닦는다는 것은 효제孝弟를 돈독히 하고 예악禮樂을 흥하게 하는 것이다."라고 했는가 하면, 채청의 주석을 들어 "문덕은 인의仁義가 그것이다. 임금은 임금다워야 하고, 신하는 신하다워야 하고, 아비는 아비다워야 하고, 자식은 자식다워야 하는 따위다." 라고 풀이해 놓았다. 먼 곳에 있는 사람이 복종하지 않으면 문덕을 닦아 그들을 오게 해야 한다. 이때 문덕이란, 오늘날로 말하면 높은 문화적 수준과 도덕일 것이다. 문덕이 있는 곳이라면 어느 누가 와서 살지 않겠는가. 계씨가 먼저 노나라를 문덕이 있는 나라로 만들면, 전유 사람들은 저절로 올 것이라고 공자는 말하고 있다. 하나 더, 문덕이 있게 하려면 다스리는 사람이 먼저 군자가 되어야 한다. 군자는 솔직하게 말하지, 변명하는 사람이 아니다. 아, 참으로 멋지지 않은가!

64. 말하는 것도 때와 방법이 있다

孔子曰 侍於君子에 有三愆하니 言未及之而言을
공자왈   시어 군자   유삼건   언미급지이언
謂之躁요 言及之而不言을 謂之隱이요
위지조   언급지이불언   위지은
未見顏色而言을 謂之瞽니라
미견안색이언   위지고

—계씨16-6(1,79)

계씨편에서 두 번째로 군자가 나오는 문장이다. 처음 나왔던 1장보다
는 짧지만, 드러내려는 메시지는 강렬하다. 나는 이 문장을 맞닥뜨리고
나서, 사람과의 관계를 어찌해야 할지를 '말(言)'이라는 한 글자를 통해
서 이렇게 잘 설명할 수 있을까 하고 감탄했다. 역시 논어이고, 공자다.
앞에서도 밝혔지만, 논어 계씨편은 제나라 논어라고 할 만큼 과연 공자
가 직접 한 말인가 하는 의문이 있다. 그 근거는 다른 편은 모두 '자왈'이
라고 했는데, 여기서는 '공자왈'로 되어 있기 때문이다. 어쨌거나 이
문장이 담고 있는 의미는 대단하다. 계씨편 6장을 풀이하면 다음과
같다.

공자께서 말씀하셨다. "군자를 모실 때 저지르기 쉬운 세 가지 허물이
있다. 아직 말할 때가 아닌데 말하는 것을 조급하다고 하고, 말할 때가
되었는데도 말하지 않는 것을 숨긴다고 하고, 안색을 살피지 않고 말하는
것을 눈치 없다고 한다."

계씨편 6장을 확실히 이해하기 위하여 여러 문헌을 뒤졌다. 현대적 해석은 물론이고, 다산 정약용의 『논어고금주』까지 일람했다. 군자를 모실 때는 세 가지 허물을 조심해야 한다? 이 첫 문장만 보아도 좀 이상하지 않은가. 이제까지 대부분 군자가 나오는 문장을 보면 군자는 이렇다 저렇다, 이래야 한다 저래야 한다 등 당위적인 말이 많은데, 여기서는 군자를 모신다는 말로 시작한다. 공자 자신이 나를 모실 때는 이렇게 하라고 했다는 말인가? 어딘지 모르게 좀 어색하다. 이는 아마도 후대의 사람들이 공자의 권위를 빌리기 위해 이렇게 쓰지 않았을까 생각한다. 공자는 그 어디서도 자신이 군자라고 말한 적이 없다. 자신은 물론, 제자들에게 군자가 되기를 희망하고 권했을 뿐이다.

계씨편 6장이 말하려는 메시지는 세 가지다. 아직 말할 때가 아닌데 말을 하면 그건 조급한 것이고, 말할 때가 되었는데도 말을 하지 않으면 그건 숨기는 것이다. 한자 '及'은 미친다는 뜻이므로 원문의 言及을 그대로 풀면, '말할 차례에 미친다.'라고 해석된다. 그러나 여기서는 쉽게 '말할 때가 되다'라고 풀었다. 또, 상대방의 안색을 살피지 않고 말을 한다면 그건 소경(고瞽)이나 다름없다. 참으로 눈치 없는 놈이다. 다산의 『논어고금주』에는 "군자는 소경처럼 말하지 않으니, 그 차례를 삼가고 신중히 한다(君子不瞽言, 謹愼其序)."라는 표현이 나온다. 소경은 눈이 보이지 않는 사람이다. 그러니 아무렇게나 지껄일 수 있다. 상대방의 안색도 살피지 않은 채 아무 말이나 해대면 그것은 장님이나 다름없다.

주희는 『논어집주』에서, 윤돈의 말을 빌려 계씨편 6장을 한마디로 일갈한다. "때가 되었을 때 말하면 세 가지 허물이 없다(時然後言이면 則無三者之過矣니라)."라고 표현했다. 맞다. 때가 되었을 때 말하면 실수를 줄일 수 있다. 다산이나 주희나 매 한 가지로 풀고 있다. 말은 아무 때나 하면 안 된다고. 그러면서 군자는 덕과 지위를 지닌 사람의 통칭이며, 고瞽는 눈이 없어 말을 헤아리지 못하거나 안색을 살피지 못함이라고 풀었다.

사람이 살면서 말을 안 하고 살 수는 없다. 늘 말을 해야 한다. 직장에서는 윗사람과 동료, 그리고 아랫사람과 늘 말을 주고받는다. 일상생활에서도 마찬가지다. 나는 아내와 결혼한 지 30년이 훌쩍 넘었는데도 지금도 말싸움을 한다. 가만히 보면, 이 세 가지 때문에 분란이 일어나는 것 같다. 말할 때가 아닌데 말하고, 말해야 하는데 어물쩍 넘기고, 눈을 바라보고 안색을 살피지도 않고 말을 내뱉었을 때 된통 혼난다. 어디 이게 부부에만 해당하는 말에 관한 지침일까. 그 옛날 신하가 임금의 용안을 살피지 않고 말했다가, 또 때 아닌 때에 말했다가 귀양살이하고, 심지어는 죽임을 당한 일이 어디 한두 번인가 말이다.

나는 군자를 모실 때 저지르기 쉬운 세 가지 허물, 즉 군자유삼건君子有三愆을 이렇게 풀기로 했다. 군자는 말하는 것도 때와 방법이 있어야 한다! 군자유삼건을 그대로 풀면, 좀 권위적인 냄새가 난다. 군자를 잘 모시라니. 일견 일리는 있으나 잘 다가오지 않는다. 말할 차례를 알고, 말해야 할 때 숨김없이 말하고, 안색을 살펴 말을 신중히 하는 사람이 군자다. 그런 사람은 응당 존경받고 잘 모셔야 한다. 아, 군자의 길은 역시 어렵다.

65. 성욕과 싸움, 탐욕을 경계한다

孔子曰 君子有三戒하니 少之時에 血氣未定이라
戒之在色이요 及其壯也하여 血氣方剛이라
戒之在鬪요 及其老也하여 血氣旣衰라
戒之在得이니라

—계씨16-7(1,80)

계씨편 7장은 앞의 6장과 형식이 비슷하다. 이 역시 공자가 직접 한 말이라고 여겨지지 않는다. 내 생각만 그런 것이 아니고, 도올 김용옥 선생도 『논어한글역주3』에서 그렇게 주장하고 있다. '공자왈'이라는 말을 빌려 후대 사람이 만든 격언일 가능성이 크다. 이 말은 고려시대 추적이 엮은 『명심보감』〈정기正己〉편에도 똑같이 나와 있다. 명심보감이 뭔가. 유학의 기본 지침서로 양반의 자제라면 누구나 읽었을 법한 책이 아닌가. 그렇다면 논어 계씨편 7장은 명심보감에서 더 강화되어 유학자의 머릿속에 콱 박혀 옴짝달싹 못하게 했을 수도 있다. 계씨편 7장을 풀이하면 다음과 같다.

공자께서 말씀하셨다. "군자에게는 경계해야 할 것이 세 가지가 있다. 젊을 때는 혈기가 아직 정해지지 않았으니 경계해야 할 것이 성욕에 있다. 장성해서는 혈기가 바야흐로 왕성하니 경계해야 할 것이 싸움에 있다. 늙어

서는 혈기가 이미 사그라졌으니 경계해야 할 것이 이득을 탐내는 데에
있다."

　가능하면 원문을 그대로 살려 풀이해 보면, 군자는 세 가지를 조심해
야 한다. 첫째는 색욕(色)이고, 둘째는 다툼(鬪)이고, 셋째는 탐욕(得)이
다. 정말 맞는 말이다. 따지고 보면 이게 다 사람의 본성이다. 색욕,
즉 성욕이 없으면 어찌 자손을 생산할 것이며, 젊을 때 열심히 일하다
보면 다툴 수도 있고, 늙어서 노후를 걱정하다 보면 돈을 탐낼 수도
있다. 이는 사람의 당연한 본성인데 계씨편 7장은 무엇을 말하려고
한 걸까.

　역시 군자를 들이밀고 있다. 다른 사람은 몰라도 군자는 그러면 안
된다고! 바로 이거다. 그러니 이 말에 갇힌 조선 유학자들은 얼마나
힘들었을까. 속은 그런데 겉으로는 안 그런 척하는 사람이 많았을지
모른다. 원문에서 '血氣^{혈기}'라는 표현은 요즘도 많이 쓰는 말인데, 공자의
말일 수가 없다고 한다. 후대의 음양론적 도식에 의한 신체관을 반영한
것이고, 전국시대의 사상으로 보아야 한다고 말한다. 도올 김용옥 선생
의 주장이다. 그 근거로 공자는 '천지天地'라는 말을 입에 담은 적이 없다
고 한다. 음양론에서 천은 양이요, 지는 음이다.

　주희의 『논어집주』에서 범조우는 "성인이 다른 사람과 같은 점은
혈기이고, 다른 사람과 다른 점은 지기志氣이다. 혈기는 때가 되면 쇠하
고, 지기는 쇠하는 때가 없다. 어릴 때는 불안정하고, 장성하면 강해졌
다가, 늙으면 쇠하는 것이 혈기다. 색욕을 경계하고, 싸움을 경계하고,
탐욕을 경계하는 것이 지기다. 군자는 지기를 기르므로 혈기에 휘둘리
지 않는다. 그러므로 연륜이 높아질수록 덕은 더욱 높아진다(范氏曰^{범씨왈}
聖人^{성인}이 同於人者^{동어인자}는 血氣也^{혈기야}요 異於人者^{이어인자}는 志氣也^{지기야}니 血氣^{혈기}는 有時而衰^{유시이쇠}로되

志氣則無時而衰也라 少未定, 壯而剛, 老而衰者는 血氣也요 戒於色, 戒於鬪,
　지기즉무시이쇠야　　소미정　　장이강　　노이쇠자　　혈기야　　계어색　　계어투
戒於得者는 志氣也라 君子는 養其志氣라 故로 不爲血氣所動이라 是以로
　계어득자　　지기야　　군자　　양기지기　　고　　불위혈기소동　　시이
年彌高而德彌邵也니라)."라고 말했다.
　연미고이덕미소야

나는 범조우의 해석이 참 와 닿는다. 기를 혈기와 지기로 나누어
말하고 있는데, 여기서 지기志氣란 그대로 풀면 '뜻 기운'이다. 개인적으
로 쉽게 '품은 뜻'이라고 하고 싶다. 다산 정약용은 『논어고금주』에서
범조우의 지기와 주희의 리理는 도심道心을 말한다고 해석했다. 일견
일리 있는 말이다. 군자는 일반 사람과 달라야 한다. 그것은 바로 혈기
가 아니라 지기다. 즉, 품은 뜻이다. 혈기는 보이지만, 지기는 보이지
않는다. 지기는 마음의 기운이기 때문이다. 군자는 지기를 기르기 때문
에, 혈기에 휘둘리는 일이 없다. 혈기에 동요되지 않으므로 덕을 기를
수 있고, 그 덕은 연륜이 높아질수록 쌓인다. 참으로 멋진 해석이 아닐
수 없다.

공자가 살던 즈음에 젊었을 때와 늙었을 때는 몇 살 정도일까. 고주에
의하면 젊었을 때는 29세 이하이고, 늙었을 때는 50세 이상이라고 한
다. 그때와 지금은 매우 다른가 보다. 요즘은 나이가 하도 아래로 내려
가 초등학교 애들도 연애를 한다. 성욕이 치성할 수 있다는 말이다.
중·고등학생이 되면 더 강성하여 남녀 이성 문제가 빈번하게 일어난다.
그러니 젊었을 때를 29세 이하로 본 2천 5백 년 전 시대와는 매우
다르다. 또, 늙었을 때를 50세 이상으로 본 것도 맞지 않는다. 요즘은
노년이 60세도 아니고, 70세 이상으로 보고 있으니 그때와는 판이하다.
만일 50세가 넘은 사람에게 이득을 보면 경계하라고 하면 벌컥 화를
낼지도 모른다.

논어 계씨편 7장은 오늘날에도 유효하다. 젊었을 때는 혈기가 아직
안정되지 않았으니 성욕을 조심하라는 말이다. 상식적으로도 그렇다.

젊었을 적에 정욕이 넘친다고 하여 마구 써 버린다면 정작 자식을 생산하여야 할 때는 성 역할을 못 할 수도 있다. 장년이 되어서는 정말 다툼을 조심하여야 한다. 혈기가 왕성하다고 하여 물불 가리지 않고 덤비면 싸움밖에 일어나지 않는다. 마지막으로, 노년에는 욕심을 부리지 말아야 한다. 나이가 들수록 비워야 한다. 그런데도 부동산 투기나 일삼고, 쌍심지 켜고 이득만 챙긴다면 좋을 일이 생길 수 없다.

군자는 세 가지를 경계해야 한다. 젊었을 때는 성욕을, 장성해서는 싸움을, 늙어서는 탐욕을 조심해야 한다. 이것이 군자의 길이다.

66. 천명과 대인, 성인의 말씀을 두려워한다

孔子曰 君子有三畏하니 畏天命하며
공자왈　군자　유삼외　　외천명

畏大人하며 畏聖人之言이니라
외대인　　　외성인지언

小人은 不知天命而不畏也라
소인　　부지천명이불외야

狎大人하며 侮聖人之言이니라
압대인　　　모성인지언

—계씨16-8(1,81)

논어 계씨편 8장에도 군자라는 말이 보인다. 여기서는 군자와 소인을 대비하고 있다. 이 문장을 이해하기 위해 여러 주석을 살펴보았는데, 도올 김용옥 선생은 이 역시 공자의 말이 아니라고 단언한다. 그러면서 공자의 말로써 공자의 말이 아닌 것을 주석하기를 거부한다고 말했다. 강한 말이다. 나는 도올 선생의 TV 강의를 보고 나서, 논어를 본격적으로 공부하기 시작했다. 당연히 그분의 주장을 존중한다.

하지만 지금 논어 군자 인문학 에세이를 쓰면서는 여러 학자의 해석을 들추어보고 있다. 원본부터 고주와 신주, 다산의 고금주까지 다 살펴보고 있다. 많은 학자가 계씨편은 공자가 직접 한 말이 아닐 가능성이 크다고 한다. 주희의 『논어집주』에서도 밝히고 있다. 나 역시 그런 생각이 들어간다. 그러나 계씨편에 나오는 문장이 훌륭한 말씀 아닌 것이 없다. 이것만큼은 누구나 인정한다. 혹여 제자가 스승의 권위를 빌려 마치 공자가 한 말처럼 편집했다 하더라도, 그 자체로 의미가 있다고 본다. 계씨편 8장을 풀이하면 다음과 같다.

공자께서 말씀하셨다. "군자는 두려워하는 것이 세 가지가 있다. 천명을 두려워하고, 대인을 두려워하고, 성인의 말씀을 두려워한다. 소인은 천명을 알지 못해 두려워하지 않는다. 대인에게 함부로 대하며, 성인의 말씀을 우습게 여긴다."

군자는 세 가지를 두려워한다. 그것은 천명과 대인, 그리고 성인의 말씀이다. 그러나 소인은 이와 반대다. 천명을 두려워하지 않고, 대인을 함부로 대하며, 성인의 말씀을 업신여긴다. 앞에서도 말했지만, 군자는 이미 있는 존재가 아니다. 따라서 이 문장은 군자가 되기 위해서는 이 세 가지를 두려워할 줄 알아야 한다는 뜻으로 읽힌다. 공자 자신도 군자가 아니라고 했고, 제자들에게는 늘 군자가 되라고 했다. 또, 그 어려운 춘추시대에 군자가 나타나기를 소망했다. 예를 들어, 술이편 25장에서 공자는 성인을 뵐 수 없다면 군자라도 만나보고 싶다고 고백했다. 공자는 그 정도로 늘 겸손했다.

주희는 『논어집주』에서, "두려워한다는 말은 엄하게 여기고 꺼린다는 뜻이다. 천명이란 하늘이 부여한 바른 도리이다. 그것을 두려워할 만한 것으로 알면, 경계하고 삼가고 두려워하는 것을 스스로 그만둘 수 없어, 부여받은 소중한 책무를 잃지 않을 수 있다. 대인과 성인의 말씀은 모두 천명으로 마땅히 두려워해야 할 대상이다. 천명을 두려워할 줄 알면, 대인과 성인의 말씀을 두려워하지 않을 수 없다(畏者는 嚴憚之意也라 天命者는 天所賦之正理也니 知其可畏면 則其戒謹恐懼가 自有不能已者하여 而付畀之重을 可以不失矣라 大人, 聖言은 皆天命所當畏니 知畏天命이면 則不得不畏之矣리라)."라고 풀었다.

다산의 『논어고금주』에서는 외畏는 두려워함이라고 말하면서 하안의 주석을 인용하여, "순종하면 길하고, 거스르면 흉한 것은 하늘의 명령이다(順吉逆凶은 天之命也라)."라고 밝혔다. 이를 보고, 『명심보감』 〈천명〉편에 나오는 "공자께서 말씀하셨다. '하늘의 뜻을 따르는 자는 살고, 하늘의 뜻을 거스르는 자는 망한다.'(子曰 順天者는 存하고 逆天者는 亡이니라)"라는 말이 떠올랐다. 논어의 마지막인 요왈편 3장에는 천명을 알지 못하면 군자가 될 수 없다는 말까지 나온다. 이러고 보면, 논어 전편에 흐르는 천명의 뜻을 대강 짐작할 수 있다. 과연 계씨편 8장에서 말하려고 하는 메시지는 무엇일까.

군자가 되려면 천명과 대인, 성인의 말씀을 두려워해야 한다! 우선 천명이란 무엇일까. 나는 천명, 즉 하늘의 명을 쉽게 '순리'라고 여기고 싶다. 사람은 순리를 어기는 순간 그동안 쌓아온 명예나 업적이 와르르 무너질 수 있다. 특히 공직자는 더욱 그렇다. 예를 들어, 국무총리나 장관으로 지명받아 국회 청문회를 하려고 하면 별것이 다 드러난다. 순리를 어겼기 때문이다. 공직자는 모름지기 청렴해야 하고 법령을 준수해야 한다. 난 이것이 공직자의 소명이요 천명이라고 본다.

다음으로, 대인이란 무엇인가. 다산 정약용은 군주(임금)라고 풀었다. 아마 그때는 그랬는지 모른다. 신하가 군자답다면 당연히 임금을 두려워해야 한다. 다산도 임금의 노여움을 받아 그 오랫동안 강진에서 유배 생활을 하지 않았는가. 18년이라는 긴 유배 기간에 『논어고금주』를 비롯하여 역작을 지어낸 것은 잘 알려진 사실이다. 나는 대인이란 큰 뜻을 품고 군자의 길을 가는 사람이라고 정의하고 싶다. 내 친구 중에는 대인이 많다. 백야 대인, 설죽 대인, 월천 대인 등. 그 중 월천月川은 나의 자호다. 우리는 술을 먹거나 점잖게 부를 때 서로 대인이라고 부른다. 암암리에 대인이 되기를 바라는 마음으로 그렇게 부르는 것 같다.

　마지막으로, 성인의 말씀이란 무엇일까. 다산 정약용은 육경六經에
실려 있는 훈계라고 말했다. 육경이란 시경, 서경, 역경, 악기, 춘추,
예기를 말한다. 요즘으로 말하면 논어, 불경, 성경 등이다. 군자는 모름
지기 성인의 말씀을 두려워할 줄 알아야 한다. 성인의 말씀은 언뜻
들으면 '그게 맞아?' 하고 의심할 수도 있지만, 나중에 당하고 나면 '아,
그게 맞는구나!' 하고 탄성을 자아낸다. 나는 고전의 말씀이 그렇다고
본다. 논어는 고전 중의 으뜸으로 지금 보아도 맞지 않는 말이 없다.
이 맛으로 나는 논어 문장을 늘 보고 있다.

　지난 삶의 궤적을 돌아본다. 나는 천명을 두려워하고, 대인을 두려워
하고, 또한 성인의 말씀을 두려워하며 살았는가?

67. 분명하게 보고 명확하게 듣는다

孔子曰 君子有九思하니 視思明하며 聽思聰하며
공자왈 군자 유구사 시사명 청사총
色思溫하며 貌思恭하며 言思忠하며
색사온 모사공 언사충
事思敬하며 疑思問하며 忿思難하며
사사경 의사문 분사난
見得思義니라
견득사의

—계씨16-10(1,82)

계씨편 10장에도 군자가 보인다. 계씨편에는 6장부터 '군자유'로 시작하는 다섯 글자가 등장한다. 지금까지 쭉 다루었지만, 6장에 군자유삼건, 7장에 군자유삼계, 8장에 군자유삼외 등으로 나오다가, 9장은 건너뛰고 10장에 또 같은 형식의 군자유가 나온다. 그런데 이번에는 다르다. 이제까지는 숫자가 3이었는데, 갑자기 9로 바뀐다. 참 재미있다. 이름하여, 군자유구사君子有九思이다. 계씨편 10장을 풀이하면 다음과 같다.

공자께서 말씀하셨다. "군자는 아홉 가지 생각하는 것이 있다. 볼 때는 분명하게 보기를 생각하고, 들을 때는 명확하게 듣기를 생각하며, 얼굴빛은 온화하게 가지기를 생각하고, 몸가짐은 공손하게 지니기를 생각하며, 말할 때는 마음 다하기를 생각하고, 일할 때는 신중하기를 생각하며, 의심이 날 때는 묻기를 생각하고, 화가 날 때는 훗날 어려움을 당할 것을 생각하며,

이득을 볼 때는 의로운지를 생각한다."

정말 멋진 말이다. 흔히 이를 줄여서 '구사九思'라고 부른다. 고등학교 윤리 교과서에도 나오고, 강의나 언론 기고에서 자주 인용하는 말이다. 이 아홉 가지 생각을 늘 지니고 있다면 무슨 일인들 이루지 못하겠는가. 이 중 몇 가지라도 실행한다면 단박에 군자 소리를 들을 법하다. 난 첫 문장이 마음에 든다. 시사명視思明, 볼 때는 분명하게 보기를 생각하라! 내 이름은 '시선'이다. 물론 한자로 하면 그 시선이 아니지만, '시선 집중'이라는 소리를 많이 듣는다. 시선을 집중하라! 이건 다름 아닌 시사명이다. 분명하게 시선을 집중하여 보면 보이지 않는 것이 없다.

계씨편 10장은 주석자마다 해석이 조금 다르다. 예를 들어, 북송의 형병은 명명을 미세한 것을 보는 것(견미위명見微爲明)이라 했고, 총聰을 멀리까지 듣는 것(청원위총聽遠爲聰)이라 했다. 다산 정약용은 이를 논박하여, "『대학』에서 말하기를 '마음에 있지 않으면 보아도 보이지 않고, 들어도 들리지 않는다.'라고 하였다. 군자는 매양 하나의 일을 만나면, 곧 이 일에 마음을 두어 지어서 얻고자 하는 것이 참으로 절실하다. 형병의 주장은 본뜻이 아니다(大學曰 心不在焉, 視而不見, 聽而不聞, 君子每遇一事, 即存心此事, 欲做得眞切, 邪說非本旨也)."라고 말했다. 한마디로 형병의 해석이 그르다는 것이다. 역시 다산이다. 나는 다산의 말이 옳다고 본다. 볼 때는 밝게 보기를 생각하지만, 그 밝음이란 미세한 것까지 볼 수는 없다. 듣는 것도 마찬가지다. 어찌 먼 곳의 소리까지 들을 수 있겠는가. 다산이 인용한 『대학』의 말씀처럼 마음에 없으면 보아도 보이지 않고, 들어도 들리지 않는다. 이는 『대학』 전문傳文 7장에 나오는 글이다.

도올 김용옥 선생은 『논어한글역주3』에서 계씨편 10장을 해석하면서 색다른 의견을 개진하고 있다. 구사는 『상서尙書』 〈홍범洪範〉에 나와 있는 '오사五事'와 밀접한 관련이 있다는 것이다. 홍범에는 오사를 "첫 번째가 모貌요, 두 번째가 언言이요, 세 번째가 시視요, 네 번째가 청聽이요, 다섯 번째가 사思다. 모습에는 공恭을 말하고, 말에는 따름(종從)을 말하고, 봄에는 밝음(명明)을 말하고, 들음에는 귀밝음(청聰)을 말하고, 생각에는 명철함(예睿)을 말한다."라고 밝히고 있다. 도올 선생은 논어 계씨편은 공자가 직접 한 말이 아니라고 주장한다. 그런 면에서 이 구사 문장을 『상서』와 연결 지은 것은 기발한 생각이다. 『상서』 또한 논어만큼 고대 문헌에 속하기 때문이다. 시대가 아주 다른 것처럼 보이지만, 결국 이 두 파편은 같은 시대에 같은 자료를 공유하고 있다고 보는 것이다.

군자는 아홉 가지를 늘 생각해야 한다. 첫째, 볼 때는 분명하게 보고 있는가. 둘째, 들을 때는 명확하게 듣고 있는가. 셋째, 사람을 대할 때 얼굴빛은 온화한가. 넷째, 몸가짐은 공손한가. 다섯째, 말할 때는 진심을 담아 말하는가. 여섯째, 일할 때는 신중하게 일하는가. 일곱째, 의심이 들 때는 묻고 있는가. 여덟째, 화가 날 때는 어려움을 생각하는가. 아홉째, 이득을 보면 의로움을 생각하는가. 이 아홉 가지를 늘 되뇌는 사람은 군자다.

나는 어떠한가. 아홉 가지를 실천하기가 다 어렵지만, 그중 두 번째가 가장 어렵다. 들을 때 명확하게 듣는 것, 이것처럼 어려운 일이 없다. 주회는 들을 때 막히는 것이 없으면 귀가 밝아 듣지 못하는 것이 없다고 해석했고, 다산은 들을 때는 잘못 듣지 않기를 마음을 써서 탐구하는 것이라고 풀었다. 두 분 다 비슷한 해석을 했다. 오늘날로 보면, 한마디로 '경청'이다. 상대방의 말을 귀 기울여 듣는 것이다.

앞에서도 곁다리로 말한 것 같은데, 나는 아내와 30년 이상을 살고 있어도 이놈의 경청을 잘못해서 싸운다. 아내의 말을 내가 불쑥 끊는다는 것이다. 직장에서 이러면 큰일 나는데, 아마 평생지기 아내라고 편해서 그러다가 큰코다치는 꼴이다. 아내는 경청을 못 하는 남편을 막 나무란다. 왜 말을 중간에 끊느냐고. 이제까지 하던 말을 다 잊어버렸다고! 앗, 이럴 때는 참 난감하다. 들을 때는 명확하게 듣기를 생각하라고 공자께서 말씀하셨거늘, 논어를 늘 공부한다는 내가 왜 이러지? 허허 웃음이 나올 수밖에 없다. 아, 군자의 길은 멀고도 험한가 보다.

68. 자식이라고 남달리 대하지 않는다

陳亢이 問於伯魚曰 子亦有異聞乎아 對曰未也로라
_{진항} _{문어백어왈} _{자역유이문호} _{대왈미야}
嘗獨立이어시늘 鯉趨而過庭이라니 曰 學詩乎아
_{상독립} _{이추이과정} _왈 _{학시호}
對曰 未也로이다 不學詩면 無以言이라 하여시늘
_{대왈} _{미야} _{불학시} _{무이언}
鯉退而學詩호라 他日에 又獨立이어시늘
_{이퇴이학시} _{타일} _{우독립}
鯉趨而過庭이러니 曰 學禮乎아 對曰 未也로이다
_{이추이과정} _왈 _{학례호} _{대왈} _{미야}
不學禮면 無以立이라 하여시늘 鯉退而學禮호라
_{불학례} _{무이립} _{이퇴이학례}
聞斯二者로라 陳亢이 退而喜曰 問一得三호니
_{문사이자} _{진항} _{퇴이희왈} _{문일득삼}
聞詩聞禮하고 又聞君子之遠其子也호라
_{문시문례} _{우문} _{군자} _{지원기자야}

—계씨16-13(1,83)

계씨편 13장은 계씨편에서 군자가 마지막으로 나오는 문장이다. 논어 전체로 보면, 이 문장에서 군자는 여든세 번째 등장한다. 문장이 길다. 하나의 재미있는 이야기로 구성되어 있다. 계씨편 13장을 풀이하면 다음과 같다.

진항이 백어에게 물었다. "선생님께 남다른 말씀을 들은 것이 있습니까?" 백어가 대답하였다. "없었습니다. 언젠가 홀로 서 계실 때 내가 종종걸음으로 뜰을 지나는데, '시를 배웠느냐?' 하시기에 '아직 못 배웠습니다.'라고 대답했습니다. 그랬더니, '시를 배우지 않으면 남과 말을 할 수가 없다.'

라고 말씀하셨습니다. 나는 물러 나와 시를 배웠습니다. 다른 날 또 홀로서 계실 때 내가 종종걸음으로 뜰을 지나는데, '예를 배웠느냐?' 하시기에 '아직 못 배웠습니다.'라고 대답했습니다. 그랬더니, '예를 배우지 않으면 사람이 설 수가 없다.'라고 말씀하셨습니다. 나는 물러 나와 예를 배웠습니다. 이 두 가지를 들은 적이 있습니다." 진항이 물러 나와 기뻐하면서 말하였다. "하나를 물어서 세 가지를 얻었다. 시를 들었고, 예를 들었고, 또 군자가 그 자식을 멀리한다는 말을 들었다."

이 문장에서 등장하는 인물은 셋이다. 진항, 백어, 공자이다. 진항은 진강이라고도 한다. 부남철 교수는 『논어정독』에서 진항에 관하여 여러 전적을 고찰하여 자세히 풀어놓았다. 이에 의하면, 주희의 『논어집주』 등 많은 논어 주석서에서 원문 陳亢의 亢을 '강'으로 읽었는데, 후대로 내려올수록 강보다는 항으로 되어 있다고 밝혔다. '항'은 亢의 속음이라는 것이다. 그래서 나도 '진항'이라고 표기했다. 하지만 '진강'이라고 해도 틀리지는 않는다. 진항은 학이편 10장에 나오는 자금子禽과 같은 사람이라는 설이 있다. 왕숙이 지은 『공자가어』에는 "진항은 진陳나라 사람으로 자는 자항子亢이고, 다른 자는 자금이며, 공자보다 마흔살 적다(陳亢, 陳人, 字子亢, 一字子禽, 少孔子四十歲)."라고 되어 있다.

다음으로 백어는 공자의 아들이다. 사마천의 『사기』에 따르면, "공자는 리鯉를 낳았는데, 자가 백어伯魚이다. 백어는 나이 쉰 살에 공자보다 먼저 세상을 떠났다. 백어가 급伋을 낳았으니, 자가 자사子思이고, 향년 예순둘이었다. 자사는 일찍이 송宋나라에서 곤욕을 치렀다. 자사가 『중용』을 지었다."라고 밝히고 있다(김원중, 논어, 398쪽). 백어는 아쉽게도 자기 아버지인 공자보다 일찍 죽었다. 문헌에 의하면, 능력이 그렇게 뛰어나지는 않은 것 같다. 그런데도 참으로 겸손하고 성실했음을 알 수 있다. 아버지의 한마디에 시를 배우고, 예를 배웠다니!

　진항은 아마도 백어보다 나이가 어린 듯하다. 진항이 공자보다 마흔 살 아래고, 백어는 쉰살에 죽었으니 말이다. 백어가 죽을 때 공자 나이는 69세 정도이다. 논어에 백어의 죽음에 관한 직접적인 언급은 없지만, 공자가 얼마나 슬퍼했는지는 알 수 있다. 공자는 자기 맏아들 백어, 가장 사랑하는 제자 안회, 그리고 자로가 죽었을 때 엄청난 슬픔에 직면했다. 안회가 죽었을 때는 하늘이 나를 버렸다고 통곡까지 했다. 결국, 자신도 73세에 죽음에 이르고 만다.

　진항이 자기보다 나이가 많은 백어에게 정중하면서도 의심의 눈초리로 물었다. '혹시 당신은 스승님 공자의 아들이니 더 많이 가르쳐주고 혜택도 많이 받았겠지요?'라고 말이다. 그러니까 백어는 담담하게 말한다. 아버지가 뭐 따로 가르쳐준다거나 자식이라고 남달리 대한 게 없다고 말이다. 다만, 시를 배웠느냐고 묻기에 아직 배우지 못했다고 하니, 꼭 배워야 한다고 하시기에 배웠고, 예도 마찬가지라고 대답했다. 난 여기서 공자의 인자함을 알게 된다. 아들 백어에게 시와 예를 배우지 않으면 안 되는 이유를 자상하게 일러주고 있기 때문이다. 무턱대고 '배워 이놈아, 안 배우면 큰일 난다!' 뭐 이런 식이 아니다. 윽박지르고 겁주고 강제하는 가르침이 아니다. 여기서 교육자 공자의 면모를 여실히 알 수 있다.

　태백편 8장에, "공자께서 말씀하셨다. '시에서 일어나고, 예에서 서며, 악에서 완성된다.'(子曰 興於詩하며 立於禮하며 成於樂이니라)"라는 말이 있다. 아마도 공자는 아들 백어에게 그중 시와 예를 점검한 듯하다. 여기서 시는 감흥이요, 예는 행동의 근간이며, 악은 음악이다. 시를 배워야 살아가는데 흥이 나고, 예를 배워야 세상에 홀로 설 수 있다. 그리고 음악을 알아야 인격이 완성될 수 있다. 음악은 종합 예술이기 때문이다. 참으로 멋지지 않은가. 백어는 진항에게 아버지에게서 들은 것을 그대로 말해주었다. 진항은 한 가지를 물어 세 가지를 얻었다고 매우 기뻐한다. 아마도 진항은 시와 예를 들은 것도 기쁘지만, 자식이라고 뭐 특별히 해주는 것이 없다는 말에 더 기뻤을지도 모른다.

군자는 이때 등장한다. 아, 군자는 자기 자식이라도 남달리 대하지 않는다는 사실! 여기서 군자는 당연히 공자다. 그렇다. 군자는 오히려 자식을 멀리하는 사람이다. 어려운 일이다. 요즘을 보라. 자식을 위하는 일이라면 별의별 편법을 다 동원한다. 고위직에 있는 사람이 더하다. 논문 저자에 자식을 끼워 넣기를 하지 않나, 부모 지위를 이용하여 취직을 쉽게 하도록 하지 않나 등등 사회적 물의를 빚는 일이 많다. 2천 5백여 년 전의 고전, 논어의 말씀이지만, 오늘날에도 유효하다. 나부터 무겁게 받아들이며 다짐한다. 군자는 자식이라도 남달리 대하지 않겠다고!

69. 도를 배우면 사람을 사랑한다

子之武城하사 聞弦歌之聲하시다
자지무성　　문현가지성

夫子莞爾而笑曰 割鷄에 焉用牛刀리오
부자완이이소왈　　할계　　언용우도

子游對曰 昔者에 偃也聞諸夫子호니
자유대왈　석자　　언야문저부자

曰 君子學道則愛人이요 小人이 學道則易使也라호이다
왈　군자　학도즉애인　　소인　　학도즉이사야

子曰 二三子아 偃之言이 是也니
자왈　이삼자　언지언　　시야

前言은 戲之耳니라
전언　　희지이

—양화17-4(1,84)

　　이제 논어 양화편으로 넘어간다. 17편부터는 논어의 후반부라고 할
수 있다. 논어는 모두 스무 편으로 되어 있지만, 소설처럼 하나의 이야
기로 쭉 이어져 있지는 않다. 대강 편마다 특징은 있으나, 그편의 이름
마저 첫 장의 첫 두 글자를 따서 정했다. 양화편도 마찬가지다. 양화는
첫 장에 나오는 '양화'라는 인물을 편명으로 삼았다. 양화陽貨는 노나라
정공 때의 '양호陽虎'라는 인물과 같은 사람으로 보고 있다. 양화는 논어
에서 양화편 1장에서만 나오는 인물인데, 노나라의 실권자인 삼환을
제거하려다가 실패하여 진晉나라로 망명한 사람이다. 반란을 일으킨
사람이라서 공자는 별로 그를 탐탁하게 여기지 않았으나, 오히려 양화
는 공자에게 호의를 보이며 접근했다. 선물까지 보내오면서 은근히
공자에게 벼슬길에 나오라고 부추겼다. 양화편 1장은 그 이야기를 담고

있다.

양화편은 모두 26장으로 되어 있으면서, 군자라는 말은 다섯 번 나온다. 자장이 인에 대해 물었을 때 여섯 가지로 대답한 내용과 반란을 일으킨 진나라 대부 필힐이 공자를 부르자 자로가 가지 말라고 말리니까, '내가 무슨 썩은 조롱박이더냐?'라고 외친 것도 이 양화편에 나온다. 대체로 양화편은 군자라는 말로 공자의 이상을 표현하면서도, 벼슬길에 나아가 자기 뜻을 펼치지 못하는 안타까움을 기술하고 있다. 양화편에서 군자가 처음으로 나오는 4장을 풀이하면 다음과 같다.

공자께서 무성에 가서 고을 사람들이 현악기에 맞추어 노래 부르는 소리를 들으셨다. 부자께서 빙그레 웃으며 말씀하셨다. "닭 잡는데 어찌 소 잡는 칼을 쓰느냐?" 자유가 대답하였다. "예전에 제가 선생님께 들으니, '군자가 도를 배우면 사람을 사랑하고, 소인이 도를 배우면 부리기가 쉽다.'라고 하셨습니다." 공자께서 말씀하셨다. "얘들아, 언의 말이 옳다. 조금 전에 한 말은 농담이었다."

참으로 재미있는 이야기다. 난 양화편 4장에서 공자의 인간적인 면모를 엿본다. 공자는 언제나 제자들에게 예악의 중요성을 언급했다. 예악이 무엇인가. 오죽하면, 태백편 8장에서 공자는 예에서 사람이 서고, 악에서 사람이 완성된다고까지 말했을까. 그만큼 예악은 사람이 갖추어야 할 근본이었고, 위정자가 나라를 다스리는 데는 필수 요건이었다. 공자 스스로 늘 그렇게 강조했던 터였다. 오늘날로 보면, 예는 도덕규범이요 사회적 질서이며, 악은 풍부한 감성이요 문화예술이다. 예악은 개인이나 국가적 차원에서나 꼭 필요한 요소다. 그래서 제후가 나라를 세우면 예법과 음악을 제정했다.

공자가 아끼는 제자, 자유가 무성이라는 작은 고을의 읍재로 있었다. 공자가 은근슬쩍 자유를 떠본 것인지, 아니면 그냥 한 말인지는 모르겠다. 공자가 자유에게, '작은 고을을 다스리는데 뭐 그리 예악 연주를 격식에 맞추어 벅적지근하게 하느냐?'라고 비꼬았다. 닭 잡는 데는 그 정도의 칼을 쓰면 되지, 소 잡는 칼을 쓰느냐 하고 빗댄 것이다. 그러자 자유가 정색하면서 대답한다. '아니, 선생님이 옛날에 그렇게 하라고 저에게 가르치지 않으셨느냐?'라고. 그것도 정확하게 기억하면서 응수한다. 바로 군자는 도를 배우면 사람을 사랑하고, 소인은 도를 배우면 부리기 쉽다고 말씀하지 않으셨느냐!

자유의 말이 참으로 멋지다. 나도 평생을 교직에 있지만, 학생이 내가 언젠가 한 말을 기억하면서 지금 선생님이 한 말씀이 앞뒤가 맞지 않는다고 따진다면 할 말이 없을 듯하다. 공자는 자유의 말을 듣고 바로 꼬리를 내린다. '그래, 네 말이 맞는다. 네 말이 맞아. 바로 전에 내가 한 말은 농담으로 한 말이야!'라고 하면서. 공자 역시 참으로 멋진 스승이 아닌가. 바로 자신의 실수를 인정하고는, 여러 제자 앞에서 자유의 위신을 세워주고 있으니 말이다. 자유는 위정편 7장과 옹야편 12장에도 나오는 인물이다. 앞에서도 언급했지만, 자유는 본래 이름이 언언言偃으로서 문학에 뛰어난 공자의 제자다. 오나라 사람으로 늘 자하와 쌍벽을 이루었고, 공자보다 45세 정도 어린 것으로 알려져 있다. 도올 김용옥 선생에 의하면, 자유는 공자가 죽은 후에 강력한 학파를 만들었고, 맹자에게도 깊은 영향을 미쳤다고 한다. 또, 자유는 예악의 대중교육을 최초로 성공리에 시도하였고, 공자의 문화적 핵심을 사회화하는 데 헌신하였다고 평가했다.

군자는 도를 배우면 사람을 사랑하고, 소인은 도를 배우면 사람을 부리기 쉽다는 뜻이 무얼까. 여기서 도란 예악을 말한다. 군자와 소인을 지위로 구분했다. 그렇다면 군자는 다스리는 사람이고, 소인은 일반 백성을 뜻한다. 다스리는 사람이 예악을 배우면 백성을 더 사랑하게 되고, 일반 백성이 예악을 배우면 교양이 풍부해져서 다스림이 더 쉬워진다. 그러니 군자나 소인이나 예악은 다 필요하다! 바로 이거다. 어찌 고을이 작으냐 크냐를 따질 필요가 있느냐 하는 거다. 주희는 『논어집주』에서 "다스림은 크고 작음이 있지만, 그 다스림에는 반드시 예와 악을 써야 하니 그것이 올바른 방법이 되는 것은 한가지다. 다만, 보통 사람들은 능히 쓰지 못하는 경우가 많았는데, 자유는 홀로 그것을 실천했다(治有大小나 而其治之 必用禮樂은 則其爲道一也라 但衆人은 多不能用이어늘 而子游獨行之라)."라고 말했다. 이로 보면, 주희는 자유를 아주 높게 평가한 것 같다.

그렇다. 나의 관심사는 줄곧 군자다. 양화편 4장은 자유의 이 한마디로 군자에 대한 일침을 준다. 공자가 인정했으니, 이는 곧 공자의 말이나 다름없다. 군자나 소인이나 예악을 배워야 한다고. 그러면 사람을 사랑하고 교양이 높아진다고!

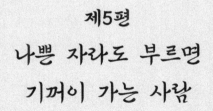

제5편
나쁜 자라도 부르면
기꺼이 가는 사람

70. 나쁜 자라도 부르면 기꺼이 간다

佛肸이 召어늘 子欲往이러시니
필힐 소 자욕왕

子路曰 昔者에 由也聞諸夫子호니
자로왈 석자 유야문저부자

曰 親於其身에 爲不善者어든 君子不入也라 하시니
왈 친어기신 위불선자 군자 불입야

佛肸이 以中牟畔이어늘 子之往也는 如之何잇고
필힐 이중모반 자지왕야 여지하

子曰 然다 有是言也니라 不曰堅乎아 磨而不磷이니라
자왈 연 유시언야 불왈견호 마이불린

不曰白乎아 涅而不緇니라
불왈백호 날이불치

吾豈匏瓜也哉라 焉能繫而不食이리오
오기포과야재 언능계이불식

—양화17-7(1,85)

양화편에서 몇 장을 뛰어넘어 군자가 등장한다. 바로 7장이다. 그런데 이 문장은 참 재미있다. 역사의 한 장면을 보는 듯하다. 주나라 말기, 이곳저곳에서 영웅호걸이 일어나 나라를 세우는 혼란한 시기였다. 이름하여 춘추시대라고 한다. 공자는 이때 천하를 주유하고 있었다. 나름 이상 정치를 꿈꾸며 자신의 포부를 만천하에 드날렸다. 자신을 등용하겠다는 나라는 어디든지 찾아가 인의仁義의 정치를 펼치고자 했다. 아마도 양화편 7장은 그런 역사적인 한 장면을 보여주는 것 같다. 이를 풀이하면 다음과 같다.

필힐이 공자를 부르니, 공자께서 가시려고 하였다. 자로가 말하였다. "옛날에 제가 선생님께 들었는데, '직접 몸으로 나쁜 짓을 하는 자에게 군자는 다가가지 않는다.'라고 하셨습니다. 필힐이 중모를 근거로 반란을 일으켰는데, 선생님께서 가시려는 것은 어째서입니까?" 공자께서 말씀하셨다. "그렇다. 그런 말을 한 적이 있다. 그러나 단단하다고 말하지 않았더냐? 갈아도 닳아지지 않는다고 말이다. 희다고 말하지 않았더냐? 검게 물들여도 검어지지 않는다고 말이다. 내가 무슨 조롱박이더냐. 어찌 한곳에 매달려만 있고 먹지 못하는 것이겠느냐?"

어찌 보면 공자가 자로에게 변명을 하는 듯하다. 그러나 여기서 '필힐'이라는 인물을 알면 꼭 그렇지 않을 수도 있다. 필힐佛肸은 진나라 대부 조간자趙簡子의 가신으로 당시 중모 땅의 읍재였다. 그는 진나라 정공 18년 중모를 근거지로 삼아 조간자에게 반란을 일으켰다. 문헌에 의하면, 필힐의 행동은 단순한 모반이 아니라, 조간자의 횡포에 항의하는 의거로 보기도 한다. 필힐의 필佛은 '부처 불佛'인데 필로 읽고 있다. 자전에도 나오지 않는다. 김원중 교수에 의하면, 『한서』〈고금인표古今人表〉에는 필힐이 '불힐弗肸'로 나온다고 한다. 그러나 사마천의 『사기』〈공자세가〉에는 그가 반란을 일으켰다고 적시하면서 '필힐'로 나온다. 논어에 나오는 인물이나 문장을 보면 현대적 발음과 다른 글자가 가끔 눈에 띈다. 이럴 때는 한학을 전문으로 배우지 않은 나로서는 난감하기 이를 데 없다.

중요한 것은 양화편 7장이 던지는 메시지다. 공자는 불러주는 사람이 있으면 어디든 달려가려고 했다. 가서, 자기의 인의의 정치를 펼 수 있으면 족하다. 바로 앞장인 양화편 6장에서 자장이 인에 대해 물어보자, 공자는 다섯 가지를 능히 행하면 인을 실현할 수 있다고 말했다. 그것은 공관신민혜恭寬信敏惠이다. 공손함, 너그러움, 미더움, 민첩함, 은혜로움이다. 여기서 특히 너그러우면 대중을 얻고(관즉득중寬則得衆), 미더우면 신임을 얻게 된다(신즉인임언信則人任焉)는 말씀이 참 가슴에 와닿는다. 공자 역시 평소 그런 신념을 가지고 있었기에, 필힐의 초청에 응하려고 했을지 모른다.

양화편 7장은, 아무리 못된 짓을 행한 자라도 공자가 가면 오히려 그 사람을 좋은 사람으로 바꾸어놓을 수 있다는 자신감을 표현하고 있다. 또 필힐이 반란은 일으킨 적은 있지만, 공자가 가고자 한 것은 그를 믿는다는 뜻도 들어 있다. 이는 사람을 알아보는 공자의 탁월한 지혜다. 공자는 자로에게 솔직하게 말한다. 옛날에 그렇게 말한 적이 있다고. 그러면서 자신의 신념을 드러낸다. 나는 단단하니 갈아도 닳지 않는다고. 또 자신은 흰 사람이니 검게 물들여도 검어지지 않는다고. 한마디로, 걱정 붙들어 매라고 말이다. 마지막으로 공자는 거친 목소리로 외친다. 내가 무슨 허공에만 매달려 있는 조롱박이냐고! 삶아서 먹지도 못하고, 바가지로 만들어 물도 떠먹을 수 없는 썩은 조롱박이냐고 말이다.

양화편 7장에는 공자의 탄식이 젖어 있다. 그러나 자신감을 만천하에 드러낸다. 정말 멋지고 아름답다. 나는 공자의 이런 표현에서 불가에서 말하는 보살을 떠올려 본다. 군자가 유교의 이상적인 인간상이라면, 보살은 불교의 이상적인 인간상이다. 보살은 '上求菩提, 下化衆生'을 상구보리 하화중생 목표로 한다. 위로는 진리를 구하고, 아래로는 중생을 교화한다. 흔히 보살을 연꽃에 비유한다. 연은 진흙탕에 뿌리를 두고 있으면서 연대를 들어 올려 꽃을 피운다. 물방울이 연잎에 떨어지면 스미지 않고 그대로 흘러버린다. 아름다운 자태를 자랑하면서 하늘을 향해 연꽃을 펼쳐 보인다. 그것은 진리를 향하는 보살과 같다. 진흙탕에 있으면서도 더럽히지 않고, 꽃을 피워올리니 보살행이다. 중생과 휩쓸려 살아도, 결코 탐욕과 성냄과 어리석음에 물들지 않는다.

공자가 살던 시대에 불교는 없었다. 그런데도, 양화편 7장에서 말하는 공자의 언급은 꼭 불교의 보살행을 말하는 듯하다. 나는 갈아도 닳지 않는 사람이요, 본디 마음이 순백으로 희어서 물들여도 검어지지 않는 사람이라고 스스로 말하고 있다. 마치 스스로 연꽃 같은 사람이라고 고백하고 있다. 이러고 보면, 공자와 붓다는 서로 통하고 있다. 진리는 하나인가 보다. 공자는 자신은 조롱박이 될 수 없다고 단호하게 말한다. 붓다 역시 생로병사의 본질적인 문제를 해결하기 위해 왕자의 자리를 박차고 출가의 길을 걸었다. 공자는 세상 속으로 갔지만, 석가는 세상 밖으로 나왔다. 그러나 둘이 터득한 경지는 결국 하나였다.

군자는 나쁜 무리에는 들어가지 않는다. 그것이 원칙이다. 그러나 그게 무조건 맞는 것은 아니다. 나쁜 짓을 한 자라도 뉘우치는 빛이 있거나, 그를 바꾸어놓을 자신이 있다면 함께 해야 한다. 마치 호랑이를 잡으려면 호랑이 굴로 들어가야 하듯이. 이것이 진정한 군자다. 아, 정말 어렵고도 멋지지 않은가!

71. 부모가 돌아가시면 음식을 먹어도 달지 않다

宰我問 三年之喪이 期已久矣로소이다
재아문 삼년지상 기이구의

君子三年을 不爲禮면 禮必壞하고
군자 삼년 불위례 예필괴

三年을 不爲樂이면 樂必崩하리니
삼년 불위악 악필붕

舊穀이 旣沒하고 新穀이 旣升하며 鑽燧改火하니
구곡 기몰 신곡 기승 찬수개화

期可已矣로소이다
기가이의

子曰 食夫稻하며 衣夫錦이 於女에 安乎아
자왈 식부도 의부금 어여 안호

曰 安하이다 女安則爲之하라
왈 안 여안즉위지

夫君子之居喪에 食旨不甘하며
부 군자 지거상 식지불감

聞樂不樂하며 居處不安故로 不爲也하나니
문악불락 거처불안고 불위야

今女安則爲之하라 宰我出커늘 子曰 予之不仁也여
금여안즉위지 재아출 자왈 여지불인야

子生三年然後에 免於父母之懷하나니
자생삼년연후 면어부모지회

夫三年之喪은 天下之通喪也니
부삼년지상 천하지통상야

予也有三年之愛於其父母乎아
여야유삼년지애어기부모호

—양화17-21(2,87)

양화편 21장에는 군자라는 말이 두 번 나온다. 문장이 길고, 재아와 공자가 문답하는 형식을 취하고 있다. 끝은 공자의 독백으로 마무리하고 있다. 이 대목에서 논어 편집자의 생각을 읽을 수 있다. 뭔가 클라이맥스를 더하기 위해 그러지 않았나 추측해 본다. 참 재미있고 다가오는 문장이다. 양화편 21장을 풀이하면 다음과 같다.

재아가 물었다. "부모의 삼년상은 기간이 너무 깁니다. 군자가 삼 년 동안 예를 행하지 않으면 예가 반드시 무너질 것이며, 삼 년 동안 음악을 행하지 않으면 음악이 반드시 무너질 것입니다. 묵은 곡식이 다하고 햇곡식이 나오며, 불씨 만드는 나무도 새로 바뀌니, 1년으로 끝내는 것이 좋겠습니다." 공자께서 말씀하셨다. "상중에 쌀밥을 먹고 비단옷을 입는 것이 네 마음에는 편안하냐?" 재아가 대답하였다. "편안합니다." "네 마음이 편안하면 그리하거라. 군자가 상중에 있을 때는 음식을 먹어도 달지 않고, 음악을 들어도 즐겁지 않고, 거처가 편안하지 않기 때문에 하지 않는 것이다. 지금 네 마음이 편안하거든 그리하거라." 재아가 밖으로 나가자, 공자께서 말씀하셨다. "재아는 인하지 못하구나. 자식이 태어나서 삼 년은 되어야 부모의 품을 벗어난다. 그리하여, 삼년상이 천하의 공통된 상례가 된 것이다. 재아도 삼 년 동안 제 부모로부터 사랑을 받았겠지?"

여기에 나오는 재아가 누군가. 많이 들어본 이름이다. 논어에 다섯 번 정도 등장하고 공자보다 36세 아래다. 그의 자는 재여宰予이고, 이름이 재아다. 그래서 원문에서 공자가 혼잣말로 할 때 재여를 '여予'라고 불렀다. 앞에서도 언급한 바 있지만, 재아는 공자에게 칭찬보다는 늘 지청구를 받는다. 예를 들어, 팔일편 21장을 보면, 노나라 애공이 재아에게 토지신의 신주 만드는 나무에 대하여 물었을 때, 재아가 대답하면서 주나라의 밤나무 신주에 대하여 좀 안 좋게 말했다. 말인즉, 주나라가 밤나무를 택한 것은 백성들을 떨게 하기 위해서였다고 말한다. 공자가 보기에 말도 안 되는 엉터리 대답이었다. 공자가 나중에 이 사실을 듣고는, "이미 이루어진 일이라 말할 수도 없고, 이미 다 끝난 일이라 말릴

수도 없고, 이미 지난 일이라 탓할 수도 없구나(成事라 不說하며 遂事라
不諫하며 旣往이라 不咎로다)."라고 말하면서 재아를 은근히 혼낸다.

또, 공야장편 9장을 보면 재아를 매우 꾸짖는 장면이 나온다. 재아가
하라는 공부는 하지 않고 낮잠 자는 모습을 보고는, "썩은 나무는 조각
할 수 없고, 더러운 흙으로 쌓은 담장은 흙손질을 할 수 없다. 내가
너를 보고 무엇을 탓하겠는냐?(朽木은 不可雕也며 糞土之墻은 不可杇也
니 於予與에 何誅리오)"라고 말한다. 공자의 탄식이 배어 있다. 그런데
참 이상하다. 재아는 공문십철 중의 한 사람에 들어 있다. 자공과 함께
당당히 언어에 뛰어난 제자로 칭송하고 있다. 내가 생각하기에 공자는
재아를 늘 혼내주었지만, 거기에는 제자 사랑이 흠뻑 배어 있었으리라
고 본다. 재아는 스승의 이런 꾸지람을 듣고 심기일전하여 훌륭한 사람
으로 거듭났을 것이다. 스승은 그래서 필요한 것이 아닌가. 사마천의
『사기』〈중니제자열전〉에 보면, "재아는 구변이 날카롭고 말을 참 잘
하였다(이구변사利口辯辭)."라고 나온다.

재아 이야기는 이쯤 하고, 양화편 21장을 들여다본다. 핵심은 이렇
다. 부모가 돌아가셨을 때 삼년상을 치르라고 되어 있는데, 이게 너무
길으니 1년 상이면 족하지 않겠느냐고 재아가 스승인 공자에게 물었다.
이에 대하여, 공자는 여러 가지 근거를 들면서 왜 삼년상을 치러야
하는지 그 이유를 차분하게 말해주었다. 진짜 하고 싶은 말은 나중에
한다. 재아가 밖으로 나가고 나서 공자는, '재아, 너도 3년 동안 부모의
사랑을 듬뿍 받았겠지. 그러고도 저런 말을 하다니. 한심한 놈 같으
니…'라고 독백처럼 말한다. 공자의 이런 행동이 참 배울 만하다. 바로
앞에서 혼내주는 것이 아니고, 당사자가 없을 때 다른 사람이 들을락
말락 하는 그런 목소리로 말했을 것 같다. 이는 제자에 대한 애정이
아닐 수 없다. 이를 들은 다른 제자가 '재아야, 너 아까 이런 말 했지.

너 나가고서 선생님이 뭐라고 하셨는지 아니? 하면서 스승의 진정 어린 이 말을 전해주지 않았을까 상상해본다.

부모가 돌아가셨을 때 삼년상이라니. 지금은 상상도 할 수 없다. 장례도 3일 장으로 끝나는데, 예전처럼 삼년상을 치른다고 하면 아마 미친놈이라고 할 것이다. 그런데 그때의 3년은 오늘날과 같을까. 도올 김용옥 선생에 의하면 정현은 27개월, 왕숙은 25개월로 보았다고 한다. 그리고 기朞는 만 1년이라고 했다. 다산 정약용은 『논어고금주』에서 재아가 말한 3년이란 그 형식만 있고, 실행됨이 없으니 유명무실에 가깝다고 여긴 것이라고 해석했다. 또한, 재아가 '편안합니다'라고 대답한 것은 원래 그 시대 군자들을 대신하여 편안하다고 대답한 것이지, 자기가 일찍이 경험해서 그것이 과연 편안한 줄을 알았다는 것이 아니라고 풀었다. 그러니, 재아의 이런 행동을 불효라고 단정 지을 수 없다고 주장했다. 일리 있는 해석이다.

나는 양화편 21장에서, 군자는 상중에는 음식을 먹어도 달지 않고, 음악을 들어도 즐겁지 않다는 말이 가슴에 다가온다. 그렇다. 그래야 군자다. 부모님이 돌아가셨는데 음식이 잘 넘어가고, 음악이 잘 들리겠는가. 그것은 맞다. 그런데 재아의 말에도 일리는 있다. 부모님 상 치르느라 3년 동안 예와 음악을 행하지 않으면 다 잊어버릴 수 있다. 곡식과 불쏘시개 나무도 1년이면 다 바뀐다. 실제로, 당시 위세를 부리는 위정자들은 삼년상을 치르지 않았다고 한다. 그러니 '꼭 삼년상이라는 오래된 예법을 지켜야 하는가? 그건 너무 꼰대 짓 아닌가?' 하고 스승에게 따진 것이다.

재아의 용기에 박수를 보낸다. 하지만, 양화편 21장이 주는 메시지는 무겁다. 자식이 태어나서 3년은 되어야 부모 품을 벗어난다는 바로 이 말! 나는 이 말이 확 다가온다. 그렇다. 으앙, 태어나서 기어 다니다가 서서 걸을 때까지 꼬박 3년이 걸린다. 우리 나이로 치면 4살이다. 부모는 이때까지 한시도 마음을 놓지 못한다. 그렇게 키운 부모인데, 돌아가시고 3년도 슬퍼할 수 없다는 말인가! 공자는 바로 이걸 지적하고 싶었다. 2천 5백여 년이 흐른 지금도 이 말은 유효하다. 군자라면 그래야 마땅하다. 아, 군자의 길이여!

72. 의로움을 으뜸으로 삼는다

子路曰 君子尚勇乎잇가 子曰 君子義以爲上이니
　자로왈　　군자　상용호　　　　자왈　　군자　의이위상
君子有勇而無義면 爲亂이요
　군자　유용이무의　　위란
小人이 有勇而無義면 爲盜니라
　소인　유용이무의　　위도

―양화17-23(3,90)

이제 양화편 23장이다. 이 문장에서는 군자라는 말이 세 번이나 나온
다. 보기 드문 문장이다. 이제까지 한 문장에서 많이 나와 봤자 두
번 정도 나왔다. 자로가 묻고 공자가 대답하는 형식이다. 주제는 용맹
과 의로움인데, 군자와 소인을 대비하고 있다. 양화편 23장을 풀이하면
다음과 같다.

　　자로가 말하였다. "군자는 용맹을 숭상합니까?" 공자께서 말씀하셨다.
　"군자는 의로움을 으뜸으로 삼는다. 군자가 용맹만 있고 의로움이 없으면
　난을 일으키고, 소인이 용맹만 있고 의로움이 없으면 도적이 된다."

나는 이 문장을 이해하기 위하여 여러 주석을 살폈다. 고주와 신주,
다산의 『논어고금주』까지. 그리고 현대의 주석까지 두루 찾아보았다.
자로가 군자는 용맹을 숭상하느냐고 공자에게 묻는다. 원문의 君子尚
　　　　　　　　　　　　　　　　　　　　　　　　　　　　　　　　　군자상
勇乎에서 '尚'은 숭상하다, 높이 올린다는 뜻이다. 자로가 누구인가?
용호　　상

앞에서도 언급했지만, 성이 중仲이고 이름은 유由이며 자가 자로이다. 별칭으로 '계로季路'라고도 한다. 논어에 가끔 유라고 나오는데, 이는 공자가 제자의 이름을 친근하게 부른 것이다. 자로는 왜, 공자에게 대뜸 '군자는 용맹을 숭상하는 사람입니까?'라고 물었을까.

자로는 스스로 용맹이 있다고 생각한 것 같다. 그리하여, 나의 용맹은 높이 올릴 만한 가치가 있겠느냐고 스승에게 물었다. 군자가 갖추어야 할 여러 덕목이 있는데, 그중에 용맹도 들어가는지 확인하고 싶었나 보다. 자로는 공자의 제자 중에 가장 뛰어난 공문십철 중에 한 사람으로 꼽힌다. 공자보다 9세 정도 어린데, 공자를 처음 만났을 때는 공자를 업신여기고 포악하기가 이를 데 없었다고 한다. 사마천의 『사기』에 의하면, 성격이 거칠고 용맹스러운 일과 힘쓰는 일을 좋아하고 의지가 강하고 정직했다고 한다. 자로는 장단점을 동시에 가지고 있었다. 공자는 자로의 꾸밈없고 소박한 성품은 칭찬했으나, 성급하고 거친 성정은 주의하도록 훈계했다. 그 결과, 자로는 훌륭한 제자로 거듭났다. 공자 곁에서 호위무사 역할을 하면서, 나중에는 노나라 삼환 중 하나인 계씨 가문에서 벼슬을 하기도 했다.

공자는 자로의 질문에 한마디로 일갈한다. '자로야, 군자는 의로움을 으뜸으로 삼는단다.' 아, 이 한마디! 자로가 말하는 군자와 공자가 말하는 군자의 뉘앙스가 다르다. 전자는 용맹스런 군자이고, 후자는 의로운 군자이다. 그러면서 공자는 자상하게 일러준다. 자로가 쉽게 알아듣도록 군자와 소인을 대비한다. 대비 요법은 그때도 통했나 보다. '군자는 용맹만 있고 의로움이 없으면 난을 일으킬 수 있지. 반대로, 소인은 말이다. 용맹만 있고 의로움이 없으면 도적이 될 수 있어.' 이 정도면 못 알아들을 자 누가 있겠는가.

여기서 군자와 소인은 지위를 말한다. 주희가 『논어집주』에서 그렇게 밝히고 있다. 다시 말하지만, 공자가 말하는 군자와 소인은 양반 쌍놈처럼 사람을 등급으로 나눈 말이 아니다. 만일 그랬다면, 논어가 고전 중의 고전이 되지 못했을 것이다. 높은 지위에 있는 지도자가 만일 용맹스럽기만 하고 의로움이 없다면 난을 일으키기 쉽다고 경계했다. 바로 자로에게 에둘러 말한 것이다. '자로, 너 훌륭하기는 한데 학식과 덕망을 닦아야 해. 지금 네 성품으로 보아 임금이 마음에 들지 않는다거나 성에 차지 않으면 난을 일으킬까 봐 걱정이다.' 반대로, 소인이 용맹스럽기만 하고 의로움이 없다면 도적이 될 수 있다고 말한다. 이 언급은 무슨 뜻일까. '자로, 너 소인이 되고 싶냐? 지위가 낮은 사람 말이다. 소인이 의로움이 없으면 도적이 될 수 있어. 남의 물건이나 빼앗는 강도 같은 놈 말이다. 너 그런 도적이 되고 싶냐?' 뭐, 이런 뜻이 아닐까 싶다.

아마도 이어지는 문장이 없어서 그렇지, 자로는 공자의 훈계에 고개를 푹 숙이고는 '네, 선생님. 잘 알겠습니다.' 이렇게 대답했을 것 같다. 갑자기 삼국지가 떠오른다. 어렸을 적 수없이 읽었던 삼국지. 거기에 장비가 등장한다. 유비, 관우, 장비. 이 셋은 도원결의에서 의형제를 맺었다. 장비는 용맹스러웠다. 생각한 바를 곧바로 행동으로 옮기는 기질을 타고났다. 많은 전쟁에서 용맹을 떨치는데, 술을 지나치게 좋아하고 부하에게 엄격하여 원성을 사기도 한다. 이로 인해, 덕장 유비에게 훈계를 듣기도 한다. 아마도 유비는 '장비, 너 군자는 맞는데 좀 의로움을 가져 봐. 올바른 행동을 해야지.'라고 타일렀을 것 같다. 여기서 의로움이란 사람으로서 당연히 갖추어야 할 덕성을 말한다. 유비는 중국 삼국시대 촉한蜀漢의 초대 황제가 되는데, 이미 논어를 공부하지 않았을까? 우리 역사에도 용맹은 있으나 의로움이 없었던 인물이 있을까? 드라마 '태종 이방원'에 등장한 이숙번이 생각난다. 이성계의 다섯

째 아들 이방원을 도와 왕이 되도록 하는 데 지대한 공을 세운 인물이다. 그러나 용맹만 있고 의로움이 없어 나중에 퇴출당한다. 자로처럼 학식과 덕망을 길러 자신을 연마했다면 훌륭한 군자가 되었을 것이다

나는 양화편 23장에서 용맹과 의로움, 군자와 소인을 다시금 새겨본다. 용맹만 있어서는 안 된다. 군자는 의로움을 으뜸으로 삼아야 한다. 의로움을 바탕으로 그 위에 용맹함이 있다면 더할 나위 없다. 용맹을 용기로 번역하기도 한다. 이것도 합당하다고 본다. 군자는 의로움을 품고 있기에 용기를 낼 수 있다. 용기란, 잘못된 일에 대하여 분연히 일어나 맞서는 마음이다. 군자는 그런 사람이 되어야 한다. 역시 어렵다. 군자의 길이여.

73. 남의 나쁜 점을 말하는 자를 미워한다

子貢이 曰 君子亦有惡乎잇가 子曰 有惡하니
　자공　　왈　　군자　　역유오호　　자왈　　유오
惡稱人之惡者하며 惡居下流而訕上者하며
오칭인지악자　　　　오거하류이산상자
惡勇而無禮者하며 惡果敢而窒者니라
오용이무례자　　　　오과감이질자
曰 賜也亦有惡乎아 惡徼以爲知者하며
왈　사야역유오호　　오요이위지자
惡不孫以爲勇者하며 惡訐以爲直者하노이다
오불손이위용자　　　　오알이위직자

－양화17-24(1,91)

양화편 23장에 이어서 바로 다음 장에 군자가 나온다. 양화편에서
군자가 나오는 문장은 이것이 끝이다. 문장이 조금은 길지만 주는 메시
지는 강렬하다. 이번에는 든든한 재력가이면서 말도 잘하고 외교에도
능한 자공이 등장한다. 대화의 주제는 '군자도 미워하는 것이 있는가?'
이다. 자공이 묻고 공자가 대답하고, 또 공자가 묻고 자공이 대답하는
것으로 문장을 맺는다. 양화편 24장을 풀이하면 다음과 같다.

　자공이 말하였다. "군자도 미워하는 것이 있습니까?" 공자께서 말씀하셨
다. "미워하는 것이 있다. 남의 나쁜 점을 말하는 자를 미워하고, 아랫자리
에 있으면서 윗사람을 헐뜯는 자를 미워하고, 용감하기는 한데 예의가 없는
자를 미워하고, 과감하기만 하고 앞뒤가 꽉 막힌 자를 미워한다." 공자께서
말씀하셨다. "사야, 너도 미워하는 것이 있느냐?" "남의 것을 엿보아 아는

척하는 자를 미워하고, 불손을 용감한 것으로 여기는 자를 미워하고, 남의 비밀을 까발리면서 곧음이라고 여기는 자를 미워합니다."

나는 양화편 24장 원문을 어떻게 하면 쉽게 다가오도록 해석할 수 있을까 고심했다. 그래서 여러 주석서를 열람했다. 고주와 신주, 그리고 다산의 고금주 해석이 조금은 차이가 있지만 크게 다르지는 않았다. 현대 해석도 마찬가지다. 가능하면 나는 앞에서도 그랬지만, 원문의 뜻을 크게 훼손하거나 벗어나지 않는 범위에서 쉽게 그리고 나의 언어로 풀고자 했다. 세상에 우뚝 솟아 있는, 툭 던져져 있는 논어를 나의 논어로 만들고 싶었기 때문이다.

군자도 미워하는 것이 있는가? 바로 앞의 문장, 자로가 군자는 용맹을 숭상하느냐고 질문한 양화편 23장과도 일맥상통한다. 자공 역시 스스로 군자라고 생각하는데, 아마도 좀 켕기는 게 있었나 보다. 세상 사람과 사귀다 보면 막 미워하는 마음이 생기는데, 군자가 그렇게 해도 되는가, 우리 선생님은 이에 대하여 어찌 생각하실까 하고 물었다. 공자는 이에 대하여 명확하게 답을 해준다. 그래, 군자도 미워할 것은 미워해야 한다고. 그것이 오히려 군자답다고! 이에 힘을 얻은 자공은 스스로 고백한다. '저는 이런 것을 단연코 미워합니다!'라고. 참으로 멋진 스승과 제자의 문답이다.

원문에 어려운 한자가 많이 나온다. 訕, 窒, 徼, 訐이 그것이다. 訕은 '헐뜯다, 윗사람을 비방하다'라는 뜻이고, 窒은 '막다, 막히다'라는 뜻이다. 徼는 '구하다, 훔치다'라는 뜻이고, 訐은 '들추어내다, 폭로하다'라는 뜻이다. 이는 한자 자전을 참고한 것이지만, 논어를 공부하다 보면 한자가 큰 장애물이다. 그래서 난 먼저 자전을 찾아보고, 그래도 안 되면 전문가가 쓴 주석서를 의지했다.

공자는 네 가지를 미워한다고 했다. 첫째는 남의 나쁜 점을 말하는 자, 둘째는 아랫자리에 있으면서 윗사람을 헐뜯는 자, 셋째는 용감하기만 하고 예의가 없는 자, 넷째는 과감하기는 한데 앞뒤가 꽉 막힌 자이다. 어쩌면 그 시대에, 지금 그대로 말해도 딱 들어맞는 말을 했을까. 그렇다. 나도 이런 사람을 미워한다. 입만 열만 남 탓하고, 남의 허점만 찾아내 입방아 찧는 사람이 얼마나 많은가. 또 자기는 아직 능력이 되지 않아서 아랫자리에 있는 건데, 좀 빨리 승진했다고 윗자리에 있는 사람을 얼마나 이러쿵저러쿵 헐뜯는가 말이다. 용감하기는 한데 예의가 없으면 그건 볼썽사납다. 또 과감하게 뭔가는 하는데, 앞뒤가 꽉 막혀서 무슨 말을 해줘도 들어먹지 않는 사람, 이건 참 어찌해야 할지 모르겠다. 융통성은 그래서 필요하다. 옹야편 11장에서 공자가 자하에게, '너는 군자 선비가 되어야지, 소인 선비가 되지 마라.'라고 말했는데, 여기서 말하는 소인 선비가 아마도 이런 사람이 아닐까 싶다.

자공 역시 공자의 물음에 답한다. 원문에 '賜也亦有惡乎'라는 문장이
_{사야역유오호}
있는데, 고주에서는 이를 '저 또한 미워하는 것이 있습니다.'라고 해석했다. 근데 대부분 주석은 공자가 사, 즉 자공에서 묻는 것이라고 풀었다. 나도 이게 맞는다고 본다. 공자의 물음에, 자공은 세 가지를 미워한다고 답했다. 첫째는 남의 것을 엿보아 아는 척하는 자이다. 이는 오늘날로 말하면 표절이다. 나도 지금 글을 쓰고 있지만 남의 것을 자기것인 양 그대로 베끼지는 않는다. 인용할 때는 반드시 출처를 밝힌다. 둘째는, 불손을 용감한 것으로 여기는 자이다. 겸손하지 못한 것, 이것이 불손이다. 다산 정약용은 이를 '존귀한 사람을 범하고 어른을 능멸하는 것을 용감한 것으로 여기는 자'라고 해석했다(임헌규, 3대 주석과 함께 읽는 논어Ⅱ, 867쪽). 마지막으로, 남의 비밀을 까발리면서 그것을 곧음으로 여기는 자이다. 여기서 訐을 정직, 솔직 등으로 푼 사람도 있다.
_직

다산 정약용은 『논어고금주』에서, 논어 주석자인 포함의 말을 인용하여 訐은 남의 사사로운 일을 들추어내어 공격하는 것이라고 풀었다.

양화편 24장은 군자도 미워할 것은 미워해야 한다고 말하고 있다. 난 이를 보면서 이인편 4장이 떠올랐다. 바로 "공자께서 말씀하셨다. 오직 인한 자만이 능히 사람을 좋아할 수 있고, 미워할 수 있다(子曰 惟仁者아 能好人하며 能惡人이니라)."라는 문장이다. 또 『논어집주』를 보니, "후중량이 말했다. 성현께서 미워하는 것이 이와 같으니, 이른바 오직 인한 자만이 능히 사람을 미워할 수 있다는 것이다(侯氏曰 聖賢之 所惡 如此하시니 所謂惟仁者能惡人也니라)."라는 주석이 있었다. 이는 주희가 후중량의 말을 인용하여 양화편 24장을 해석한 것이다. 요컨대, 사람은 아무나 미워할 수 없다. 군자나 되어야 미워할 자격이 있다. 되나 가나 맘에 들지 않는다고 미워하면 그건 군자가 아니다. 아, 이 얼마나 감동적인 가르침인가.

74. 벼슬은 의로움을 행하고자 하는 것이다

子路從而後러니 遇丈人이 以杖荷蓧하여
<small>자로종이후 우장인 이장하조</small>

子路問曰 子見夫子乎아 丈人이 曰
<small>자로문왈 자견부자호 장인 왈</small>

四體를 不勤하며 五穀을 不分하나니 孰爲夫子오하고
<small>사체 불근 오곡 불분 숙위부자</small>

植其杖而芸하더라 子路拱而立한대 止子路宿하여
<small>치기장이운 자로공이립 지자로숙</small>

殺鷄爲黍而食之하고 見其二子焉이어늘
<small>살계위서이사지 현기이자언</small>

明日에 子路行하여 以告한대 子曰 隱者也로다 하시고
<small>명일 자로행 이고 자왈 은자야</small>

使子路로 反見之하시니 至則行矣러라
<small>사자로 반견지 지즉행의</small>

子路曰 不仕無義하니 長幼之節을 不可廢也니
<small>자로왈 불사무의 장유지절 불가폐야</small>

君臣之義를 如之何其廢之리오
<small>군신지의 여지하기폐지</small>

欲潔其身而亂大倫이로다 君子之仕也는 行其義也니
<small>욕결기신이난대륜 군자 지사야 행기의야</small>

道之不行은 已知之矣시니라
<small>도지불행 이지지의</small>

—미자18-7(1,92)

이제 논어에서 군자가 나오는 장을 살피는 일도 막바지에 이르렀다. 논어 열여덟 번째 편인 미자편이다. 미자편은 모두 11장으로 되어 있다. 주로 관직을 버리고 재야에 묻혀 사는 은자 이야기를 다루고 있다. 편의 이름인 미자微子에서 볼 수 있듯이, 미자는 은나라의 마지막 임금인 주왕紂王의 형을 말한다. 미자는 주왕의 무도한 짓을 보고 여러 차례 간언했으나 들어주지 않자, 은나라를 떠나 주나라로 가버렸다. 은자의 삶을 산 것이다. 6장에 나오는 장저와 걸닉이라는 은자 이야기도 유명하다. 미자편 7장을 풀이하면 다음과 같다.

　　자로가 공자를 따라가다 뒤처지게 되었는데, 길에서 지팡이에 큰 망태를 멘 노인을 만났다. 자로가 물었다. "노인께서는 우리 선생님을 보셨습니까?" 노인이 말하였다. "팔다리를 부지런히 움직이지 않고 오곡도 분간하지 못하면서 누구를 선생이라 하는가." 하고는 지팡이를 꽂아 놓고 김을 매었다. 자로가 두 손을 모으고 서 있으니, 노인은 자로를 자기 집에 하룻밤 묵게 하고는 닭을 잡고 기장밥을 지어주었다. 그리고는 자로에게 그의 두 아들을 인사시켰다. 이튿날 자로가 떠나와서 공자에게 말씀드렸더니, 공자께서 '은자로구나.'라고 하셨다. 그리고는 자로에게 다시 가서 만나보게 했다. 도착해 보니, 노인은 떠나고 없었다. 자로가 말하였다. "벼슬하지 않는 것은 의로운 것이 아니다. 어른과 어린이의 예절도 없앨 수 없는데, 임금과 신하의 의리를 어떻게 없앤다는 말인가. 자기 몸을 깨끗이 한다고 큰 인륜을 어지럽히고 있구나. 군자가 벼슬하는 것은 그 의로움을 행하고자 하는 것이다. 도가 행해지지 않고 있음은 이미 알고 있는 바이다."

논어 문장치고 꽤 긴 편이다. 그런데 참 재미있다. 한편의 짧은 이야기를 듣는 것 같기도 하고, 영화를 한 토막 보는 듯하기도 하다. 자로가 공자 일행과 함께 길을 가다가 뒤처지게 되었다. 그때 한 노인을 만난다. 숨어서 농사짓는 사람이다. 그 노인에게 공자 이야기를 했더니, 혀를 끌끌 차면서 비아냥한다. 그런 분을 너는 선생이라고 부르냐고, 도대체 사지는 멀쩡한데 뭣 하러 그리 돌아다니느냐고. 여기서 반전이 일어난다. 바로 그 노인이 자로를 자기 집에서 하룻밤 재워주고는, 닭도 잡아주고 기장밥도 지어준다. 거기다가 슬하의 두 아들에게 인사까지 하도록 한다. 내심 공자의 제자인 자로를 예우한 듯하다.

자로가 감동을 하였는지, 이튿날 공자에게 그 이야기를 그대로 전한다. 자로가 잃어버린 공자 일행을 어떻게 찾았는지는 모른다. 그 이야기는 생략되어 있다. 내 생각에는 아마도 노인이 공자 일행이 저쪽으로 갔다고 일러주었을 것이다. 공자는 단박에 그 노인이 은자임을 알아차린다. 그리하여 자로에게 다시 그 노인 집에 가 보라고 한다. 아마도 공자의 메시지를 전달하라고 한 것 같다. 웬걸 가 보니, 그 노인은 집을 나가고 없었다. 그리고는 자로의 말이 이어진다. 여기서 해석이 좀 갈린다. 이 자로의 말이 진짜 자로가 한 말이냐, 아니면 공자의 말을 전한 것이냐 하는 논쟁이다. 나는 자로의 말이라고 본다. 왜냐하면, 자로는 처음에 무식하고 용맹만 있는 사람이었으나 절차탁마를 거쳐 훌륭한 제자로 거듭났기 때문이다. 자로가 스승의 뜻을 헤아려 자기의 말을 했다고 봐야 한다.

자로의 말이 참 멋지다. 아마도 집에 있는 아들들에게 한 말 같다. 첫마디가, 벼슬하지 않는 것은 의로운 것이 아니라고 일갈한다. 그러면서 어른과 어린이가 지켜야 하는 장유유서도 없앨 수 없는데, 하물며 임금과 신하가 지켜야 하는 군신유의를 어떻게 없애겠는가 하고 성토하듯이 말한다. 장유유서이니 군신유의니 어디서 많이 들어보았다. 바로 유가에서 귀하게 여기는 오륜중의 하나다. 자로는 이를 큰 인륜이라고 말하고 있다. 이를 어기고, 자기만 깨끗한 척하는 것은 잘못이라고 한탄한다. 은자의 삶도 좋지만, 세상을 바꾸려면 함께 벼슬에 나아가야 하지 않겠냐며 설득하고 있다. 그러면서 군자가 벼슬하는 것은 의를 행하고자 함이고, 이 세상에 도가 없음은 자신도 잘 알고 있다고 끝을 맺는다.

원문에 어려운 한자가 보인다. 우선 以杖荷蓧에서 蓧는 삼태기 조

자로 여기서는 대나무로 만든 망태기를 뜻한다. 植其杖而芸에서 植는
언뜻 보면 심을 식 자로 보이나, 여기서는 둘 치 자로 '세우다'라는
뜻이다. 芸은 향초 이름 운 자인데 여기서는 풀을 제거함, 즉 김매기의
뜻으로 쓰였다. 殺鷄爲黍而食之에서 黍는 오곡의 하나인 기장밥을 말
하고, 食는 먹이 사 자로 쓰였다.

　주희는 『논어집주』에서 접여接輿 이야기를 꺼내고 있다. 접여는 초나
라의 현인으로 일부러 미치광이 노릇을 했다고 한다. 바로 앞의 미자편
5장에서 이를 다루고 있다. 접여는 공자를 봉황에 비유하면서 세상이
어지러우니 그런 짓 그만두고 은둔이나 하며 품위 있는 삶을 살라고
충고한다. 공자는 접여의 이런 말을 듣고 매우 안타까워한다. 주희는
미자편 7장을 해석하면서 이 노인 역시 접여의 뜻과 다름없다고 보았
다. 맞는 말이다.

　나는 미자편 7장을 음미하면서 우리 역사를 살펴보았다. 하나는 두문
불출이라는 말로 유명한 두문동杜門洞 이야기다. 고려가 망하면서 고려
의 충신들이 조선에서 벼슬하지 않고 외부와 차단하며 모여 살던 곳이
두문동이다. 지금의 북한 황해북도 개풍군 광덕산 서쪽의 골짜기로
알려져 있다. 두문동에는 72명의 고려 유신이 끝까지 고려에 충성을
다하고 지조를 지켰다고 한다. 세상을 피해 은자의 삶을 산 것이다.
또 하나는, 조선시대 생육신의 한 사람으로 김시습이다. 그의 이름 시습
時習은 논어 학이편 1장에서 따왔다고 한다. 5세 때 이미 시를 지을
줄 알아 그가 신동이라는 소문이 임금인 세종에게까지 알려져 큰 선물
을 내렸다고 한다. 저술에도 뛰어나 '금오신화'라는 최초의 한문 소설을
쓰기도 했다. 그런 그가 수양대군이 단종을 폐하고 왕위에 오르자 모든
것을 접고 은자의 삶을 살게 된다. 주로 절을 전전하며 세상을 유유한
다. 이를 어찌 보아야 할까.

나는 공자의 이런 말이 생각난다. 이인편 10장에서 군자는 세상일에 대하여 가까이할 것도 없고, 멀리할 것도 없다. 오로지 의로움에 따를 뿐이라는 말이다. 맞다. 미자편 7장은 이런 공자의 생각을 다시 천명한 것이다. 결코 새로운 것이 아니다. 도대체 무엇은 절대 옳고, 무엇은 절대 그르다고 할 것인가. 은자가 옳은가, 적극 세상에 나서는 것이 옳은가. 기준은 의로움이다. 지금 세상에 나아가는 것이 옳다면 군자는 벼슬해야 한다. 합당한 지위를 얻어 사회의 모순을 파헤치고 잘못된 건 바로잡아야 한다. 세상이 어지럽다고 숨어 산다면 겁쟁이가 될 수 있다. 그건 군자 선비가 아니라 소인 선비다. 나는 기왕이면 군자 선비가 되고 싶다. 그렇지만, 이것이 어디 쉬운 일인가.

75. 가까운 친족을 버려두지 않는다

周公이 謂魯公曰 君子不施其親하며 不使大臣으로
怨乎不以하며 故舊無大故則不棄也하며
無求備於一人이니라

—미자18-10(1,93)

미자편 10장에 군자라는 말이 보인다. 이 문장은 주공이 자기 아들 노공에게 한 말이다. 군자로서 갖추어야 할 네 가지를 당부하고 있다. 주공은 주나라 무왕의 동생이자 공자가 성인으로 추앙했던 인물이다. 술이편 5장에 나오듯이, 공자는 주공을 꿈속에서라도 뵙고 싶어 했다. 노나라는 주공에게 내려진 제후국이었지만, 주공이 직접 가서 통치하지는 못하고 그의 아들 백금을 보내어 다스리게 하였다. 노공은 바로 백금을 가리킨다. 미자편 10장을 풀이하면 다음과 같다.

주공이 노공에게 타일러 말하였다. "군자는 그 가까운 친족을 버려두지 않으며, 써주지 않는다고 대신이 원망하게 하지 않으며, 오랜 친구는 큰 잘못이 없으면 버리지 않으며, 한 사람에게 모든 것을 갖추기를 요구하지 않는다."

참으로 멋진 말이다. 자신은 주나라 중앙정부에서 할 일이 너무 많아

가지 못하고, 대신 아들을 노나라 제후로 보내면서 당부한 말이다. 어느 한마디도 허투루 넘길 수 없는 주옥같은 말이다. 여기서 군자는 당연히 통치자라는 개념으로 쓰였다. 논어에 나오는 문장치고 이 문장은 특별하다. 거의 자왈로 시작하는 공자의 말이나, 제자의 말, 제후의 물음에 답하는 말 등이 나오는데, 여기서는 주공이 한 말을 적고 있다. 이는 아마도 공자가 주공을 무척이나 흠모한 성인이었기 때문일 것이다. 공자는 요임금, 순임금, 우임금, 탕임금 등은 물론, 주나라를 세운 문왕, 무왕을 존경했다. 무왕의 동생인 주공은 자신의 본보기로 삼을 만큼 흠모했다. 그래서 논어 편집자들은 주공의 말을 스승인 공자의 말 수준으로 끌어올려 여기에 적지 않았을까 생각해본다.

주공은 자기 아들인 백금에게 다음과 같이 네 가지를 당부한다. 첫째, 그 가까운 친족을 버려두지 말라. 여기서 친親을 부모 친척으로 풀이하는 사람도 있다. 다산 정약용은 『논어고금주』에서 보완하여 말하기를, 친을 구족九族이라고 표현했다. 나는 일가 친족, 즉 가까운 친족 정도로 풀었다. 그 당시 노나라는 봉건 제후국이었기에 혈연으로 얽혀 있었을 것이다. 그러니 백금, 네가 노공이 되어 가더라도 주나라 중앙정부에 남아 있는 너의 아버지 주공을 비롯하여 일가 친족을 버려두어서는 아니 된다고 한 것 같다. 不施其親에서 한자 '施'는 '弛'와 같다. 간혹
붙이기친
시로 읽어 베풀다는 뜻으로 풀이한 사람도 있는데, 여기서는 '늦추다, 제거하다'는 뜻으로 풀었다. 고주와 신주 모두 弛를 따르고 있다.

둘째, 써주지 않는다고 대신이 원망하게 하지 말라. 문장이 어렵다. 怨乎不以는 써 주지 않음을 원망한다는 뜻이다. 앞의 문장과 연결하면
원호불이
'써주지 않는다고 대신이 원망하게 해서는 안 된다.'라고 해석된다. 그러니까 사람을 등용할 때 인재를 적재적소에 발탁하여 쓰되, 마땅히 그 자리에 있어야 할 사람이 아니라면 버리지만, 함부로 쫓아버려서는

안 된다고 충고한 것이다. 참으로 맞는 말이 아닌가. 군자라면 그래야 한다. 그 직위에 맞는 사람을 써야 함은 물론, 능력이 출중한 사람을 그냥 놀게 해서도 안 된다. 또한 중용했으면 믿어야 한다, 이것이 핵심이다.

셋째, 오랜 친구는 큰 잘못이 없는 한 버리지 말라. 여기서 오랜 친구란 누굴까. 어떤 이는 원로 공신이나 이전 왕조의 옛사람이라고 했다. 다산 정약용은 '대대로 좋게 지낸 오래된 사람(謂世好之舊人)'이라고 했다. 그러나 고주나 주희의 주석에 의하면 그냥 오래된 친구 정도로 풀었다. 나도 이에 따랐다. 맞다. 오래된 친구는 큰 잘못이 없는 한 버려서는 안 된다. 여기서 큰 잘못, 즉 대고大故란 간악하고 거스르는 것을 말한다(위악역謂惡逆). 대대로 오래되어 우정이 쌓이고 의리가 있는 벗을 함부로 버려서는 안 된다. 그러면 군자가 아니다.

마지막으로, 한 사람에게 모든 것을 갖추기를 요구하지 말라. 無求備於一人! 난 이 여섯 글자가 참 마음에 든다. 네 가지 당부 중 이 말이 가장 와닿는다. 한 사람에게 모두 갖출 것을 구하지 말라. 그렇다. 모름지기 훌륭한 지도자라면 사람을 등용해 놓고 모든 걸 잘하기를 바라면 안 된다. 좀 잘못하더라도 너그럽게 넘기고 기다려 주어야 한다. 그래야 자신이 가진 능력을 최대한 발휘할 수 있다. 그때 당시에도 이런 말이 있었다니 놀라울 뿐이다. 요즘은 전문가를 요구하는 시대지만, 혹시 그때도 하나만 잘하면 되었는지 살짝 궁금해진다.

미자편 10장은 비록 주공의 말을 빌려서 하고 있지만, 이건 공자의 말이라고 보아야 한다. 주희는 『논어집주』에서 호인의 말을 인용하여 비슷한 언급을 하고 있다. 바로 "호씨(호인)가 말하였다. 이는 백금이 책봉을 받고 노나라로 갈 때, 주공이 훈계하신 말씀이다. 노나라 사람들이 외워서 전하여 오랫동안 잊지 않은 것이리라. 혹 공자께서 일찍이 문하의 제자들에게 말씀하신 걸까(胡氏曰 此는 伯禽이 受封之國할새 周公訓戒之辭니 魯人傳誦하여 久而不忘也라 其或夫子嘗與門弟子言之歟아)."라는 말이다. 이로 보면 비록 주공이 한 말로 되어 있지만, 공자의 가르침으로 간주하고 있다.

　나라를 다스리는 통치자, 군자는 일가 친족을 함부로 버려서는 안 된다. 신하에게 원망을 사서도 안 된다. 오래된 친구는 큰 잘못이 없는 한 내쳐서는 안 된다. 또 하나, 한 사람에게 모든 것을 갖추기를 바라서는 안 된다. 아, 미자편 10장 역시 군자의 길은 아름다우면서도 어렵다는 것을 일러 준다.

76. 어진 이를 존경하고 대중을 포용한다

子夏之門人이 問交於子張한대 子張이 曰
자하지문인 문교어자장 자장 왈
子夏云何오 對曰 子夏曰 可者를 與之하고
자하운하 대왈 자하왈 가자 여지
其不可者를 拒之라 하더이다 子張이 曰
기불가자 거지 자장 왈
異乎吾所聞이로다 君子는 尊賢而容衆하며
이호오소문 군자 존현이용중
嘉善而矜不能이니 我之大賢與인댄 於人에
가선이긍불능 아지대현여 어인
何所不容이며 我之不賢與인댄 人將拒我니
하소불용 아지불현여 인장거아
如之何其拒人也리오
여지하기거인야

　　　　　　　　　　　　　　　　　　　　—자장19-3(1,94)

　이제 논어 열아홉 번째 편인 자장편으로 넘어간다. 자장편은 모두 25장으로 되어 있는데, 그중 군자가 나오는 장이 자그마치 아홉 장이다. 전체 장의 수에 비하여 꽤 많이 나오는 편이다. 자장편은 논어의 다른 편과 다르게 모두 제자들의 어록이다. 가장 많이 나오는 것은 자하 어록이다. 자하의 말이 아홉 장에 걸쳐 나온다. 다음으로 자공이 여섯 장, 자장과 자유가 각각 세 장, 증자가 네 장이다. 도올 김용옥 선생은 『논어한글역주3』에서 표까지 제시하면서 자장편을 상세히 분석해 놓고 있다. 그는 자장편을 모두가 공자 제자들의 말과 문답으로 이루어진 특이한 성격의 편이라고 하면서, 더구나 이를 논어의 끝에다 첨가했다는 것은 논어 편집자들의 수준 높은 감각을 말해주는 것이라고 평했다.

또한 자하 어록이 가장 많은 것은, 공자가 죽은 후에 학문적으로 가장 성공한 사람이 자하였기 때문이라고 말했다.

논어를 십여 년 쭉 보아왔지만, 나도 자장편이 좀 특이하다고 생각했다. '와, 어찌 공자의 말은 하나도 안 나오고 제자들 말만 나오지? 그래, 제자가 한 말이라도 그건 스승 공자의 말을 대신한 거겠지.' 하고 의구심이 일면서도 뭐 이렇게 여기고 넘어갔었다. 지금 곰곰이 짚어보니, 도올 선생의 말처럼 논어를 더욱 아름답게 장식하고자 한 것이 아니었나 생각한다. 스승 공자의 말을 제자들이 하게 함으로써 격을 높이려 한 것은 아닐까? 자장편에서 군자라는 말이 처음으로 나오는 문장은 세 번째 장이다. 자장편 3장을 풀이하면 다음과 같다.

자하의 문인이 자장에게 사람 사귀는 일에 대해 물었다. 자장이 말했다. "자하는 뭐라고 하던가?" 문인이 대답하였다. "자하께서는 '괜찮은 사람과는 사귀고, 괜찮지 않은 사람은 거절하라.'라고 하셨습니다." 자장이 말하였다. "내가 들은 것과 다르구나! 군자는 어진 이를 존경하고 대중을 포용하며, 선한 사람은 아름답게 보고 능하지 못한 사람은 불쌍히 여겨야 한다. 내가 크게 어질면, 남들과의 관계에서 무엇인들 포용하지 못하겠는가. 내가 어질지 못하면 남들이 먼저 나를 거절할 것이니, 어떻게 남을 거절하고 말고 하겠는가."

자장편 3장은 군자가 등장하면서 참으로 멋진 메시지를 담고 있다. 자하의 문인이 사귐에 대하여 자장에게 물었는데, 자장은 바로 대답하지 않고 '너의 스승인 자하는 사귐을 뭐라고 하더냐?'라고 되물었다. 그러자 문인이 자하에게 배운 것을 그대로 얘기하니까, '그건 내가 스승 공자에게서 들은 말과 같지 않은데….'라고 하고는 자기 생각을 자하의 문인에게 쏟아놓았다. 그건 바로, 군자에 관한 공자의 가르침을 자신의 언어로 푼 것이다. 자장의 말이 참 멋지다. 군자라면 첫째, 어진 이를 존경하고 대중을 포용하는 사람이다. 둘째는 선한 자는 아름답게 보고 능하지 못한 자는 불쌍히 여기는 사람이다. 이는 자하의 말처럼, 괜찮은 자는 사귀고, 그렇지 못한 자는 걷어차라는 말과는 차원이 다르다.

자장과 자하는 누구인가? 앞에서도 밝혔지만, 자하는 공자보다 44세 아래이고, 자장은 48세 아래이다. 그러니까 공자 학단에서 매우 어린 제자들이었다. 자장이 자하보다 4살 어리다. 더구나, 자하는 공문 사과 십철에 드는 인물이지만, 자장은 여기에도 끼지 못한다. 그렇다면 뭔가 있는 듯하다. 자하보다 어린 자장이 아무리 자하 문인이 묻는 말에 대답한 거지만, 그렇게 자하를 반박할 수 있었을까? 어찌 보면 자하에게 일장 훈수를 둔 것이다. 도올 김용옥 선생에 의하면, 이 자장편 3장은 훗날에 자장학파의 입장에서 기술된 것이라고 했다. 그럴 법도 하다. 세월이 흐르고 흘러서 가장 정수만을 뽑아 편집한 것이 논어이고, 또 거기에는 정치 공학적이거나 학파적 힘이 작용했을지 모른다.

자장편 3장에 대한 여러 주석을 살펴보니, 벗을 사귈 때는 자하의 말처럼 하고, 평소 사람을 사귈 때는 자장의 말처럼 하라고 했다. 또 주희는 초학자는 자하의 말처럼 해야 하고, 덕을 이룬 자는 자장의 말처럼 하는 것이 좋다고 풀었다. 둘 다 일리 있는 해석이다. 논어 계씨편 4장에서 공자는 사귀면 이익이 되는 벗, 손해가 되는 벗 세 가지를 말하였다. 그렇듯이, 벗은 아무나 사귀면 안 된다. 잘 가려서 사귀어야 한다. 그리 보면 자하의 말이 맞는다. 그렇다고 자장의 말을 흘려들어서는 안 된다. 내가 보기에 자장의 말은 그 자체로, 군자의 규범이다. '군자라면 적어도 어진 이는 존경하고, 대중을 포용할 줄 알아라. 선한 이는 아름답게 볼 줄 알고, 능하지 못한 이는 딱하게 여길 줄 알아라!' 이게 핵심이다. 딱 선을 그어서, 이런 사람은 되고 저런 사람은 안 되고, 이렇게 하면 안 된다는 것이다. 얼마나 멋진 말인가.

자장편 3장에서 가장 감탄을 자아내는 말은 끝자락이다. '내가 크게 어질면, 무엇이든 누구이든 받아들이지 못하겠는가. 내가 어질지 못하면 남이 먼저 알아보고 거절할 테니 이런 자는 사귀고, 저런 자는 사귀지 말라는 말이 무슨 소용이 있는가!' 바로 이거다. 문제는 결국 나다. 나의 도량이 넓으면 남이 뭐라 하든 내가 받아들이고, 내가 뭐라 하든 남이 포용할 것이다. 반대로, 내가 밴댕이처럼 속이 좁으면 남들이 먼저 알고 받아주지 않을 것이다. 사람과의 관계, 즉 사귐은 철저히 이런 것이다. 아, 어찌 그때나 지금이나 이 이치는 변함이 없을까. 차디찬 논어의 속삭임에 다만 놀랄 뿐이다.

77. 작은 재주는 추구하지 않는다

子夏曰 雖小道나 必有可觀者焉이어니와
_{자하왈} _{수소도} _{필유가관자언}
致遠恐泥라 是以로 君子不爲也니라
_{치원공니} _{시이} _{군자} _{불위야}

—자장19-4(1,95)

자장편 3장에 이어서 바로 군자가 나온다. 이 문장은 해석이 참 구구하다. 이를 이해하고자 여러 주석을 살펴보았으나, 확연히 들어오지 않는다. 이리저리 생각하고 고심하다가 결국은 내 나름으로 해석했다. 자장편 4장을 풀이하면 다음과 같다.

자하가 말하였다. "비록 작은 재주라도 반드시 볼 만한 것이 있다. 하지만 먼 곳에 이르는 데는 통하지 않을까 두려워서 군자는 추구하지 않는다."

여기서 가장 핵심이 '소도小道'라는 말이다. 소도, 직역하면 '작은 도'라고 할 수 있다. 다산 정약용은『논어고금주』에서 소도에 반대되는 말로 대도大道를 썼다. 대도는 인의예지 같은 큰 도이나, 소도는 소체小體를 보양하는 군려軍旅, 농포農浦, 의약 등과 같은 작은 도라고 말했다. 주희는 『논어집주』에서 이를 작은 도라고 풀면서, "소도는 농사, 원예, 의술, 점복 같은 따위다(小道는 如農圃醫卜之屬이라)._{소도} _{여농포의복지속}"라고 말했다. 정약용과 비슷한 관점을 취하고 있다. 그런데 고주는 다르다. 소도를 이단의 설과 제자백가의 주장이라고 풀었다. 여기서 이단異端이란 유가의 주장과 다른 학설을 말한다. 그래서 君子不爲를 '군자는 배우지 않는다(불학不學).'라고 풀었다. 군자는 이단의 학설은 배우지 말아야 한다는 것이다.

이러니, 자장편 4장 해석이 어려울 수밖에 없다. 논어는 고전이니 끊임없이 재해석되어야 한다. 결국은 나름으로 해석하여 자신의 논어로 만들어야 한다. 난 이제까지 군자가 나오는 문장을 접하면서 여러 주석서를 살폈으나, 저마다 표현 방식이 다르고 해석이 다양하여 결국은 내 방식대로 풀 수밖에 없었다. 소도란 내가 보기에, 요즘으로 말하면 하찮은 재주, 또는 잔재주이다. 기예라고 해도 되는데, 이 말은 기술과 예술을 아울러 이르는 말로 남사당의 기예가 떠오른다. 그래도 확 다가오지는 않는다. 고민 끝에, 난 '작은 재주'라고 풀었다. '저 사람은 작은 재주는 많이 가지고 있는데, 뭐 하나 똑 부러지게 잘하는 게 없어. 큰 사람은 못 될 사람이야!' 이런 식의 말을 한다. 이때의 재주가 소도가 아닐까 싶다.

공자는 왜, 작은 재주도 볼 만한 것은 있으나 이것에 탐닉하면 안 된다고 했을까. 바로 군자는 먼 곳을 가는 사람이기 때문이다. 다산 정약용의 말처럼 대도를 걷는 사람인데, 하찮은 일에 얽매이다 보면 큰일을 성취할 수 없다는 것이다. 공자에게 큰일이란 인의의 길일 것이다. 원문의 致遠恐泥를 풀면, 먼 곳에 이른다는 말은 인의를 갖춘 군자가 되는 것을 뜻한다. 泥는 진흙인데, '통하지 않다, 막힌다'는 뜻으로 쓰였다. 흙이 질어서 이리저리 엉키면 빠져나올 수 없다. 작은 재주, 잔재주에 빠져 헤어 나오지 못하면 군자 되기는 영 틀려먹을 수 있다. 군자라면 크게 보아야 하고 크게 판단해야 하는데, 작은 것에 얽매여 꼼짝달싹하지 못하면 훌륭한 지도자가 될 수 없다는 뜻이다.

나는 주희의 해석이 좀 마음에 들지 않는다. 소도를 농사, 원예, 의술, 점복 등으로 보았기 때문이다. 이러한 해석은 조선이 성리학(주자학)을 받아들이면서 주야장천 양반 사대부의 입에 오르내렸을 테니, 사농공상이라는 신분 질서가 생겼을지도 모른다. 글을 아는 사람은 존귀하고, 농사나 의술을 행하는 것은 하찮은 재주로 보아 경시했으니 산업이 발전할 리 없었다. 학문이 형식주의로 흘러 붕당을 지어, 네가 옳으니 내가 옳으니 논쟁이나 하다 세월을 보냈을지 모른다. 차라리 고주의 해석처럼, 소도를 이단이라고 보았으면 달랐을지도 모른다. 공자는 위정편 16장에서, "이단을 공격하면 이는 해로울 뿐이다(攻乎異端_{공호이단}이면 斯害也已니라_{사해야이})."라고 말했다. 이는 나와 좀 다르더라도 인정하고 오히려 자신에게 더 충실하라는 뜻이다. 그런데 주희는 攻乎異端_{공호이단}에서 攻_공을 '전공하다'로 해석해 버렸다. 남송시대에 살았던 주희는 성리학을 집대성한 학자로서 불교를 배척해야 했다. 불교를 이단으로 본 것이다. 그래서 공격하다의 攻을 '전공하다, 전념하다'는 뜻으로 푼 것이 아닐까 싶다.

작은 재주도 볼 만한 가치는 있으나 너무 빠지면 안 된다. 예로부터 군자가 될 사람은 먼 데를 바라보고 큰일을 도모해야지, 작은 재주에 갇혀 꼼짝달싹하지 못하는 사람이 되어서는 안 된다. 참으로 탁월한 식견이 아닐 수 없다. 오늘날에도 딱 들어맞는 말이다. 높은 지위에 있는 지도자일수록 큰 생각을 가져야 한다. 작은 것에 얽매이다 보면 정말 중요한 것을 잃을 수 있다. 정치 지도자라면 대도를 견지해야 한다. 과연 국가의 안녕과 국민 행복을 위한 일이 무엇인지 늘 생각해야 한다. 한마디로 군자 대도다. 나도 마찬가지다. 힘들지만 대도를 걸어야겠다. 아, 아름다운 군자의 길이여!

78. 부지런히 배워서 도에 이른다

子夏曰 百工이 居肆하여 以成其事하고
　자하왈　백공　　거사　　　이성기사

君子學하여 以致其道니라
　군자　학　　　이치기도

―자장19-7(1,96)

자장편에서 몇 장을 건너뛰어 군자가 등장한다. 바로 자장편 7장이다. 여기서는 군자의 배움을 장인의 일에 비유했다. 바로 앞 4장에서는 군자는 소도, 즉 작은 재주를 추구해서는 안 된다고 해 놓고, 여기서는 오히려 군자는 장인이 하는 것처럼 해야 한다고 말하고 있다. 자장편 7장을 풀이하면 다음과 같다.

　　자하가 말하였다. "모든 장인이 작업장에 있으면서 그 일을 이루듯이, 군자는 배움으로써 그 도에 이른다."

정말 멋진 말이다. 공자가 그렇게 강조했던 배움을 여기서 또 말하고 있다. 앞에서도 여러 번 언급했지만, 공자는 자신은 태어나면서부터 아는 사람이 아니라 배워서 아는 사람이라고 했다. 그리고 모든 것을 다 아는 것이 아니라, 하나의 이치로 모든 것을 꿰뚫어 본다(일이관지―以貫之)고 말했다. 여기서 군자를 장인에 비유한 것은 장인이 뭔가를 만들기 위해 최선을 다하는 것이나, 군자가 도에 이르기 위해 전력을 다하는 것이 같음을 말하고 있다.

원문의 居肆에서 肆는 방자하다는 뜻이다. 그런데 여러 주석서에 의하면, 이를 작업장 또는 공방이라고 풀고 있다. 다산 정약용은 독특하게도 진열장이라고 해석하고 있다. 나는 현대적인 용어로 쉽게 작업장이라고 풀었다. 백공百工은 백 명의 장인이 아니라 모든 장인, 즉 뭇 장인을 말한다. 두 구절이 대구를 이루고 있는데, 장인은 그 일(其事)이라고 하고, 군자는 그 도(其道)라고 표현했다. 또 장인은 그 일을 이루고(成), 군자는 그 도에 이른다(致)고 했다. 이런 문장 구조가 논어의 매력이다. 뭔가 시구처럼 다가오지 않는가.

여기서 장인은 어떤 사람일까. 주희는 『논어집주』에서 관청의 기물을 만드는 곳에 있는 사람이라고 말한다. 오늘날로 말하면, 주문받은 물건을 만들어 나라에 조달하는 기술자 정도로 보면 무난할 것 같다. 장인은 물건을 만들 때 그냥 만들지 않는다. 매 순간 최선을 다해서 한 치의 모자람이 없이 완성하여 납품한다. 그래야만 퇴짜를 맞지 않는다. 군자도 마찬가지라는 것이다. 군자는 부지런히 배움으로써 도에 이를 수 있다. 장인이나 군자나 최선을 다해야 자신이 목표한 바 일을 완성할 수 있고, 지극한 도에 도달할 수 있다는 말이다. 이를 위해서 장인은 작업장을 떠나서는 안 되고, 군자 역시 배움을 떠나서는 곤란하다. 장인이 작업장에 늘 머물면서 물건을 어떻게 하면 잘 만들 수 있을까 궁리하듯이, 군자도 타고난 재능만 믿을 것이 아니라 끊임없이 배움으로써 그 도에 이를 수 있다는 것이다.

다산 정약용은 『논어고금주』에서 자장편 7장을 풀면서, "살펴보건대, 군자의 학습법은 학업에 관한 생각을 마음에 간직하고 이를 닦는 데 노력하고, 쉴 때도 이를 떠나지 않고 놀 때도 이를 잊지 않는 것이다(案 君子之於學也, 藏焉修焉, 息焉遊焉)."이라고 말했다. 자하가 경계한

바는 무릇 여기에 있다고 덧붙이기도 했다. 이지형 교수의 『역주 논어 고금주5』에서 그대로 인용했는데, 좀 의역한 부분이 있지만 뜻을 잘 풀었다고 본다. 그렇다. 군자는 학습법이 달라야 한다. 쉴 때도, 놀 때도 도를 떠나서는 안 된다. 마치 장인이 물건을 만들 때 집중하는 것처럼.

언젠가 중국 연수를 간 적이 있다. 북경의 어느 사범대에 딸린 중학교로 기억하는데, 복도에 기막힌 글귀가 걸려 있었다. 나는 유심히 이를 바라보았다. '공욕선기사工欲善其事, 필선리기기必先利其器'라는 말이다. 물론 중국이니까 한글은 없고 한자로만 쓰여 있었다. 그때 내가 논어를 한창 공부하고 있을 때라서 이 문구가 들어왔다. 논어 위령공편 9장에, "자공이 인을 행하는 방법을 물었다. 공자께서 말씀하셨다. '장인이 일을 잘하려면 반드시 먼저 연장을 날카롭게 해야 한다. 마찬가지로, 어떤 나라에 살든 그 나라의 대부 가운데 어진 자를 섬기고, 선비 가운데 인한 자를 벗하여야 한다.'(子貢이 問爲仁한대 子曰 工欲善其事인댄 必先 利其器니 居是邦也하여 事其大夫之賢者하며 友其士之仁者니라)"라는 말이 나온다. 바로 여기서 따온 글귀였다.

장인이 일을 잘하려면 먼저 연장을 날카롭게 해야 한다. 이는 정말이다. 칼이든 도끼든 날카롭지 않으면 하다못해 무 하나도 자를 수 없다. 난 자장편 7장을 풀면서 이 말이 생각났다. 자하가 말하고자 한 바도 이와 다르지 않다고 본다. 모든 장인이 작업장에 있으면서 최선을 다함이 바로 연장을 날카롭게 하는 일이 아니고 무엇이랴. 그렇듯이, 인을 행하기 위해서는 먼저 어진 자를 섬겨야 하고, 인한 자와 벗해야 한다. 이는 곧 배움이다. 오직 배움으로써 지극한 도에 이를 수 있다. 배움은 군자가 가야 할 길이다.

79. 세 가지로 변함이 있다

子夏曰 君子有三變하니 望之儼然하고
　자하왈　군자　유삼변　　　망지엄연

卽之也溫하고 聽其言也厲니라
　즉지야온　　청기언야려

—자장19-9(1,97)

자장편 7장에 이어 9장에 군자라는 말이 나온다. 나는 여기서 군자의 완결판을 보는 듯하다. 이제까지 군자가 들어 있는 문장을 끄집어내어 이렇게 저렇게 나름 풀어왔다. 위 문장은 이 모든 것을 하나로 정리해주는 듯한 느낌이다. 군자를 세 가지 방향에서 비춰보고 있다. 바로 군자유삼변이다. 자장편 9장을 풀이하면 다음과 같다.

　　자하가 말하였다. "군자는 세 가지로 변함이 있다. 멀리에서 바라보면 의젓하고, 가까이 다가가면 따뜻하고, 그 말을 들어보면 명확하다."

군자유삼변! 이를 그대로 풀이하자면, '군자는 세 가지로 변함이 있다.'라는 뜻이다. 군자란 공자가 말하는 이상적인 사람이다. 군자의 세 가지 변함이란 무엇일까. 첫 번째 변함은 망지엄연望之儼然이고, 두 번째 변함은 즉지야온卽之也溫이며, 세 번째 변함은 청기언야려聽其言也厲이다. 군자란 모름지기, 이 세 가지 변함을 하나로 갖고 있어 상황에 따라 다르게 보인다는 뜻이다. 고주의 해석에 의하면, 사실 다른 사람이

볼 때 변함이 있다는 것이지, 군자는 저절로 그런 것이다.

'망지엄연'이란, 멀리서 바라보면 의젓하다는 뜻이다. 늘 삼가고 공손하며 위엄이 있다는 뜻이 포함되어 있다. 난 이를 멋지다는 뜻으로 풀고 있다. 사람다운 사람의 제일의 모습은 멋진 사람이다. 용모가 단정하고 예의가 바르면 감히 범접하지 못한다. '즉지야온'은 곁에 다가가 보면 온화하다는 뜻이다. 멀리서 바라볼 때는 의젓하게 보였는데, 가까이 다가가니 사람이 참 따뜻하더란 말이다. 그렇다. 멀리서 바라보니 사람이 의젓하고 위엄이 있어 보였는데, 가까이 가서 보니 따뜻함이 느껴지더라? 이쯤 되면 그 사람에게 빠지지 않을 사람이 누가 있겠는가.

여기에 한 가지를 더한다. 바로 '청기언야려'다. 그 사람의 말을 들어보니 논리가 정연하더란 것이다. 발음과 표현이 분명하여 귀에 쏙쏙 들어오고, 앞뒤가 명확하여 몇 마디만 들어도 그냥 알아들을 수 있다. 이 사람은 실력까지 갖춘 것이다. 시대의 흐름을 잘 읽어 듣는 사람에게 이치에 맞게 잘 설명하는 사람이다.

주희는 『논어집주』에서 "엄연이란 용모가 장엄함이요, 온이란 얼굴색이 온화함이요, 려란 말이 명확함이다(儼然者는 貌之莊이요 溫者는 色之和요 厲者는 辭之確이라)."라고 해석했다. 여기서 한자 厲는 같다는 뜻이지만, 명확하다는 뜻으로 쓰였다. 아마도 기슭이라는 뜻의 민엄호 밑에 일만 만자가 있는 것으로 보아, 많이 갈고 닦았다는 의미로 읽힌다. 불현듯, 일만 시간의 법칙이 생각난다. 뭔가 한 분야의 전문가가 되려면 일만 시간의 노력이 필요하다고 하지 않는가. 려는 전문가 정도의 실력을 갖추었다는 뜻이다.

정자(정이천)는 자장편 9장을 해석하면서, 다른 사람은 장엄하면 따뜻하지 않고, 따뜻하면 명확하지 않은데 오로지 공자만이 이 세 가지를 온전히 갖추었다고 말했다. 또 사량좌는, 군자유삼변은 변함에 뜻을 둔 것이 아니라 대개 세 가지가 함께 행해져도 서로 어긋나지 않는 것이라고 말했다. 그러면서 예를 들어, 좋은 옥이 따뜻하고 윤택하면서도 단단한 것(율연栗然)과 같다고 덧붙였다. 다산 정약용은 『논어고금주』에서 한자 厲를 주희와 다르게 '말의 준엄함(사지준辭之峻)'이라고 보완 설명했다. 그리고 즉지야온에서 즉卽은 '곧'이 아니라, '나아감'이라고 풀었다.

이 세 가지 모습이 언제 어디서나 자연스럽게 우러나온 사람은 누구일까. 정자도 말했듯이 단연 공자이다. 다산 장약용은 형병의 말을 인용하면서 보통 사람은 멀리서 바라보면 태만함이 많고, 가까이 다가가 보면 얼굴빛이 사납고, 그 말을 들어보면 망령되고 삿됨이 많은데 공자는 그렇지 않았다고 은근히 강조하고 있다. 바로 여기서 군자는 공자라는 것이다. 사실 앞의 향당편 6장에는, 공자의 평소 옷 입는 예법을 기술하면서 공자를 직접 군자로 표현하기도 했다.

군자유삼변! 이는 멋지고 따뜻하고 실력까지 갖춘 사람이다. 흔히 줄여서, 군자삼변이라고 말한다. 어찌 보면 요즘 유행하는 창의 융합형 인재이다. 미래형 인재란 바로 이런 사람이 아닐까. 이는 내가 그리는 이상적인 사람의 모습이기도 하다. 사람은 어떤 존재이어야 할까 하고 헷갈릴 때, 난 이 군자유삼변을 떠올린다. 그러면서 이 군자삼변을 교육 현장에서 적용할 방법이 없을까 고심했다. 학생들을 대상으로 '이달의 군자삼변 인재'를 선정하여 시상과 함께 인증서를 수여했다. 연말에는 군자삼변 인재 중에서 이 세 가지 변함이 두루 나타나는 왕중왕을 뽑아 상품을 더 얹어서 주었다. 이른바 군자의 세 가지 모습이 골고루 발현된 창의 융합형 인재를 선발한 것이다. 이는 작으나마 나의 군자 실천법이었던 셈이다.

80. 믿음을 얻은 뒤에 백성을 부린다

子夏曰 君子信而後에 勞其民이니
未信則以爲厲己也니라 信而後에 諫이니
未信則以爲謗己也니라

—자장19-10(1,98)

자장편 9장에 이어서 바로 10장에서 군자가 등장한다. 앞에서도 말했지만, 자장편은 군자의 완결판이라고 할 만큼 군자를 여러 각도에서 조명하고 있다. 군자를 중심에 놓고 아래로는 백성을, 위로는 임금을 향한 군자의 역할론을 펼치고 있다. 자장편 10장을 풀이하면 다음과 같다.

자하가 말하였다. "군자는 믿음을 얻은 뒤에 백성을 부린다. 아직 믿지 않는데도 부리면 자신들을 괴롭힌다고 여긴다. 군자는 믿음을 얻은 뒤에 임금에게 간한다. 아직 믿지 않는데도 간하면 자기를 비방한다고 여긴다."

공자의 말이 참으로 가슴에 와닿는다. 고주와 신주, 그리고 다산 고금주까지 해석이 크게 다르지 않다. 이는 자장편 10장이 말하려고 하는 메시지가 분명하다는 뜻이다. 핵심 키워드는 '신信'이다. 여러 주석서가 이를 신뢰라고 표현했는데, 나는 한자어 대신에 쉬운 우리말로 '믿음'이라고 풀었다. 신주, 즉 주희의 『논어집주』를 보면, 신信을 "성의가 측달하여 다른 사람이 그를 믿는 것을 말한다(謂誠意惻怛而人信之也라)."라고 풀었다. 와, 어렵다. 측달惻怛, 요즘 잘 안 쓰는 말이다. 사전을 찾아보니, 불쌍히 여겨 슬퍼함이라는 뜻이다. 사자성어로 측달불안惻怛不安이라는 말도 있다. 불쌍히 여겨 슬퍼하는 마음으로 안정이 되지 않는다는 뜻이다.

다산 정약용은 『논어고금주』에서 좀 색다른 해석을 내놓고 있다. 역시 다산이다. 다산은 조선 후기 여러 사건에 휘말려 귀양살이를 한다. 전남 강진에서 18년간 유배 생활은 어찌 보면 저술 활동의 황금기라고 할 수 있다. 역작 『논어고금주』도 거기서 썼다고 알려져 있다. 다산은 북송의 학자 형병이, "군자가 마땅히 먼저 백성에게 믿음을 보여야 하고, 마땅히 먼저 임금에게 충성을 다하고, 임금이 자기를 믿기를 기다려야 한다(君子當先示信於民, 當先盡忠於君, 待君信己)."라고 푼 것을 두고, 이를 반박하고 있다. 다산은 "이는 잘못되었다. 자기를 믿어주기를 바라는 뜻이 있으면 그것은 이미 충성스럽지 못한 것이니, 어떻게 믿을 수 있겠는가?(非也, 有意於信己, 則已不忠矣, 何以乎矣.)"라고 했다. 다산은 임금에게 혹여 자기를 믿어주기를 바라는 마음이 있다면 그것마저도 불충이라고 일갈했다. 아마도 강진에서 오랜 유배 생활을 하면서 도의 경지에 이르렀기에 이런 반박이 나오지 않았을까 헤아려 본다.

나는 자장편 10장을 통해 군자가 어떻게 처신해야 할지를 조금은 알 것 같다. 여기서 군자는 사士 계급에 속한다. 도올 김용옥 선생도 언급했듯이, 중간자적인 존재인 사는 윗사람에게는 간해야 하고, 아랫사람은 부려야 한다. 그런데 잘 간해야 하고, 잘 부려야 한다. 윗사람, 특히 임금에게 간하고자 할 때는 반드시 믿음을 얻은 뒤에 간해야 한다. 그렇지 않으면 자기를 비방한다고 여길 것이다. 또 아랫사람을 부릴 때도 믿음을 얻은 뒤에 부려야 한다. 그렇지 않으면 자신을 괴롭힌다고 여길 것이다. 원문에서 한자 厲는 갈 려 자이지만, 여기서는 괴롭힌다는 뜻으로 쓰였다.

공자는 안연편 17장에서 노나라의 실력자 계강자가 정치에 대해 묻자, "정치란 바로 잡는 것이다. 당신이 올바르게 이끈다면 누가 감히 바르지 않겠는가(政者는 正也니 子帥以正이면 孰敢不正이리오)."라고 말했다. 그러면서 군자 정치를 외쳤다. 이를테면, 군자는 솔선하고 몸소 노력해야 한다든지, 인을 실천하는 방법으로 믿음을 꼽는다든지 하는 것 등이다. 정치란 한마디로 군자 자신이 바르게 하면 윗사람에게도 믿음을 주고, 아랫사람에게도 믿음을 주어 아무 탈이 없게 된다는 뜻이다. 정말 맞는 말이다.

나는 자장편 10장을 공부하면서 스웨덴의 정치를 떠올려 보았다. 언젠가 스웨덴 린네 대학교에 재직하고 있는 최연혁 교수의 강연을 듣게 되었다. 이 강연은 영화 '부활'을 제작한 구수환 감독이 진행하는 정치 토크 콘서트였는데 적잖이 감명받았다. 부활은 '울지마 톤즈'로 유명한 고 이태석 신부를 다룬 영화다. 전 KBS 피디 출신인 구수환 감독이 이태석 신부가 암으로 죽은 후 그의 제자들을 추적했다. 알고 보니, 제자들이 스승인 이태석 신부를 따라 의사, 약사가 된 사람이 수십 명이나 되었다. 이유를 살펴보니, 이태석 신부가 보여준 '섬김의 리더십' 때문이었다. 이태석 신부는 제자들의 말을 경청하고 공감하며 지극히 보살폈다. 그 결과, 제자들이 이태석 신부가 죽은 뒤에도 다시 이태석으로 살아났다. 의사로, 약사로. 이것이 부활의 핵심이다.

구수환 감독과 최연혁 교수의 대담에 의하면, 스웨덴 정치인이 그렇다는 것이다. 이태석 신부가 그랬던 것처럼, 섬김의 리더십이 배어 있단다. 우리 정치 현실과는 매우 동떨어져 있는 듯하다. 국회의원이라고 해도 특권 의식이 없고 국민을 하늘 같이 섬긴단다. 그러니 부정부패가 있을 수 없다. 와, 부럽다. 우리는 언제쯤 이렇게 될 수 있을까. 결국 자장편 10장에서 말하듯이, 믿음의 문제다. 섬김이란 곧 믿음이다. 사람을 믿어주고 품어주는 신뢰가 바탕에 깔려 있다면 위에 간해도 문제가 없고, 국민을 부려도 말썽이 생기지 않는다.

군자는 위나 아래로나 믿음을 줄 수 있어야 한다. 그래야 일을 시켜도 백성이 원망하지 않고, 잘못을 간해도 임금이 의심하지 않는다. 참으로 아름다운 군자의 길이여.

81. 가르침에는 먼저와 나중이 없다

子游曰 子夏之門人小子當灑掃應對進退則可矣나
　　자유왈　　자하지문인소자당쇄소응대진퇴즉가의

抑末也라 本之則無하니 如之何오
억말야　　본지즉무　　여지하

子夏聞之曰 噫라 言游過矣로다
자하문지왈　희　　언유과의

君子之道孰先傳焉이며 孰後倦焉이리오
군자　　지도숙선전언　　숙후권언

譬諸草木컨댄 區以別矣니 君子之道焉可誣也리오
비저초목　　　구이별의　　군자　　지도언가무야

有始有卒者는 其惟聖人乎인저
유시유졸자　　기유성인호

―자장19-12(2,100)

이제 자장편 12장이다. 여기서 군자라는 말이 두 번 나온다. 모두 '군자의 도(君子之道)'를 언급하고 있는데, 전자는 제자를 가르칠 때 먼저와 나중을 가리지 않는 군자의 도, 후자는 속이지 않는다는 군자의 도를 말하고 있다. 나는 이 문장을 이해하기 위해 여러 주석서를 살폈다. 역시 탁월하다. 자유와 자하를 등장시켜 공자의 교육 방법을 은근히 말하고 있다. 결론적으로 자하의 말이 옳다. 자장편 12장을 풀이하면 다음과 같다.

자유가 말하였다. "자하의 제자들은 물 뿌리고 쓸고 응대하고 나아가고 물러나는 예절에 대해서는 잘하지만, 이는 말단의 일일 뿐 근본적인 것은 아니다. 어찌한단 말인가." 자하가 이를 듣고 말하였다. "아, 언유의 말이

지나치구나. 군자의 도에 어느 것을 먼저 하고, 어느 것을 나중으로 미루겠는가. 초목에 비유하자면 종류별로 구획 지어 구별하는 것과 같다. 군자의 도를 어찌 속일 수 있겠는가. 처음도 있고 끝도 있어 그 모든 것을 갖춘 분은 오직 성인뿐이시다."

자유와 자하는 공문십철에 들어간다. 앞에서도 말했지만, 이 둘은 문학에 뛰어난 제자이다. 여기서 문학이란 오늘날 말하는 시나 수필이 아니라, 당대 전해 오는 고전에 관한 뛰어난 실력을 말한다. 알려진 바에 의하면, 자하가 자유보다 한 살 위이다. 공자의 제자 중 나이 차가 거의 없는 셈이다. 중간에 자하가 자유를 '언유'라고 부르고 있는데, 이는 자유의 성이 언言이고 이름이 유游이기 때문이다. 때로는 언언言偃이라고도 한다. 사마천의 『사기』에 의하면, 자유는 노나라 사람으로 공자보다 45살이나 어리다. 20대 젊은 나이에 벼슬을 하였고, 무엇보다 예에 밝고 사람 보는 눈이 탁월하여 공자는 자유를 아주 아꼈다고 한다.

자장편 12장에는 어려운 한자가 많이 등장한다. 灑掃쇄소란 쓸고 닦아 깨끗이 한다는 뜻으로 요즘으로 말하면 청소다. 抑末也억말야에서 抑억은 누른다는 뜻이 아니고, 여기서는 '그러나'라는 역접 접속사로 쓰였다. 자하가 자유의 말을 듣고 '噫희'라고 했는데, 이는 탄식한다는 뜻이다. 孰後倦焉숙후권언에서 倦권은 주희의 『논어집주』에 의하면 공자가 말한 회인불권誨人不倦의 권과 같다고 한다. 공자는 술이편 2장에서 사람을 가르치는 데 게을리 하지 않는다고 말했다. 나는 후권後倦을 뒤로 미룬다고 풀었다.

자장편 12장은 교직에 있는 나에게 많은 시사점을 던져 준다. 글머리에서도 잠깐 언급했지만, 이는 한마디로 교육 방법론을 일러주고 있다. 과연 자유와 자하 중 누가 옳을까. 자유의 말도 일리는 있다. 제자들이 허구한 날 청소나 응대, 진퇴의 예절이나 익힌다면 도대체 근본적인 성인의 도는 언제 배우느냐고 자하에게 농을 섞어 질문한 것이다. 그렇다. 청소나 응대의 예절은 허드렛일일 수 있다. 거기에만 머무르다 보면 주희의 말대로, 『대학』에서 말하는 정심正心이나 성의誠意와 같은 높은 도는 꿈도 못 꿀 수 있다. 다산 정약용은 『논어고금주』에서 자유의 말을, 사람을 가르치는데 오직 외면의 예절에만 힘쓰고, 마음을 다스리는 본성을 닦도록 하지 않는다고 우려한 것이라고 풀었다(子游憂子夏 자유우자하 敎人, 惟務在外禮節, 不令治心繕性). 이 말도 일리가 있다. 교인 유무재외예절 불령치심선성

이에 대하여 자하는 멋지게 응수한다. 아니, 가르치는 데 먼저가 어디 있고, 나중이 어디 있는가 하면서 오히려 자유의 말이 지나치다고 탄식한다. 마치 저기 나무와 풀이 있는데, 이를 잘 가꾸기 위해서는 구획을 잘 지어서 이쪽에는 나무를 심고, 저쪽에는 화초를 심는 것처럼 단지 정원을 아름답게 하려고 구획을 정할 뿐이지, 어찌 차별을 두는 것이냐고 일침을 놓는다. 그러면서 군자의 도를 꺼낸다. 군자는 사람을 가르치는 데 순서를 따지지 않는다고. 설령 청소와 응대의 예절을 먼저 하게 한다고 해서, 근본적인 성인의 도를 가르치는 것을 미루는 것이 아니라고 말한다. 또 군자의 도는 속일 수가 없는 것이라고 반복하여 말한다. 여기서 속인다는 것은, 군자는 정직한 사람이라서 가르쳐야 할 내용을 왜곡하지 않는다는 뜻으로 읽힌다.

그렇다. 나 자신도 평생 교직에 있지만, 학생들을 잘 가르치기 위해서 노력할 뿐 차별을 두지 않았다. 이른바, 교육의 수월성과 보편성의 조화를 늘 추구했다. 즉, 잘하는 학생은 더 잘하게, 못하는 학생은 잘 할 수 있게! 이는 평소 나의 교육에 대한 소신이었다. 학생들을 자하의 말처럼 초목처럼 가꾸어야 한다. 실제로, 정부에서는 교육과정에 합법적으로 수준별 수업을 권장하기도 했고, 학생 개개인의 적성과 능력에 맞는 맞춤형 개별 교육을 강조하기도 했다. 교육에 계열성의 원리가

있다. 예를 들어, 수학에서 인수분해도 못 하는데, 미적분을 가르칠 수는 없다. 배움과 가르침에는 일정한 순서와 단계가 있다는 뜻이다.

자장편 12장에서 자유와 자하의 주장 중에 누구의 손을 들어줄까. 당연히 자하의 판정승이다. 자하는 처음과 끝을 모두 갖춘 분은 오직 성인뿐이라고 일갈한다. 한마디로, 기초도 닦지 않고 성인의 높은 도를 먼저 추구할 수는 없다. 차근차근 나가야 한다. 말단과 근본은 본래 따로 있는 것이 아니다. 도올 김용옥 선생은, "자하의 말이 옳다. 섣불리 본질을 운운하는 자유는 겉멋이 든 놈이다. 인간은 당연히 쇄소로부터 성인의 경지에 도달해야 한다. 쇄소를 버리고 위성爲聖이니 천도天道니 상달上達을 운운할 수 없다."라고 말했다. 과연 도올 선생다운 거침없는 해석이다.

맞다. 공자는 헌문편 24장에서 군자는 위로 통달하고, 소인은 아래로 통달한다고 말하지 않았는가. 또, 헌문편 37장에서 공자는 자신을 알아주는 이가 없음을 한탄하면서 스스로 하학이상달下學而上達이라고 말했다. 이는 아래로부터 배워 위로 통달한다는 뜻이다. 여기서 위란 천리를 말하는데, 결국 공자는 자신을 알아주는 이는 하늘밖에 없다고 고백했다. 공자도 아래로부터 차근차근 배워 천리에 도달했다고 하는데 말해서 뭣하겠는가.

도를 가르치는 데 먼저와 나중은 없다. 다만, 기본부터 가르쳐야 위로 통달할 수 있다. 이것이 군자가 취해야 할 도리가 아니겠는가.

82. 하류에 머무는 것을 싫어한다

子貢이 曰 紂之不善이 不如是之甚也니
자공 왈 주지불선 불여시지심야
是以로 君子惡居下流하나니 天下之惡이
시이 군자 오거하류 천하지악
皆歸焉이니라
개귀언

—자장19-20(1,101)

자장편에서 한참을 뛰어넘어 군자를 또 만난다. 대뜸 상나라의 마지막 왕인 주왕 얘기를 꺼내면서 이를 하류와 빗댄다. 멋진 표현이다. 자장편 20장을 풀이하면 다음과 같다.

자공이 말하였다. "주왕의 선하지 않음이 이토록 심하지는 않았다. 이 때문에 군자는 하류에 머무는 것을 싫어한다. 천하의 악이 모두 거기로 흘러 들어오기 때문이다."

주왕, 그는 누구인가. 중국의 고대 왕조는 하─상─주로 이어진다. 여기서 상을 은이라고도 한다. 상나라의 마지막 임금이 주왕이다. 주지육림酒池肉林, 참 많이 들어본 말이다. 말 그대로, 술이 연못이 되고 고기가 숲을 이룬다는 뜻이다. 와, 대단하다. 어떻게 해야 그렇게 될 수 있을까. 사마천의 『사기』〈은본기〉에, "주왕은 술을 좋아하고 여자도 좋아하였다. 특히 달기姐己라는 여자를 사랑하여 그녀의 말은 무엇이나 들어주었다."라는 기록이 보인다. 주왕은 달기와 함께 정사는 돌보지 않고 모래 언덕에 놀이터와 별궁을 지어 많은 들짐승과 새들을 거기에 놓아 길렀는데, 술로 못을 만들고 고기를 달아 숲을 만들었다고 한다. 남녀가 발가벗고 그 사이에서 밤낮없이 술을 마시면서 즐겼다고 한다. 여기서 나온 말이 주지육림이다. 언젠가 중국 영화에서 본 것 같기도 하다.

주왕하면 중국 역사에서 나쁜 왕의 대명사다. 아마도 공자가 살던 시대에도 그랬는가 보다. 자장편 20장을 가만히 음미해 보면, 조금은 의아한 생각이 든다. 자공은 이렇게 말한다. 주왕이 아무리 선하지 못했다고 해도 이렇게 심하지는 않았다! 앞뒤가 잘려 나간 듯이 말했으니, 이 말이 무슨 말인지 정확히 알 수는 없다. 다만, 여기서 '이렇게'란 춘추시대의 포악성을 표현한 것이 아닌가 생각한다. 주나라 말기 권력을 차지하기 위해 신하가 임금을 죽이고 왕위를 빼앗는 그런 혼란한 시대적 상황 말이다. 인의는 사라지고 온갖 악이 넘치는 그런 상황이, 상나라 말기의 주왕 때보다 덜하지 않다는 것을 넌지시 말하고 있다.

군자는 하류에 머무는 것을 싫어한다. 자공은 하류라고 표현했다. 이 문장의 핵심은 하류를 어떻게 보느냐에 있다. 주석서마다 조금씩 다르게 풀고 있는데, 주희는 『논어집주』에서 하류란 지형이 낮은 곳이라고 하면서 모든 물이 거기로 모여든다고 해석했다. 마치 이것은 사람이 잘못을 저지르면 악명이 모여드는 것과 같다. 그렇다. 강에서 하류는 물이 흘러 모여드는 곳이다. 가장 낮은 곳이다. 그러니 온갖 쓰레기와 불순물이 쌓일 수 있다. 물을 먹으려 한다면 당연히 하류보다는 상류의 물을 선호할 것이다.

이렇게 보면, 군자가 하류에 머무는 것을 싫어해야 하는 이유가 드러난다. 군자는 인격 완성을 꿈꾸는 사람이다. 장래에 훌륭한 지도자가 되어야 한다. 군자가 하류에 머물다 보면 괜한 오해를 받을 수 있다. 하류는 그냥 물이 흘러와서 된 것뿐인데, 여기에 온갖 잡동사니가 쌓이다 보니 나쁜 물이 되어버릴 수 있다. 처음부터 나쁜 물이 아닌 것이다. 사람도 마찬가지다. 어찌 처음부터 나쁜 사람이 있을까. 주왕도 마찬가지다. 기록에 의하면, 주왕은 재위 초기에는 용모가 뛰어나고 재능이 우수하였으며, 맨손으로 맹수를 잡을 정도로 힘이 강했고, 언변 또한 뛰어나 논쟁에서 자기의 과실을 감출 수 있었다고 한다.

우리 역사에서도 마찬가지다. 백제의 의자왕, 신라의 경순왕, 고려의 공양왕 등은 모두 마지막 왕이다. 이들이 마지막, 즉 하류에 처해 있었다고 하여 모두 비난받아야 하는가. 예를 들어, 의자왕의 삼천궁녀는 후대에 지어진 이야기라는 말도 있다. 그럴 수 있다. 새로 이룩한 나라는 앞의 왕조를 어떻게든 까야 하기에 하류로 몰 수 있다. 고려에서 조선으로 넘어가는 시대적 상황도 그렇다. 조선은 어떻게 하든지 고려의 마지막을 깎아내리기에 바빴다. 그래야 조선이 성립할 수 있었기에!

자공은 군자가 하류에 머무는 것을 싫어하는 이유는 천하의 악이 모두 거기로 흘러 들어오기 때문이라고 했다. 맞다. 군자는 가능하면 상류에 머물러야 한다. 맑고 고매한 인격을 유지하기 위해 늘 자신을 살펴야 한다. 어쩌다 잘못이라도 저지르면 하류에 처하는 건 순간의 문제다. 요즘 정치 지도자를 보면 알 수 있다. 말 한마디 잘못에 저 하류에 처박히고야 만다. 어찌 나라고 예외일 것인가. 늘 살피고 조심할 수밖에는 없다.

83. 군자의 허물은 일식·월식과 같다

子貢이 曰 君子之過也는 如日月之食焉이라
過也에 人皆見之하고 更也에 人皆仰之니라
—자장19-21(1,102)

자장편 20장에 이어서 바로 군자가 등장한다. 이번에는 군자의 허물을 말하고 있다. 어딘지 모르게 앞장과 일맥상통하는 면이 있다. 군자는 하류에 머무는 것을 싫어한다. 그 이유는 천하의 모든 악이 거기로 흘러들기 때문이다. 하류에 머물지 않기 위해서는 선하게 살아야 한다. 잘못을 저지르면 안 된다. 잘못은 곧 허물이다. 자장편 21장을 풀이하면 다음과 같다.

자공이 말하였다. "군자의 허물은 일식·월식과 같다. 허물이 있으면 사람들이 다 쳐다보고, 허물을 고치면 사람들이 다 우러러본다."

여기서 놀라운 것을 발견할 수 있다. 일식과 월식! 일식이란 달이 태양의 일부나 전부를 가려서 일어나는 현상이다. 일부를 가리는 것을 부분 일식이라고 하고, 전부 가리는 것을 개기 일식이라고 한다. 월식이란 달이 지구의 그림자에 가려 태양 빛을 받지 못하여 어둡게 보이는 현상이다. 역시 부분 월식과 개기 월식이 있다. 일식이나 월식은 현대

과학에서나 나올 법한 개념인데, 어찌 논어에서 말하고 있다는 말인가. 글자도 먹는다는 뜻의 식食 자를 쓰고 있다. 국어사전에는 일식日蝕·월식月蝕이라고 되어 있지만, 밥 식 자를 넣고 써도 무방하다. 아마도 논어의 영향 같다.

자장편 21장은 군자의 허물을 일식과 월식에 비유하고 있다. 참으로 기발하다. 자공이 어떻게 이런 생각을 했을까. 군자가 잘못을 저지르면 사람들이 다 그를 쳐다보고, 잘못을 알고 바로 고치면 다 우러러본단다. 와, 한마디로 촌철살인이다. 정곡을 찔러도 바로 찌르고 있다. 여기서 군자는 지도자를 말한다. 왜냐, 잘못을 저지르면 대중이 다 그를 쳐다본다니까. 그렇다. 모름지기 지도자는 대중이 따르는 사람이다. 늘 대중을 위한 일을 해야 한다. 특히 임금이나 제후는 한 나라의 운명을 좌우한다. 오늘로 말하면 대통령이나 도지사 등이다. 그들이 저지르는 허물은 대중의 눈을 피해 갈 수 없다. 만일 들켜 버리면 여기저기서 삿대질하고 내려오라고까지 한다. 그러니 일식이나 월식과 다를 게 뭐가 있겠는가.

군자가 허물이 있으면 마치 태양이 달에 가리고, 달이 지구 그림자에 가리는 모습이 신기하듯이 그 사람을 쳐다본다. 일식이나 월식은 매우 드문 현상이라서 그런 날은 사람들이 모여들지 않을 수 없다. 다 고개를 쳐들고 파먹은 듯이 가려진 태양과 달을 바라본다. 그런데 군자가 허물을 고치면 어떨까. 이는 일어났던 일식이나 월식이 사라지는 것과 같다. 태양이 가리고 달이 가리어 어두웠던 세상이 다시 밝아지는 것이다. 가령, 정치 지도자가 자기의 잘못을 솔직히 뉘우치고 대중에게 진정으로 사과한다면, 이는 개기 일식이나 월식이 사라지는 것과 무엇이 다르겠는가. 그만큼 지도자의 덕은 중요하다. 잘하는 것도 덕이지만, 잘못을 뉘우치고 반성하는 것도 덕 중의 덕이다. 그렇게 하면, 사람들은 그를 다시 우러러본다는 말일 게다.

　다산 정약용은 『논어고금주』에서, 자장편 21장에 나오는 일식과 월식을 기막히게 풀어놓았다. 역시 실학의 대가 정약용이다. 정조 시대에 수원 화성을 축조할 때, 거중기를 고안해서 활용했다는 것은 유명한 일화다. 거중기는 도르래의 원리를 이용하여 무거운 물건을 들어 올릴 수 있는 기계 장치다. 이런 정약용이었기에 논어에 나오는 일식과 월식도 멋지게 풀어놓지 않았을까 생각해 본다. 문장이 길어서 원문과 해석을 다 옮길 수는 없지만, 오늘날 말하는 부분 일식과 개기 일식을 상세히 설명하고 있다. 월식도 마찬가지다. 그러면서 "지극히 밝았던 것이 그 본래의 밝음을 잃으면, 마치 사람이 허물을 지은 것과 같다(以至明而 失其本明, 如人之作過然)."라고 보완해서 말했다. 정말 멋진 다산다운 말이다.

　군자의 허물은 마치 일식과 월식과 같다. 허물이 있으면 다 쳐다보고, 고치면 다 우러러본다! 자공이 던진 이 말을 곰곰이 음미하다 보니, 불현듯 공자의 말이 생각난다. 바로 과즉물탄개過則勿憚改, 잘못이 있으면 고치기를 꺼리지 마라! 내가 정말 좋아하는 말이다. 나는 이 말을 자주 써먹기도 하고 실천하려고 애쓴다. 이 말 덕분에 위기에서 나를 구한 적도 있음을 솔직히 고백한다. 과즉물탄개, 이 위대한 가르침은 학이편 8장에 나오고, 자한편 24장에 또 나온다. 그만큼 중요한 말씀이라서 그런가.

　그렇다. 잘못이 있으면 바로 고치면 된다. 머뭇거리지 말고 솔직히 '내가 잘못했다.'라고 하면 그 누가 뭐라 할 것인가. 잘못을 뉘우치는 자에게 더 이상 침 뱉을 자 누구인가. 나는 평생을 교직에 있으면서 학생을 가르쳐왔다. 학생이 잘못했을 때 당연히 지도한다. 그런데 잘못을 끝까지 인정하지 않고 둘러대는 학생이 있다. 그러면 참 답답하다.

이런 학생에게 늘 하던 말이 있다. '과즉물탄개, 잘못이 있으면 고치기를 꺼리지 말거라. 그것이 가장 잘하는 일이야. 알았니?'라고. 여기서 문제는 자기는 잘못 없다고 여기는 태도다. 남 탓으로 돌리는 것이다. 이는 어쩔 수 없이 일식이나 월식이 될 수밖에 없다. 태양과 달이 가려져서 앞이 캄캄해지는 것과 똑같다. 어찌 슬프지 아니한가.

자장편 21장은 특히 공직자에게 큰 화두를 던진다. 공직자는 모름지기 국민을 위한 봉사자이기에 청렴해야 하고, 허물이 있어서는 곤란하다. 그런 사람이 공직자가 되어서도 안 된다. 고위 공직자의 경우 청문회를 거치는 것도 이 때문일 것이다. 앞에서도 잠깐 언급했지만, 잘못을 저지르면 일단 사람들이 다 그를 쳐다볼 것이요, 잘못을 저질러 놓고 뉘우치지 않는다면 사람들은 마구 삿대질할 것이다. 반면에, 뉘우치고 고친다면 다 우러러볼 것이다.

도올 김용옥 선생은 『논어한글역주3』에서 황소의 주석을 인용하여, "일식·월식은 해와 달이 고의로 저지르는 일이 아니다. 군자의 허물도 군자가 고의로 저지르는 일은 아니다. 그러므로 군자의 허물은 일월의 식과도 같다고 말한 것이다(日月之蝕, 非日月故爲, 君子之過, 非君子故爲, 故云如日月之蝕也)."라고 밝혔다. 나는 이 말이 참 일리가 있다고 본다. 어찌 군자가 일부러 허물을 만들겠는가. 어쩌다 보니 그럴 수 있다. 잘못이 있으면 바로 고치면 그만이다. 이것이 바로 일·월식과 같다고 표현한 것이다. 그것은 곧 군자의 길이다.

84. 말 한마디가 지혜를 가른다

陳子禽이 謂子貢曰 子爲恭也언정
　진자금　　　위자공왈　　자위공야
仲尼豈賢於子乎리오 子貢이 曰
　중니기현어자호　　　자공　　왈
君子一言에 以爲知하며 一言에 以爲不知니
　군자　일언　　이위지　　　일언　　이위부지
言不可不愼也니라 夫子之不可及也는
　언불가불신야　　　부자지불가급야
猶天之不可階而升也니라 夫子之得邦家者인댄
　유천지불가계이승야　　　부자지득방가자
所謂立之斯立하며 道之斯行하며 綏之斯來하며
　소위립지사립　　　도지사행　　　유지사래
動之斯和하여 其生也榮하고 其死也哀니
　동지사화　　　기생야영　　　기사야애
如之何其可及也리오
　여지하기가급야

ー자장19-25(1,103)

　문장이 좀 길다. 자장편 마지막 25장이다. 이 긴 문장 속에 군자라는 말이 옥처럼 빛나고 있다. 군자일언君子一言, 군자의 말 한마디! 과연 무엇일까. 등장하는 인물은 진자금과 자공이다. 진자금이 슬쩍 떠보면서 물었는데, 자공이 펄쩍 뛰면서 답변한다. 왜 그랬을까. 자장편 25장을 풀이하면 다음과 같다.

　진자금이 자공에게 말하였다. "그대가 공경해서 그렇지 중니가 어찌 그대보다 낫겠는가." 자공이 말하였다. "군자는 한마디 말로 지혜롭게 되기도 하고, 한마디 말로 지혜롭지 못하게도 된다. 그러니 말을 조심하지 않으면 안 된다. 선생님에게 미칠 수 없는 것은, 마치 하늘에 사다리를 놓고 오를 수 없는 것과 같다. 선생님께서 나라를 얻어 다스리셨다면, 이른바 세우면 이에 서고, 이끌면 이에 따르고, 편안하게 하면 이에 모여들고, 동원하면 이에 호응했을 것이다. 그분이 살아 계실 때는 사람들이 영광으로 여기고, 그분이 죽으면 모두 슬퍼할 것이다. 그러니 어떻게 그분에게 미칠 수 있겠는가?"

진자금은 누구일까. 자금子禽, 진항陳亢이라고도 불린다. 사실 학이편 10장에서 자공과의 대화에서 등장했고, 계씨편 13장에서 진항과 공자의 맏아들인 백어와의 대화에서도 이미 나왔던 인물이다. 공자 말년의 제자라고 보는 것이 일반적인데, 어떤 이는 자공의 제자가 아닌가 하고 의심하기도 한다. 자공의 제자로 보는 학자는 해석도 달리한다. 진자금이 자공을 부르는 명칭인 子를 '그대'가 아니라 '선생님'으로 풀었다. 그 근거는 만일 진자금이 공자의 제자였다면 공자를 '중니'라고 부를 리가 없다는 것이다. 도올 김용옥 선생이 그런 견해를 밝히고 있다.

어쨌든, 진자금은 춘추시대 말기 진나라의 대부를 지낸 사람으로 공자 학단에 들어온 사람임은 분명하다. 사마천의 『사기』〈중니제자열전〉에는 나오지 않으나, 요즘에 와서야 재평가되고 있는 『공자가어』〈칠십이제자해〉에는 수록되어 있다. 만일 공자의 제자였다면, 공자 말년에 학단에 들어와 배운 학생 정도였을 것이다. 자금에게 자공은 학단에 일찍 들어온 고참이었고, 아마도 논어에 나오는 맥락으로 보아 자공을 많이 따랐을 것 같다. 자금은 자공에게 늘 물었고, 자공은 답변해주었다. 선후배인 것은 분명하지만, 나이가 어느 정도 비슷했을지도 모른다. 문헌을 찾아보니, 나이는 자공이 9살 정도 위인 것으로 보인다. 진자금은 진나라 대부를 지낸 귀족 출신으로서 신분상 서로 말을 놓지

못했을 수도 있다. 그래서 많은 주석이 그랬듯이, 子爲恭也에서 자공을
지칭하는 '子'를 '그대'라고 풀었다. _{자위공야}

진자금의 슬쩍 떠보는 말에 자공은 그야말로 펄쩍 뛴다. '아니, 내가
우리 스승인 공자보다 낫다고? 말도 안 돼. 진자금 당신, 무슨 뚱딴지같
은 말을 하는 거야?' 하고 소리치는 것 같다. 그러면서 잠시 숨을 고르고
나서는 차분하게 말한다. '진자금, 그대가 만일 군자라면 그렇게 말을
함부로 해서는 안 돼. 군자의 말 한마디는 지혜를 가르는 척도야. 한마
디 말로 지혜로운 사람이 되기도 하고, 그 반대가 되기도 하지.'라고.
그리고는 자신이 공자를 따라갈 수 없는 것은, 마치 하늘에 사다리를
놓고 오를 수 없는 것과 같다는 명언을 남긴다.

자공, 그는 누구인가. 논어에서 등장 횟수가 가장 많다. 전문 학자에
의하면 무려 39회나 된다. 언변이 뛰어나 외교에 능했고, 재테크에도
밝아 공자 학단의 든든한 버팀목이었다. 그리고 공자에게 가끔 꾸지람
도 들으면서 훌륭한 군자로 성장했다. 그런 자공이 진자금의 이 한마디
에 놀아난다면 자공이 아니다. 얼마 지나지 않아 매우 나쁜 놈으로
치부되었을 것이다. 다행히 그렇게 했기에 공문십철에 들어 존경받고
있을지도 모른다.

자공은 스승인 공자를 진자금 앞에서 한껏 치켜세운다. 당신이 몰라
도 참 모른다고 하면서. 만일 공자가 나라를 얻어 제후가 되었다면
참 잘 다스렸을 것이라고 말한다. 제도를 튼튼히 하고 민생을 잘 살펴
사람들이 따르고 불만이 없게 했을 것이다. 그러면서 한마디 더! '살아
계실 때는 사람들이 영광으로 여기고, 죽으면 모두 애통해 할 것이다.
이런 분하고 감히 나를 비교하다니. 진자금, 당신은 우리 스승 공자를
알기나 아는 건가?'라고 말이다. 이건 자공이 공자에게 한 최고의 상찬
일 것 같다.

그렇다. 자장편 25장이 주는 메시지는, 군자는 말을 함부로 해서는 안 된다는 것이다. 그것은 지혜이냐, 지혜가 아니냐를 가르기 때문이다. 말은 언제나 조심해야 한다. 진자금이 자공이 너무 훌륭하게 보여 같은 스승인 공자를 '중니(공자의 자)'라고 부르고, 자공을 띄우려고 했으나 자공은 이를 단호히 거부했다. 참으로 멋지지 않은가. 자공이 어리석은 사람이었다면 그 칭찬에 기분이 좋아 덜렁 넘어갔을 수도 있다. 그런데 자공은 그렇지 않았다. 자공은 군자였기 때문이다. 나를 돌아본다. 나는 어땠을까. 누군가가 나를 침이 마르게 칭찬했을 때, 자공처럼 점잖게 한마디 하며 상대방을 설득할 수 있을까. 아무리 생각해도 자신이 없다. 아, 어려운 군자의 길이여.

85. 정치를 하려거든 다섯 가지 미덕을 존중하라

子張이 問於孔子 曰 何如라야 斯可以從政矣잇고
자장 문어공자 왈 하여 사가이종정의

子曰 尊五美하며 屛四惡이면 斯可以從政矣리라
자왈 존오미 병사악 사가이종정의

子張이 曰 何謂五美니잇고
자장 왈 하위오미

子曰 君子惠而不費하며 勞而不怨하며
자왈 군자 혜이불비 노이불원

欲而不貪하며 泰而不驕하며 威而不猛이니라
욕이불탐 태이불교 위이불맹

子張이 曰 何謂惠而不費니잇고
자장 왈 하위혜이불비

子曰 因民之所利而利之니 斯不亦惠而不費乎아
자왈 인민지소리이리지 사불역혜이불비호

擇可勞而勞之어늘 又誰怨이리오 欲仁而得仁이어니
택가로이노지 우수원 욕인이득인

又焉貪이리오 君子無衆寡하며 無小大히
우언탐 군자 무중과 무소대

無敢慢하나니 斯不亦泰而不驕乎아
무감만 사불역태이불교호

君子正其衣冠하며 尊其瞻視하여
군자 정기의관 존기첨시

儼然人望而畏之하나니 斯不亦威而不猛乎아
엄연인망이외지 사불역위이불맹호

子張이 曰 何謂四惡이니잇고
자장 왈 하위사악

子曰 不敎而殺을 謂之虐이요
자왈 불교이살 위지학

不戒視成을 謂之暴요
불계시성 위지포

慢令致期를 謂之賊이요
만령치기 위지적

猶之與人也로대 出納之吝을 謂之有司니라
유지여인야 출납지린 위지유사

—요왈20-2(3,106)

드디어 논어의 마지막 편인 요왈편에 왔다. 요왈이라고 편명이 붙은 것은 모든 편이 마찬가지지만, 처음 1장이 '요왈'로 시작하기 때문이다. 요왈편은 모두 세 개의 장으로 이루어져 있다. 정말 짧다. 그런데 다른 편과 다르게 산문 형식이다. 1장을 보면, 고대 중국의 요임금·순임금· 우임금이 나오고, 이어서 상(은)나라의 시조인 탕왕이 등장하고, 마지막 으로 주나라 왕실 이야기로 끝을 맺는다. 논어 전문 학자에 의하면, 전반부는 중국 전통 산문의 근원인 『상서尙書』의 문장을 갖다 썼고, 후반부에 공자의 말이 붙여졌다고 본다. 도올 김용옥 선생은 논어가 단순한 공자의 어록이 아니며, 중국 고대 문명에서 가장 권위 있는 『상서』와도 같은 경經적인 작품이라는 것을 과시하기 위해 이렇게 편집 한 것이 아니냐고 말했다.

나는 논어를 오랫동안 만지작거리면서, 이게 단순한 편집이 결코 아니구나 하는 것을 절감했다. 비록 편의 제목은 처음에 시작하는 글자 로 편명을 삼았지만, 그것도 그냥 아무런 의도 없이 지은 것은 아니라는 생각이다. 더구나, 처음과 끝이 마치 실이 바늘귀에 들어가고 나오는 것처럼 수미상관을 이루고 있다는 사실에 놀라움을 금할 수 없다. 학이 편 1장과 요왈편 3장이 뭔가 일맥상통한다. 학이편 1장은 학습을 말하 면서 결국은 군자를 말한다. 이때의 군자는 남이 알아주지 않아도 서운 해하지 않는 사람이다. 요왈편 3장은 천명을 말하면서 이를 아는 자가 군자라고 선포한다. 결국 논어의 처음도 군자, 마지막도 군자로 끝을 맺는다.

이 얼마나 의도적인 편집인가! 한마디로 논어는 군자지도君子之道, 즉 군자의 길을 설파한 것이다. 군자가 되기 위해 무엇을 배워야 하는가? 이를 밝히기 위해 주로 공자 말씀을 기록하고, 거기에 제자의 말, 주변 인과의 대화 등을 첨가했다. 그럼으로써 군자의 교육과정이 이루어졌고, 군자에 관한 학문이 완성되었다. 역사의 질곡과 함께 논어는 수없이 편집되고 해석되어 오늘날과 같은 논어가 되었다. 이런 치열하고도 위대한 고전이 어디 있겠는가. 앞에서도 말했지만, 요왈편은 모두 세 장으로 이루어져 있다. 그중 군자가 등장하는 장이 두 장이다. 요왈편 2장에서 군자가 나온다. 자그마치 세 번이나. 이를 풀이하면 다음과 같다.

자장이 공자에게 물었다. "어떻게 해야 정치에 종사할 수 있습니까?" 공자께서 말씀하셨다. "다섯 가지 미덕을 존중하고 네 가지 악덕을 물리친 다면 정치에 종사할 수 있다." 자장이 물었다. "무엇을 일러 다섯 가지 미덕이라 합니까?" 공자께서 말씀하셨다. "군자는 은혜를 베풀어도 허비하지 않으며, 일을 시키어도 원망을 사지 않으며, 욕심을 내어도 탐욕을 부리지 않으며, 태연하면서도 교만하지 않으며, 위엄이 있으면서도 사납지 않다." 자장이 물었다. "무엇을 일러 은혜를 베풀어도 허비하지 않는 것이라 합니까?" 공자께서 말씀하셨다. "백성들이 이롭게 여기는 바에 따라 이롭게 해주니, 이것이 은혜를 베풀어도 허비하지 않는 것이 아니겠는가. 시킬 만한 일을 가려서 일을 시키니, 또 누가 원망하겠는가. 인하고자 하다가 인을 얻었는데, 또 무엇을 탐하겠는가. 군자는 많거나 적거나, 작거나 크거나 상관없이 감히 교만을 부리는 일이 없으니, 이것이 태연해도 교만하지 않은 것이 아니겠는가. 군자는 의관을 바르게 하고 바라보기를 점잖게 한다. 사람들이 그 위엄 있는 모습을 바라보고 두려워하니, 이것이 위엄이 있으면서도 사납지 않은 것이 아니겠는가." 자장이 물었다. "무엇을 일러 네 가지 악덕이라 합니까?" 공자께서 말씀하셨다. "미리 가르치지도 않고 잘못했다고 죽이는 것을 잔학이라 하고, 미리 경계하지도 않고 결과만 보려 하는 것을 포악이라 하고, 명령은 느슨하게 내리고 기한만 따지는 것을 해치는 것이라 하고, 어차피 남에게 내주기는 마찬가진데 출납을 인색하게 구는 것을 쩨쩨한 벼슬아치라고 한다."

문장이 길다. 요약하자면 군자가 정치에 종사하려고 하는데, 무엇을 존중하고 무엇을 물리치면 되는가에 관한 것을 말한 것이다. 어찌 보면, 논어 전편에서 말한 내용을 갈무리했다고 보면 된다. 예를 들어, 이인편 18장에 노이불원勞而不怨, 자로편 26장에 태이불교泰而不驕, 술이편 37장에 위이불맹威而不猛 등이 여기서 다시 소환되고 있다. 또 이인편 12장에 "이익에 의거하여 행동하면 원망이 많아진다(放於利而行이면 多怨이니라)", 술이편 14장에 "인을 구하려다 인을 얻었는데 또 무엇을 원망했겠느냐(求仁而得仁이어니 又何怨이리오)", 자로편 30장에 "가르치지 않고 백성을 전쟁터에 나가게 하면 이는 그들을 버리는 것이다(以不教民戰이면 是謂棄之니라)"라는 공자의 언급이 있다. 이 모두가 여기 요왈편 2장에 함축되어 있다.

군자는 다섯 가지 미덕을 받들어야 한다. 이것은 무엇인가. 은혜를 베풀되 허비하지 않고, 일을 시키되 원망을 사지 않고, 욕심을 내되 탐욕을 부리지 않고, 태연하되 교만하지 않고, 위엄을 지니되 사납지 않은 것 등이다. 또 물리쳐야 할 네 가지 악덕은 무엇인가. 가르치지도 않고 죽이는 것, 미리 경계하지도 않고 결과만 보려 하는 것, 명령은 느슨하게 내리고 기한만을 따지는 것, 어차피 다 내줄 것인데 출납을 인색하게 구는 것 등이다. 요왈편 2장을 보면서 참으로 놀라운 점이 있다. 다섯 가지 미덕을 자장이 꼬치꼬치 묻는데, 공자는 이에 대하여 아주 자상하게 대답해준다. 역시 성인군자다운 모습이다.

공자는 하나하나 답변하다가 갑자기 군자 이야기를 쑥 꺼낸다. 바로 이 말이다. '군자는 많거나 적거나, 작거나 크거나 상관없이 감히 교만을 부리는 일이 없으니, 이것이 태연해도 교만하지 않은 것이 아니겠는 가. 군자는 의관을 바르게 하고 바라보기를 점잖게 한다. 사람들이 그 위엄 있는 모습을 바라보고 두려워하니, 이것이 위엄이 있으면서도 사 납지 않은 것이 아니겠는가.' 정말로 다가오는 문장이 아닐 수 없다. 군자의 모습을 요왈편 2장에서 명확하게 그렸다고 보아야 한다. 그러면 서 네 가지 악덕을 말한다. 이는 군자라면 당연히 하지 말아야 할 일이 다. 그중 마지막 말 한마디! 출납을 인색하게 구는 것은 쩨쩨한 벼슬아 치라고 말한다. 참 재미있다. 이를 '유사有司'라고 표현했는데, 아마도 실무 담당자로 오늘날로 말하면 말단 공무원일 것이다. 그때도 참 말단 공무원이 못되게 굴었나 보다.

군자는 다섯 가지 미덕을 받들고 네 가지 악덕은 물리쳐야 한다. 그러면 훌륭한 정치 지도자가 될 수 있다고 공자는 말하고 있다. 오늘을 사는 나에게도 심금을 울리는 가르침이 아닐 수 없다. 아, 군자의 다섯 가지 아름다운 덕이여.

86. 천명을 알지 못하면 군자가 될 수 없다

子曰 不知命이면 無以爲君子也요 不知禮면
　　자왈　부지명　　　　　무이위　군자　야　　　　부지례
無以立也요 不知言이면 無以知人也니라
무이입야　　　부지언　　　　무이지인야

—요왈20-3(1,107)

　　이제 논어의 마지막에 이르렀다. 요왈편은 딱 세 장으로 되어 있는데, 그중 두 개의 장에 군자가 등장한다. 앞에서도 밝혔지만, 요편 3장은 학이편 1장으로 시작한 논어의 도도한 물결이 여기서 끝을 맺는다. 말씀으로 이루어진 거대한 숲이요, 장쾌한 바다다. 요왈편 3장에서 마치 오케스트라의 마지막 숲속 연주가 끝나는 듯하다. 온갖 나무와 꽃, 그리고 지저귀는 새와 하늘이 어우러진 진리의 숲속을 거닐어 온 듯하다. 조그만 숲속 옹달샘에서 시작한 공자의 가르침이 졸졸 흘러 내를 이루고 강을 만들어 끝내는 바다에 이른 듯하다. 논어의 바다! 나는 감히 퍼도 퍼도 마르지 않는 드넓은 논어의 물결을 헤엄쳐왔다. 이제는 요왈편 3장에서 다시 논어의 숲을 바라본다. 그것은 결국 사람이었다. 그 끝이 사람이었다. 요왈편 3장 풀이하면 다음과 같다.

　　공자께서 말씀하셨다. "천명을 알지 못하면 군자가 될 수 없고, 예를 알지 못하면 제대로 설 수 없고, 말을 알지 못하면 사람을 알아볼 수 없다."

단 세 마디, 명·예·언으로 주제를 압축하고 있다. 『3대 주석과 함께 읽는 논어』라는 역작을 펴낸 임헌규 교수에 의하면, 논어에서 명命은 20여 장에서 나타나고, 예禮는 46장에 걸쳐 70여 회 등장한다고 한다. 그렇다. 내가 일일이 세어보지는 못했지만 그런 것 같다. 명이란 무엇일까. 이를 '천명天命'이라고 번역한 이도 있고, 그냥 명이라고 푼 학자도 있다. 다산 정약용은 『논어고금주』에서 "명은 하늘이 사람에게 부여한 것이다(命, 天之所以賦於人者)."라고 말하고 있다. 다산 선생은 명을 천명이라고 본 것이다. 고려 말 충렬왕 때의 학자 추적秋適이 엮은 『명심보감』〈천명〉편에, "하늘의 뜻을 따르는 자는 살고, 하늘의 뜻을 거스르는 자는 망한다(順天者는 存하고 逆天者는 亡이니라)."라는 공자의 언급이 나온다. 이 말이 명을 잘 설명하고 있다.

내가 생각해도 명은 천명이다. 곧 하늘의 순리다. 생사와 귀천을 사람으로서 어찌 알랴. 공자 스스로 말했다. 삶도 모르는데 죽음을 어찌 알겠느냐고. 또 사람의 부귀와 가난은 내가 알 바가 아니라고. 다만 사는 것이 무엇인지, 정당한 방법으로 부를 얻고, 가난을 탓하지 않는 청빈한 삶을 추구했다. 어떻게 살아야 천명을 아는 걸까. 그것은 열심히 도를 배우고 인의를 실천하는 것이었다. 그럼으로써 인격을 완성한다. 도덕적으로 완성된 사람, 이 사람은 군자다. 이런 사람이 세상에 많아지면 혼란한 사회는 사라지고, 이런 사람이 나라를 다스리면 온 세상이 태평하게 된다.

예를 모르면 설 수가 없다. 앞에서도 밝힌 바 있지만, 태백편 8장에, "시에서 일어나고, 예에서 서고, 악에서 이루어진다(興於詩하며 立於禮하며 成於樂이니라)."라는 공자의 언급이 나온다. 여기서 '입어례'는 요왈편 3장과 일맥상통한다. 예란 무엇인가. 입신의 근본이다. 사람이 세상을 살아가는 데 꼭 갖추어야 할 요소다. 예나 지금이나 버르장머리 없는 사람과는 단 1초도 함께 하고 싶지 않은 것이 인지상정이다. 기왕이면 늘 공손하고, 겸손하고, 검약하고, 윗사람 공경할 줄 아는 사람이 예가 서 있는 사람이다. 이런 사람하고는 밤새워 이야기해도 싫거나 지치지 않는다. 예를 모르는 사람은 눈과 귀를 어디에 두어야 할지, 사람을 만났을 때 손발은 어떻게 해야 할지 모른다.

오늘날로 말하면 예란 의전이요, 예절이다. 의전은 꼭 아랫사람이 윗사람에게 하는 의례는 아니다. 지금 마주하고 있는 사람을 편안하게 해주는 게 의전이다. 가령, 몸이 불편한 사람이 있다면 그 사람에게 당장 의자를 내주는 것이 최상의 의전이 아니겠는가. 결혼식에 가면 함께 기뻐해주고, 장례식에 가면 함께 슬퍼해주는 것이 예절이 아니겠는가. 점잖은 행사에 갈 때는 복장을 바르게 하고, 야외에 갈 때는 간소한 차림을 하는 것이 상례일 것이다.

마지막으로, 말을 알지 못하면 사람을 알아볼 수 없다! 와, 이 말이 도대체 무슨 뜻일까. 어렵다. 이렇게 생각하면 어떨까. 말을 알아듣지 못하는데 어찌 그 사람을 알 수 있겠는가. 지금 마주하고 있는 사람이 말을 하기는 하는데, 도통 참말을 하는지, 거짓말을 하는지 분간을 못하겠는데, 사람을 어떻게 알아볼 수 있겠는가. 주희는 『논어집주』에서, "말의 얻음과 잃음에 사람의 사악함과 올바름을 알 수 있다(言之得失에 可以知人之邪正이라)."라고 말했다. 여기서 말의 얻음과 잃음이란 상대방의 말을 알아듣느냐, 못 알아듣느냐일 것이다.

그렇다. 사람의 반은 말을 통해서 알 수 있다. 늘 좋은 말과 부드러운 말을 하는 사람은 옆에 두고 싶지만, 상스럽고 남을 비난하는 말만 하는 사람은 그냥 피하고 싶다. 그러니 일단 말을 듣고, 그 말이 사악한 뜻을 품고 있는지, 아니면 올바른 뜻을 품고 있는지 판단해야 한다. 그러면 사람을 아는데 반은 성공한 것이다. 그 사람이 어떤 행동을 하느냐는 그 다음이다. 아마도 여기서 말이란 성인의 말을 가리킬 수도 있다. 공자 스스로 주공이나 요·순임금의 말을 금과옥조처럼 여겼기 때문이다. 아니면, 공자 자신이 한 말을 가리킬지도 모른다. 오늘날 우리에게 경고하기 위해서. 내가 논어에서 한 말을 잘 알아들어야 한다고, 그래야 사람이 될 수 있다고!

하늘의 명을 알지 못하면 군자가 될 수 없다. 예를 알지 못하면 바로 설 수가 없다. 말을 알지 못하면 사람을 알아볼 수 없다. 결국 군자는 하늘의 명과 사람의 예와 말을 하나로 꿰뚫을 수 있어야 한다. 이것이 논어 요왈편 마지막 장의 외침이다. 참으로 멋지지 않은가.

[부록]
논어의 숲에서 길어 올린
<논어 명언 명구> 120가지

부록

논어의 숲에서 길어 올린 〈논어 명언 명구〉 120가지

1. 배우고 때맞추어 익히면: 學而時習之
학이시습지

子曰 學而時習之면 不亦說乎아
자왈   학이시습지   불역열호

공자께서 말씀하셨다. "배우고 나서 때맞추어 익힌다면 이 역시 기쁜 일이 아니겠는가."(학이편 1장)

2. 멀리서 벗이 찾아오니: 有朋, 自遠方來
유붕   자원방래

子曰 有朋이 自遠方來면 不亦樂乎아
자왈   유붕   자원방래   불역낙호

공자께서 말씀하셨다. "멀리서 벗이 찾아와 준다면 이 역시 즐거운 일이 아니겠는가."(학이편 1장)

3. 남이 알아주지 않더라도(5): 人不知而不慍
_{인부지이불온}

(1) 子曰 人不知而不慍이면 不亦君子乎아
_{자왈} _{인부지이불온} _{불역} _{군자} _호

공자께서 말씀하셨다. "남이 알아주지 않아도 서운해하지 않는다면
이 역시 군자가 아니겠는가."(학이편 1장)

(2) 子曰 不患人之不己知요 患不知人也니라
_{자왈} _{불환인지불기지} _{환부지인야}

공자께서 말씀하셨다. "남이 나를 알아주지 않는다고 걱정할 것이
아니라, 내가 남을 알아보지 못하는 것을 걱정해야 한다."(학이편 16장)

(3) 子曰 不患無位요 患所以立하며 不患莫己知요
_{자왈} _{불환무위} _{환소이립} _{불환막기지}
求爲可知也니라
_{구위가지야}

공자께서 말씀하셨다. "지위가 없는 것을 걱정하지 말고, 그 자리에
설 자격을 갖추었는지를 걱정하라. 남들이 자기를 알아주지 않는 것을
걱정하지 말고, 인정받을 만한 실력을 갖추는 데 힘써라."(이인편 14장)

(4) 子曰 不患人之不己知요 患其不能也니라
_{자왈} _{불환인지불기지} _{환기불능야}

공자께서 말씀하셨다. "남이 나를 알아주지 않는다고 걱정할 것이
아니라 자신의 능하지 못함을 걱정해야 한다."(헌문편 32장)

(5) 子曰 君子는 病無能焉이요 不病人之不己知也니라
_{자왈} _{군자} _{병무능언} _{불병인지불기지야}

공자께서 말씀하셨다. "군자는 자신의 무능을 걱정하지, 남이 자신을 알아주지 않는 것은 걱정하지 않는다."(위령공편 18장)

4. 근본이 바로 서야: 本立而道生
본립이도생

有子曰 其爲人也孝弟요 而好犯上者鮮矣니 不好犯上이요
유자왈   기위인야효제   이호범상자선의   불호범상
而好作亂者未之有也니라 君子는 務本이니 本立而道生하나니
이호작난자미지유야   군자   무본   본립이도생
孝弟也者는 其爲仁之本與인저
효제야자   기위인지본여

유자가 말하였다. "그 사람됨이 효성스럽고 공손한데 윗사람에게 대들기를 좋아하는 자는 드물다. 윗사람에게 대들기를 좋아하지 않는데, 난을 일으키기를 좋아하는 자는 아직 없었다. 군자는 근본에 힘쓰니, 근본이 바로 서면 도가 생긴다. 효성과 공손은 아마도 인를 행하는 근본이리라."(학이편 2장)

☞有子: 공자의 제자 중에 선생이라는 뜻의 자子가 붙은 몇 안 되는 사람으로,
유자
그의 이름은 약若이고 자는 유有이다. 공자보다 33세 아래로 성실하고 도덕적으로 훌륭하여 공자가 늘 좋아했다고 한다.

☞其爲人也孝弟: 여기서 弟는 아우라는 뜻이나, 주석서마다 해석이 구구하다. 나
기위인야효제   제
는 '공손'으로 풀었다. 공경, 우애 등으로 풀기도 한다.

5. 말을 교묘하게 하는 사람은(2): 巧言令色_{교언영색}

(1) 子曰 巧言令色이 鮮矣仁이니라
　　자왈　　교언영색　　선의인

공자께서 말씀하셨다. "말을 교묘하게 하고 얼굴빛을 꾸미는 사람치고 인한 자는 드물다."(학이편 3장)

(2) 子曰 巧言令色足恭을 左丘明이 恥之러니 丘亦恥之하노라
　　자왈　　교언영색족공　　좌구명　　치지　　구역치지
匿怨而友其人을 左丘明이 恥之러니 丘亦恥之하노라
익원이우기인　　좌구명　　치지　　구역치지

공자께서 말씀하셨다. "말을 교묘하게 하고 얼굴빛을 꾸미며, 지나치게 공손한 것을 좌구명이 부끄럽게 여겼는데, 나도 그걸 부끄럽게 여긴다. 원망을 숨기고 그 사람과 벗하는 것을 좌구명이 부끄럽게 여겼는데, 나도 그걸 부끄럽게 여긴다."(공야장편 24장)

☞足_족: 지나치다.
☞左丘明_{좌구명}: 춘추시대 말기 노나라의 역사가다. 좌左는 성이고, 구명丘明은 이름이다 (『춘추좌전정의』). 사마천의 『사기』에 의하면, 눈이 보이지 않는데도 『국어』를 남겼다고 한다. 공자의 제자인지는 확실하지 않다.

6. 매일 반성하는 삶(2): 吾日三省吾身_{오일삼성오신}

(1) 曾子曰 吾日三省吾身하노니 爲人謀而不忠乎아
　　증자왈　　오일삼성오신　　위인모이불충호
與朋友交而不信乎아 傳不習乎애니라
여붕우교이불신호　　전불습호

중자가 말하였다. "나는 날마다 세 가지로 나 자신을 반성한다. 남을 위해 일을 도모하면서 최선을 다하지 않았는가? 친구와 사귀면서 신의를 지키지 않았는가? 스승에게 배운 것을 열심히 익히지 않았는가?"(학이편 4장)

☞ 曾子_{증자}: 이름은 삼參, 그의 아버지는 증석曾析이다. 공자보다 46살 아래다. 공자의 손자인 자사子思에게 공문의 가르침을 전수했고, 자사의 문인이 맹자를 가르쳐 유학이 성립되었다.

(2) 子曰 德之不修와 學之不講과 聞義不能徙하며
　　자왈　덕지불수　　　학지불강　　　문의불능사
　不善不能改가 是吾憂也니라
　불선불능개　　시오우야

공자께서 말씀하셨다. "덕을 닦지 못한 것, 배운 것을 강습하지 못한 것, 의로운 것을 듣고도 옮기지 못한 것, 좋지 않은 것을 고치지 못한 것, 이것이 나의 근심이다."(술이편 3장)

7. 사람됨이 먼저: 行有餘力, 則以學文
　　　　　　　　　　　　행유여력　즉이학문

子曰 弟子入則孝하고 出則弟하며 謹而信하며 汎愛衆하되
자왈　제자입즉효　　　출즉제　　　근이신　　　범애중
而親仁이니 行有餘力이어든 則以學文이니라
이친인　　　행유여력　　　　즉이학문

공자께서 말씀하셨다. "젊은이여, 집에 들어가면 효도하고, 밖에 나오면 공손하며, 행실은 삼가고, 말은 미덥게 하며, 널리 뭇사람을 사랑하면서도 인한 사람을 가까이해야 한다. 이를 행하고 남는 힘이 있으면

그제야 글을 배울 일이다."(학이편 6장)

8. 배울 것은 다 배운 사람: 吾必謂之學矣
오필위지학의

子夏曰 賢賢하되 易色하며 事父母하되 能竭其力하며 事君하되
자하왈 현현   역색   사부모   능갈기력   사군
能致其身하며 與朋友交하되 言而有信이면 雖曰未學이라도
능치기신   여붕우교   언이유신   수왈미학
吾必謂之學矣라호리라
오필위지학의

자하가 말하였다. "현자를 존경할 때는 여색 좋아하는 마음과 바꿀
정도로 하고, 부모를 섬길 때는 자기의 있는 힘을 다하며, 임금을 섬길
때는 자기 몸을 다 바치고, 친구와 사귈 때 말에 신의가 있으면, 비록
그가 배우지 못했다 하더라도, 나는 반드시 그를 배운 사람이라고 하리
라."(학이편 7장)

☞子夏: 성은 복卜, 이름은 상商이다. 공문십철 중 한 사람으로 공자보다 44세 연하
  자하
  이며 자유子游와 더불어 문학에 뛰어났다.

9. 잘못이 있으면 바로 고쳐라(4): 過則勿憚改
과즉물탄개

(1) 子曰 君子不重則不威니 學則不固니라 主忠信하며
    자왈 군자 부중즉불위   학즉불고   주충신
無友不如己者요 過則勿憚改니라
무우불여기자   과즉물탄개

공자께서 말씀하셨다. "군자가 중후하지 않으면 위엄이 없나니, 배워

도 견고하지 못할 것이다. 최선을 다하고 진실할 것이며, 나보다 못한 자와 벗하지 말고, 잘못이 있으면 고치기를 꺼리지 말아야 한다."(학이 편 8장)

(2) 子曰 法語之言은 能無從乎아 改之爲貴니라 巽與之言은
能無說乎아 繹之爲貴니라 說而不繹하며 從而不改면
吾末如之何也已矣니라

공자께서 말씀하셨다. "바르게 깨우쳐 주는 말을 따르지 않을 수 있는가. 그러나 잘못을 실제로 고치는 것이 중요하다. 부드럽게 타이르는 말을 좋아하지 않을 수 있는가. 그러나 그 말의 참뜻을 찾아내는 것이 중요하다. 좋아하기만 하고 그 말의 참뜻을 찾지 않거나, 겉으로만 따르고 잘못을 실제로 고치지 않는다면 그런 사람은 나도 어쩔 수가 없다."(자한편 23장)

☞繹: 풀어내다, 다스리다, 찾다, 궁구하다.

(3) 子曰 主忠信하며 毋友不如己者요 過則勿憚改니라

공자께서 말씀하셨다. "충성과 신의를 주로 하고, 자기만 못한 사람을 벗하지 말고, 잘못이 있으면 고치기를 꺼리지 말라."(자한편 24장)

(4) 子曰 過而不改 是謂過矣니라

공자께서 말씀하셨다. "잘못을 저지르고도 고치지 않는 것, 이것을

일러 '잘못'이라고 한다."(위령공편 29장)

☞過: 허물이지만 여기서는 다가오기 쉬운 말로 '잘못'이라고 풀었다.

10. 배우기 좋아하는 사람(7): 好學者

(1) 子曰 君子食無求飽하며 居無求安하며 敏於事而愼於言이요
就有道而正焉이면 可謂好學也已니라

공자께서 말씀하셨다. "군자가 먹을 때 배부르기를 구하지 않고 거처
할 때 편안하기를 구하지 않으며, 일에는 민첩하고 말은 신중히 하며,
도가 있는 사람에게 나아가 자신을 바로 잡는다면, 이를 일러 배움을
좋아한다고 말할 수 있다."(학이편 14장)

(2) 子曰 十室之邑에 必有忠信이 如丘者焉이어니와
不如丘之好學也니라

공자께서 말씀하셨다. "열 집이 모여 사는 마을에도 반드시 나만큼
충성과 신의가 있는 사람은 있겠지만, 나만큼 배우기를 좋아하는 사람
은 없을 것이다."(공야장편 27장)

☞十室之邑: 읍은 사람들이 모여 사는 곳을 말한다. 5가家가 린鄰이고, 2린이 10실
室이니 그것은 작다는 말이다(정약용, 논어고금주).

(3) 哀公이 問 弟子孰爲好學이니잇고 孔子對曰
有顔回者好學하야 不遷怒하며 不貳過하더니 不幸短命死矣라
今也則亡하니 未聞好學者也케이다

애공이 물었다. "제자 가운데 누가 배우기를 좋아합니까?" 공자께서
대답하셨다. "안회라는 제자가 있는데, 배우기를 좋아하여, 노여움을
옮기지 않고, 잘못을 두 번 되풀이하지 않았는데, 불행히도 명이 짧아
죽었습니다. 지금은 그런 사람이 없고, 배우기를 좋아하는 자가 있다는
얘기를 아직 들어보지 못했습니다."(옹야편 2장)

☞哀公: 노나라 26대 임금으로, 국내적으로 세력이 강한 삼환三桓씨를 제거하려다
왕위에서 쫓겨났다.

(4) 子曰 我非生而知之者라 好古敏以求之者也로라

공자께서 말씀하셨다. "나는 나면서부터 아는 사람이 아니다. 옛것을
좋아해서 부지런히 그것을 구하는 사람이다."(술이편 19장)

(5) 子夏曰 日知其所亡하며 月無忘其所能이면
可謂好學也已矣니라

자하가 말하였다. "날마다 자기가 할 줄 모르던 것을 알아나가고,
달마다 자기가 잘하는 것을 잊지 않는다면 배우기를 좋아한다고 할
만하다."(자장편 5장)

☞亡: 없을 무. (지식이나 능력을) 가지고 있지 않다, 할 줄 모른다.

(6) 子夏曰 博學而篤志하며 切問而近思하면 仁在其中矣니라
　　자하왈　　박학이독지　　　　절문이근사　　　　인재기중의

자하가 말하였다. "배우기를 넓게 하고 뜻을 돈독하게 하며, 간절하게 묻고 가까운 것부터 생각하라. 그러면 인이 그 가운데 있으리라."(자장편 6장)

(7) 子夏曰 百工이 居肆하여 以成其事하고 君子學하여
　　자하왈　백공　거사　　　이성기사　　　군자　학
以致其道니라
이치기도

자하가 말하였다. "모든 장인이 작업장에 있으면서 그 일을 이루듯이, 군자는 배움으로써 그 도에 이른다."(자장편 7장)

☞肆: 방자할 사. 옛날에 기술자가 스스로 물건을 만들기도 하고 팔기도 하던 작업장 겸 가게를 말한다(류종목, 논어의 문법적 이해).

11. 가난하면서도 즐거워하는 사람: 未若貧而樂
　　　　　　　　　　　　　　　　　　　　미약빈이락

子貢曰 貧而無諂하며 富而無驕하되 何如하니잇고 子曰 可也나
자공왈　빈이무첨　　　부이무교　　　하여　　　　　자왈　가야
未若貧而樂하며 富而好禮者也니라 子貢曰 詩云如切如磋하며
미약빈이락　　　부이호례자야　　　자공왈　시운여절여차
如琢如磨라 하니 其斯之謂與인저 子曰 賜也는
여탁여마　　　　기사지위여　　　자왈　사야
始可與言詩已矣로다 告諸往而知來者온여
시가여언시이의　　　고저왕이지래자

자공이 말하였다. "가난하지만 아첨하지 않고, 부유하지만 교만하지 않는다면 어떻습니까?" 공자께서 말씀하셨다. "괜찮다. 그러나 가난하면서도 즐겁고, 부유하면서도 예를 좋아하는 것만큼은 못하다." 자공이 말하였다. "『시경』에 '자르면 다듬고, 쪼면 갈아야 한다.'라고 하였는데, 이를 두고 한 말인가 봅니다." 공자께서 말씀하셨다. "사야. 비로소 너와 더불어 『시경』을 말할 수 있겠구나. 지난 일을 말해주니 앞일을 아는구나."(학이편 15장)

☞子貢: 성은 단목端木, 이름은 사賜이다. 자공은 그의 자이다. 공자보다 31세 아래로, 공문의 제2기 제자로 알려져 있다. 공문십철의 한 사람으로 언어에 뛰어나고 외교에 능했다. 공자가 죽은 후 그의 명망이 가장 높았으며, 공자가 유명하게 된 것도 그의 역할이 컸다고 본다. 특히 재테크에 능해 공자 학단에 든든한 재정적 후원자가 되었다.

12. 덕치와 법치(2): 爲政以德, 道之以政

(1) 子曰 爲政以德이 譬如北辰이 居其所어든 而衆星이 共之니라

공자께서 말씀하셨다. "정치를 하는데 덕으로 하는 것은, 비유하자면 북극성이 제자리에 있는데 뭇별들이 그를 향해 도는 것과 같다."(위정편 1장)

(2) 子曰 道之以政하고 齊之以刑이면 民免而無恥니라

道之以德하고 齊之以禮면 有恥且格이니라
도지이덕　　재지이례　　유치차격

공자께서 말씀하셨다. "법령으로 이끌고 형벌로써 다스린다면, 백성들은 모면하려고만 하지 부끄러워하지 않는다. 덕으로 이끌고 예로써 다스린다면, 백성들은 부끄러움을 느끼고 또 바로 잡기도 한다."(위정편 3장)

13. 생각함에 사특함이 없어야: 思無邪
思無邪
사무사

子曰 詩三百에 一言以蔽之하니 曰 思無邪니라
자왈　시삼백　　일언이폐지　　　왈　사무사

공자께서 말씀하셨다. "『시경詩經』 삼백 편을 한마디로 요약하면, '생각에 사특함이 없는 것'이다."(위정편 2장)

☞邪: 사특하다, 요사스럽고 간사하고 악독하다.
사

14. 그동안 삶을 돌아보니: 志于學, 不踰矩
志于學, 不踰矩
지우학　　불유구

子曰 吾十有五而志于學하고 三十而立하고 四十而不惑하고
자왈　오십유오이지우학　　　삼십이립　　　사십이불혹
五十而知天命하고 六十而耳順하고 七十而從心所欲하여
오십이지천명　　　육십이이순　　　칠십이종심소욕
不踰矩호라
불유구

공자께서 말씀하셨다. "나는 열다섯에 배움에 뜻을 두었고, 서른에 확고하게 섰으며, 마흔에는 미혹됨이 없었고, 쉰에는 천명을 알았으며, 예순에는 귀가 순해지고, 일흔에는 마음 내키는 대로 해도 법도를 넘어서지 않았다."(위정편 4장)

15. 효란 무엇인가(4): 父母 唯其疾之憂
부모 유기질지우

(1) 孟懿子問孝한대 子曰 無違니라 樊遲御러니 子告之曰
맹의자문효   자왈   무위   번지어   자고지왈
孟孫이 問孝於我어늘 我對曰 無違라호라 樊遲曰 何謂也잇고
맹손   문효어아   아대왈 무위   번지왈 하위야
子曰 生事之以禮하며 死葬之以禮하며 祭之以禮니라
자왈 생사지이례   사장지이례   제지이례

맹의자가 효를 묻자, 공자께서 말씀하셨다. "어기는 일이 없어야 합니다." 번지가 수레를 몰고 있었는데, 공자께서 그에게 이렇게 말씀하셨다. "맹손(맹의자)이 나에게 효를 묻기에, 나는 '어기는 일이 없어야 한다'라고 대답하였다." 번지가 말하였다. "무슨 뜻으로 말씀하신 거죠?" 공자께서 말씀하셨다. "부모가 살아 계실 때는 예로써 섬기고, 돌아가시면 예로써 장례를 치르고 예로써 제사를 지내라는 것이다."(위정편 5장)

☞ 孟懿子: 노나라 3대 귀족의 하나인 맹씨 가문의 사람으로 이름은 하기何忌다.
   맹의자
☞ 樊遲: 공자보다 36세 아래인 평범한 농부 제자로 이름은 수須다.
   번지

(2) 孟武伯이 問孝한대 子曰 父母는 唯其疾之憂시니라
맹무백   문효   자왈 부모   유기질지우

맹무백이 효를 묻자 공자께서 말씀하셨다. "부모는 오로지 자식이

병들까 걱정한다."(위정편 6장)

☞孟武伯: 맹의자의 아들로서 무武는 시호다.

(3) 子游問孝한대 子曰 今之孝者는 是謂能養이니
至於犬馬하여도 皆能有養이니 不敬이면 何以別乎리오

자유가 효를 묻자 공자께서 말씀하셨다. "요즘 사람들은 효도를 일러 음식이나 잘 봉양하는 것이라고 여긴다. 개나 말에게도 잘 먹이는 것은 마찬가지다. 공경하지 않는다면 무엇으로 이를 구별하겠는가."(위정편 7장)

☞子游: 공자보다 45세나 어린 제자로 성은 언言이고, 이름은 언偃이다.

(4) 子夏問孝한대 子曰 色難이니 有事어든 弟子服其勞하고
有酒食어든 先生饌이 曾是以爲孝乎아

자하가 효를 묻자 공자께서 말씀하셨다. "얼굴빛을 받들어 따르기가 어렵다. 일이 있으면 동생이나 자식이 그 수고로움을 대신하고, 술과 음식이 있으면 형이나 아버지가 먼저 마시고 드시게 하는데, 일찍이 이것만으로 효라고 할 수 있겠느냐?"(위정편 8장)

☞食: 먹이 사 자로 쓰여 여기서는 '음식'이라는 뜻이다.
☞饌: 반찬, 밥에 갖추어 먹는 여러 가지 음식을 말한다.

16. 사람을 보는 세 가지: 視·觀·察
시 관 찰

子曰 視其所以하며 觀其所由하며 察其所安이면 人焉廋哉리오
자왈 시기소이 관기소유 찰기소안 인언수재
人焉廋哉리오
인언수재

공자께서 말씀하셨다. "그가 하는 바를 보고, 그가 어떤 이유로 그렇게 하는지 관찰하고, 그가 편안하게 여기는 바를 자세히 살펴보라. 그러면 사람이 어떻게 자신을 숨기겠는가? 사람이 어떻게 자신을 숨기겠는가?"(위정편 10장)

17. 옛것을 익혀 새로운 것을 알면: 溫故而知新
온고이지신

子曰 溫故而知新이면 可以爲師矣니라
자왈 온고이지신 가이위사의

공자께서 말씀하셨다. "옛것을 익혀서 새로운 것을 알면 스승이 될 수 있다."(위정편 11장)

18. 군자는 그릇이 아니다: 君子不器
군자 불기

子曰 君子는 不器니라
자왈 군자 불기

공자께서 말씀하셨다. "군자는 한 가지 용도로만 쓰이는 그릇이 아니다."(위정편 12장)

19. 말보다 행동을 먼저: 先行其言
선행기언

子貢이 問君子한대 子曰 先行其言이요 而後從之니라
자공   문 군자   자왈 선행기언   이후종지

자공이 군자에 대해 물었다. 공자께서 말씀하셨다. "군자는 말에 앞
서 먼저 행동하고 나중에 말을 한다."(위정편 13장)

20. 배우고 나서는 생각을 해야: 學而不思則罔
학이불사즉망

子曰 學而不思則罔하고 思而不學則殆니라
자왈   학이불사즉망   사이불학즉태

공자께서 말씀하셨다. "배우고 나서 생각하지 않으면 얻는 게 없고,
생각하고 나서 배우지 않으면 위태롭다."(위정편 15장)

21. 이것이 아는 것이다: 是知也
시지야

子曰 由야 誨女知之乎인저 知之爲知之요 不知爲不知
자왈 유   회여지지호   지지위지지   부지위부지
是知也니라
시지야

공자께서 말씀하셨다. "유야, 너에게 아는 것에 대해 가르쳐주마.
아는 것은 안다고 하고, 모르는 것은 모른다고 해라. 이것이 아는 것이
다."(위정편 17장)

☞由: 공자의 제자 중유仲由을 말한다. 자가 자로子路라서 흔히 '자로'라고 많이 부른다. 노나라 사람으로 공자보다 9세 아래이며, 성격이 우직하고 용맹스러웠다. 또한 무장 출신으로 공자를 옆에서 든든히 지키는 역할을 했다.

22. 벼슬하고 싶다면(3): 溫良恭儉讓以得之
온량공검양이득지

(1) 子禽이 問於子貢曰 夫子至於是邦也하사 必聞其政하시나니
자금   문어자공왈   부자지어시방야   필문기정
求之與아 抑與之與아 子貢이 曰 夫子는 溫良恭儉讓以得之시니
구지여   억여지여   자공   왈 부자   온량공검양이득지
夫子之求之也는 其諸異乎人之求之與인저
부자지구지야   기저이호인지구지여

자금이 자공에게 물었다. "선생님께서는 어떤 나라에 도착하시면 반드시 그 나라의 정치에 대해 들으시는데, 선생님이 듣기를 구하는 것입니까, 아니면 그들이 스스로 말해주는 것입니까?" 자공이 말하였다. "선생님은 온화하고 선량하고 공손하고 검약하고 겸양하셔서 자연히 듣게 되는 것이다. 선생님이 그것을 구하는 방법은 아마도 다른 사람이 구하는 방법과는 다를 것이다."(학이편 10장)

☞子禽: 진陳나라 사람으로 공자의 제자다. 성은 진陳, 이름은 항亢이며 자금은
자금
그의 자이다. 공자보다 40세 아래로, 논어에 세 번 나온다. 사마천의 『사기』 〈중니제자열전〉에 자세히 나오지 않는 것으로 보아, 자공의 제자로 보기도 한다.

(2) 子張이 學干祿한대 子曰 多聞闕疑오 愼言其餘則寡尤며
자장   학간록   자왈 다문궐의   신언기여즉과우
多見闕殆오 愼行其餘則寡悔니 言寡尤하며 行寡悔면
다견궐태   신행기여즉과회   언과우   행과회
祿在其中矣니라
녹재기중의

자장이 벼슬 구하는 것에 대하여 배우려 하자, 공자께서 말씀하셨다. "많이 듣고서 의심스러운 것은 빼놓고, 그 나머지만 조심해서 말한다면 실수가 적을 것이다. 많이 보고서 위태로운 것은 빼놓고, 그 나머지만 신중히 행한다면 후회가 적을 것이다. 말에 실수가 적고, 행실에 후회가 적으면 벼슬은 그 가운데 있을 것이다."(위정편 18장)

☞子張: 자장은 공자의 제자로 성은 전손顚孫이고, 이름은 사師이다. 자장은 그의 자이다. 공자보다 48세 아래이며, 공자가 전손사를 얻고 나서부터 앞에도 빛이 있고, 뒤에도 빛이 있었다고 언급한 것으로 미루어 매우 아꼈던 제자로 보인다.
☞祿: 녹봉, 여기서는 벼슬을 말한다.

(3) 子曰 篤信好學하며 守死善道니라 危邦不入하고
亂邦不居하며 天下有道則見하고 無道則隱이니라 邦有道에
貧且賤焉이 恥也며 邦無道에 富且貴焉이 恥也니라

공자께서 말씀하셨다. "돈독하게 믿으면서 배우기 좋아하고, 죽음을 무릅쓰고 도를 잘 행해야 한다. 위태로운 나라에는 들어가지 말고, 어지러운 나라에는 살지 말 것이며, 천하에 도가 있으면 벼슬하고, 도가 없으면 숨는다. 나라에 도가 있는데도 가난하고 천한 것은 부끄러운 일이고, 나라에 도가 없는데 부귀한 것 또한 부끄러운 일이다."(태백편 13장)

23. 군자는 승부를 다투지 않아: 君子無所爭

子曰 君子無所爭이나 必也射乎인저 揖讓而升하여
下而飮하나니 其爭也君子니라

공자께서 말씀하셨다. "군자는 다투는 바가 없다. 꼭 다툰다면 활쏘
기일 것이다. 절하고 사양하면서 오르고, 내려와서는 벌주를 마신다.
그 다툼이 군자답도다."(팔일편 7장)

24. 하늘에 죄를 지으면: 獲罪於天

王孫賈問曰 與其媚於奧론 寧媚於竈라 하니 何謂也잇고 子曰
不然하다 獲罪於天이면 無所禱也니라

왕손가가 물었다. "'아랫목 신에게 잘 보이기보다는 차라리 부뚜막
신에게 잘 보이는 것이 낫다'라고 하는데, 무엇을 말하는 것입니까?"
공자께서 말씀하셨다. "그렇지 않다. 하늘에 죄를 지으면 빌 곳이 없
다."(팔일편 13장)

☞ 王孫賈: 위나라의 대부로, 위나라 임금인 영공을 크게 도왔다. 성은 왕손王孫이고
이름이 가賈이다.

☞ 奧: 속, 아랫목. 제사를 지낼 때 신주를 모시는 곳이나 집안의 어른이 거처하는
곳이기도 하다. 여기서는 임금인 위나라 영공을 말한다.

☞ 竈: 부엌, 부엌을 만든 신(조왕신). 부엌에는 부뚜막이 있고, 여기서 음식을 만들

므로 실권자라는 뜻이다. 여기서는 권신 왕손가를 가리킨다.

☞ 獲罪於天_{획죄어천}: 왕손가가 공자에게 위나라 영공에게 잘 보이려 하지 말고, 권력을 실제로 쥐고 있는 자신에게 잘 보이라고 했으나, 공자는 하늘에 죄를 지으면 빌 곳이 없는데 어쩌려고 그런 말을 하느냐고 일침하고 있다.

25. 모르면 묻는 것이 예다: 每事問 是禮也
_{매사문 시례야}

子入大廟_{자입태묘}하사 每事_{매사}를 問_문하신대 或_혹이 曰_왈 孰謂鄹人之子_{숙위추인지자}를 知禮乎_{지례호}아 入大廟_{입태묘}하여 每事_{매사}를 問_문이온여 子聞之_{자문지}하시고 曰_왈 是禮也_{시례야}니라

공자께서 태묘에 들어가 일일이 물어보았다. 어떤 사람이 말하였다. "누가 추 땅 사람의 아들이 예를 안다고 하는가. 태묘에 들어와서 매사 꼬치꼬치 묻는구나." 공자께서 이 말을 들으시고 말씀하셨다. "이것이 예이다."(팔일편 15장)

☞ 大廟_{태묘}: 노나라 시조인 주공을 모신 사당이다. 여기서 대大는 '태'로 읽는다.

☞ 是禮也_{시례야}: 공자가 처음 벼슬했을 때 태묘에 들어가 제사를 도울 때 일인 듯하다. 추鄹는 노나라의 읍 이름으로, 공자의 아버지 숙량흘叔梁紇이 그 읍의 대부(읍재) 였다. 공자는 어려서부터 예를 잘 안다고 명성이 났기 때문에, 어떤 사람이 이를 근거로 비아냥한 것이다. 공자께서 '이것이 예이다.'라고 한 것은 경건하고 삼감 이 지극한 것이 곧 예가 된다는 말이다(주희, 논어집주).

26. 즐겁지만 음란하지 않게: 樂而不淫
_{낙이불음}

子曰 關雎는 樂而不淫하고 哀而不傷이니라
_{자왈} _{관저} _{낙이불음} _{애이불상}

공자께서 말씀하셨다. "『시경』 관저편의 시는 즐겁지만 음란하지 않고, 슬프지만 몸을 상하게 하지 않는다."(팔일편 20장)

☞關雎: 『시경』 국풍에 처음으로 나오는 시의 제목이다. 시의 내용은 다음과 같다.
_{관저}
"징경이(수릿과의 새) 우는 소리 모래톱에 들리네/ 아리따운 아가씨는 군자의 좋은 짝/ 올망졸망 마름 풀을 이리저리 찾네/ 아리따운 아가씨를 자나 깨나 그리네/ 구해도 얻을 수 없어 자나 깨나 그 생각뿐/ 부질없는 이 마음 잠 못 이루고 뒤척이네/ 올망졸망 마름 풀을 이리저리 뜯네/ 아리따운 아가씨와 거문고 타며 즐기리/ 올망졸망 마름 풀을 이리저리 고르네/ 아리따운 아가씨와 북을 치며 즐기리."(홍신문화사, 신역 『시경』)

27. 차마 볼 수 없는 세 가지: 居上不寬, 爲禮不敬, 臨喪不哀
_{거상불관} _{위례불경} _{임상불애}

子曰 居上不寬하며 爲禮不敬하며 臨喪不哀면
_{자왈} _{거상불관} _{위례불경} _{임상불애}
吾何以觀之哉리오
_{오하이관지재}

공자께서 말씀하셨다. "윗자리에 있으면서 너그럽지 않고, 예를 행하면서 경건하지 않고, 상가에 임하면서 슬퍼하지 않는다면 내가 무엇으로 그 사람을 살펴보겠는가."(팔일편 26장)

28. 인이란 무엇인가(7): 惟仁者 能好人, 能惡人

(1) 子曰 人而不仁이면 如禮에 何며 人而不仁이면 如樂에 何오

공자께서 말씀하셨다. "사람이 인하지 않으면 예를 어떻게 행하며, 사람이 인하지 않으면 음악을 어떻게 즐기겠는가."(팔인편 3장)

☞주희는 좀 다르게 해석했으나, 여기서는 고주와 다산 정약용의 해석을 따랐다.

(2) 子曰 惟仁者아 能好人하며 能惡人이니라

공자께서 말씀하셨다. "오직 인한 자만이 사람을 좋아할 수 있고, 사람을 미워할 수 있다."(이인편 3장)

☞대개 사심이 없어야 비로소 좋아하고 미워하는 것이 이치에 맞을 수 있으니 정자가 말한바, '공정함을 얻었다(득기공정得其公正)'는 것이 이것이다(주희, 논어 집주).

(3) 子曰 苟志於仁矣면 無惡也니라

공자께서 말씀하셨다. "진실로 인에 뜻을 두면 악을 행하는 일은 없다."(이인편 4장)

(4) 子曰 富與貴是人之所欲也나 不以其道로 得之어든 不處也하며 貧與賤이 是人之所惡也나 不以其道로 得之라도

不去也니라 君子去仁이면 惡乎成名이리오 君子無終食之間을
　　　　　　　군자　거인　　　　오호성명　　　　　　군자　무종식지간
違仁이니 造次에 必於是하며 顚沛에 必於是니라
위인　　　　조차　　필어시　　　전패　　필어시

공자께서 말씀하셨다. "부유함과 귀함은 누구나 원하는 것이지만,
정당한 방법으로 얻은 것이 아니면 누리지 말아야 한다. 가난함과 천함
은 누구나 싫어하는 것이지만, 정당한 방법으로 얻은 것이 아니라도
버리지 말아야 한다. 군자가 인을 떠난다면 어디에서 '군자라는 이름을
이루겠는가? 그러니 군자는 밥 한 끼 먹는 동안에도 인을 떠나서는
안 된다. 아무리 다급할 때라도 반드시 인에 힘써야 하고, 넘어지는
그 순간에도 반드시 인에 힘써야 할 것이다."(이인편 5장)

☞惡乎成名: 여기서 惡는 장소를 묻는 의문대사로 쓰였다.
　오호성명　　　　　오

(5) 子曰 我未見好仁者와 惡不仁者케라 好仁者는 無以尙之요
　　자왈　아미견호인자　　오불인자　　　호인자　　무이상지
惡不仁者는 其爲仁矣 不使不仁者로 加乎其身이니라
오불인자　　　기위인의　불사불인자　　　가호기신
有能一日에 用其力於仁矣乎아 我未見力不足者케라
유능일일　　용기력어인의호　　아미견력부족자
蓋有之矣어늘 我未之見也로다
개유지의　　　아미지견야

공자께서 말씀하셨다. "나는 인을 좋아하는 사람과 인하지 않음을
미워하는 사람을 아직 보지 못했다. 인을 좋아하는 사람은 더 이상
바라는 게 없다. 인하지 않음을 미워하는 사람은, 그 인을 행함에 있어
인하지 않음이 자기 몸에 미치지 않게 한다. 하루라도 인에 자기 힘을
쏟는 자가 있는가. 나는 아직 힘이 부족한 사람을 보지 못했다. 아마
그런 사람도 있을 테지만 나는 아직 보지 못했다."(이인편 6장)

(6) 子曰 人之過也 各於其黨이니 觀過에 斯知仁矣니라
　　자왈　　인지과야　　각어기당　　　　관과　　사지인의

공자께서 말씀하셨다. "사람의 허물은 그 부류에 따라 제각각이다.
허물만 살펴보아도 그 사람이 인한지 알 수 있다."(이인편 7장)

(7) 子貢이 曰 如有博施於民而能濟衆혼댄 何如하니잇고
　　자공　　왈　　여유박시어민이능제중　　　　하여
可謂仁乎잇가 子曰 何事於仁이리오 必也聖乎인저 堯舜도
가위인호　　　자왈　하사어인　　　　필야성호　　　요순
其猶病諸시니라 夫仁者는 己欲立而立人하며
기유병저　　　　부인자　　　기욕립이립인
己欲達而達人이니라 能近取譬면 可謂仁之方也已니라
기욕달이달인　　　　능근취비　　가위인지방야이

자공이 말하였다. "만일 백성에게 은덕을 널리 베풀어 대중을 구제할
수 있다면 어떻겠습니까? 인하다 할 수 있습니까?" 공자께서 말씀하셨
다. "어찌 인한 데서 그치겠느냐. 그건 반드시 성인의 경지라 하겠다.
요임금과 순임금도 아마 그건 오히려 어렵게 여기셨을 것이다. 무릇
인한 사람은 자기가 서고자 하면 남을 세워주고, 자신이 이루고자 하면
남을 이루게 한다. 가까이 자신의 마음을 미루어 남의 마음을 헤아릴
수 있다면, 가히 인을 행하는 방법이라 할 수 있을 것이다."(옹야편 28장)

☞能近取譬: 자기 주위의 사실로 미루어 남의 입장을 잘 고려하다(중국어사전).
　능근취비

29. 아침에 도를 들으면: 朝聞道, 夕死可矣
　　　　　　　　　　　　　　조문도　　　석사가의

子曰 朝聞道면 夕死라도 可矣니라
자왈　조문도　　　석사　　　가의

공자께서 말씀하셨다. "아침에 도를 들으면 저녁에 죽어도 좋겠다." (이인편 8장)

☞道: 주희에 의하면, 사물이 마땅히 그러해야 하는 이치이다. 진실로 그것을 듣는 다면, 살아서는 순탄하고 죽음은 편안하여(생순사안生順死安) 다시 여한이 없을 것이다. 조석은 그때의 가까움을 심히 말한 것이다(주희, 논어집주).

30. 군자는 덕을 생각하고: 君子懷德, 小人懷土

子曰 君子는 懷德하고 小人은 懷土하며 君子는 懷刑하고 小人은 懷惠니라

공자께서 말씀하셨다. "군자는 덕을 생각하고, 소인은 땅을 생각한다. 군자는 형벌을 생각하고, 소인은 혜택을 생각한다."(이인편 11장)

31. 이익에 따라 행동하면: 放於利而行, 多怨

子曰 放於利而行이면 多怨이니라

공자께서 말씀하셨다. "이익에 따라 행동하면 원망을 많이 사게 된다."(이인편 12장)

☞放: 의거하다, 따르다.

32. 하나의 이치로 꿰뚫는다(2): 一以貫之
일이관지

(1) 子曰 參乎아 吾道는 一以貫之니라 曾子曰 唯라 子出커시늘
자왈 삼호 오도 일이관지 증자왈 유 자출
門人이 問曰 何謂也잇고 曾子曰 夫子之道는 忠恕而已矣니라
문인 문왈 하위야 증자왈 부자지도 충서이이의

　　공자께서 말씀하셨다. "삼아, 나의 도는 하나의 이치로 모든 것을 꿰뚫어 볼 뿐이다." 증자가 "예!" 하고 대답하였다. 공자가 나가자, 다른 제자가 물었다. "무엇을 말씀하신 것입니까?" 증자가 대답하였다. "선생님의 도는 충과 서일 뿐이다."(이인편 15장)

☞參: 증자의 이름이다.
　　삼
☞唯: 예. 남의 부름에 응답하는 감탄사로 쓰였다.
　　유

(2) 子曰 賜也아 女以予로 爲多學而識之者與아 對曰然하이다
자왈 사야 여이여 위다학이지지자여 대왈연
曰 非也라 予는 一以貫之니라
비여 왈 비야 여 일이관지

　　공자께서 말씀하셨다. "사야, 너는 나를 많이 배워서 그것을 다 기억하는 사람이라 여기느냐? 자공이 대답하였다. "네. 그렇지 않습니까?" 공자께서 말씀하셨다. "아니다. 나는 하나의 이치로 모든 것을 꿰뚫어 볼 뿐이다."(위령공편 2장)

☞爲多學而識之者與: 여기서 '識'는 알다가 아니라, 적다·기록하다 등의 기억하다
　　위다학이지지자여   는 뜻으로 쓰였다.

33. 부모님이 살아 계시면(3): 不遠遊, 遊必有方
불원유 유필유방

(1) 子曰 父母在어시든 不遠遊하며 遊必有方이니라
자왈 부모재 불원유 유필유방

공자께서 말씀하셨다. "부모가 살아 계시면 멀리 나가지 않아야 하고, 가더라도 반드시 가는 곳을 알려드려야 한다."(이인편 19장)

(2) 子曰 三年을 無改於父之道라야 可謂孝矣니라
자왈 삼년 무개어부지도 가위효의

공자께서 말씀하셨다. "돌아가신 후 삼 년 동안은 아버지가 하던 방식을 고치지 않아야 효라고 말할 수 있다."(이인편 20장)

(3) 子曰 父母之年은 不可不知也니 一則以喜요 一則以懼니라
자왈 부모지년 불가부지야 일즉이희 일즉이구

공자께서 말씀하셨다. "부모님의 연세를 모르고 있어서는 안 된다. 한편으로는 그로 인해 기쁘고, 한편으로는 그로 인해 두렵기 때문이다."(이인편 21장)

34. 말은 어눌하지만, 행동은 민첩하게: 訥言敏行
눌언민행

子曰 君子는 欲訥於言而敏於行이니라
자왈 군자 욕눌어언이민어행

공자가 말씀하셨다. "군자는 말은 어눌하지만, 행동은 민첩하다."(이인편 24장)

35. 덕이 있는 사람은(3): 德不孤, 必有隣
덕불고 필유린

(1) 子曰 君子之於天下也에 無適也하며 無莫也하여
자왈 군자 지어천하야   무적야   무막야
義之與比니라
의지여비

공자께서 말씀하셨다. "군자는 세상일에 대하여는 가까이할 것도 없고 멀리할 것도 없다. 오로지 의로움에 따를 뿐이다."(이인편 10장)

☞적適은 오로지 주인으로 섬김이다. 막莫은 옳게 여기지 않음(불긍不肯)이고, 비比는 따르다(종從)이다(주희, 논어집주). 무적야는 절대 긍정, 무막야는 절대 부정으로 보면 무난하다. 이 문장은 해석에 논란이 많다. 여기서는 도올 김용옥 선생의 해석을 따랐다.

(2) 子曰 德不孤라 必有隣이니라
자왈 덕불고   필유린

공자께서 말씀하셨다. "덕이 있는 사람은 외롭지 않다. 반드시 이웃이 있다."(이인편 25장)

(3) 樊遲從遊於舞雩之下러니 曰 敢問崇德修慝辨惑하노이다
번지종유어무우지하   왈 감문숭덕수특변혹
子曰 善哉라 問이여 先事後得이 非崇德與아 攻其惡이요
자왈 선재   문   선사후득   비숭덕여   공기악
無攻人之惡이 非修慝與아 一朝之忿으로 忘其身하여
무공인지악   비수특여   일조지분   망기신
以及其親이 非惑與아
이급기친   비혹여

번지가 공자를 따라 무우(기우제 지내는 제단) 아래에서 노닐다가 말하였다. "감히 여쭙겠습니다. 덕을 높이고, 사악함을 바로잡고, 미혹을

분별하는 방법은 무엇입니까?" 공자께서 말씀하셨다. "참 좋은 질문이 구나. 일을 먼저하고, 얻는 것을 나중에 생각한다면 덕을 높이는 방법이 아니겠느냐. 자기의 나쁨을 공격하고, 남의 나쁨은 공격하지 않는 것이 사악함을 바로잡는 방법이 아니겠느냐. 하루아침 분노로 자신을 망치고, 화가 부모에게까지 미치게 하는 것이 미혹이 아니겠느냐."(안연편 21장)

☞樊遲: 공자의 제자로 이름은 수須, 자는 자지子遲. 공자보다 36세 아래로, 농사일에 능했다고 한다. 논어에 여섯 번 등장한다.

36. 인을 실천하는 다섯 가지 방법: 恭寬信敏惠

子張이 問仁於孔子한대 孔子曰 能行五者於天下면 爲仁矣니라
請問之한대 曰 恭寬信敏惠니 恭則不侮하고 寬則得衆하고
信則人任焉하고 敏則有功하고 惠則足以使人이니라

자장이 공자에게 인에 대해 물었다. 공자께서 말씀하셨다. "다섯 가지를 천하에 능히 행할 수 있으면 인이라 할 것이다." 자장이 가르쳐 줄 것을 청하자, 공자께서 말씀하셨다. "공손함과 너그러움과 미더움과 민첩함과 은혜로움이다. 공손하면 남이 업신여기지 않고, 너그러우면 대중의 마음을 얻게 되고, 미더우면 신임을 얻게 되고, 민첩하면 공이 있게 되고, 은혜로우면 남을 부릴 수 있게 된다."(양화편 6장)

☞子張: 공자의 제자로 성은 전손顓孫이고, 이름은 사師다. 자장은 그의 자이다.

공자보다 48세 아래이며, 공자가 전손사를 얻고 나서부터 앞에도 빛이 있고, 뒤에도 빛이 있었다고 언급한 것으로 미루어 매우 아꼈던 제자로 보인다.

☞恭則不侮: 도올 김용옥 선생은 이를 능동적으로 해석하여 "공손하면 내가 남을 업신여기지 않는다."라고 해석했다. 이 해석도 맞는 것 같다.

37. 군자의 네 가지 도: 行己也恭, 事上也敬, 養民也惠, 使民也義

子謂子産하시되 有君子之道四焉이니 其行己也恭하며
其事上也敬하며 其養民也惠하며 其使民也義니라

공자께서 자산을 평하여 말씀하셨다. "그에게는 군자의 도 네 가지가 있었다. 몸가짐이 공손하였고, 윗사람을 섬기는 데는 공경스러웠고, 백성을 돌보는 데는 은혜로웠고, 백성을 부리는 데는 의로웠다."(공야장 15장)

☞子産: 성은 공손公孫, 이름은 교僑다. 자산은 공손교의 자이다. 정鄭나라의 대부로 22년간 재상으로 있으면서 공적을 많이 쌓았다. 위대한 정치가이자 외교가, 사상가이기도 했다. 성품이 너그럽고도 엄격했으며, 공자 나이 30세 때 죽었다. 공자는 평소 그를 매우 존경했고, 나이 60세에 이르러 정나라에 가 보았지만, 자산은 이미 세상에 없었다. 공야장 15장은 이때 언급한 말씀이 아닐까 생각한다.

38. 한 그릇의 밥, 한 바가지의 물: 一簞食, 一瓢飮
일단사 일표음

子曰 賢哉라 回也여 一簞食와 一瓢飮으로 在陋巷을
자왈 현재 회야 일단사 일표음 재누항
人不堪其憂어늘 回也不改其樂하니 賢哉라 回也여
인불감기우 회야불개기락 현재 회야

공자께서 말씀하셨다. "어질구나, 안회여. 한 그릇의 밥과 한 바가지 물을 마시며 누추한 골목에서 살다 보면, 사람들은 그 어려움을 견디지 못하는데, 안회는 그것을 즐거움으로 여겨 바꾸지 않으니 참 어질구나, 안회여."(옹야편 9장)

☞回: 공자가 가장 아끼던 제자 안회를 말한다. 자는 안연顔淵이며, 존칭으로 안자顔
회
子라고 부른다. 논어에 '안연'편이 있을 정도로 학문과 덕망이 높았다. 공자보다 30세 아래로 젊은 나이에 요절했다. 공문십철 중의 한 사람으로 민자건, 염백우, 중궁과 함께 덕행 제일 제자로 꼽힌다.

☞堪: 견디다, 뛰어나다.
감

39. 선비란 무엇인가(3): 君子儒, 小人儒
군자 유 소인유

(1) 子謂子夏曰 女爲君子儒요 無爲小人儒하라
자위자하왈 여위 군자 유 무위소인유

공자께서 자하에게 말씀하셨다. "너는 군자다운 선비가 되어야지, 소인 같은 선비는 되지 마라."(옹야편 11장)

☞子夏: 성은 복卜, 이름은 상商이다. 공문십철 중 한 사람으로 공자보다 44세 아래
자하

이며 자유子游와 더불어 문학에 뛰어났다.

(2) **曾子曰 士不可以不弘毅니 任重而道遠이니라**
   증자왈   사불가이불홍의   임중이도원
   仁以爲己任이니 不亦重乎아 死而後已니 不亦遠乎아
   인이위기임   불역중호   사이후이   불역원호

증자가 말하였다. "선비는 뜻이 크고 강인하지 않으면 안 된다. 짐은
무겁고, 길은 멀기 때문이다. 인이 내가 질 짐이니, 무겁지 않겠는가.
죽은 뒤에야 그치니, 또한 멀지 않겠는가."(태백편 7장)

☞已: 그치다, 그만두다.
   이

(3) **子張이 問 士何如라야 斯可謂之達矣니잇고 子曰 何哉오**
   자장   문   사하여   사가위지달의   자왈   하재
   爾所謂達者여 子張이 對曰 在邦必聞하며 在家必聞이니이다
   이소위달자   자장   대왈   재방필문   재가필문
   子曰 是는 聞也라 非達也니라 夫達也者는 質直而好義하며
   자왈   시   문야   비달야   부달야자   질직이호의
   察言而觀色하여 慮以下人하나니 在邦必達하며 在家必達이니라
   찰언이관색   려이하인   재방필달   재가필달
   夫聞也者는 色取仁而行違요 居之不疑하나니 在邦必聞하며
   부문야자   색취인이행위   거지불의   재방필문
   在家必聞이니라
   재가필문

자장이 물었다. "선비는 어떻게 하면 통달했다고 할 수 있습니까?"
공자께서 말씀하셨다. "무엇이냐? 네가 말하는 통달이란?" 자장이 대답
하였다. "나라에 나아가 반드시 명성이 있고, 집안에서도 반드시 명성
이 있는 것입니다." 공자께서 말씀하셨다. "그것은 명성이지 통달이
아니다. 무릇 통달이란 본바탕이 바르고 의로움을 좋아하며, 남의 말을
살피고 표정을 관찰하여 배려하면서 남에게 자신을 낮추는 것이다.
그리하면 나라에 나가서도 반드시 통달할 것이고, 집안에서도 반드시

통달하게 될 것이다. 무릇 명성이란 얼굴빛은 인을 취하지만 행실은 그와 어긋나며, 스스로 인하다고 자처하여 의심하지 않는 것이다. 그리하면 나라에 나가서도 반드시 명성이 있고, 집안에서도 반드시 명성이 있을 것이다."(안연편 20장)

☞在邦必聞: 여기서 문聞이란 명예가 드러나 알려짐을 말한다(주희, 논어집주).

40. 사람이 사는 이치는 정직: 人之生也直

子曰 人之生也直하니 罔之生也는 幸而免이니라

공자께서 말씀하셨다. "사람이 살아가는 이치는 정직이다. 정직하지 않고도 살아 있는 것은 요행히 화를 면한 것이다."(옹야편 17장)

☞罔: 속이다, 정직하지 않다.
☞이 문장에 대한 해석은 구구하다. 直을 반듯하다, 곧음이라고 하고, 免을 죽음을 면한 것이라고 해석하기도 한다.

41. 즐기는 것이 으뜸: 知之者, 好之者, 樂之者

子曰 知之者不如好之者요 好之者不如樂之者니라

공자께서 말씀하셨다. "안다는 것은 좋아하는 것만 못하고, 좋아한다

는 것은 즐기는 것만 못하다."(옹야편 18장)

☞之: 이를 도道 또는 이치로 해석하기도 한다.
☞이 문장은 배움에 있어 앎의 단계를 말한 것이다. 윤언명(윤돈)은 "안다는 것은
    이 도가 있음을 아는 것이고, 좋아한다는 것은 좋아하지만 아직 얻지 못한 것이
    고, 즐긴다는 것은 얻은 바가 있어 즐기는 것이다(尹氏曰 知之者는 知有此道也
    요 好之者는 好而未得也요 樂之者는 有所得而樂之也니라)."라고 했다(주희,
    논어집주).

42. 수준에 맞게 가르쳐야: 中人以上, 中人以下

子曰 中人以上은 可以語上也어니와 中人以下는
不可以語上也니라

공자께서 말씀하셨다. "중급 이상인 사람에게는 높은 차원의 것을
말해줄 수 있으나, 중급 이하인 사람에게는 높은 차원의 것을 말해줄
수 없다."(옹야편 19장)

☞中人以上: 중국 고대에 자질에 따라 사람을 9등급으로 나누는 규범이 있었다.
    중인 이상은 상중·상하·중상의 사람을 말하고, 중인 이하는 중하·하상·하중을
    말한다(정약용, 논어고금주).

43. 지혜로운 자는 물을 좋아하고: 知者樂水, 仁者樂山

子曰 知者는 樂水하고 仁者는 樂山이니 知者는 動하고 仁者는
靜하며 知者는 樂하고 仁者는 壽니라

공자께서 말씀하셨다. "지혜로운 자는 물을 좋아하고, 인한 자는 산을 좋아한다. 지혜로운 자는 움직이고 인한 자는 고요하다. 지혜로운 자는 즐기고 인한 자는 오래 산다."(옹야편 21장)

44. 서술하되 짓지 않는다: 述而不作

子曰 述而不作하며 信而好古를 竊比於我老彭하노라

공자께서 말씀하셨다. "옛것을 서술하되 지어내지 않으며, 옛것을 믿고 좋아하는 나를 가만히 우리 노팽에게 견주어 본다."(술이편 1장)

☞述而不作: 술述은 옛것을 전할 뿐이요 작作은 처음으로 짓는 것이다(주희, 논어집주).
☞竊: 훔치다, 도둑, 몰래.
☞老彭: 상(은)나라 대부로 옛날 일을 즐겨 이야기했다는 노팽이라는 설, 노자라는 설, 노자와 전설적인 인물인 팽조彭祖를 합친 말이라는 설 등 세 가지 설이 있다.

45. 배우되 싫증을 내지 않아야(2): 學而不厭, 誨人不倦
학이불염   회인불권

(1) 子曰 黙而識之하며 學而不厭하며 誨人不倦이
자왈   묵이지지   학이불염   회인불권

何有於我哉오
하유어아재

공자께서 말씀하셨다. "보고 들은 것을 묵묵히 마음에 새기고, 배우
는 데 싫증을 내지 않고, 남을 가르치는 데 게을리하지 않는 것, 이
세 가지 중에 어느 것이 나에게 있는가."(술이편 2장)

☞何有於我哉: 어떤 이는 '내가 이 세 가지를 행하는데, 무슨 어려움이 있겠는가.'
하유어아재
로 해석하기도 한다. 공자의 겸손한 인품으로 보아 이 해석은 매끄럽지 않다고
본다.

(2) 子曰 若聖與仁은 則吾豈敢이리오 抑爲之不厭하며
자왈 약성여인   즉오기감   억위지불염

誨人不倦은 則可謂云爾已矣니라 公西華曰
회인불권   즉가위운이이의   공서화왈

正唯弟子不能學也로소이다
정유제자불능학야

공자께서 말씀하셨다. "성인과 인자로 말하면, 내가 어찌 감히 자처
할 수 있겠느냐. 그러나 배우는 데 싫증 내지 않고, 남을 가르치는
데 게을리하지 않는 것이라면, 그렇다고 말할 수 있다." 공서화가 말하
였다. "이것이 바로 저희 제자들이 배울 수 없는 점입니다."(술이편 33장)

☞公西華: 노나라 사람으로 '공서적公西赤'을 말하며, 자는 자화子華다. 공자보다
공서화
42살 어린 제자로 논어에 다섯 번 등장한다.

46. 부귀가 구한다고 얻어진다면(2): 富而可求也
_{부이가구야}

(1) 子曰 富而可求也인댄 雖執鞭之士라도 吾亦爲之어니와
如不可求인댄 從吾所好호리라

공자께서 말씀하셨다. "만약 부가 구한다고 얻어진다면 비록 채찍 잡는 천한 일이라도 내가 하겠지만, 만일 구해서 얻어지는 것이 아니라면 내가 좋아하는 바를 따르겠다."(술이편 11장)

☞執鞭之士: 채찍을 잡는 사람, 즉 천박한 일에 종사하는 사람이라는 뜻이다. 이에는 세 가지 설이 있다. 첫째는 시장에서 채찍을 들고 질서를 잡는 사람, 둘째는 천자나 제후가 행차할 때 채찍을 들고 길을 트는 사람. 셋째는 그냥 말을 모는 마부라는 설 등이다(류종목, 논어의 문법적 이해).

(2) 子曰 飯疏食飲水하고 曲肱而枕之라도 樂亦在其中矣니
不義而富且貴는 於我에 如浮雲이니라

공자께서 말씀하셨다. "거친 밥을 먹고 물을 마시며 팔을 굽혀 베개를 하고 누워 지내도 즐거움은 그 가운데에 있다. 의롭지 않으면서 잘 살고 또 높은 지위를 얻는 것은 나에게는 뜬구름과 같다."(술이편 15장)

☞飯疏食飲水: 반飯은 먹는다, 소사疏食는 거친 밥이라는 뜻이다(주희, 논어집주). 食는 먹이 사.

47. 재계와 전쟁과 질병은 삼가야: 齊戰疾
_{재전질}

子之所愼_{자지소신}은 **齊戰疾**_{재전질}이러시다

공자께서 삼가신 것은 재계와 전쟁과 질병이었다. (술이편 12장)

☞齊_재: 제사를 지내기 전에 몸과 마음을 가지런히 하는 것. 齋_재와 같다.

48. 석 달 동안 고기 맛을 잊어: 三月 不知肉味
_{삼월} _{부지육미}

子在齊聞韶_{자재제문소}하시고 **三月**_{삼월}을 **不知肉味**_{부지육미}하사 **曰**_왈
不圖爲樂之至於斯也_{불도위악지지어사야}호라

공자께서 제나라에 계실 때 소를 들으시고, 석 달 동안 고기 맛을
잊으셨다. 말씀하셨다. "지은 음악이 이와 같은 데에 이를 줄은 생각지
도 못했다."(술이편 13장)

☞韶_소: 순임금의 음악을 말한다.

☞공자가 제나라에 갔을 때는 노나라 소공 25년, 공자 나이 35세 때였다고 한다(정
약용, 논어고금주). 제나라에서 순임금의 음악을 듣고는 그 지극히 좋고 지극히
아름다움에 취해 석 달 동안 고기 맛을 잊었다(진선진미盡善盡美 팔일편 25장).
아마도 소를 직접 배우고 연주까지 하고 나서 한 말 같다. 이는 공자가 자신도
모르게 탄식한 것으로, 성인의 경지가 아니면 이를 수 없는 경지라고 말하고
있다(주희, 논어집주). 공자의 음악에 대한 지극한 사랑을 엿볼 수 있다. 공자는

음악에서 인격이 완성된다고도 말했다(성어악成於樂 태백편 8장).

49. 늙어가는 것조차 모르는 사람: 不知老之將至云爾
부지노지장지운이

葉公이 問孔子於子路어늘 子路不對한대 子曰女奚不曰
섭공   문공자어자로   자로부대   자왈여해불왈
其爲人也發憤忘食하며 樂以忘憂하야 不知老之將至云爾오
기위인야발분망식   낙이망우   부지노지장지운이

섭공이 자로에게 공자에 대해 물었는데, 자로가 대답하지 못했다.
공자께서 말씀하셨다. "너는 어찌 '그 사람됨이, 무엇을 알려고 애쓸
때는 먹는 것도 잊고, 즐거워서 근심을 잊어버리며, 장차 늙음이 닥쳐온
다는 것도 모르는 그런 사람이다.'라고 말하지 않았느냐."(술이편 18장)

☞ 葉公: 춘추시대 초나라의 심저량沈諸梁을 일컫는다. 자는 자고自高이며, 초의 섭
  섭공
  땅을 영유하고 있어 이렇게 불렀다.

50. 셋이 가면 반드시 스승이 있나니: 三人行, 必有我師焉
삼인행   필유아사언

子曰 三人行에 必有我師焉이니 擇其善者而從之요
자왈 삼인행   필유아사언   택기선자이종지
其不善者而改之니라
기불선자이개지

공자께서 말씀하셨다. "세 사람이 길을 가면 그중에 반드시 나의
스승이 있다. 그중에 좋은 사람을 가려서 그 훌륭한 점을 따르고, 그중
에 안 좋은 사람이 있으면 그 나쁜 점으로 내 잘못을 고친다."(술이편

21장)

☞善: 잘하는 것, 선한 것 등으로 해석하기도 한다. 그러나 나는 훌륭한 것, 좋은 것(장점)으로 보았다.

51. 배움을 청하면 가르친다(4): 吾未嘗無誨焉
오미상무회언

(1) 子曰 自行束脩以上은 吾未嘗無誨焉이로라
자왈   자행속수이상   오미상무회언

공자께서 말씀하셨다. "말린 고기 열 묶음 이상을 예물로 가지고 온 자에게는 내 일찍이 가르쳐 주지 않은 적이 없었다."(술이편 7장)

☞束脩: 포개어 묶은 육포를 말한다. 제자가 되려고 스승을 처음 뵐 때 드리는
속수
예물로, 예전에 중국에서 열 조각의 육포를 묶어 드렸다는 데서 유래한다. 여기

서는 최소한의 예의를 갖춘다는 의미로 쓰였다.

(2) 子曰 不憤이어든 不啓하며 不悱어든 不發호대 擧一隅에
자왈   불분   불계   불비   불발   거일우
不以三隅反이어든 則不復也니라
불이삼우반   즉불부야

공자께서 말씀하셨다. "나는 분발하지 않으면 열어주지 않았고, 표현
하려 해도 잘 안되어 애태우지 않으면 말해주지 않았다. 한 모퉁이를
들어 보여주었는데, 나머지 세 모퉁이를 알아채지 못하면 반복해서 가
르쳐 주지 않았다."(술이편 8장)

☞悱: 표현하지 못하다, 마음으로는 알고 있으면서 입으로는 표현하지 못하다.

☞隅: 모퉁이, 귀퉁이.

(3) **子曰 二三子는 以我爲隱乎아 吾無隱乎爾로라**
　　자왈　　이삼자　　이아위은호　　　오무은호이
吾無行而不與二三子者是丘也니라
　오무행이불여이삼자자시구야

공자께서 말씀하셨다. "너희들은 내가 뭘 숨긴다고 생각하느냐? 나는 숨기는 게 없다. 행하면서 너희들과 함께하지 않는 것이 없는 사람, 그게 바로 나 구다."(술이편 23장)

☞丘: 공자의 이름이다. 나면서부터 머리 위가 오목하게 들어가 있어 이름을 구(丘, 언덕)라고 지었다고 한다.

(4) **子以四敎하시니 文行忠信이니라**
　　자이사교　　문행충신

공자는 네 가지로 가르치셨으니, 그것은 문헌과 행실과 충성과 신의였다. (술이편 24장)

☞文行忠信: 이를 공문 사과四科 또는 공문 사교四敎라고 한다. 文은 선왕이 남긴
　문행충신
글, 行은 덕행, 忠은 마음 가운데 숨김이 없는 것, 信은 말할 때 속이지 않는
것이다(정약용, 논어고금주).

52. 잠자는 새는 쏘지 않는다: 弋不射宿
익불석숙

子는 釣而不綱하시며 弋不射宿이러시다
자   조이불강   익불석숙

공자께서는 낚시질은 했으나 그물질은 하지 않았으며, 주살로 새를
잡기는 했으나 잠자는 새는 쏘지 않았다. (술이편 26장)

☞弋: 주살, 잡다, 사냥하다, 검은 빛깔.
  익
☞射: 맞히다, 쏘아 잡다.
  석

53. 알지 못하면서 지어낼 수는 없다: 蓋有不知而作之者
개유불지이작지자

子曰 蓋有不知而作之者아 我無是也로라 多聞하여
자왈 개유부지이작지자   아무시야   다문
擇其善者而從之하며 多見而識之 知之次也니라
택기선자이종지   다견이지지   지지차야

공자께서 말씀하셨다. "대개 잘 알지도 못하면서 함부로 지어내는
자가 있다. 나에게는 그런 일이 없다. 많이 듣고 그중에 훌륭한 것을
가려 따르고, 많이 보고 그것을 기록해 둔다. 이러면 아는 것의 다음
단계는 된다."(술이편 27장)

☞知之次也: 아는 것의 두 번째 등급. 생이지지生而知之(태어날 때부터 아는 것)에
  지지차야
  버금가는 좋은 방법, 즉 학이지지學而知之(배워서 아는 것)를 말한다. 그러나 문자
  그대로 앎의 차서次序, 앎의 단계, 앎의 방법을 의미한다고 주장하기도 한다.
  술이편 27장은 술이편 1장, 계씨편 9장과 연관되어 있다.

54. 공손함이 제일이다: 奢則不孫
_{사즉불손}

子曰 奢則不孫하고 儉則固니 與其不孫也론 寧固니라
_{자왈} _{사즉불손} _{검즉고} _{여기불손야} _{영고}

공자께서 말씀하셨다. "사치하면 공손하지 않고, 검소하면 고루하다. 그러나 공손하지 않은 것보다는 차라리 고루한 편이 낫다."(술이편 35장)

☞孫: 이를 '온순하다(順也)'로 해석하기도 하고(주희, 논어집주), 겸손으로 보기도 한다.

55. 군자가 귀하게 여기는 세 가지: 動容貌, 正顔色, 出辭氣
_{동용모} _{정안색} _{출사기}

曾子有疾이어시늘 孟敬子問之러니 曾子言曰 鳥之將死에
_{증자유질} _{맹경자문지} _{증자언왈} _{조지장사}
其鳴也哀하고 人之將死에 其言也善이니라
_{기명야애} _{인지장사} _{기언야선}
君子所貴乎道者三이니 動容貌에 斯遠暴慢矣며 正顔色에
_{군자} _{소귀호도자삼} _{동용모} _{사원포만의} _{정안색}
斯近信矣며 出辭氣에 斯遠鄙倍矣니 籩豆之事 則有司存이니라
_{사근신의} _{출사기} _{사원비패의} _{변두지사} _{즉유사존}

증자가 병이 들었을 때 맹경자가 문병을 왔다. 증자가 말하였다. "새는 죽으려 할 때 그 울음이 슬프고, 사람은 죽음을 앞두고 그 말이 선한 법이다. 군자가 귀하게 여겨야 할 세 가지 도가 있다. 몸을 움직일 때는 거칠거나 거만함을 멀리하고, 얼굴빛을 가다듬을 때는 진실에 가깝게 하고, 말을 할 때는 비속하거나 도리에 어긋나는 것을 멀리해야 한다. 제기를 준비하는 것 같은 세세한 일은 유사에게 맡긴다."(태백편 4장)

56. 시에서 일어나고 예에서 서며: 興於詩, 立於禮, 成於樂

子曰 興於詩하며 立於禮하며 成於樂이니라

공자께서 말씀하셨다. "시에서 일어나고, 예에서 서고, 음악에서 이루어진다."(태백편 8장)

☞이 문장은 시를 배워야 좋은 마음이 일어나고, 예를 배워야 사람과의 관계가 원만하고, 음악을 배워야 인격이 완성된다는 뜻이다. 여기서 시는 『시경』의 시를 말한다.

57. 어찌해야 할지 모르는 사람: 狂而不直, 侗而不愿, 悾悾而不信

子曰 狂而不直하며 侗而不愿하며 悾悾而不信을
吾不知之矣로라

공자께서 말씀하셨다. "방자하면서 곧지 않고, 무식하면서 성실하지

않고, 무능하면서 믿음이 안 가는 사람은 나도 어찌할지 모르겠다."(태백편 16장)

☞이 문장의 해석은 구구하다. 주석자마다 다르다. 난 그래도 다산 정약용의 해석을 많이 참고했다. 한자 侗(동)은 '무지하다, 크다(통), 미련하다', 愿(원)은 '삼가다, 공손하다, 성실하다', 悾(공)은 '마음먹은 대로 되지 아니하는 모양'이라는 뜻이다. 특히 悾을 주희는 '무능한 모습'이라고 풀었다.

58. 배움은 미치지 못한 듯이: 學如不及, 猶恐失之
학여불급   유공실지

子曰 學如不及이요 猶恐失之니라
자왈   학여불급   유공실지

공자께서 말씀하셨다. "배움은 마치 미치지 못하는 것처럼 하고, 오히려 배운 것을 잃어버리지 않을까 두려워해야 한다."(태백편 17장)

59. 네 가지가 전혀 없었다: 毋意毋必毋固毋我
무의무필무고무아

子絶四러시니 毋意毋必毋固毋我러시다
자절사   무의무필무고무아

공자께서는 네 가지가 전혀 없었다. 억측이 없었고, 반드시 하겠다는 것이 없었고, 고집이 없었고, 사사로운 내가 없었다. (자한편 4장)

☞이 문장에 대한 해석은 구구하다. 고주와 신주, 고금주가 조금씩 다르다. 주희는

‘子絶四'에서 絶을 ‘완전히 없다(무지진無之盡)'로 풀었다. 毋必은 ‘기필期必함'이라고 주로 표현하고 있는데, 이는 기필코 언제까지 해야 한다는 압박감이 없었다는 뜻으로 이해된다. 나는 가능한 주석서를 비교하여 내 나름으로 해석했다.

60. 물어오면 대답해줄 뿐: 我叩其兩端而竭焉
아고기양단이갈언

子曰 吾有知乎哉아 無知也로라 有鄙夫問於我호대
자왈   오유지호재   무지야   유비부문어아
空空如也라도 我叩其兩端而竭焉하노라
공공여야   아고기양단이갈언

공자께서 말씀하셨다. "내가 아는 게 있는가? 나는 아는 게 없다. 그러나 비천한 사람이 나에게 물어오면, 그것이 골 빈 듯한 멍청한 질문이라도 나는 그 시작과 끝을 세세히 밝혀 성심성의껏 대답해줄 뿐이다."(자한편 7장)

☞空空如也: 이에 대한 해석이 다양하다. 묻는 사람이 텅 비어 있다는 뜻인지,
   공공여야
   공자가 아는 것이 없다는 뜻인지 정확하지 않다. 나는 도올 김용옥 선생의 해석을 참고하여 묻는 사람이 ‘골이 빈 듯이 아무리 멍청한 질문을 해도'라고 풀었다. 이걸, 공자가 아무것도 모른다는 뜻으로 해석한다 해도, 어디까지나 공자가 겸양으로 한 말이라고 보아야 할 것이다.

☞我叩其兩端而竭焉: 叩는 ‘두드리다, 묻다, 물어보다', 兩端은 일의 시작과 끝,
   아고기양단이갈언   고   양단
   竭은 성의를 다한다는 뜻이다.
   갈

61. 선생님은 우러러볼수록 높구나: 仰之彌高
_{앙지미고}

顔淵이 喟然歎曰 仰之彌高하며 鑽之彌堅하며 瞻之在前이러니
_{안연} _{위연탄왈} _{앙지미고} _{찬지미견} _{첨지재전}
忽焉在後로다 夫子循循然善誘人하사 博我以文하시고
_{홀언재후} _{부자순순연선유인} _{박아이문}
約我以禮하시니라 欲罷不能하여 旣竭吾才호니 如有所立이
_{약아이례} _{욕파불능} _{기갈오재} _{여유소립}
卓爾라 雖欲從之나 末由也已로다
_{탁이} _{수욕종지} _{말유야이}

안연이 크게 감탄하며 말하였다. "우러러볼수록 더욱 높고, 파고들수록 더욱 단단하시며, 바라보면 앞에 계시다가 홀연히 뒤에 계시는구나. 선생님은 차근차근 사람을 잘 이끌어주시기에 글로써 나의 지식을 넓혀 주시고, 예로써 나의 행동을 단속하여 주셨다. 공부를 그만두려 해도 그만둘 수 없어 이미 나의 재주를 다하였는데, 선생님은 어느샌가 또 우뚝 서 계신다. 비록 선생님을 따르고 싶어도 그 방도를 모르겠구나."

(자한편 10)

☞이 문장은 안연(안회)이 스승인 공자를 찬탄하여 한 말이다. 주석자마다 이렇게 저렇게 해석하고 있다. 나는 이를 종합하여 내 나름대로 위와 같이 풀었다. 한자 鑽은 '끌, 뚫다, 자르다, 구멍을 내다'라는 뜻인데, '파고들다'로 표현했다. 瞻은 '보다, 쳐다보다, 우러러보다'라는 뜻이다. 경주 첨성대 할 때의 첨이다. 罷는 '방면하다, 그치다, 쉬다'라는 뜻으로, 파면罷免한다고 할 때 이 자를 쓴다.

62. 나는 팔리기를 기다리는 사람: 我待賈者也
_{아대가자야}

子貢이 曰 有美玉於斯하니 韞匵而藏諸잇가 求善賈而沽諸잇가
_{자공} _왈 _{유미옥어사} _{온독이장저} _{구선가이고저}

子曰 沽之哉沽之哉나 我는 待賈者也로라

자왈 　　고지재고지재 　아 　　 대가자야

자공이 말하였다. "아름다운 옥이 여기에 있다면 궤 속에 그냥 넣어
두시겠습니까. 좋은 값을 주는 상인을 찾아 파시겠습니까?" 공자께서
말씀하셨다. "팔아야지, 팔아야지. 나는 팔리는 것을 기다리는 사람이
다."(자한편 12장)

☞이 문장에서 옥은 공자를 비유한 것으로, 능력을 인정받아 등용되기를 바라는
　마음이 담겨 있다. 한자 韞은 감추다, 匵은 궤, 沽는 팔다는 뜻이다.

63. 군자가 사는 곳은: 君子居之, 何陋之有
　　　　　　　　　　　　 군자 거지 　 하루지유

子欲居九夷러시니 或曰 陋커니 如之何잇고 子曰 君子居之면

자욕거구이 　　 혹왈 　누 　 여지하 　 　자왈 　군자 거지
何陋之有리오

하루지유

공자께서 동쪽의 오랑캐 땅에 가서 살고자 하였다. 어떤 사람이 말하
였다. "누추한 곳인데 어떻게 살려고 하십니까?" 공자께서 말씀하셨다.
"군자가 가서 사는데 무슨 누추함이 있겠는가."(자한편 13장)

☞九夷: 중국 동쪽에 있다는 아홉 개의 오랑캐 나라를 말한다.

　구이
☞陋: 좁다 등 여러 가지 의미가 있으나, 여기서는 누추하다는 뜻이다.

　누

64. 물은 밤낮으로 흘러간다: 不舍晝夜
불사주야

子在川上曰 逝者如斯夫인저 不舍晝夜로다
자재천상왈   서자여사부   불사주야

공자께서 시냇가에 서서 말씀하셨다. "흘러가는 것이 이와 같구나. 밤낮으로 그치지 않는구나."(자한편 16장)

☞물이 쉬지 않고 밤낮으로 흘러가듯이 우리의 인생도 이러하다. 따라서 배우는 사람은 때때로 자기를 성찰하여 터럭만큼의 순간에도 끊어짐이 없이 노력해야 한다는 뜻이다(주희, 논어집주).

65. 배움은 산을 만드는 것과 같아: 譬如爲山
비여위산

子曰 譬如爲山에 未成一簣하여 止도 吾止也며 譬如平地에
자왈   비여위산   미성일궤   지   오지야   비여평지

雖覆一簣나 進도 吾往也니라
수복일궤   진   오왕야

공자께서 말씀하셨다. "산을 쌓음에 비유하면, 흙 한 삼태기가 모자라 그쳐도 내가 그만둔 것이요, 땅을 고름에 비유하자면, 흙 한 삼태기를 퍼다 부었더라도 그 나아감은 내가 나아감이다."(자한편 18장)

☞이 문장은 배움을 산 만드는 것에 비유했다. 주희는 이를 해석하면서 "대개 배우는 사람은 스스로 힘쓰고 쉬지 않으면 조금씩 쌓아서 많이 이루고, 중도에서 그만두면 이전 공적이 모두 없어져 버린다. 그 그침과 나아감은 모두 나에게 달렸지, 남에게 달려 있지 않다(蓋學者自强不息이면 則積少成多하고 中道而止
개학자자강불식   즉적소성다   중도이지

면 則前功을 盡棄니 其止, 其往이 皆在我而不在人也라)."라고 말했다(주희,
논어집주).

☞簣: 흙 삼태기.

66. 말해주면 게을리하지 않는 안회여(4): 語之而不惰者

(1) 子曰 語之而不惰者는 其回也與인저

공자께서 말씀하셨다. "말해주면 게을리하지 않는 사람은 안회일 것
이다."(자한편 19장)

(2) 子謂顔淵曰 惜乎라 吾見其進也요 未見其止也호라

공자께서 안연을 두고 말씀하셨다. "그의 죽음이 정말 애석하구나,
나는 그가 앞으로 나아가는 것만 보았지, 그가 그치는 것을 아직 보지
못했다."(자한편 20장)

☞顔淵: 안회의 자가 연淵이기에 '안연'이라고도 부른다.

(3) 子曰 苗而不秀者有矣夫며 秀而不實者有矣夫인저

공자께서 말씀하셨다. "싹은 틔웠지만 꽃을 피우지 못하는 자도 있
고, 꽃은 피웠지만 열매 맺지 못하는 자도 있구나."(자한편 21장)

☞이 문장에 대하여 주희는, "곡식이 처음 나는 것을 묘苗라 하고, 꽃이 핀 것을 수秀라 하고, 곡식이 이루어진 것을 실實이라 한다. 대개 배우고 나서 완성에 이르지 못하여 이런 일이 있게 된다. 그러므로 군자는 스스로 노력하는 것을 귀하게 여긴다(穀之始生曰苗요 吐華曰秀요 成穀曰實이라 蓋學而不至於成이 곡지시생왈묘　　　토화왈수　　　성곡왈실　　　　개학이부지어성 有如此者라 是以로 君子貴自勉也니라)."라고 말했다(주희, 논어집주). 참으로 유여차자라　이시　　군자귀자면야 주희의 설명이 다가온다.

☞북송의 주석가 형병은, "이 자한편 21장은 안회가 일찍 죽은 것을 공자가 몹시 슬퍼해서 그를 위해 비유한 것이다(邢曰 此章亦以顏回早卒, 孔子痛惜之, 형왈　　차장역이안회조졸　　　공자통석지 爲之作譬也)."라고 말했다(정약용, 논어고금주). 내 생각도 그렇다. 위지작비야

☞秀: 빼어나다는 뜻도 있지만, 여기서는 '꽃 피다'로 쓰였다. 수

(4) 子畏於匡 하실새 顏淵이 後러니 子曰 吾以女爲死矣라호라 曰 자외어광　　　　안연　후　　　자왈　오이여위사의　　　　왈 子在어시니 回何敢死리잇고 자재　　　　회하감사

공자가 광 땅에서 두려운 일을 당한 적이 있었다. 이때 안연이 뒤늦게 도착했는데, 공자께서 말씀하셨다. "나는 네가 죽은 줄 알았다." 안연이 말하였다. "선생님이 계시는데 제가 어찌 감히 죽겠습니까."(선진편 22장)

☞匡: 읍의 이름이다. 광

67. 후학이 두렵다: 後生可畏
후생가외

子曰 後生이 可畏니 焉知來者之不如今也리오 자왈　후생　　가외　　언지내자지불여금야 四十五十而無聞焉이면 斯亦不足畏也已니라 사십오십이무문언　　　사역부족외야이

공자께서 말씀하셨다. "후학이 두렵구나. 어찌 오는 그들이 오늘의 우리만 못하다고 하겠는가. 그러나 사십, 오십이 되어도 이름이 알려지지 않는다면, 이 역시 두려워할 것은 못 된다."(자한편 22장)

☞공자도 치고 올라오는 후배를 두려워했다. 청출어람青出於藍이라는 말도 있다. 제자가 스승을 뛰어넘는다는 뜻이다. 그래서 스승은 가르치기만 해서는 안 된다. 끊임없이 배워야 한다. 교학상장教學相長, 즉 가르치면서 배우고 함께 성장해야 한다.

68. 품은 뜻까지 빼앗을 수는 없어: 不可奪志
불가탈지

子曰 三軍은 可奪帥也어니와 匹夫는 不可奪志也니라
자왈 삼군 가탈수야 필부 불가탈지야

공자께서 말씀하셨다. "삼군의 장수는 빼앗을 수는 있어도 필부의 뜻은 빼앗을 수 없다."(자한편 25장)

☞三軍: 큰 제후국이 보유할 수 있는 군대의 규모를 말한다. 1군은 1만 2천 5백
삼군
명인데 당시의 군제에 의하면 천자는 6군, 제후는 나라의 크기에 따라 3군, 2군,
1군을 보유할 수 있었다(류종목, 논어의 문법적 이해).
☞匹夫: 한 사람의 남자.
필부

69. 날씨가 추워진 다음에야: 歲寒然後
세한연후

子曰 歲寒然後에 知松栢之後彫也니라
자왈 세한연후 지송백지후조야

공자께서 말씀하셨다. "날씨가 추워진 뒤에야 소나무와 잣나무가 늦게 시드는 것을 알게 된다."(자한편 27장)

☞군자의 지조는 고난을 겪은 후에야 알게 된다는 뜻이다. 추사 김정희가 제주도 유배지에서 '세한도'(1844년, 국보 제180호)를 그려 제자인 이상적에게 보내주었는데, 세한歲寒이란 여기서 따온 말이다.

☞彫: 새길 조 자이나 여기서는 '시들다'로 쓰였다.

70. 지혜로운 자는 미혹되지 않는다(2): 知者不惑

(1) 子曰 知者는 不惑하고 仁者는 不憂하고 勇者는 不懼니라

공자께서 말씀하셨다. "지혜로운 자는 미혹되지 않고, 인한 자는 근심하지 않고, 용기 있는 자는 두려워하지 않는다."(자한편 28장)

☞不惑: 대부분 이를 '미혹迷惑되지 않다'라고 해석하고 있다. 나도 그렇게 풀기는 했는데, 얼른 다가오지 않는다. 국어사전에서 미혹은 '무엇에 홀려 정신을 차리지 못함, 정신이 헷갈리어 갈팡질팡 헤맴'이라는 뜻이다.

(2) 子曰 君子道者三에 我無能焉호니 仁者는 不憂하고 知者는 不惑하고 勇者는 不懼니라 子貢이 曰 夫子自道也샷다

공자께서 말씀하셨다. "군자의 도가 셋인데, 나는 능한 것이 없다. 인한 사람은 근심하지 않고, 지혜로운 사람은 미혹되지 않고, 용기 있는

사람은 두려워하지 않는다." 자공이 말하였다. "이는 선생님께서 스스로 낮추어 말씀하신 것이다."(헌문편 30장)

☞이 문장에서는 군자라는 말이 나오고, 자한편 28장의 '지―인―용'이 '인―지―용'으로 바뀌었다.

71. 다친 사람은 없느냐: 傷人乎, 不問馬
<small>상인호　불문마</small>

厩焚<small>구분</small>이어늘 子退朝曰<small>자퇴조왈</small> 傷人乎<small>상인호</small>아 하시고 不問馬<small>불문마</small>하시다

마구간에 불이 났다. 공자께서 조정에서 돌아와서는 "사람이 다쳤느냐?"고 물으시고, 말에 대해서는 묻지 않으셨다. (향당편 12장)

☞厩<small>구</small>: 다산 정약용은 『논어고금주』에서 형병의 해석을 인용하여 구厩는 공자 집안의 마구간이라고 했다.

72. 어려울 때 따르던 제자들이여: 從我於陳蔡者
<small>종아어진채자</small>

子曰<small>자왈</small> 從我於陳蔡者皆不及門也<small>종아어진채자개불급문야</small>로다 德行<small>덕행</small>엔
顔淵閔子騫冉伯牛仲弓<small>안연민자건염백우중궁</small>이요 言語<small>언어</small>엔 宰我子貢<small>재아자공</small>이요 政事<small>정사</small>엔
冉有季路<small>염유계로</small>요 文學<small>문학</small>엔 子游子夏<small>자유자하</small>니라

공자께서 말씀하셨다. "진나라와 채나라에서 나를 따라 고생했던 제

자들이 지금은 모두 문하에 남아 있지 않구나." 덕행엔 안연, 민자건, 염백우, 중궁이었고, 언어엔 재아와 자공이었고, 정사엔 염유와 계로였고, 문학엔 자유와 자하였다. (선진편 2장)

☞노나라 애공 6(B.C.489)년경 천하를 돌아다니던 공자가 초나라의 초대를 받고 가는 도중에, 진나라와 채나라의 국경 어딘가에서 포위를 당하여 7일간이나 꼼짝달싹 못하는 신세가 되었다. 마침내는 양식이 떨어져 다 굶어 죽을 판이었다. 이를 '진채절량陳蔡絶糧' 사건이라고 한다. 이런 환난 속에서도 공자를 꿋꿋하게 지킨 열 명의 제자가 있었다. 바로 공문 사과십철이다.

☞季路: 자로의 다른 이름이다.
　계로

73. 삶도 모르는데 어찌 죽음을: 未知生, 焉知死
　　　　　　　　　　　　　　　　　　미지생　언지사

季路問事鬼神한대 子曰 未能事人이면 焉能事鬼리오
계로문사귀신　　　자왈　미능사인　　　언능사귀
敢問死하노이다 曰 未知生이면 焉知死리오
감문사　　　　　왈　미지생　　　언지사

　계로가 귀신 섬기는 일에 대해 물었다. 공자께서 말씀하셨다. "사람을 제대로 섬기지도 못하면서 어찌 귀신을 제대로 섬기겠느냐." 자로가 말하였다. "감히 죽음에 대해 묻습니다." 공자께서 말씀하셨다. "사는 것도 아직 모르겠는데 어찌 죽음을 알겠느냐."(선진편 11장)

74. 지나침은 미치지 못한 것과 같다: 過猶不及
과유불급

子貢이 問 師與商也孰賢이니잇고 子曰 師也는 過하고 商也는
자공   문   사여상야숙현   자왈   사야   과   상야
不及이니라 曰 然則師愈與잇가 子曰 過猶不及이니라
불급   왈 연즉사유여   자왈   과유불급

자공이 물었다. "사와 상 중에 누가 더 어집니까?" 공자께서 말씀하셨
다. "사는 지나치고 상은 미치지 못한다." 자공이 말하였다. "그렇다면
사가 더 낫습니까?" 공자께서 말씀하셨다. "지나친 것은 미치지 못하는
것과 같으니라."(선진편 15장)

☞師與商: 사師는 자장, 상商은 자하이다.
  사여상

75. 제자마다 다르게 가르쳐: 求也退故進之, 由也兼人故退之
구야퇴고진지   유야겸인고퇴지

子路問 聞斯行諸잇가 子曰 有父兄이 在하니
자로문 문사행저   자왈   유부형   재
如之何其聞斯行之리오 冉有問聞斯行諸잇가
여지하기문사행지   염유문문사행저
子曰 聞斯行之니라 公西華曰 由也問聞斯行諸어늘
자왈 문사행지   공서화왈 유야문문사행저
子曰 有父兄在라 하시고 求也問聞斯行諸어늘
자왈 유부형재   구야문문사행저
子曰 聞斯行之라 하시니 赤也惑하여 敢問하노이다
자왈 문사행지   적야혹   감문
子曰 求也는 退故로 進之하고 由也는 兼人故로 退之호라
자왈 구야   퇴고   진지   유야   겸인고   퇴지

자로가 물었다. "바른 도리를 들으면 바로 행해야 합니까?" 공자께서
말씀하셨다. "아버지와 형이 있는데, 어찌 들었다고 바로 행할 수 있겠
는가." 염유가 물었다. "바른 도리를 들으면 바로 행해야 합니까?" 공자

께서 말씀하셨다. "들으면 바로 행해야 한다." 공서화가 말하였다. "유가 '들으면 바로 행해야 합니까?'라고 묻자, '아버지와 형이 계시다.'고 하시고, 구가 '들으면 바로 행해야 합니까?'라고 묻자, '들으면 바로 행해야 한다.'고 하시니, 저는 의아하여 감히 묻습니다." 공자께서 말씀하셨다. "구는 뒤로 물러서기에 나아가게 한 것이고, 유는 남을 이기려 하기에 한발 물러서게 한 것이다."(선진편 21장)

☞由는 자로, 求는 염유이다.
☞이 문장은 공자의 맞춤형 가르침을 나타내고 있다. 똑같은 질문을 받고도 염유는 소극적인 성향을 갖고 있어 들으면 바로 행하라고 했고, 자로는 너무 적극적이고 남을 이기려는 성향이 있어 들으면 바로 행하지 말고, 아버지나 형에게 한번 물어보라고 했다. 이는 붓다가 제자의 근기에 맞추어 설법했다는 '대기설법對機說法'과도 일맥상통한다.

76. 섬기다 안 되면 그만둔다: 以道事君, 不可則止

季子然이 問 仲由冉求는 可謂大臣與잇가 子曰
吾以子爲異之問이러니 曾由與求之問이로다 所謂大臣者는
以道事君하다가 不可則止하나니 今由與求也는 可謂具臣矣니라
曰 然則從之者與잇가 子曰 弑父與君은 亦不從也리라

계자연이 물었다. "중유와 염구는 훌륭한 신하라고 할 수 있습니까?" 공자께서 말씀하셨다. "나는 당신이 별다른 거라도 묻는가 했는데, 고작 유와 구에 관한 질문이군요. 이른바 훌륭한 신하란 도로써 임금을

섬기다가 안 되면 그만둡니다. 이제 유와 구는 자리만 채우는 신하라 할 수 있습니다." 계자연이 말하였다. "그렇다면 윗사람이 하라는 대로 따르기만 하는 자들입니까?" 공자께서 말씀하셨다. "아비나 임금을 죽이는 것 같은 일은 따르지 않을 것입니다."(선진편 23장)

☞季子然: 노나라 계손씨 가문의 사람이다. 계평자의 아들로 추정한다. 중유(자로)와 염구는 계손씨 가문에서 벼슬한 적이 있다. 계자연은 공자의 제자인 이 두 사람을 신하로 삼은 것을 자랑스럽게 여겨 질문한 것이다(주희, 논어집주).

☞仲由: 仲은 성, 由는 이름이다, 자는 자로子路 또는 계로季路라고도 한다.

☞曾: 일찍 증 자이나 여기서는 '고작, 겨우'의 뜻으로 쓰였다.

77. 사욕을 누르고 예로 돌아가라: 克己復禮

顔淵이 問仁한대 子曰 克己復禮爲仁이니 一日克己復禮면 天下歸仁焉하나니 爲仁이 由己니 而由人乎哉아 顔淵이 曰 請問其目하노이다 子曰 非禮勿視하며 非禮勿聽하며 非禮勿言하며 非禮勿動이니라 顔淵이 曰 回雖不敏이나 請事斯語矣로리이다

안연이 인에 대해 물었다. 공자께서 말씀하셨다. "자기를 이기고 예로 돌아가는 것이 인이다. 하루라도 자기를 이기고 예로 돌아간다면 천하가 모두 인으로 돌아갈 것이다. 인을 행하는 것은 자기에게서 나오는 것이지, 어찌 남에게서 나오는 것이겠느냐." 안연이 말하였다. "부디, 그 세부 항목을 여쭙겠습니다." 공자께서 말씀하셨다. "예가 아니면

보지도 말고, 예가 아니면 듣지도 말고, 예가 아니면 말하지도 말고, 예가 아니면 움직이지도 말아라." 안연이 말하였다. "제가 비록 불민하지만, 모쪼록 이 말씀을 받들겠습니다."(안연편 1장)

☞天下歸仁焉: 이에 대한 해석이 구구하다. 歸를 어떻게 보느냐에 따라 풀이가 갈린다. 주희는 『논어집주』에서 "귀란 허락함과 같다(歸는 猶與也라)."라고 말했고, 다산 정약용은 『논어고금주』에서 "귀란, 돌아감이다(歸者, 歸化也)."라고 했다. 도올 김용옥 선생은 "모두 인으로 돌아간다"라고 풀었다. 하루라도 자기의 사욕을 누르고 인으로 돌아간다면 천하가 그 하루를 인정하고 허락한다는 뜻이라기보다는, 자기 마음이 편안해져 천하가 다 인으로 돌아간다는 뜻이 맞을 것 같다.

78. 인한 자는 말을 참고 어렵게 한다: 仁者, 其言也訒

司馬牛問仁한대 子曰 仁者는 其言也訒이니라 曰 其言也訒이면
斯謂之仁矣乎잇가 子曰 爲之難하니 言之得無訒乎아

사마우가 인에 대해 물었다. 공자께서 말씀하셨다. "인한 사람은 그 말을 참고 어렵게 한다." 사마우가 말하였다. "말을 참고 어렵게 하면 이것을 인이라고 할 수 있습니까?" 공자께서 말씀하셨다. "실천하기가 어려우니, 말을 참고 어렵게 여겨야 하지 않겠느냐."(안연편 3장)

☞司馬牛: 공자의 제자로 성은 사마司馬, 이름은 경耕, 자는 자우子牛이다. 논어에 사마우와 관련된 글이 세 번 나온다.

☞訒: 말을 더듬다, 과묵하여 함부로 말하지 아니하다, 둔하다, 참다.

79. 내가 싫은 일은 남도 싫어(2): 己所不欲, 勿施於人
_{기소불욕} _{물시어인}

(1) 子貢이 問曰 有一言而可以終身行之者乎잇가 子曰
_{자공} _{문왈} _{유일언이가이종신행지자호} _{자왈}
其恕乎인저 己所不欲을 勿施於人이니라
_{기서호} _{기소불욕} _{물시어인}

자공이 물었다. "죽을 때까지 행할 만한 한마디 말이 있습니까?" 공자
께서 말씀하셨다. "그건 '서'일 것이다. 내가 하고 싶지 않은 일을 남에
게 베풀지 않는 것이다."(위령공편 23장)

(2) 仲弓이 問仁한대 子曰 出門如見大賓하며 使民如承大祭하고
_{중궁} _{문인} _{자왈} _{출문여견대빈} _{사민여승대제}
己所不欲을 勿施於人이니 在邦無怨하며 在家無怨이니라
_{기소불욕} _{물시어인} _{재방무원} _{재가무원}
仲弓이 曰 雍雖不敏이나 請事斯語矣로리이다
_{중궁} _왈 _{옹수불민} _{청사사어의}

중궁이 인에 대해 물었다. 공자께서 말씀하셨다. "문을 나서면 귀한
손님을 맞이하듯이 하고, 백성을 부릴 때는 큰 제사를 받들듯이 하라.
내가 하고 싶지 않은 일을 남에게 베풀지 말아라. 그리하면 나라에
벼슬을 해도 원망이 없고, 집안에서도 원망이 없을 것이다." 중궁이
말하였다. "제가 비록 불민하지만, 모쪼록 이 말씀을 받들겠습니다."(안
연편 2장)

☞仲弓: 노나라 사람으로 공자의 제자다. 이름은 염옹冉雍으로 공자보다 29살 아래
_{중궁}
　다. 공문십철 중의 한 사람으로 덕행이 뛰어나다.

80. 죽고 사는 것은 운명이 있다: 死生有命
_{사생유명}

司馬牛憂曰 人皆有兄弟_{어늘} 我獨亡_{로다} 子夏曰 商_은
_{사마우우왈   인개유형제   아독무   자하왈 상}
聞之矣_{로니} 死生_이 有命_{이요} 富貴在天_{이라} 호라
_{문지의   사생   유명   부귀재천}
君子敬而無失_{하며} 與人恭而有禮_면 四海之內皆兄弟也
_{군자 경이무실   여인공이유례   사해지내개형제야}
君子何患乎無兄弟也_{리오}
_{군자 하환호무형제야}

사마우가 근심하여 말하였다. "남들은 다 형제가 있는데, 나만 홀로
없습니다." 자하가 말하였다. "내가 들으니, '죽고 사는 것은 운명이
있고, 잘 살고 귀하게 되는 것은 하늘에 달려 있다.'라고 했습니다.
군자가 몸가짐을 삼가서 실수가 없고, 남에게 공손하고 예의를 지키면,
온 세상 사람이 다 형제가 될 것인데, 군자가 어찌 형제가 없다고 걱정
하겠습니까."(안연편 5장)

☞我獨亡: 亡은 여기서 '無(없다)'와 같은 뜻으로 '무'로 읽는다.
_{아독무}

81. 정치란 신뢰다: 民無信不立
_{민무신불립}

子貢_이 問政_{한대} 子曰 足食足兵_{이면} 民_이 信之矣_{리라} 子貢_이 曰
_{자공   문정   자왈 족식족병   민   신지의   자공   왈}
必不得已而去_{인댄} 於斯三者_에 何先_{이리잇고} 曰 去兵_{이니라}
_{필부득이이거   어사삼자   하선   왈 거병}
子貢_이 曰 必不得已而去_{인댄} 於斯二者_에 何先_{이리잇고} 曰
_{자공   왈 필부득이이거   어사이자   하선   왈}
去食_{이니} 自古皆有死_{어니와} 民無信不立_{이니라}
_{거식   자고개유사   민무신불립}

자공이 정치에 대해 물었다. 공자께서 말씀하셨다. "식량을 풍족하게

하고 군대를 튼튼하게 하고, 백성을 믿게 하는 것이다." 자공이 말하였다. "부득이해서 꼭 버려야 한다면 이 셋 중에서 무엇을 먼저 버려야 합니까?" 공자께서 말씀하셨다. "군대를 버려야 한다." 자공이 말하였다. "부득이해서 꼭 버려야 한다면 나머지 둘 중에서 무엇을 먼저 버려야 합니까?" 공자께서 말씀하셨다. "식량을 버려야 한다. 예로부터 누구나 죽기 마련이지만, 백성이 믿지 않으면 나라가 설 수가 없다."(안연편 7장)

☞民無信不立: 이 말은 너무도 유명한 말이다. 백성의 신뢰를 얻지 못하면 통치할 수 없다는 뜻이다. 아무리 군대가 튼튼하고, 식량이 풍부해도 백성이 믿지 않는데 말을 듣겠는가. 백성의 신뢰를 얻으면 식량과 군대는 저절로 해결된다. 왜냐하면 백성이 스스로 나서서 논밭을 일구고, 의병처럼 분연히 일어나 나라를 지킬 것이기 때문이다.

82. 바탕과 꾸밈은 모두 중요해(2): 文質彬彬

(1) 子曰 質勝文則野요 文勝質則史니 文質이 彬彬然後에 君子니라

공자께서 말씀하셨다. "바탕이 꾸밈을 이기면 촌스럽고, 꾸밈이 바탕을 이기면 번지르르하다. 바탕과 꾸밈이 잘 어우러져야 군자답다."(옹야편 16장)

☞文勝質則史: 여기서 史를 번지르르하다고 풀었다. 주희는 『논어집주』에서 "사

는 문서를 관장하는 사람이다. 많이 듣고 일을 익혔지만, 성의가 혹여 부족한 사람이다(史는 掌文書니 多聞習事而誠或不足也라)."라고 말했다. 다산 정약용도 마찬가지로 보았다. 다만, 앞의 한자 勝을 '지나치다'로 보는 견해도 있다.

(2) 棘子成이 曰 君子는 質而已矣니 何以文爲리오 子貢이 曰 惜乎라 夫子之說이 君子也나 駟不及舌이로다 文猶質也며 質猶文也니 虎豹之鞹이 猶犬羊之鞹이니라

극자성이 말하였다. "군자는 바탕만 갖추고 있으면 되지 무엇 때문에 꾸밉니까? 자공이 말하였다. "애석하구려. 그대의 말이 군자답기는 하나 그 혀는 네 필의 말도 따라가지 못할 것입니다. 꾸밈은 바탕과 같고, 바탕은 꾸밈과 같은 것입니다. 호랑이나 표범의 가죽도 털을 벗겨내면, 개나 양의 털 없는 가죽과 같은 법이지요."(안연편 8장)

☞棘子成: 위나라의 대부이다.

83. 사랑하면 그가 살기를 바라고: 愛之, 欲其生

子張이 問崇德辨惑한대 子曰 主忠信하며 徙義崇德也니라 愛之란 欲其生하고 惡之란 欲其死하나니 旣欲其生이요 又欲其死 是惑也니라 誠不以富요 亦祇以異로다

자장이 덕을 높이고 미혹을 분별하는 방도를 물었다. 공자께서 말씀하셨다. "충심과 신의를 위주로 하고 의로움으로 나아가는 것이 덕을

높이는 길이다. 사랑하면 그가 살기를 바라고 미워하면 그가 죽기를
바란다. 이미 그가 살기를 바라면서 또한 죽기를 바란다면 이것이 미혹
이다. '부자는 아니건만 새롭고 진귀한 것만 탐하네'라는 시가 있다."(안
연편 10장)

☞誠不以富, 亦祇以異: 『시경』 소아, 홍안지습, 아행기야我行其野의 끝부분이다.
남편에게 사랑받지 못하는 여인의 슬픔을 그린 시이다. 전문을 보면 다음과
같다. "들길을 가노라니, 북나무가 우거져 있네/ 부모님들 허락받고 이리로 시집
와서 살지만/ 그대 날 돌보지 않으니 나는 친정으로 돌아가리라/ 들길을 걸어가
며 뜯는 것은 소루쟁이/ 부모님들 허락받고 이리로 와 묵고 있지만/ 그대 날
돌보지 않으니 나는 친정으로 돌아가리라/ 들길을 걸어가며 뽑는 것은 순무/
옛 혼인은 생각지 않고 새 사람만 찾으시네/ 부자는 아니건만 새롭고 진귀한
것만 탐하네."(홍신문화사, 신역 『시경』)

84. 정치란 임금은 임금답게 하는 것: 君君臣臣父父子子
군군신신부부자자

齊景公이 問政於孔子한대 孔子對曰 君君臣臣父父子子니이다
제경공   문정어공자   공자대왈   군군신신부부자자
公이 曰 善哉라 信如君不君하며 臣不臣하며 父不父하며
공 왈 선재 신여군불군   신불신   부불부
子不子면 雖有粟이나 吾得而食諸아
자부자 수유속   오득이식저

제나라 임금인 경공이 공자에게 정치에 대해 물었다. 공자께서 대답
하셨다. "임금은 임금답고, 신하는 신하답고, 아비는 아비답고, 자식은
자식답게 하는 것입니다." 경공이 말하였다. "좋은 말씀입니다. 진실로
임금이 임금답지 못하고 신하가 신하답지 못하고 아비가 아비답지 못

하고 자식이 자식답지 못하다면, 비록 곡식이 있다고 하여도 내가 어찌 먹을 수 있겠습니까."(안연편 11장)

☞齊景公: 제나라 임금으로 이름은 저구杵曰다. 공자는 노나라 소공 말년에 제나라로 갔다(주희, 논어집주).

☞이 문장은 안연편 17장에 나오는 노나라의 실력자 계강자와 공자의 문답과 관련이 있다. 계강자가 공자에게 정치에 대해 묻자, 공자는 "정치는 바르게 하는 것이다. 그대가 바르게 이끈다면 누가 감히 바르지 않겠는가?(季康子問政於孔子한대 孔子對曰 政者는 正也니 子帥以正이면 孰敢不正이리오)"라고 말했다. 결국 정치란 자기를 바르게 한 이후에 남을 바르게 할 수 있는 것이다(정약용, 논어고금주).

85. 남의 좋은 점을 이루게 해주고: 成人之美

子曰 君子는 成人之美하고 不成人之惡하나니 小人은 反是니라

공자께서 말씀하셨다. "군자는 다른 사람의 좋은 점은 이루게 해주고, 다른 사람의 나쁜 점은 이루게 하지 않는다. 소인은 이와 반대이다."(안연편 16장)

86. 군자의 덕은 바람이다: 君子之德風

季康子問政於孔子曰 如殺無道하여 以就有道인댄 何如하니잇고

孔子對曰 子爲政에 焉用殺이리오 子欲善이면 而民이 善矣리니
공자대왈   자위정   언용살   자욕선   이민   선의
君子之德은 風이요 小人之德은 草라 草上之風이면
군자 지덕   풍   소인지덕   초   초상지풍
必偃하나니라
필언

계강자가 공자에게 정치에 대해 물었다. "만일 무도한 자를 죽임으로
써 백성들을 올바른 도에 나아가게 한다면 어떻습니까?" 공자께서 대답
하셨다. "그대가 정치를 하면서 어찌 사람 죽이는 방법을 쓰려고 하는
가. 그대가 선해지려고 하면 백성들도 선해질 것이다. 군자의 덕은 바
람이고 소인의 덕은 풀이다. 풀은 위로 바람이 불어오면 반드시 눕는
법이다."(안연편 19장)

☞季康子: 노나라 계씨 가문 출신의 대부이다. 계손사의 아들로서 노나라의 국정을
  계강자
  전담했다.

87. 인이란 무엇인가(2): 愛人, 居處恭
                          애인 거처공

(1) 樊遲問仁한대 子曰 愛人이니라 問知한대 子曰 知人이니라
    번지문인   자왈 애인   문지   자왈 지인
樊遲未達이어늘 子曰 擧直錯諸枉이면 能使枉者直이니라
번지미달   자왈 거직조저왕   능사왕자직
樊遲退하여 見子夏曰 鄕也에 吾見於夫子而問知하니 子曰
번지퇴   견자하왈 향야   오현어부자이문지   자왈
擧直錯諸枉이면 能使枉者直이라 하시니 何謂也오 子夏曰
거직조저왕   능사왕자직   하위야   자하왈
富哉라 言乎여 舜有天下에 選於衆하사 擧皐陶하시니
부재   언호   순유천하   선어중   거고요
不仁者遠矣요 湯有天下에 選於衆하사 擧伊尹하시니
불인자원의   탕유천하   선어중   거이윤
不仁者遠矣니라
불인자원의

번지가 인에 대해 물었다. 공자께서 말씀하셨다. "사람을 사랑하는 것이다." 지혜에 대해 물었다. 공자께서 말씀하셨다. "사람을 알아보는 것이다." 번지가 깨닫지 못하자, 공자께서 말씀하셨다. "곧은 사람을 등용하여 굽은 사람 위에 두면 굽은 사람도 곧게 할 수 있다." 번지가 물러 나와 자하를 보고 말하였다. "조금 전에 내가 선생님을 뵙고 지혜에 대해 물으니, 선생님께서는 '곧은 사람을 등용하여 굽은 사람 위에 두면 굽은 사람도 곧게 할 수 있다.'라고 하셨는데, 무슨 뜻인가?" 자하가 말하였다. "참으로 대단하구나, 그 말씀이. 순임금이 천하를 다스릴 때, 많은 사람 중에 고요를 뽑아 등용하자 인하지 않은 자들이 멀어졌고, 탕임금이 천하를 다스릴 때, 많은 사람 중에 이윤을 뽑아 등용하자 인하지 않은 자들이 멀어졌다는 뜻이다."(안연편 22장)

☞ 錯諸枉: 굽은 사람의 위에 두다, 그릇된 사람의 상관이 되게 하다. 錯는 두다, 枉은 굽다는 뜻이다.

☞ 鄕也: 앞서, 좀 전에.

☞ 皐陶: 중국 고대의 전설상의 인물이다. 순임금 때의 어진 신하로, 법을 세우고 형벌을 제정하였으며, 옥을 만들었다고 한다.

☞ 伊尹: 중국 은나라의 전설상의 인물이다. 이름난 재상으로 탕왕을 도와 하나라의 걸왕을 멸망시키고 선정을 베풀었다고 한다.

(2) 樊遲問仁한대 子曰 居處恭하며 執事敬하며 與人忠을
雖之夷狄이라도 不可棄也니라

번지가 인에 대해 물었다. 공자께서 말씀하셨다. "평소 처신할 때는 공손하고, 일을 집행할 때는 경건하며, 사람과 사귈 때는 진실해야 한

다. 비록 오랑캐 땅에 가서라도 버려서는 안 된다."(자로편 19장)

88. 벗이란 무엇인가(2): 忠告而善道之, 以文會友

(1) 子貢이 問友한대 子曰 忠告而善道之호대 不可則止하여
無自辱焉이니라

자공이 벗에 대해 물었다. 공자께서 말씀하셨다. "진심으로 말해주고
잘 이끌어주어라. 그게 안 되면 그만두어라. 그래야 스스로 욕 당하는
일이 없게 된다."(안연편 23장)

(2) 曾子曰 君子는 以文會友하고 以友輔仁이니라

증자가 말하였다. "군자는 글로써 벗을 모으고 벗으로써 인을 돕는
다."(안연편 24장)

89. 정치란 무엇인가(5): 近者說, 遠者來

(1) 子路問政한대 子曰 先之勞之니라 請益한대 曰 無倦이니라

자로가 정치에 대해 물었다. 공자께서 말씀하셨다. "솔선하고, 몸소
노력해야 한다." 더 말씀해주시길 청하자, 공자께서 말씀하셨다. "그걸
게을리하지 말아야 한다."(자로편 1장)

(2) 仲弓이 爲季氏宰라 問政한대 子曰 先有司요 赦小過하며
擧賢才니라 曰 焉知賢才而擧之리잇고 曰 擧爾所知면
爾所不知를 人其舍諸아

중궁이 계씨의 가신이 되어 정치에 대해 물었다. 공자께서 말씀하셨다. "먼저 담당 관리에게 일을 맡기고, 작은 허물은 용서해주어라. 그리고 어질고 유능한 인재를 등용하거라." 중궁이 말하였다. "어떻게 어질고 유능한 인재를 알아서 뽑는다는 말입니까?" 공자께서 말씀하셨다. "네가 아는 사람을 뽑아라. 그러면 네가 모르는 인재를 사람들이 내버려 두겠느냐."(자로편 2장)

☞爲季氏宰: '노나라의 3대 실력자 삼환 중에 계씨 가문의 가신(재상)이 되다.'라는 뜻이다. 공자의 제자 중에 자로가 1년 정도, 중궁(염옹)이 6년간, 염유가 상당 기간 가신이 되었다고 한다.

(3) 子曰 苟有用我者면 朞月而已라도 可也니 三年이면
有成이리라

공자께서 말씀하셨다. "진실로 나를 써 주는 사람이 있다면, 1년 만에 어느 정도 괜찮아질 수 있고, 3년이면 뭔가를 이루어 내겠다."(자로편 10장)

☞朞月: 1년 주기의 달을 말하므로 1년을 뜻한다.

(4) 子曰 苟正其身矣면 於從政乎에 何有며 不能正其身이면

如正人에 何오
　　여정인　　　하

공자께서 말씀하셨다. "진실로 자신을 바르게 하면 정치를 하는데
무슨 어려움이 있겠는가. 자신을 바르게 하지 못한다면 어떻게 남을
바르게 할 수 있겠는가."(자로편 13장)

　(5) 葉公이 問政한대 子曰 近者說하며 遠者來니라
　　　섭공　　문정　　자왈　근자열　　　원자래

섭공이 정치에 대해 물었다. 공자께서 말씀하셨다. "가까이 있는 사
람을 기쁘게 하고, 멀리 있는 사람은 찾아오게 하는 것이다."(자로편
16장)

☞葉公: 춘추시대 초나라의 심저량沈諸梁을 일컫는다. 자는 자고自高이며, 초의 섭
　섭공
　　땅을 영유하고 있어 이렇게 불렀다. 섭공이 다스리는 땅은 넓으나 도읍은 좁아서
　　백성들의 마음이 떠나 있어 거기에 사는 것을 편안하게 여기지 않았다고 한다(정
　　약용, 논어고금주). 이를 알고 공자가 섭공에게 적절하게 조언한 것이다.

90. 시 300편을 외운들: 誦詩三百
　　　　　　　　　　　　　　　송시삼백

子曰 誦詩三百하되 授之以政에 不達하며 使於四方에
자왈　송시삼백　　　수지이정　부달　　　시어사방
不能專對하면 雖多나 亦奚以爲리오
불능전대　　　수다　역해이위

공자께서 말씀하셨다. "『시경』 삼백 편을 다 외운다 해도 정치를
맡기면 잘하지 못하거나, 사방에 사신으로 가서 혼자서 일을 처리하지

못한다면 비록 시를 많이 외운들 무슨 소용이 있겠는가."(자로편 5장)

☞ 專對: 이는 두 가지 뜻이 있다. 하나는 남의 물음을 혼자 받아 자기의 지혜로
　　전대
　　답변한다는 뜻이다. 또 하나는 '사신'을 달리 이르는 말로, 이는 외국에 나가는
　　사신이 질문을 받으면 혼자 답변을 도맡아 한 데서 유래했다.

☞ 使: 보낸다는 뜻이나, 여기서는 '사신으로 가다'라는 뜻이다.
　　시

91. 선비란 무엇인가(3): 見危致命, 見得思義
　　　　　　　　　　　　　　　견위치명　　견득사의

(1) 子路問曰 何如라야 斯可謂之士矣니잇고 子曰 切切偲偲하며
　　자로문왈　하여　　사가위지사의　　　　자왈　절절시시
恰恰如也면 可謂士矣니 朋友엔 切切偲偲요 兄弟엔 恰恰니라
이이여야　가위사의　　붕우　　절절시시　　형제　　이이

자로가 물었다. "어떻게 해야 선비라 할 수 있습니까?" 공자께서 말씀
하셨다. "간절하고 자상하게 선을 권하고, 화합하고 기쁘게 대해주면
선비라 할 수 있다. 친구에게는 간절하고 자상하게 대해주고, 형제에겐
화합하고 기쁘게 대해주어야 한다."(자로편 28장)

☞ 士: 다산 정약용은 『논어고금주』에서 이를 벼슬(仕)이라고 보아, 도를 배워 장차
　　사
　　벼슬하려고 하는 것이라고 풀었다.
☞ 切切偲偲: 간절하고 지극하며 자상하게 선을 권하다. 偲는 '굳세다, 책선하다,
　　절절시시　　　　　　　　　　　　　　　　　　　　　　　시
　　똑똑하다'라는 뜻이다.
☞ 恰恰: 화합하고 기뻐하다. 恰는 '기쁘다, 즐거워하다'라는 뜻이다.
　　이이　　　　　　　　　　　이

(2) 子曰 士而懷居면 不足以爲士矣니라
　　자왈　사이회거　　부족이위사의

공자께서 말씀하셨다. "선비가 편안하게 살기를 생각하면 선비가 되기에 부족하다."(헌문편 3장)

☞ 居: 편안하게 여겨지는 곳을 말한다(주희, 논어집주).

(3) 子張이 曰 士見危致命하며 見得思義하며 祭思敬하며
喪思哀면 其可已矣니라

자장이 말하였다. "선비가 위태로움을 보면 목숨을 바치고, 이득을 보면 의로운가를 생각하고, 제사 때는 공경을 생각하고, 상사 때는 슬픔을 생각한다면 가히 선비라고 할 수 있다."(자장편 1장)

☞ 其可已矣: 많은 주석자가 '거의 괜찮다, 괜찮다' 등으로 해석했으나, 고주는 '선비라고 할 수 있다'로 풀었다. 나는 고주의 입장이 매끄럽다고 보아 이를 따랐다.

92. 어울리나 같아지지 않는다: 和而不同, 同而不和

子曰 君子는 和而不同하고 小人은 同而不和니라

공자께서 말씀하셨다. "군자는 남과 잘 어울리지만 같아지지 않고, 소인은 남과 같아지기만 하고 잘 어울리지 못한다."(자로편 23장)

93. 군자와 소인(6): 易事而難說, 難事而易說
이사이난열 난사이이열

(1) 子曰 君子는 易事而難說也니 說之不以道면 不說也요
자왈 군자 이사이난열야 열지불이도 불열야
及其使人也하여는 器之니라 小人은 難事而易說也니
급기사인야 기지 소인 난사이이열야
說之雖不以道라도 說也요 及其使人也하여는 求備焉이니라
열지수불이도 열야 급기사인야 구비언

공자께서 말씀하셨다. "군자는 섬기기는 쉬워도 기쁘게 하기란 어렵
다. 도에 맞게 하지 않으면 기뻐하지 않기 때문이다. 사람을 부릴 때는
그 사람의 그릇에 맞게 쓴다. 소인은 섬기기는 어려워도 기쁘게 하기란
쉽다. 비록 도에 맞게 하지 않아도 기뻐하며, 사람을 부릴 때는 오히려
완벽하기를 요구한다."(자로편 25장)

(2) 子曰 君子는 泰而不驕하고 小人은 驕而不泰니라
자왈 군자 태이불교 소인 교이불태

공자께서 말씀하셨다. "군자는 태연하되 교만하지 않고, 소인은 교만
하되 태연하지 못하다."(자로편 26장)

(3) 子曰 君子而不仁者는 有矣夫어니와 未有小人而仁者也니라
자왈 군자 이불인자 유의부 미유소인이인자야

공자께서 말씀하셨다. "군자이면서 인하지 못한 사람은 있어도, 소인
이면서 인한 사람은 아직 없다."(헌문편 7장)

(4) 子曰 君子는 上達하고 小人은 下達이니라
자왈 군자 상달 소인 하달

공자께서 말씀하셨다. "군자는 위로 통달하고, 소인은 아래로 통달한

다.”(헌문편 24장)

(5) 子夏曰 小人之過也는 必文이니라
　　자하왈　　소인지과야　　　필문

자하가 말하였다. “소인은 잘못을 저지르면 반드시 꾸며댄다.”(자로편
8장)

(6) 子夏曰 君子信而後에 勞其民이니 未信則以爲厲己也니라
　　자하왈　군자신이후　　노기민　　　미신즉이위여기야
信而後에 諫이니 未信則以爲謗己也니라
신이후　간　　미신즉이위방기야

자하가 말하였다. “군자는 신뢰를 얻은 뒤에 백성을 부린다. 아직
신뢰하지 않는데도 부리면 자신들을 괴롭힌다고 여길 것이다. 군자는
신뢰를 얻은 뒤에 임금에게 간한다. 아직 신뢰하지 않는데도 간하면
자기를 비방한다 여길 것이다.”(자장편 10장)

☞厲: 갈다, 사납다, 괴롭다. 여기서는 '괴롭히다'는 뜻으로 쓰였다.
　려

94. 덕이 있는 사람은: 有德者, 必有言
　　　　　　　　　　　　　유덕자　필유언

子曰 有德者는 必有言이어니와 有言者는 不必有德이니라
자왈　유덕자　　필유언　　　　유언자　　불필유덕
仁者는 必有勇이어니와 勇者는 不必有仁이니라
인자　필유용　　　　용자　　불필유인

공자께서 말씀하셨다. “덕이 있는 사람은 반드시 훌륭한 말을 하지
만, 훌륭한 말을 하는 사람이라고 해서 반드시 덕이 있는 것은 아니다.

인한 사람은 반드시 용기가 있지만, 용기 있는 사람이라고 해서 반드시 인이 있는 것은 아니다."(헌문편 5장)

☞有言: 여러 가지로 해석한다. 글자 그대로는 '말이 있다'라는 뜻이지만, 다산 정약용은 이를 '후세에 드리울 말을 세우는 것을 말한다(위립언수후謂立言垂後)'라고 풀었다. 덕이 있는 사람은 말만 잘하는 사람이 아니라, 말을 하면 꼭 실행에 옮긴다는 뜻으로 해석하고 싶다. 도올 김용옥 선생도 그렇게 풀었다.

95. 가난하면서 원망이 없기란: 貧而無怨

子曰 貧而無怨은 難하고 富而無驕는 易하니라

공자께서 말씀하셨다. "가난하면서 원망이 없기는 어렵고, 부유하면서 교만이 없기는 쉽다."(헌문편 11장)

96. 완성된 사람이란: 見利思義, 見危授命

子路問成人한대 子曰 若臧武仲之知와 公綽之不欲과
卞莊子之勇과 冉求之藝에 文之以禮樂이면
亦可以爲成人矣니라 曰 今之成人者는 何必然이리오
見利思義하며 見危授命하며 久要에 不忘平生之言이면
亦可以爲成人矣니라

자로가 완성된 사람에 대해 물었다. 공자께서 말씀하셨다. "약무중의 지혜와 맹공작의 무욕과 변장자의 용맹과 염구의 재능에다 예와 악을 갖춘다면, 완성된 사람이라 할 수 있을 것이다." 또 말씀하셨다. "오늘날의 완성된 사람이야 어찌 꼭 그래야만 하겠느냐. 이익을 보면 의로움을 생각하고, 나라가 위태로울 때 목숨을 바치며, 오래된 약속일지라도 평소 그 말을 잊지 않으면 역시 완성된 사람이라고 할 수 있을 것이다." (헌문편 13장)

☞臧武仲: 노나라의 대부로서 이름은 紇이다.

☞公綽: 노나라의 대부인 맹공작을 일컫는다.

☞卞莊子: 노나라 변읍卞邑의 대부로 용맹스러웠다고 한다.

☞久要: 오래된 약속, 오래전부터의 약속.

97. 자기를 위한 공부와 보여주기 위한 공부: 爲己之學, 爲人之學

子曰 古之學者는 爲己러니 今之學者는 爲人이로다

공자께서 말씀하셨다. "옛날에 배우는 사람은 자기를 위한 공부를 했는데, 요즘 배우는 사람은 남에게 보여주기 위한 공부를 한다."(헌문편 25장)

☞爲己之學, 爲人之學: 위기지학은 자기의 인격 수양을 위한 공부, 즉 자기가 좋아서 하는 공부라면, 위인지학은 남에게 보여주기 위한 공부, 즉 입신출세를 위한 공부이다.

98. 그 지위에 있지 않으면(2): 不在其位, 不謀其政
부재기위 불모기정

(1) 子曰 不在其位하여는 不謀其政이니라
자왈 부재기위 불모기정

공자께서 말씀하셨다. "그 지위에 있지 않거든 그 정사를 꾀하지 말아야 한다."(태백편 14장)

(2) 曾子曰 君子는 思不出其位니라
증자왈 군자 사불출기위

증자가 말하였다. "군자는 생각이 자기 지위를 벗어나지 않는다."(헌문편 28장)

99. 군자의 세 가지 도: 仁者不憂, 知者不惑, 勇者不懼
인자불우 지자불혹 용자불구

子曰 君子道者三에 我無能焉호니 仁者는 不憂하고 知者는
자왈 군자 도자삼 아무능언 인자 불우 지자
不惑하고 勇者는 不懼니라 子貢이 曰 夫子自道也샷다
불혹 용자 불구 자공 왈 부자자도야

공자께서 말씀하셨다. "군자의 도가 셋인데, 나는 능한 것이 없다. 인한 사람은 근심하지 않고, 지혜로운 사람은 미혹되지 않고, 용기 있는 사람은 두려워하지 않는다." 자공이 말하였다. "이는 선생님께서 스스로 낮추어 말씀하신 것이다."(헌문편 30장)

100. 안 되는 줄 알면서도 하는 사람(2): 知其不可而爲之者
지기불가이위지자

(1) 子曰 賢者는 辟世하고 其次는 辟地하고 其次는 辟色하고
자왈 현자   피세   기차   피지   기차   피색
其次는 辟言이니라
기차   피언

공자께서 말씀하셨다. "현명한 사람은 세상을 피하고, 그 다음 사람
은 나라를 피하고, 그 다음 사람은 군주의 안색을 보고 피하고, 그 다음
사람은 말을 들어보고 피한다."(헌문편 39장)

☞이 문장에 대한 해석은 다양하다. 辟地를 땅으로 해석하기도 하고, 辟色을 여색
피지   피색
으로 풀기도 한다. 천하에 도가 없으면 은둔하고(피세), 어지러운 나라를 떠나
잘 다스려지는 나라로 가고(피지), 군주가 예의를 갖추지 않으면 떠나고(피색),
말에 어김이 있으면 떠난다(피언)는 뜻이다(주희, 논어집주). 또한, 헌문편 40장
을 이 장과 함께 묶어서 '일어난 사람', 즉 은둔한 사람이 일곱 사람이라고 해석한
주석서도 있다. 내가 보기에, 공자는 세상을 피해 은둔하는 사람을 안타깝게
여기기는 했지만, 그렇게 나쁘게 본 것 같지는 않다.

(2) 子路宿於石門이러니 晨門이 曰 奚自오 子路曰 自孔氏로라
자로숙어석문   신문   왈 해자   자로왈 자공씨
曰 是知其不可而爲之者與아
왈 시지기불가이위지자여

자로가 석문에서 하룻밤을 잤다. 문지기가 물었다. "어디에서 오셨
소?" 자로가 말했다. "공씨 문하에서 왔소." 문지기가 말했다. "아, 그
안되는 줄 알면서도 하는 사람 말인가요?"(헌문편 41장)

☞石門은 지명이고, 晨門은 새벽에 성문을 열어주는 일을 맡은 자이다. 공자를
석문   신문

알아보는 것으로 보아 이 자는 현자인데, 문지기로 은둔한 것으로 보인다(주희, 논어집주). 나는 이 문장이 공자의 삶을 한마디로 압축하고 있다고 본다. 공자는 안 되는 줄 뻔히 알면서도 애써 그 일을 한 사람이다. 그 일이란, 천하에 도를 다시 세우는 일이었다. 숨고 피하는 것만이 능사가 아니라, 적극적으로 나서서 땅에 떨어진 인의仁義를 꽃피우는 일이었다.

101. 먼저 나를 닦은 다음에야: 修己以敬, 修己以安人

子路問君子한대 子曰 修己以敬이니라 曰 如斯而已乎잇가 曰
修己以安人이니라 曰 如斯而已乎잇가 曰 修己以安百姓이니
修己以安百姓은 堯舜도 其猶病諸시니라

자로가 군자에 대해 물었다. 공자께서 말씀하셨다. "자신을 닦아 경건해져야 한다." 자로가 말하였다. "그렇게만 하면 됩니까?" 공자께서 말씀하셨다. "자신을 닦아 남을 편안하게 해줘야 한다." 자로가 말하였다. "그렇게만 하면 됩니까?" 공자께서 말씀하셨다. "자신을 닦아 백성을 편안하게 해줘야 한다. 자신을 닦아 백성을 편안하게 해주는 일은 요임금과 순임금도 오히려 어렵게 여기셨다."(헌문편 45장)

102. 곤궁에 처해도 의연한 사람(2): 君子固窮, 君子憂道不憂貧

(1) 衛靈公이 問陳於孔子한대 孔子對曰 俎豆之事는
則嘗聞之矣어니와 軍旅之事는 未之學也라 하시고 明日에

遂行하시다 在陳絶糧하니 從者病하여 莫能興이러니 子路慍見曰
수행   재진절량   종자병   막능흥   자로온현왈
君子亦有窮乎잇가 子曰 君子는 固窮이니 小人은 窮斯濫矣니라
군자역유궁호   자왈 군자   고궁   소인   궁사람의

위나라 영공이 공자에게 진법에 대해 물었다. 공자가 대답하여 말하
였다. "제사에 관한 일은 들은 적이 있습니다만, 군대에 관한 일은 아직
배우지 못했습니다." 하시고, 다음날 마침내 위나라를 떠나셨다. 진나
라에 있을 때 양식이 떨어져 따라다니던 제자들이 병들어 일어나지
못하였다. 자로가 화가 나서 공자를 뵙고 말하였다. "군자도 곤궁할
때가 있습니까?" 공자께서 말씀하셨다. "군자는 곤궁함을 굳게 지키지
만, 소인은 곤궁하면 무슨 짓이든 다한다."(위령공편 1장)

(2) 子曰 君子는 謀道요 不謀食하나니 耕也에 餒在其中矣요
    자왈 군자   모도   불모식   경야   뇌재기중의
學也에 祿在其中矣의니 君子는 憂道요 不憂貧이니라
학야   녹재기중의   군자   우도   불우빈

공자께서 말씀하셨다. "군자는 도를 도모하지, 먹고사는 걸 도모하지
않는다. 밭을 갈아도 굶주림이 그 가운데 있지만, 배워도 녹봉이 그
가운데 있다. 그러니 군자는 도를 걱정하지, 가난을 걱정하지 않는다."
(위령공편 31장)

☞餒: 주리다, 굶주림.
  뇌

103. 멀리 보고 생각하라: 人無遠慮, 必有近憂
                              인무원려   필유근우

子曰 人無遠慮면 必有近憂니라
자왈 인무원려   필유근우

공자께서 말씀하셨다. "사람이 멀리 내다보고 생각하지 않으면, 반드시 가까운 곳에 근심이 있다."(위령공편 11장)

104. 자기 잘못은 무겁게 책망하고: 躬自厚而薄責於人
궁자후이박책어인

子曰 躬自厚而薄責於人이면 則遠怨矣니라
자왈　　궁자후이박책어인　　　　　즉원원의

공자께서 말씀하셨다. "자기 잘못은 무겁게 책망하고, 남의 잘못은 가볍게 책망하면 원망이 멀어질 것이다."(위령공편 14장)

☞자기 자신에게는 엄중하고, 남에게는 너그럽게 하면 원망받는 일이 없게 될 것이라는 뜻이다. 흔히 이를 줄여서 '자후박인自厚薄人'이라고 한다. 厚는 '두텁다, 두터이 하다, 두터이'라는 뜻이다.

105. 많은 사람이 미워해도: 衆惡之, 必察焉
중오지　필찰언

子曰 衆惡之라도 必察焉하며 衆好之라도 必察焉이니라
자왈　중오지　　　필찰언　　　중호지　　　필찰언

공자께서 말씀하셨다. "많은 사람이 다 그를 미워해도 반드시 살펴보고, 많은 사람이 다 그를 좋아해도 반드시 살펴봐야 한다."(위령공편 27장)

106. 예로써 움직이지 않는다면: 動之不以禮, 未善也

子曰 知及之오도 仁不能守之면 雖得之나 必失之니라
知及之하며 仁能守之오도 不莊以莅之則民不敬이니라
知及之하며 仁能守之하며 莊以莅之오도 動之不以禮면
未善也니라

공자께서 말씀하셨다. "지혜가 거기에 미치더라도 인으로 그걸 지켜
내지 못하면 비록 얻었더라도 반드시 잃게 될 것이다. 지혜가 거기에
미치고, 인으로 그걸 지켜내더라도 엄숙한 태도로 임하지 않으면 백성
들이 공경하지 않을 것이다. 지혜가 거기에 미치고, 인으로 능히 그걸
지켜내며 엄숙한 태도로 임하더라도 예로써 백성들을 움직이지 않는다
면 아직 좋다고 할 수 없다."(위령공편 32장)

☞之: 관직, 지위, 이치.
☞莅: 다다르다, 이르다, 그 자리로 가다, 왕으로서 임하다.

107. 가르침에 차별은 없다: 有敎無類

子曰 有敎면 無類니라

공자께서 말씀하셨다. "가르침이 있을 뿐 차별은 있을 수 없다."(위령
공편 38장)

☞이 문장에 대한 해석이 구구하다. 또 다른 해석은, 가르치면 종류나 차별이 없어진다고 풀고 있다. 사람은 누구나 선한데 기질에 물들어 선악의 구별이 있게 되었지만, 가르치면 이 구별이 사라진다는 것이다. 주희와 정약용이 이런 쪽에 서 있다. 나는 여러 곳에서 보여준 공자의 성정으로 보아, 이는 모든 사람을 가르쳐 이끌어줄 뿐, 가르치는 상대에게 차별을 두는 일이 없다는 뜻으로 풀었다. 예를 들어, 공자는 호향互鄕에서 찾아온 아이를 물리치지 않고 받아들인 바 있다(술이편 28장). 호향은 지명으로 이 마을에 대한 소문이 좋지 않았다고 한다.

108. 가는 길이 같지 않으면: 道不同, 不相爲謀
도부동　불상위모

子曰 道不同이면 不相爲謀니라
자왈　　도부동　　　불상위모

공자께서 말씀하셨다. "가는 길이 같지 않으면 함께 일을 도모하지 않는다."(위령공편 39장)

109. 말이란 전달되면 그뿐: 辭達而已矣
사달이이의

子曰 辭는 達而已矣니라
자왈　사　　달이이의

공자께서 말씀하셨다. "말이란 전달되면 그뿐이다."(위령공편 40장)

☞주희는 이에 대하여 "말이란 뜻이 통하여 도달하면 그만이다. 풍부하고 화려해야

말을 잘하는 것은 아니다(辭는 取達意而止요 不以富麗爲工이라)."라고 말했다
(주희, 논어집주).

110. 천하에 도가 있으면: 天下有道則
천아유도즉

孔子曰 天下有道則禮樂征伐이 自天子出하고
공자왈　천하유도즉예악정벌　자천자출
天下無道則禮樂征伐이 自諸侯出하나니 自諸侯出이면
천하무도즉예악정벌　자제후출　자제후출
蓋十世에 希不失矣요 自大夫出이면 五世에 希不失矣요
개십세　희불실의　자대부출　오세　희불실의
陪臣이 執國命이면 三世에 希不失矣니라
배신　집국명　삼세　희불실의
天下有道則政不在大夫하고 天下有道則庶人이 不議하나니라
천하유도즉정부재대부　천하유도즉서인　불의

공자께서 말씀하셨다. "천하에 도가 있으면 예악과 정벌이 천자에게
서 나오고, 천하에 도가 없으면 예악과 정벌이 제후에게서 나온다. 제후
에게서 나오면 대략 열 세대에 나라가 망하지 않는 경우가 드물고,
대부에게서 나오면 다섯 세대에 망하지 않는 경우가 드물고, 가신이
나라 운명을 쥐면 세 세대에 망하지 않는 경우가 드물다. 천하에 도가
있으면, 정권이 대부에게 있지 않고, 천하에 도가 있으면 서민들이 정치
를 의논하지 않는다."(계씨편 2장)

111. 도움 되는 벗, 해가 되는 벗: 益者三友, 損者三友
익자삼우　손자삼우

孔子曰 益者三友요 損者三友니 友直하며 友諒하며 友多聞이면
공자왈　익자삼우　손자삼우　우직　우량　우다문
益矣요 友便辟하며 友善柔하며 友便佞이면 損矣니라
익의　우편벽　우선유　우편녕　손의

공자께서 말씀하셨다. "이익이 되는 세 부류의 벗이 있고, 손해가
되는 세 부류의 벗이 있다. 벗이 정직하고, 벗이 미덥고, 벗이 견문이
넓으면 유익하다. 벗이 겉치레만 잘하고, 벗이 아첨을 잘하고, 벗이
말만 잘하면 나에게 해가 된다."(계씨편 4장)

☞便辟: 겉모양을 엄숙하게 하는 것에만 익숙하고, 정직하지 않은 것(주희, 논어집
  주). 남의 비위를 잘 맞추어 아첨함(국어사전).

☞善柔: 아부해서 기쁘게 하지만 미덥지 않은 것(주희, 논어집주).

☞便佞: 말을 잘하는 것에 익숙하지만 견문으로 얻은 실질이 없는 것(주희, 논어집
  주).

112. 좋아해서 유익한 것과 해로운 것: 益者三樂, 損者三樂

孔子曰 益者三樂요 損者三樂니 樂節禮樂하며 樂道人之善하며
樂多賢友면 益矣요 樂驕樂하며 樂佚遊하며 樂宴樂이면
損矣니라

공자께서 말씀하셨다. "좋아해서 유익한 것 세 가지가 있고, 좋아하
면 해로운 것 세 가지가 있다. 예악으로 절제하기 좋아하고, 남의 장점
을 말하기 좋아하고, 훌륭한 벗을 많이 사귀기 좋아하면 유익하다. 거드
름을 피우기 좋아하고, 편히 놀기만 좋아하고, 유흥에 빠지기 좋아하면
해롭다."(계씨편 5장)

☞佚: 편안하다, 숨다, 실수.

113. 앎과 배움의 네 등급: 生而知之, 學而知之, 困而學之, 困而不學
생이지지   학이지지   곤이학지   곤이불학

孔子曰 生而知之者는 上也요 學而知之者는 次也요 困而學之
공자왈   생이지지자   상야   학이지지자   차야   곤이학지
又其次也니 困而不學이면 民斯爲下矣니라
우기차야   곤이불학   민사위하의

공자께서 말씀하셨다. "태어나면서 아는 사람이 으뜸이고, 배워서
아는 사람이 그 다음이고, 힘든데도 배운 사람은 또 그 다음이다. 힘들
다고 배우지 않으면 바로 최하의 사람이 된다."(계씨편 9장)

☞困而學之: 주희는 困을 "통하지 않는 바가 있음을 말한다(謂有所不通이라)."라
곤이학지   위유소불통
고 풀었다(주희, 논어집주). 이로 보면, 나이가 들어 자신이 꽉 막힌 것을 알고
그때라도 배운다면 네 등급 중에 세 번째 등급은 된다는 뜻으로 이해할 수 있다.

114. 본성은 가깝지만 습관으로 멀어져: 性相近, 習相遠
성상근   습상원

子曰 性相近也나 習相遠也니라
자왈   성상근야   습상원야

공자께서 말씀하셨다. "사람의 본성은 서로 가깝지만, 습관에 의하여
서로 멀어진다."(양화편 2장)

☞이 문장에 대한 해석은 다양하다. 性을 선천적인 성품이라 하기도 하고, 習을
                                성   습
후천적인 학습이라고 보기도 한다. 어떤 주석서는 '사람의 성품은 서로 비슷하지
만, 습관으로 달라진다.'라고 풀기도 했다. 이런 해석도 일리가 있다고 본다.
주희는 성을 기질氣質을 겸하여 말한 것이라 하면서, 기질에는 본래 아름다움과

추함이 있지만, 그것은 처음에는 차이가 없었는데 성장하면서 습관에 의해서 선하거나 악하게 된다고 했다(주희, 논어집주). 도올 김용옥 선생은, 양화편 2장은 공자가 인간 본성에 대해 논한 유일한 장이라고 했다.

115. 용맹만 있고 의로움이 없다면: 君子有勇而無義, 爲亂

子路曰 君子尚勇乎잇가 子曰 君子義以爲上이니
君子有勇而無義면 爲亂이요 小人이 有勇而無義면 爲盜니라

자로가 말하였다. "군자는 용맹을 숭상합니까?" 공자께서 말씀하셨다. "군자는 의로움을 으뜸으로 삼는다. 군자가 용맹만 있고 의로움이 없으면 난을 일으키고, 소인이 용맹만 있고 의로움이 없으면 도적이 된다."(양화편 23장)

116. 군자도 미워하는 것이 있다: 君子亦有惡

子貢이 曰 君子亦有惡乎잇가 子曰 有惡하니 惡稱人之惡者하며
惡居下流而訕上者하며 惡勇而無禮者하며 惡果敢而窒者니라
曰 賜也亦有惡乎아 惡徼以爲知者하며 惡不孫以爲勇者하며
惡訐以爲直者하노이다

자공이 말하였다. "군자도 미워하는 것이 있습니까?" 공자께서 말씀하셨다. "미워하는 것이 있다. 남의 나쁜 점을 말하는 자를 미워하고,

아랫자리에 있으면서 윗사람을 헐뜯는 자를 미워하고, 용감하기는 한데 예의가 없는 자를 미워하고, 과감하기만 하고 앞뒤가 꽉 막힌 자를 미워한다." 공자께서 말씀하셨다. "사야, 너도 미워하는 것이 있느냐?" "남의 것을 엿보아 아는 척하는 자를 미워하고, 불손을 용감한 것으로 여기는 자를 미워하고, 남의 비밀을 까발리면서 곧음이라고 여기는 자를 미워합니다."(양화편 24장)

☞訕: 헐뜯다, 윗사람을 비방하다.
산

☞窒: 막다, 막히다, 차다, 가득 차다, 메이다, 통하지 아니하다.
질

☞徼: 구하다, 훔치다, 순찰하다, 순행하다.
요

117. 나이 마흔인데 미움을 받는다면: 年四十而見惡焉
연사십이견오언

子曰 年四十而見惡焉이면 其終也已니라
자왈   연사십이견오언   기종야이

공자께서 말씀하셨다. "나이 마흔이 되어서도 사람에게 미움을 받는다면 그것으로 끝장이다."(양화편 26장)

118. 군자의 세 가지 모습(2): 君子有三變
군자 유삼변

(1) 子는 溫而厲하시며 威而不猛하시며 恭而安이러시다
자   온이려   위이불맹   공이안

공자께서는 온화하면서도 엄숙하시고, 위엄이 있으면서도 사납지 않

으시고, 공손하면서도 편안하셨다(술이편 37장).

☞厲: 재질이 거친 칼을 가는 숫돌 혹은 칼을 가는 행위를 뜻했던 형성자이다.
    숫돌, 갈다, 떨치다, 소리가 높고 급하다, 엄하다, 사납다, 권면하다 등의 뜻으로
    쓰인다.

(2) 子夏曰 **君子**有三變하니 望之儼然하고 卽之也溫하고
聽其言也厲니라

자하가 말하였다. "군자는 세 가지로 변함이 있다. 멀리에서 바라보
면 의젓하고, 가까이 다가가면 따뜻하고, 그 말을 들어보면 명확하다."
(자장편 9장)

☞卽: 다가가다.
☞厲: 여기서는 문맥상 '명확하다'로 풀었다.

119. 군자도 허물이 있어: **君子**之過也

子貢이 曰 **君子**之過也는 如日月之食焉이라 過也에
人皆見之하고 更也에 人皆仰之니라

자공이 말하였다. "군자의 허물은 일식·월식과 같다. 허물이 있으면
사람들이 다 쳐다보고, 허물을 고치면 사람들이 다 우러러본다."(자장편
21장)

120. 천명을 알지 못하면: 不知命, 無以爲君子也
부지명   무이위   군자 야

子曰 不知命이면 無以爲君子也요 不知禮면 無以立也요
자왈   부지명   무이위   군자 야   부지례   무이입야

不知言이면 無以知人也니라
부지언   무이지인야

공자께서 말씀하셨다. "천명을 알지 못하면 군자가 될 수 없고, 예를
알지 못하면 제대로 설 수 없고, 말을 알지 못하면 사람을 알아볼 수
없다."(요왈편 3장)

참고문헌

1. 영인본

『論語』, 보경문화사(2019).

申泰三 校閱, 『原本備旨 論語集註』(上·下), 명문당(2016).

朱熹, 『論語集注』, 이회(2012).

何晏 撰, 『論語集解』, 출판트러스트(2016).

2. 단행본

공자, 김원중 옮김(2018), 『논어, 인생을 위한 고전』, (주)휴머니스트출판그룹.

공자, 소준섭 옮김(2019), 『논어』, (주)현대지성.

권오돈 역해(2003), 『新譯(신역) 禮記(예기)』, 홍신문화사.

금장태(1999), 『한국 유학의 탐구』, 서울대학교 출판부.

김용옥(2000), 『도올 논어(1)』, 통나무.

김태길(1998), 『윤리학』, 박영사.

나준식 옮김(2010), 『공자』, 새벽이슬.

노태준 역해(1998), 『新譯(신역) 道德經(도덕경)』, 홍신문화사.

노태준 역해(2005), 『新譯(신역) 周易(주역)』, 홍신문화사.

도올 김용옥(2020), 『논어 한글역주 1·2·3』, 통나무.

동화사 편집국(1995), 『原本解說(원본해설) 明心寶鑑(명심보감)』, 동화사.

류종목(2020), 『논어의 문법적 이해』, (주)문학과지성사.

박재희(2013), 『3분 古典(고전)』, 작은씨앗.

박재희(2021), 『1일 1강 논어강독』, 김영사.

부남철 역주(2014), 『논어정독』, 푸른역사.

사마천, 소준섭 편역(2017), 『사마천 사기 56』, 현대지성.

성백효(2013), 『현토완역 논어집주』(개정증보판), 전통문화연구회.

손기원(2013), 『공자처럼 학습하라』, (주)새로운제안.

신광철(2018), 『공자와 열두 제자』, 당신의서재.

신광철(2018), 『논어, 이것을 알지 못하면』, 당신의서재.

신정근(2016), 『마흔 논어를 읽어야 할 시간 2』, (주)21세기북스.

신정근(2017), 『마흔, 논어를 읽어야 할 시간』, (주)21세기북스.

왕숙, 김영식 옮김(2020), 『공자가어 1·2』, 지식을만드는지식.

유문상(2017), 『공자면, 논어는 이것이다』, 살림터.

유일석 옮김(2010), 『논어』, 새벽이슬.

율곡 이이, 김태완 옮김(2007), 『성학집요』, 청아람미디어.

율곡 이이, 김태완 옮김(2013), 『율곡집』, 한국고전번역원.

이기석·백연욱 역해(2007), 『新譯(신역) 書經(서경)』, 홍신문화사.

이기석·한백우 역해(2003), 『新譯(신역) 詩經(시경)』, 홍신문화사.

이기석·한백우 역해(2007), 『新譯(신역) 論語(논어)』, 홍신문화사.

이기석·한용우 역해(2003), 『新譯(신역) 大學·中庸(대학·중용)』, 홍신문화사.

이기석·한용우 역해(2007), 『新譯(신역) 孟子(맹자)』, 홍신문화사.

이준희(2012), 『공자의 논어 군자학』, 어문학사.

이황, 이광호 옮김(2012), 『성학십도』, 홍익출판사.

이황, 장기근 역해(2003), 『신역 퇴계집』, 홍신문화사.

임헌규(2020), 『3대 주석과 함께 읽는 논어 Ⅰ·Ⅱ·Ⅲ』, 모시는사람들.

전광진(2020), 『우리말 속뜻, 논어』, 속뜻사전교육출판사.

정약용, 이지형 역주(2016), 『역주 논어고금주 1~5』, 사암.

최시선(2000), 『청소년을 위한 명상 이야기, 이뭣고』, 불광출판부.

최시선(2018), 『내가 묻고, 붓다가 답하다』, 북허브.

3. 인터넷 사이트

한국고전번역원, 한국고전종합DB 고전번역서, 부가서비스 경서성독(역자 이기찬), https://www.itkc.or.kr/main.do

네이버 지식백과, https://terms.naver.com

유튜브, 도올 TV 등 논어 관련 강의

지은이 **최시선**

지은이 최시선 선생님은
충북대와 한국교원대 대학원을 졸업했다.
그동안 중·고등학교 교사, 장학사와 교감을 거쳐
진천 광혜원고등학교, 음성고등학교에서 교장 소임을 마치고,
지금은 미호강이 흐르는 청주 옥산중학교 교장으로 재직 중이다.
틈틈이 고전을 공부하며 글쓰기와 사색하기를 좋아하고,
아주 오래전에 논어를 만나 그 향기에 취해 있다.
한국문인협회 회원으로 있으면서 중부매일신문에 10년 넘게 수필을 연재하고,
틈나는 대로 SNS에 글을 올리고 있다.
네이버 블로그 '월인 선생의 고전 인문학당(https://blog.naver.com/wolinteacher)'에 가면
논어 등 저자의 여러 글을 만날 수 있다.

그동안 지은 책으로, 『청소년을 위한 명상 이야기: 이뭣고』, 『학교로 간 붓다』, 선생님이 들려주는
인도 이야기 『소똥 줍는 아이들』, 선생님이 들려주는 붓다의 가르침 『내가 묻고, 붓다가 답하다』,
맥락적 근거로 파고든 한글 탄생 비밀 이야기 『훈민정음 비밀코드와 신미대사』, 수필집 『삶을
일깨우는 풍경 소리』 등이 있다.

논어의 숲에서 사람을 보다

ⓒ최시선, 2023

1판 1쇄 인쇄__2023년 03월 20일
1판 1쇄 발행__2023년 03월 30일

지은이__최시선
펴낸이__양정섭

펴낸곳__경진출판
      등록__제2010-000004호
      이메일__mykyungjin@daum.net
      사업장주소__서울특별시 금천구 시흥대로 57길(시흥동) 영광빌딩 203호
      전화__070-7550-7776 **팩스__**02-806-7282

값 25,000원
ISBN 979-11-92542-30-0 03800

※ 이 책은 본사와 저자의 허락 없이는 내용의 일부 또는 전체의 무단 전재나 복제, 광전자 매체 수록 등을 금합니다.
※ 잘못된 책은 구입처에서 바꾸어 드립니다.